Glasgow RAIN

Liebesroman, New Adult

Martina Riemer

1. Auflage März 2014
Copyright © 2014, Martina Riemer
martina.bookaholic@gmx.net
www.martinariemer.wordpress.com

Covergestaltung: www.jdesign.at
Coverfotos: www.bigstockphoto.de
Lektorat: Kornelia Schwaben-Beicht, www.abc-lektorat.de

Alle Rechte, einschließlich das des vollständigen oder auszugsweisen Nachdrucks in jeglicher Form, sind vorbehalten. Dies gilt ebenso für das Recht der mechanischen, elektronischen und fotografischen Vervielfältigung und der Einspeicherung und Verarbeitung in elektronischen Systemen.

Die Handlung, die Orte und die handelnden Personen sowie alle Namen sind frei erfunden. Jegliche Ähnlichkeiten mit lebenden und/oder realen Personen oder Organisationen sind rein zufällig.
ISBN: 1496061853
ISBN-13: 978-1496061850

Für alle, die an ihren Träumen festhalten.
Für jene, die den großen Schritt wagen, ihren Wünschen nachzugehen, um zu sehen, was passiert.
Für euch, die mir geholfen haben, das hier zu verwirklichen.

Inhalt

Titel
Impressum
Widmung
Prolog
1. Erster Blick
2. Freunde?
3. Verwirrung
4. Eifersucht
5. Entschuldigung
6. Verfolgung
7. Angriff
8. Geständnis
9. Veränderung
10. Neue Bekanntschaften
11. Vergangenheit
12. Geheime Liebe
13. Überwachung
14. Trockentraining
15. Entzweiung
16. Hoffnung
17. Ortswechsel
18. Liebe
19. Einsicht
20. Enthüllungen
21. Ausdauer
22. Offenbarung
23. Abschied
Epilog
Danksagung
Über die Autorin

Glasgow RAIN

Prolog

Inverness, Schottland 2003

Es regnete in Strömen, als Shona mitten in der feuchtkalten Nacht mit ihrer kleinen Nichte Victoria aus dem Taxi stieg. Mit gehetzten Schritten betrat sie die Notfallambulanz des Raigmore Hospitals. Dabei zog sie das zitternde Mädchen hinter sich her, das Mühe hatte, mit ihr Schritt zu halten. Shonas Kleider waren durchnässt, ihre braunen, schulterlangen Haare klebten am Kopf. Sie schob eine Strähne hinter das Ohr, während sie zum Warteraum liefen. Als sie den breitschultrigen Mann entdeckt hatte, der ganz alleine auf einem der pastellfarbenen Plastikstühle saß, hastete sie zielstrebig auf ihn zu. „Alistair, wo ist sie? Wo ist Isobel? Wie geht es ihr? Bitte, ich muss zu ihr … ich muss sie sehen."

Ihre Stimme brach und sie unterdrückte ein Schluchzen. Erwartungsvoll blickte sie in die hellblauen Augen ihres Schwagers und suchte darin nach einem Zeichen. Alistair erhob sich schwerfällig, wodurch seine einschüchternde Größe sichtbar wurde. Die finstere Miene und sein kalter Blick verhießen nichts Gutes.

Er nickte ihr beiläufig zu. „Shona. Ich danke dir, dass du Victoria hergebracht hast. Von nun an brauche ich deine Hilfe nicht mehr."

Er streckte die Hand nach seiner Tochter aus, aber das Mädchen blieb wie angewurzelt hinter Shona stehen und blickte mit großen Augen zu den Erwachsenen hoch. Verwirrung sowie Angst zeigten sich in ihrem blassen Gesicht und den braunen Augen. Alistair ließ verärgert die Hand sinken und richtete seine Aufmerksamkeit erneut auf seine Schwägerin.

„Wie dem auch sei … Ich werde mich nun alleine um alles kümmern. Wegen Isobel, … es tut mir leid. Aber die Ärzte…"

Er atmete schwer und wischte mit unruhiger Hand über sein Gesicht, das eingefallen und älter aussah, als Shona es kannte.

„…Sie haben alles versucht, … doch sie konnten ihr nicht mehr helfen. Sie kamen zu spät."

Wie ein Blitz schoss diese Nachricht in Shonas Körper, und sie musste sich mit einer Hand an der Wand abstützen, um auf den Beinen zu bleiben. Denn der Schmerz, der sie durchfuhr, war zu viel und so unbeschreiblich groß. Es wäre für Shona nicht schlimmer gewesen, wenn ihr in diesem Moment jemand ein Messer ins Herz gerammt und sie der Länge nach aufgeschlitzt hätte.

Wie konnte das passieren? Meine große Schwester soll tot sein? Isobel sollte jetzt blutverschmiert in einer kalten Truhe liegen, mit einem Zettel am großen Zeh und ihre Augen geschlossen, die sich nie wieder öffnen sollten? Isobel war doch alles, was Shona noch hatte. Sie war nicht nur das letzte Familienmitglied, das ihr nach dem Tod der Eltern geblieben war, sondern sie war ebenso ihre beste Freundin und Vertraute gewesen. Wie sollte sie nun alleine weitergehen auf dem Weg, den man ‚Leben' nennt?

Schock und Trauer erfassten sie mit einer unbeschreiblichen Wucht. Sie versuchte, sich zu fassen und stark zu sein, doch jede Kraft war ihr entschwunden. Mit hohler Stimme fragte sie weiter: „Was … was ist passiert?"

„Ich weiß es noch nicht genau. Die Untersuchungen laufen noch. Aber es sieht nach Selbstverschulden aus. Es scheint, als wäre sie zu schnell in die Kurve gefahren und auf der nassen Fahrbahn ins Schleudern gekommen. Aber es soll schnell vorbei gewesen sein. Sie hat wahrscheinlich nicht einmal Schmerzen verspürt – also brauchst du dir deshalb keine Sorgen machen."

Shonas Miene wurde finster. Tiefe Furchen um Augen und Mund ließen sie mit einem Mal um Jahre älter wirken, und ihr Blick durchbohrte Alistair. Sie schob die Fassungslosigkeit über die erhaltene Nachricht für einen Moment beiseite, und Zorn kam zum Vorschein. Seine Worte hatten in ihr einen Hebel umgelegt. Wie konnte er so etwas nur sagen?

„Was fällt dir ein? Sie hat *keine Schmerzen* gehabt? Ich brauche mir *keine* Sorgen machen? … Was ist los mit dir?"

Ihre Brust wurde eng, und sie musste tief durchatmen, um sich nicht mit Händen und Füßen auf ihn zu stürzen. Als er etwas erwidern wollte, riss sie einen Arm hoch, um ihn zu stoppen.

„Was ist mit dem Schmerz darüber, dass sie nie ihre kleine Tochter aufwachsen sehen wird? Was ist mit dem Schmerz, dass sie nie wieder Zeit mit mir und mit Freunden verbringen kann? … Was ist …"

Shona spürte, wie ihr schwindelig wurde. Sie versuchte einige Male, eine tiefe Bauchatmung durchzuführen, um sich zu beruhigen und nicht zu hyperventilieren. Eine Technik, die sie als Teenager nach dem Tod ihrer Eltern gelernt hatte und immer dann anwandte, wenn es zu viel für sie wurde. Dann hatte sie sich etwas gefasst und ihre Stimme klang wieder klarer.

„Ich glaube dir nicht! Ich kenne … ich … ich kannte meine Schwester! Sie ist nie zu schnell gefahren. Das kann nicht sein! Isobel kann nicht tot sein …"

In diesem Moment hörte sie das erbärmliche Wimmern hinter sich, und entsetzt brach sie den Satz ab. *Das arme Kind!*

Sie hätte es besser wissen müssen, sie war hier die Erwachsene und hätte nicht so unbedacht den Kopf verlieren dürfen. Mit einem verzweifelten Blick und schlechtem Gewissen drehte sie sich zu Victoria um, die sie in ihrem Zorn vergessen hatte. Sie hätte in der Gegenwart der Kleinen nicht so reden dürfen, da sie alles hatte mit anhören können. Victoria hätte es schonender erfahren müssen, sie war doch erst sieben Jahre alt. Und das hier würde sie ihr Leben lang nicht vergessen.

Dicke Tränen kullerten Victorias Wangen hinunter, die Haare waren etwas zerzaust und aus ihren blonden Zöpfen heraus gerutscht. Ihr Kleidchen, nass vom Regen, hing schlapp an ihrem Körper herunter. Ein Anblick, der Shona innerlich fast zerriss.

Noch bevor sie reagieren konnte, trat Alistair vor, schob sich an Shona vorbei und hob Victoria hoch in seine Arme. Dabei würdigte er Shona keines Blickes, als er mit Victoria im Arm an ihr vorbei ging und seiner Tochter schlicht und ohne Schonung sagte: „Komm. Wir zwei sind von nun an alleine."

Sein Daumen wischte unter ihren Augen die Tränen fort.

„Und hör bitte auf zu weinen, Victoria. Das schaut nicht hübsch aus, Kleines."

Eine Woche später war der ganze Spuk wieder vorbei – so schnell und überraschend, wie er gekommen war. Die Gäste hatten nach und nach das Haus verlassen und die traurigen Blicke wurden stetig weniger. Im Haus war es nun still geworden, bis auf die aufgebrachten Stimmen, die aus dem Arbeitszimmer zu hören waren. Victoria stand mit ihrer Lieblingspuppe allein in einer Ecke ihres Zimmers und starrte traurig zum Fenster hinaus. Sie zuckte zusammen, als sie Shonas Stimme hörte.

„Ich werde nicht zulassen, dass Vic bei dir bleibt! Ich werde sie zu mir holen!"

Ein lautes Auflachen von Alistair folgte, das wie eine Drohung wirkte. Danach wurde eine Tür zugeschlagen und von der Auseinandersetzung war nichts mehr zu verstehen. Dann wurde die Tür polternd aufgestoßen, Schritte klapperten über den Flur, und Alistair brüllte entschieden: „Das war alles, was ich dir noch zu sagen habe, Shona. Und jetzt verschwinde aus meinem Haus! Sonst hetze ich dir die Polizei auf den Hals!"

Victoria stand die ganze Zeit regungslos da, nahm aber den Streit und die Stimmen trotzdem kaum wahr, denn ihre Gedanken kreisten ganz woanders. Dicke Regentropfen rannen an der Fensterscheibe hinunter und spiegelten ihre Gefühle der letzten Tage wider, die dem Glasgower Wetter perfekt nachempfunden waren. Regen, genau wie ihre Tränen, die unablässig wie Wolkenbrüche herabflossen und eine dunkle Leere in ihrem Inneren hinterließen. So, wie das trostlose Wetter, das seit Tagen herrschte und die Stadt in deprimierenden Nebel und Trauer hüllte.

Die Beerdigung war überraschend schnell und ohne Tränen vorbeigegangen – nie hätte sie das gedacht. Dabei hatte sie am Morgen ihre Manteltaschen bis zum Rand hin mit Taschentüchern vollgestopft. Doch dann war ihr Vater gekommen, und alles hatte sich geändert. Er kniete sich vor sie, sah sie ernst an und erklärte ihr, sie müsse an diesem Tag ein großes Mädchen sein. Dazu bräuchte sie sich nur ein bisschen zusammenzureißen und zu versuchen, nicht wie ein Kleinkind zu weinen. Das wäre für ihn und besonders für ihre verstorbene Mutter sehr wichtig. Außerdem meinte er, dass ihre Mutter stolz auf sie wäre, wenn sie das schaffen würde, schließlich wäre ihre Mutter oben im Himmel und sähe von dort aus auf sie hinab.

Daher tat Victoria das, was jedes brave Kind getan hätte – auf ihre Eltern hören. Während der ganzen Zeremonie stand sie einfach nur vor dem Grab – wie eine steinerne Statue – und machte nicht die geringste Bewegung. Alles lief wie im Zeitraffer ab, ohne scharfe Bilder, Töne oder Farben. Das Einzige, was sie tun musste, war, sich die ganze Zeit starr auf einen Punkt konzentrieren und flach atmen; eigentlich lächerlich einfach. Victoria schottete sich ab, und durch die errichtete Mauer, legte sie alles um sich herum hinter einen verschwommenen Vorhang, der ihr die Kraft gab, stark und gefasst zu bleiben. Genau so, wie es sich ihre Mutter und ihr Vater gewünscht hatten.

Am Ende des Tages hatte sie es geschafft, kein einziges Mal geweint zu haben, worauf sie richtig stolz war, wie auf eine gute Note. Victoria hatte auch nicht zu weinen angefangen, als sie in der Nacht alleine in ihrem großen Zimmer schlief – auch nicht an den darauffolgenden Tagen und Nächten. Seit jenem Tag hatte sie keine einzige Träne mehr vergossen.

1. Erster Blick

*„Liebe auf den ersten Blick
ist ungefähr so zuverlässig wie
Diagnose auf den ersten Händedruck."*
(George Bernard Shaw)

Glasgow, 11 Jahre später

Mit einem Knall, der durch das ganze Haus hallte, schlug ich die Schlafzimmertür hinter mir zu und schloss sie mit einer geübten Handbewegung ab.

„Victoria! Mach sofort die Tür auf! Diese Diskussion ist noch nicht beendet", brüllte mein Vater, während er mit der Faust so hart gegen die Tür hämmerte, dass das Holz ächzte. Ich zuckte zurück und war froh, dass die Tür zwischen uns war, jetzt, wo er seiner Wut freien Lauf ließ. So schnell, wie das ungute Gefühl kurz in meiner Brust aufflammte, so rasch verschwand es auch wieder. Müdigkeit erfasste mich, und ich lehnte mich mit dem Rücken gegen die Wand, ließ den Kopf zurückfallen und schloss die Augen. Kopfschmerzen kündigten sich an. Heftige, stechende Kopfschmerzen hinter dem rechten Auge – wahrscheinlich verursacht durch unseren Streit, den wir seit einigen Minuten, die mir aber wie Stunden vorkamen, führten.

Angefangen hatte alles mit der letzten Party, auf der ich seiner Meinung nach zu lange geblieben war. Mein alter Herr hatte ein riesiges Affentheater veranstaltet und wie am Spieß gebrüllt, weil ich nicht zur vereinbarten Zeit zu Hause gewesen war. Ich hätte um ein Uhr zurück sein sollen, aber ich hatte gewusst, dass es knapp werden würde. Was ich ihm – zu meiner Verteidigung – auch bereits im Voraus angekündigt hatte.

Cailean und ich hatten vor einigen Tagen unseren achtzehnten Geburtstag in der Villa seiner Eltern, den Murdochs, nachgefeiert. Unser beider Geburtstag lag aber genau in den Sommerferien, am 31. August.

An sich ein tolles Datum für Poolpartys, aber auch schlecht, da sich zu der Zeit meist alle Freunde in anderen Ländern oder gar anderen Kontinenten befanden.

Nicht nur das Datum meiner Geburt, sondern auch der genaue Zeitpunkt war speziell, was ich schon immer interessant fand. Einerseits, da ich um Punkt Mitternacht zur Welt gekommen war, und andererseits, weil ich während eines ‚Blutmondes' geboren wurde. Den Begriff benutzten Fachleute für eine seltene Mondfinsternis, in der der Himmelskörper als kupferrote, mystische Scheibe am Firmament steht. Als ich mich zu dem Thema im Internet schlaumachte, stieß ich dabei auf bizarre Artikel über Sekten, Hexenkreise oder andere Fanatiker. Mich brachte dieser Aberglaube schon immer zum Schmunzeln und zum Kopfschütteln.

Unsere Party hatte – wie erwartet – lange gedauert, war mit hämmernder Musik laut und vor allem auch besonders feuchtfröhlich gewesen. Trotzdem rechnete ich nicht damit, dass es bereits halb sechs am Morgen sein würde, als mich Cailean in ein Taxi steckte, das mich nach Hause fuhr. Um diese Zeit war mein Vater bereits für die Arbeit fertig und schlüpfte gerade in seinen Mantel. Dass ich grün und blass im Gesicht war, verbesserte die Situation nicht besonders, oder dass ich dümmlich wie ein Huhn gackerte und kicherte, bis sich schlussendlich mein Innerstes nach außen kehrte. Ausgerechnet auf seinen maßgeschneiderten Anzug, die Schuhe und die Aktentasche, die hinter ihm stand.

Was ich für eine Millisekunde ganz lustig fand, verlor aber seinen Witz, nachdem ich in sein hochrotes, wütendes Gesicht blickte. Bevor er zu schreien begonnen hatte, pochte die Ader an seinem Hals, und seine Hand hatte gezuckt, als würde ein Faden in ihm reißen und er nach mir schlagen wollen. Aber er hatte es nicht getan – er tat es nie. Zu meinem Glück hatte er sich damit begnügt, lauthals zu schimpfen und mich böse anzufunkeln. Wie so oft, auch wenn ich einmal nicht die missratene Tochter war, die nie an seine hohen Vorstellungen herankam.

Damit konnte ich leben, und ich war es gewöhnt – besonders seit dem Tod meiner Mutter. Doch ich nahm es ihm nie krumm, etwas zu streng zu sein, immerhin musste er sich genauso alleine und verletzt fühlen wie ich. Nicht, dass wir darüber sprachen – so innig war unsere Beziehung nicht. Aber es war nicht nur meine Mutter gestorben, sondern auch seine Frau, die nichts und niemand ersetzen konnte. Weder Geld noch Freunde und noch nicht einmal seine kleine Tochter – oder nun schon eher seine fast erwachsene Tochter.

Deshalb tobte mein Vater erneut und war nicht begeistert über die anstehende Feier am heutigen Abend. Unsere Debatte, ob ich auf die Sommerschlussfeier unserer Schule gehen durfte, dauerte bereits länger, als von mir geplant. Das Fest war seit Jahren Tradition auf der „Highschool of Glasgow". Es war keine gewöhnliche Party, sondern ein Event, bevor die Schule wieder anfing und der Alltagstrott einen einholte. Außerdem musste man einfach anwesend sein, ob man wirklich wollte oder nicht. Alles andere kam einem sozialen Selbstmord gleich, und den wollte ich in meinem letzten Highschool Jahr nicht begehen.

Wenn ich aber ehrlich zu mir war, wollte ich den Abend lieber zu Hause verbringen, mit einem spannenden Film und einer Schüssel Popcorn im Schoß oder mit einem guten Buch, anstatt mich wieder unnötig zu betrinken. Sicher könnte ich den Abend auch ohne Alkohol verbringen, aber dann würde er weniger Spaß machen, und die Nacht würde nur zur Qual werden – außerdem erwartete man es sowieso von mir.

Jeder hatte seine Rolle vorzuführen, und ich spielte meine mit Bravour. Das Netz aus Oberflächlichkeiten gab mir auf bizarre Art Sicherheit und Schutz, da ich mich auf dem Terrain auskannte, das man auch Highschool nannte. Zusätzlich verbarg es meine Gefühle und Gedanken vor den ganzen Ratten und falschen Biestern an der Schule. *Was will man mehr?*

Um also mein Leben in der Schule wie gewohnt weiterführen zu können, sollte ich mich auf der verdammten Party blicken lassen. Koste es, was es wolle. Und, um das zu erreichen, musste ich wohl oder übel meine Nummer „das arme Kind" abziehen. Deshalb motzte ich auch nicht *„Nenn mich bitte nicht mehr Victoria"* zurück, sondern schluckte die Worte wie zähflüssigen Brei hinunter.

Mein Name hatte mir noch nie gefallen, und alle anderen nannten mich seit Jahren schlicht und einfach Vic. Nur mein Vater weigerte sich und nannte mich beharrlich Victoria.

Er selbst hatte diesen Namen ausgesucht, da er eine Vorliebe für diese – seit Ewigkeiten – verstorbene Königin hatte. Andere Männer schwärmten von heißen Schauspielerinnen oder Sängerinnen, mein Dad ausgerechnet für tote Adelige.

Ich schob meinen Unmut beiseite, blies mir eine Strähne aus den Augen und zauberte ein strahlendes, hoffentlich gewinnendes Lächeln auf mein Gesicht, das auch Michelangelo nicht besser hätte malen können. Als ich die Tür öffnete, blickte ich in das vor Ärger gerötete Gesicht meines Vaters, den bekannten und reichen Alistair McKanzie.

Obwohl er schon fünfundfünfzig Jahre zählte, sah er für sein Alter noch ansehnlich und kräftig aus. Wie er da mit breiten Schultern vor mir stand, spürte ich wie immer sein unerschütterliches Selbstvertrauen, das man wohl nur durch ungewöhnlichen Erfolg oder ein großes Vermögen bekommen konnte. Seine blonden, kurzen Haare waren penibel nach hinten gekämmt, mit einer dezenten Andeutung eines Seitenscheitels. Fragend musterten mich seine zusammengekniffenen Augen. Doch er blieb stumm und wartete ab, wie mein nächster Schachzug wohl aussehen würde.

Reumütig und mit taktisch eingesetztem Augenaufschlag brabbelte ich meine Phrase herunter, in der Hoffnung, den Sieg im Streit davonzutragen.

„Dad, es tut mir leid! Ich hätte dich nicht anschreien dürfen. Manchmal bin ich zu aufbrausend und verbeiße mich. Aber das alles ist … auch für mich nicht so einfach. Es ist das letzte Schuljahr und … und sie fehlt mir."

Meine Stimme brach. Ich schluckte überrascht den Kloß hinunter, der sich bilden wollte, und, wäre es nur eine Show gewesen, hätten mich meine schauspielerischen Fähigkeiten begeistert. Dem war aber nicht so, und deshalb versuchte ich, mir nichts anmerken zu lassen. Ganz sicher würde ich nach all den Jahren nicht jetzt zu heulen anfangen, schon gar nicht vor meinem Dad.

Als ich die Worte jedoch ausgesprochen hatte, wurde mir bewusst, wie ehrlich sie gemeint waren. Das war mein letztes Schuljahr, in dem mir meine Mutter hätte beiseitestehen sollen. Genauso, wie bei so vielen anderen Dingen auch, die ich aber alleine herausfinden musste: Wie bekomme ich Kaugummi aus den Haaren, wie putze ich meine Zahnspange richtig, wie tröste ich mich nach dem Tod von Bambis

Mutter, oder wie finde ich den passenden BH. Ich hatte so viele Fragen als Kind, als Teenager oder auch jetzt und hätte meine Mum gebraucht – oder einen verständnisvolleren Dad. Aber alle Krisen hatte ich alleine überstanden, und daran würde sich auch in Zukunft nichts ändern, davon musste ich überzeugt bleiben.

Ich atmete ruhig durch, sperrte unerwünschte, schwache Gefühle tief in mir ein und redete rasch weiter.

„Außerdem weißt du, dass alle von der Schule dort sein werden und ich ebenfalls dabei sein muss. Nach Mums Tod bin ich schon einmal das Gesprächsthema Nummer eins gewesen, und ich habe keine Lust, das zu wiederholen. Cailean wird auch dort sein. Du magst ihn doch. Also darf ich bitte, bitte auf die Feier gehen?"

Noch bevor ich den Satz zu Ende gesprochen hatte, wusste ich, dass ich ihn in der Tasche hatte. Seine Augen wurden weicher, wie auch sein brummiger Tonfall, der an einen alten Bären erinnerte.

„Victoria, es kann sein, dass ich manchmal zu streng bin und es wirkt, als wolle ich dich einsperren. Aber du machst es mir nicht immer leicht."

Damit hat er gar nicht so unrecht. Doch diesen Gedanken behielt ich lieber für mich, um ihn nicht zu ermutigen, meine Fehler aufzulisten.

Mit einem strengen Blick fügte er hinzu: „Falls du dich benehmen kannst, darfst du gehen. Sag Cailean, er soll seinen Vater grüßen, ihn an unser Treffen kommende Woche erinnern und ein Auge auf dich haben. Ich will nicht, dass wieder geschwatzt wird."

Erfreut schaute ich zu ihm hoch. „Natürlich, danke! Ich werde mich ganz sicher gut benehmen. Pfadfinderehrenwort."

Er blickte mich einen Moment mit einem ungläubigen Gesichtsausdruck an, und ich wusste, auch er war sich darüber im Klaren, dass ich nicht ganz so anständig sein würde. Danach drehte er sich um und verschwand in Richtung seines Arbeitszimmers.

Die Freude über den Sieg währte nicht lange, denn gleich darauf stieg Bitterkeit in mir auf, wie Galle, die alles verätzte. Ich wünschte mir, er würde sich wirklich Sorgen um *mich* machen. Aber ich wusste, dass er sich mehr um das Gerede und die Meinung seiner reichen Freunde sorgte.

Um von dem trübseligen Gedanken loszukommen, stürzte ich mich in eine andere Welt, in ein fantastisches Reich voll Träume, Liebe und Hoffnung – in mein Lesezimmer.

Die Tür zu dem kleinen Raum befand sich zwischen meinem rosa-weißen Himmelbett und dem weißen Schminktisch und gab den Weg in meinen „Träumereibereich" frei. Hier erlaubte ich mir, mich fallen zu lassen und in die faszinierende Welt unzähliger Geschichten zu versinken. An Träume und Hoffnungen zu glauben, die ich mir im normalen Leben verbot. Lebte bei unzähligen Figuren und ihren Kämpfen mit, fieberte mit den verschiedensten Liebespaaren oder lachte mit den Narren – alle Figuren und alle Bücher gaben mir Hoffnung auf mehr Sinn im Leben, Zuversicht und Trost in bitteren Stunden. Hier war ich offen und frei – und hier durfte auch sonst niemand hinein.

An zwei Seiten meines kleinen Reiches befanden sich hohe Bücherregale, die bereits zu drei Viertel gefüllt waren. Ich strich mit den Fingerspitzen über den Rücken lieb gewordener Bücher und kuschelte mich dann auf die Couch direkt vor das Fenster, das durch blaue und violette Vorhänge verdunkelt wurde. Ich begann, in einem Buch zu lesen, konnte mich aber nicht konzentrieren. Daher stand ich auf und nahm die losen Zettel mit Ideen und Geschichten in die Hand, die über den ganzen Tisch neben der Couch verstreut lagen. Ich war so unruhig, mein Bauch verkrampfte sich, und meine Haare fielen mir ständig ins Gesicht. Das ging so lange, bis ich sie genervt schnappte und zu einem Pferdeschwanz band.

Die Party lag mir schwer im Magen, doch mir blieb nichts anderes übrig, als hinzugehen. Denn ich konnte mich noch zu gut daran erinnern, wie es war, in der Schule eine Außenseiterin zu sein. Besonders schlimm war die Zeit gewesen, nachdem ich mit zehn Jahren an meine jetzige Schule wechselte und nach einem halben Jahr alle vom tragischen Tod meiner Mutter erfuhren. Vorher war ich „normal" und eine unter vielen gewesen, ohne aufzufallen, was mir ganz recht war. Aber danach wurde ich schief angesehen und gemieden, als ob ich eine ansteckende Krankheit hätte. Auch von Mädchen wie Cecilia oder Bethany, die vorher meine Freundinnen gewesen waren. Oder zumindest hatte ich das gedacht. Dabei waren die Blicke nicht das Schlimmste gewesen, sondern das gemeine Getuschel – als wäre ich taub und hätte es nicht hören können. Es war eine bittere Zeit ohne Freunde gewesen, aber das

Gute daran war, dass ich aus ihr gelernt hatte und nun wusste, wie man sich auf sich selbst verließ.

Als es Zeit wurde, mich schick zu machen, ging ich zum Duschen in das angrenzende Badezimmer. Die nachtschwarzen Marmorböden und das weiße Waschbecken glänzten mit den polierten, goldverzierten Armaturen um die Wette. Länger als nötig stand ich unter dem Wasserstrahl und genoss ausgiebig die wohlige Wärme, die mir meist nur in den Momenten unter der Dusche vergönnt waren. Hier im Norden war nicht nur das Wetter eisig, auch das Gefühl in mir war kalt wie feuchter Nebel, der sich viel zu oft durch Glasgow schlängelte und sich auch vom ständigen Regen nicht vertreiben ließ.

Fluchend hüllte ich mich in ein zu kleines Badetuch, welches mir gerade einmal über die Brust bis knapp unter das Hinterteil reichte. Wie schon häufiger in den letzten Wochen fehlten die großen Badetücher. Ich runzelte die Stirn, als ich mich nach dem Grund fragte. Einerseits empfand ich es als äußerst unangenehm, halb nackt durch den Flur zu laufen. Andererseits stachelte es meine Neugierde an, da so etwas normalerweise nie vorkam und Mrs Rodriguez, unsere Hausangestellte, immer einen einwandfreien Job machte.

Irgendetwas war anders – die fehlenden Badetücher, die anders zusammengefaltete Wäsche, Kleidung auf einem falschen Stapel. Ich nahm mir vor, der Sache auf den Grund zu gehen.

Fröstelnd und mit nassen Haaren flitzte ich in mein Zimmer und schloss die Tür hinter mir, völlig in Gedanken bei dem ungelösten Problem mit den Badetüchern. Als ich mich umdrehte und gerade mein knappes Handtuch lösen wollte, lief ich ungebremst gegen etwas – steinhart, aber trotzdem weich, groß, angenehmer Geruch. Plötzlich hörte ich einen Fluch aus einer männlichen Kehle, was mich in die Wirklichkeit zurückholte.

„Aua! Verdammt!"

Mit hämmerndem Herzen machte ich einen Sprung zurück und schaute in ein überraschtes, wie auch schmerzverzerrtes Gesicht. Mein Puls raste nur noch schneller, als ich in die großen, tiefschwarzen Augen blickte, die mich jetzt nicht mehr überrascht, sondern eher verschmitzt ansahen. Bevor ich etwas fragen konnte, plapperte der Typ, der mir beinahe einen Herzinfarkt beschert hätte, gutgelaunt los.

„Ich hab ja gewusst, dass man bei der Arbeit mit allem rechnen und sich versichern lassen sollte, aber von speziellen Unfallversicherungen für das Trampeln auf den großen Zeh habe ich noch nichts gehört. Ich dachte schon fast, der wäre gebrochen."

Noch immer sah ich den Kerl vor mir wie in Trance an, obwohl ich ihn kannte. Nur hatte ich ihn bisher noch nie so nah und vor allem so genau angesehen. Seine Haare waren wie die Augen, fast schwarz wie die Nacht, aber mit einem dunkelbraunen Schimmer, und hingen ihm leicht gewellt und zerzaust in die Stirn und über die Ohren.

Ich wusste, dass er Rafael hieß und gemeinsam mit seiner Mutter, Mrs Rodriguez, im Angestelltenhäuschen am Rande unseres Grundstückes wohnte. Sie war unsere Haushälterin, und das bereits seit Jahren, doch das bedeutete in unserer Welt noch lange nicht, dass Rafael und ich Freunde waren oder irgendetwas miteinander zu tun hatten. Seine Mutter arbeitete für meinen Dad, aber was hatte ihr Sohn in meinem Zimmer zu suchen? Erneut riss mich seine Stimme aus den Gedanken.

„Princesa, wenn du jetzt hoffst, dass ich dir die Kleider – oder in deinem Fall das Badetuch – herunterreiße, um ... na ja, du weißt schon was zu tun ..."

Er unterdrückte ein Lächeln und tat sich sichtlich schwer, ernst zu klingen.

„... dann verlange ich aber eine Gehaltserhöhung für außerordentliche Dienste während der Arbeitszeit."

Er hielt das anscheinend für äußerst komisch. Sein Grinsen wurde breiter und zeigte mir strahlend weiße Zähne hinter vollen Lippen. Unter normalen Umständen hätte ich ihm bereits eine schnippische Antwort entgegengeschleudert, aber ich hatte aus mir undefinierbaren Gründen die Stimme verloren. Was mir nie passierte, egal, wie heiß ein Typ auch aussah. Aber in diesem Augenblick schien alles andere zu verblassen, und ich konnte nur noch in seine dunklen Augen sehen. Sie waren derart bodenlos, dass es mich hätte beunruhigen sollen. Doch sein durchdringender Blick nahm mich gefangen und schmiegte sich wie eine warme Decke um meinen ausgekühlten Körper – so, als würde er wirklich *mich* sehen. Was mich am meisten an der Situation bestürzte, war die Tatsache, dass ich ihn schon so lange aus der Ferne kannte, aber er mir nie aufgefallen war. War ich so selbstverliebt und ichbezogen? Oder hatte sich in seinem Blick mir gegenüber etwas verändert?

Obwohl Rafael mit seiner Mutter in der Nähe wohnte, hatten wir noch nie ein längeres Gespräch geführt. Mrs Rodriguez war einige Wochen nach dem Tod meiner Mutter eingestellt worden, und in dieser Zeit hatte ich keinen Gedanken an andere verschwendet, sondern war in Trauer und Selbstmitleid verfallen. Als ich später mit ihm spielen wollte oder Mrs Rodriguez nach ihm fragte, vertröstete sie mich immer oder entschuldigte sich höflich. Irgendwann gab ich es dann auf, einen Spielgefährten in ihm zu suchen.

Über die Jahre blieb es bei kurzen Begrüßungen, wenn wir uns zufällig begegneten. Das war an sich seltsam, wenn man bedachte, dass Rafael sogar an der gleichen Schule war. Doch dort war ich nicht die Einzige, der er aus dem Weg ging. Er befand sich immer abseits, redete kaum mit jemandem, tippte lieber auf seinem Handy und hatte, soweit ich wusste, nur Freunde außerhalb der Schule. Um mein zeitweise aufflackerndes Schuldgefühl zu dämpfen, redete ich mir erfolgreich ein, dass er uns reiche Kids sowieso nicht leiden konnte. Zu meiner Schande musste ich auch gestehen, dass ich mir in den letzten Jahren nie viele Gedanken über ihn gemacht hatte, sondern nur darüber, wie seine Mutter das Schulgeld für ihn aufbringen konnte. Wir waren wie zwei Planeten, die zwar in der gleichen Umlaufbahn schwebten, sich aber nie trafen.

Bis heute – als hätte das Schicksal einen anderen Plan für uns. Denn nun standen wir hier in meinem Zimmer – ich halb nackt, er mit Schmerzen – und führten unser erstes, wenngleich auch einseitiges Gespräch. Mit amüsierter Stimme sprach er weiter und überbrückte das peinliche Schweigen.

„Kannst du auch reden, oder bist du nur zur Deko hier?"

Noch immer blickte ich ihn verdattert an und konnte meine Erstarrung nicht lösen, obwohl ich wahrscheinlich schon wie eine Bekloppte aussah und den Eindruck machen musste, als sähe ich das erste Mal einen Menschen.

Sein Lächeln verblasste, und er fuhr sich durch die Haare, um sich Strähnen aus dem Gesicht zu wischen, die ihm in die Augen hingen. Doch seine offensichtliche Ratlosigkeit aufgrund meines stummen

Verhaltens hielt ihn nicht davon ab, weiterzuschwafeln.

„Also irgendwie machst du mir langsam Angst. Ich weiß, dass ich recht passabel aussehe, aber so wie du hat mich noch niemand angestarrt. Ehrlich gesagt schaust du so aus, als hättest du noch nie einen Mann gesehen."

Verdammt! Ich stand komplett neben mir. Aber eigenartigerweise kam es mir tatsächlich so vor, als würde ich zum ersten Mal jemanden wie ihn sehen. Er sah exotisch aus und passte rein äußerlich gar nicht zu den Menschen im rauen Klima Schottlands. Die Leute hier waren blass, hatten helle Augen, helle Haut und meist blonde, rote oder hellbraune Haare. Doch er wirkte deplatziert mit seinen dunklen Haaren und der gebräunten Haut, die eher an einen ‚Latin Lover' erinnerte, als an einen schottischen Naturburschen.

Eine Augenbraue hochgezogen, holte er mich wieder aus meinen Gedanken.

„Princesa, du weißt schon, dass ich nur Spaß gemacht habe, sí? Ich reiß dir schon nicht die Kleider vom Leib. Das würde ich bei *dir* nie machen."

Interessant! Ich verschränkte meine Arme vor der Brust und hob ebenfalls eine Braue. Schnell wedelte er beschwichtigend mit den Armen und setzte hastig fort: „Nicht, dass du hässlich wärst und ich nicht wollte. Ich würde es tun ... wirklich ... wenn ... Ich meine, du ..."

Schnell rieb er sich über den Nacken, als könnte das helfen, den Kopf aus seiner Schlinge zu befreien.

„... du bist hübsch ... wirklich, sogar sehr ... niemand würde dich von der Bettkante schubsen."

Er stieß kurz Luft aus, als wäre er einen Marathon gelaufen. Dann versuchte er es wieder mit einem Lächeln, das so entwaffnend charmant war, dass mir der Atem stockte, und das sogar vorsichtige, alte Frauen dazu bringen würde, ihm ihr ganzes Erbe zu vermachen.

Langsam wurde mir das alles zu viel. Nicht nur sein Verhalten oder die Sprüche, sondern mein eigenes untätiges Herumstehen. Ich hatte meine Gefühle sonst immer im Griff und ließ mich nicht zügellos von ihnen führen, sondern umgekehrt. Aber er war wie ein Wirbelsturm über mich und meine Regeln hinweggefegt, und das musste enden – sofort.

Beschämt von meiner eigenen untypischen Reaktion und getrieben durch die Hitze, die in meinen verräterischen Wangen aufstieg, machte ich das Einzige, das mir in den Sinn kam, um dieser Situation einigermaßen würdevoll zu entkommen. Geschürt durch Wut auf ihn oder besonders auf mich, setzte ich zum Angriff an und fauchte, so verächtlich, wie es mir möglich war.

„Ganz ruhig mit den jungen Pferden, Casanova!"

Meine Augen verengten sich zu Schlitzen, und meine Stimme wurde lauter.

„Was bildest du dir ein? Lauerst mir in meinem Zimmer auf, um was weiß ich zu tun, und dann kommst du auch noch mit so blöden Sprüchen?"

Endlich hatte ich meine Stimme wiedergefunden, und es tat äußerst gut, sie zu hören. Besonders, als ich beobachtete, wie seine Augen immer größer wurden. Richtig in Fahrt gekommen, sprudelte meine aufgestockte Scham als Zorn aus mir heraus, und ich schrie beinahe, um meine eigene Unfähigkeit zu vergessen.

„Was zur Hölle machst du eigentlich in meinem Zimmer? Spionierst du herum, oder warst du gerade dabei, mir Sachen zu klauen?"

Schlechtes Gewissen regte sich sofort in meinem Inneren, nachdem ich die verletzenden Worte ausgesprochen hatte. Aber ich unterdrückte es und hielt meinen Blick fest auf ihn gerichtet. Zischend stieß er die Luft aus und spannte seine breiten Schultern an, sodass er fast vibrierte. Der Knoten in meinem Magen verhärtete sich. Abneigung mischte sich in seine vorhin noch lockende, tiefe Stimme.

„Das ist Schwachsinn! Ich würde nicht mal auf die Idee kommen, hier etwas anzufassen! Ich habe gearbeitet und habe gerade die frische Wäsche nach oben in *Ihren* Schrank gebracht."

Sieh mal einer an. Jetzt war ich kein Mädchen mehr, das man ausziehen konnte, sondern eine Frau, die er mit *Sie* ansprach. Dieses Spiel konnten auch zwei spielen, wenn er es darauf anlegen wollte. Mit herablassendem Tonfall und erhobenem Kinn formulierte ich meine Retourkutsche.

„Gut, wenigstens eine sinnvollere Tätigkeit, als jungen Frauen nachzustellen. Trotzdem würde es mich interessieren, ob mein Vater weiß, dass Sie für ihn arbeiten? Haben Sie irgendeine Erlaubnis? Soweit ich weiß, ist Ihre Mutter bei uns angestellt und sonst niemand. Da gibt's doch sicher irgendwelche Vorschriften."

Nicht, dass ich meinem Vater auch nur ein Wort sagen würde – ich war keine Petze, und ich würde ganz bestimmt nicht zu meinem Daddy laufen – aber das musste Rafael ja nicht wissen. Das hier war ein Spiel, das ich beabsichtigte zu gewinnen, nachdem der Start schon so miserabel gewesen war. Kurz verzog er seine Lippen, zuckte mit einem Lid, bevor sich sein Körper langsam wieder entspannte. Er musste ebenso bemerkt haben, dass die Situation gefährlich gekippt war, und er wirkte, als ob er jedes weitere Wort mit Bedacht wählen würde.

„No, es tut mir leid. Die Einwilligung Ihres Vaters habe ich nicht, also nicht offiziell."

Er trat von einem Bein auf das andere, als suchte er nach der richtigen Erklärung.

„Es ist nur so, dass ich meiner Mutter manchmal aushelfe, wenn ihr die Arbeit zu viel wird in diesem *riesigen* Haus."

Die Verärgerung in seiner Stimme war nicht zu überhören, obwohl er seidenweich schnurrte wie ein Kater.

„Bitte, ich wäre Ihnen, Miss McKanzie, sehr verbunden, wenn Sie es Ihrem Vater nicht erzählen würden, dass ich sporadisch bei der Arbeit helfe. Es sind nur Kleinigkeiten, ich schwöre es. Ich will nicht, dass meine Mum Ärger bekommt."

Flüchtig sah ich von meinen Fingernägeln auf, die ich zuvor provokativ studiert hatte, und antwortete ihm so kühl es meine Stimme und meine verwirrten Gefühle zuließen.

„Ich werde darüber nachdenken, *ob* und *was* ich ihm erzähle."

Mein Benehmen schien ihn erneut aufzuregen, was ich verstehen konnte – immerhin hatte ich es darauf angelegt, quasi als Retourkutsche. Denn nun ballte er die Fäuste und starrte mich an, als ob er mich erwürgen könnte. Ich biss mir auf die Innenseite meiner Wange, um das Grinsen zurückzuhalten, das sich bilden wollte. Einerseits spürte ich unnachgiebig schlechtes Gewissen in mir hochkommen, aber andererseits tat es auch verdammt gut, ihn in die Schranken zu weisen und seinen Höhenritt etwas zu bremsen. Angestachelt durch seine Reaktion, sprudelten die nächsten Gemeinheiten aus mir heraus, bevor ich mich stoppen konnte.

„Bevor Sie gehen, hätte ich aber noch eine Frage. Kann es sein, dass

Sie erst seit Kurzem bei der Arbeit helfen?"

Dabei klang ich wie eine dieser typischen, reichen Tussen, die ich von den früheren Besuchen aus dem Country Club kannte und verachtete. Erst vor zwei Jahren schaffte ich es, mich bei meinem Dad durchzusetzen, sodass er mich nicht mehr dorthin mitschleppte.

„Mir ist nämlich aufgefallen, dass nun schon öfter die großen Badetücher fehlen. Kümmern Sie sich besser darum, wenn Sie mich um *irgendeinen* Gefallen bitten wollen."

Wie eine filmreife Diva trat ich einen Schritt beiseite und deutete mit dem Kinn auf die Tür.

„Das ist alles. Wenn Sie jetzt bitte mein Zimmer verlassen würden."

Sein Anblick war ein Bild für Götter. Die Hände waren noch immer zu Fäusten geballt, die Unterarme fest angespannt, wodurch man die Muskeln zucken sah, und die Schultern waren steif. Mit zusammengebissenen Zähnen eilte er zur Tür, und seine Stimme klang eisig, als er mir antwortete: „Sí, natürlich, Miss McKanzie."

Dann nahm er Reißaus und stapfte den Flur entlang. Trotzdem konnte ich sein leises Gemurmel hören.

„Ja, Eure Hoheit, ganz zu Euren Diensten. Dann werde ich auch gleich die Pferde satteln und Eure Kronjuwelen polieren …"

Der Rest wurde durch die Distanz verschluckt, und es blieb ein verächtliches Schnauben in der Luft zurück, als sein dunkler Haarschopf die Treppe hinunter verschwand.

Sehr gut, den Typen hatte ich in die Flucht geschlagen, und würde ich wohl länger nicht mehr sehen – gemeinsam mit den irritierenden Gefühlen, die er in mir ausgelöst hatte und die ich nicht gebrauchen konnte. Eigentlich wollte ich die Tür zum zweiten Mal am heutigen Tag hinter mir ins Schloss knallen, aber meine zittrigen Finger schlossen sie gespenstisch leise.

Jetzt, wo er weg und unsere hitzige Diskussion zu Ende war, griff wieder die Kälte nach mir, stärker als zuvor. Gänsehaut bildete sich auf meinen Armen, die ich zu reiben begann, während ich im Zimmer auf und ab tigerte. Immer wieder spielte sich die Szene vor meinem inneren Auge ab. Meine vorhin verspürte Zufriedenheit wich schlechtem Gewissen, und ich wusste, dass ich mich wie eine verwöhnte, dumme Göre benommen hatte.

Aber was hätte ich sonst tun sollen, um ihm das Grinsen aus dem Gesicht zu wischen und ihn wegzustoßen? Er hatte sich hier eindeutig zu wohl gefühlt, und ich musste doch etwas unternehmen, um ihn aus dem Zimmer zu bekommen. Mit einem tiefen Seufzer fiel ich auf das Bett und vergrub mein Gesicht in den riesigen Daunenpolstern. Egal, aus welchem Grund und wegen welcher Gefühle ich das alles getan und gesagt hatte – mit dieser Aktion hatte ich eindeutig den ersten Preis in der Kategorie „verwöhntes Miststück des Jahres" gewonnen.

2. Freunde?

*Die Freunde,
die man um vier Uhr morgens anrufen kann,
die zählen.*
(Marlene Dietrich)

Ich zog eine enge Jeans an und streifte eine dunkelblaue Bluse über, unter der mein Top noch gut zu erkennen war. Im Spiegel kontrollierte ich zur Sicherheit mein offenes Haar, das mein Gesicht einrahmte. Eine Kette und Ohrringe in Silber vollendeten den Look. Ein letztes Mal tuschte ich die Wimpern und überprüfte mit kritischem Blick das Make-up. Bis auf ein wenig dunklen Lidschatten und Wimperntusche hatte ich nichts aufgetragen, da für mich meine schokoladenbraunen Augen das Schönste waren und ich diese gerne betonte. Ein Grund dafür war, dass sie das Einzige waren, das ich von meiner Mutter geerbt hatte. Etwas von ihr, das mir niemand nehmen konnte.

Meine Eltern hatten sich in London kennengelernt, als meine Mutter begann, Literatur zu studieren, während mein Vater sich gerade zu einem aufstrebenden Investmentbanker mauserte. Kurze Zeit später heirateten sie, und nach vier Jahren Ehe kam ich auf die Welt. Gleich nach ihrer Heirat gab meine Mutter ihr Studium auf, und gemeinsam zogen sie nach Glasgow.

Nach all den Jahren konnte ich mich noch daran erinnern, dass meine Mutter ihre kastanienbraunen, hüftlangen Haare am liebsten offen getragen und sie nach Veilchen gerochen hatte. Nicht nur ihre Haare waren eine Augenweide gewesen, sondern auch ihr hübsches, feminines Gesicht und ihre zierliche Figur. Daher war es kein Wunder, dass mein Vater sie damals umworben und für sich hatte haben wollen. Er liebte schon immer hübsche Dinge.

Ich vermisste meine Mutter manchmal noch immer so stark, dass es mir wie ein körperlicher Schmerz vorkam; ein Riss mitten durch meine Eingeweide, der mich immer wieder auseinanderzureißen drohte. Sie war keine von diesen strengen Müttern gewesen, die nur erziehen wollten, sondern auch eine Freundin, die mit mir Puppen gespielt, sich Zeit für mich genommen und mich in meinen Träumereien ermutigt hatte. Meine Mutter war eine Frohnatur gewesen und hatte es mit ihren sanften Worten immer geschafft, Ängste oder Albträume verblassen zu lassen. Neben ihrer Liebe hatte sie mir auch Geborgenheit geschenkt und eine Wärme ausgestrahlt wie niemand sonst, dem ich bisher begegnet war. Als sie gestorben war, hatte ich nicht nur meine Mutter verloren, sondern auch dieses Gefühl von Wärme und Sicherheit.

Abrupt schüttelte ich meinen Kopf und riss mich von den wehmütigen Gedanken an meine Mutter los. Ihr Bild verschwamm, und ich sah anstelle meiner Mutter wieder mich im Spiegel – nur die Augen, die blieben fast dieselben. Ich klatschte mir auf die Wangen und dachte: *„Du schaffst das! Stark bleiben*!" Ein letzter tiefer Atemzug, dann setzte ich mein Lächeln auf wie andere ihren Hut, und zog mit meiner braunen Lederjacke in die Nacht hinaus.

Vor dem Eingang der Turnhalle der Schule warteten bereits Aimee und Stew auf mich. Die zwei waren vor ungefähr fünf Jahren in mein Leben geplatzt und seitdem nicht mehr daraus wegzudenken.

Als Dreizehnjährige saß ich gerade in der Kantine, abseits von dem ganzen Trubel und Cecilias bissigen Kommentaren, und las in einem Buch. Plötzlich lag ein Schatten über mir, und ein Mädchen und ein Junge musterten mich und begannen zu diskutieren.

„Ich mag ihre Nägel", sagte das Mädchen, und sofort glitt mein Blick hinunter zu meinem schwarzen Nagellack. Damals durchlebte ich gerade meine Gothicphase, die aber nicht lange anhielt, weil mir das mit dem schwarzen Nagellack irgendwann zu blöd wurde. Ständig hinterließ er überall schwarze Striche, wenn ich nicht aufpasste – in Büchern, auf Zetteln oder den Hausaufgaben.

Der Junge zeigte auf mein Buch.

„Und sie hat einen guten Geschmack, wenn es stimmt, was du gesagt hast."

„Klar doch, ich kenne mich aus", gab das Mädchen zurück. „Bram Stroker ist der Beste, so gut wie Jane Austen, nur *anders*."

Mit einem Lächeln nickten sie sich zu und nahmen, ohne mich zu fragen, an meinem Tisch Platz. Bevor ich sie auch nur verblüfft anstarren oder etwas sagen konnte, streckte mir der Junge die Hand entgegen.

„Ich bin Stewart – kurz Stew, ist nicht so spießig."

Dann zeigte er auf das Mädchen neben sich.

„Das ist Aimee, meine Schwester. Wir sind neu hier, ist unser erster Tag, also ein Glück, dass wir dich gleich getroffen haben. Ach ja, wie heißt du überhaupt?"

Ich fühlte mich wie vor den Kopf gestoßen, aber ich wollte auch nicht unhöflich sein, also nahm ich seine Hand an, was ich etwas untypisch fand für Dreizehnjährige, aber das behielt ich für mich. Während der Typ, also Stew, begeistert meine Hand schüttelte, stammelte ich: „Ich bin Victoria ... aber ihr ... ihr könnt mich Vic nennen."

„Gerne, Vic. Was liest du sonst gerne so?"

Bevor ich antworten konnte, brabbelte er weiter, hangelte sich von einem Thema zum anderen. An diesem Tag sprach ich nicht viel, aber das schien die beiden, vor allem Stew, nicht zu stören, denn er redete für uns drei. Danach waren sie jeden Tag zu mir gekommen, bis ihre Anwesenheit so selbstverständlich geworden war wie atmen. Es war, als hätten sie mich an jenem Tag gesehen und kurzerhand beschlossen, mich als ihre Freundin auszuwählen. Wie ein Wink des Schicksals oder einfach nur ein verdammt großes Glück für mich. Auch wenn ich keine Ahnung hatte, wie und warum es passiert war, ich war froh darüber, sehr sogar. Denn nun waren sie meine besten Freunde.

Sie waren Zwillinge mit schokoladenbraunen Haaren, die Stew kurz geschnitten und Aimee kinnlang trug. Offen getragen, drehten sie sich bei ihr in alle Richtungen, doch in der Schule bändigte Aimee sie mit einem Haargummi zu einem unauffälligen Pferdeschwanz. Heute trug sie ihr Haar offen und hatte ein dezentes Make-up aufgelegt. Beide waren gleich groß und ihre Augenfarbe erinnerte an die grasgrünen Highlands.

„Hallo, Leute! Danke, dass ihr auf mich gewartet habt."

Ich schenkte ihnen für meine Verspätung ein entschuldigendes Lächeln.

„Wollen wir los und in eine rauschende Partynacht stürmen? Ich bin für alles bereit."

Meine Lippen kräuselten sich, und das Funkeln in meinen Augen versprach Ärger, als ich Stew zuzwinkerte, der schon immer der Abenteurer von den beiden gewesen war.

Ein „Ähm ... okay?!" erklang von Aimees Seite, und ein begeistertes „Das ist eine Ansage! Klar, ich bin dabei. Lassen wir es krachen, Mädels!" folgte von Stew.

Die große, mit bunten Girlanden geschmückte Sporthalle war bereits zum Bersten gefüllt, und Musik dröhnte mit einem Bass durch den Saal, der durch den ganzen Körper vibrierte. Gemeinsam bahnten wir uns einen Weg zu einem ruhigeren Platz in der hinteren Ecke der Halle und setzen uns an einen der kleinen, runden Tische. Aimee beugte sich zu mir hin und versuchte, den Lärm zu übertönen.

„Wie gehts dir heute, Vic? War dein Vater noch sehr sauer wegen der Party?"

Dabei legte sie für einen unbedachten Moment ihre Hand auf meinen Unterarm und drückte ihn. Zuerst zuckte ich bei der Berührung zusammen, aber ich zwang mich dazu, den Arm auf dem Tisch liegen zu lassen, obwohl sich meine Muskeln sofort verspannten.

Ich war nicht der Typ für innige Berührungen. Es stellten sich mir immer alle Härchen auf, wenn mir jemand zu nahe kam. Sei es nun körperlich oder auch geistig. Im Bett mit Jungs war das natürlich etwas ganz anderes, denn da ging es nur um den oberflächlichen Akt, da musste ich mich nicht wirklich öffnen und verwundbar machen. Aber solche offenen Berührungen wie diese hier zwangen mich zum Rückzug.

Aimee bemerkte meine steife Haltung und nahm ihre Hand weg, ohne dass ihr Lächeln verschwand. Inzwischen kannte sie meine Macken und nahm es hin, auch wenn ich manchmal noch Kränkung in ihren Augen aufblitzen sah, wenn sie zu langsam war, um es zu verbergen. Erneut fragte ich mich, warum sie meine Freunde waren, auch wenn ich jeden Tag dem Schicksal dafür dankte.

„Es tut uns leid, dass wir nicht auf deiner Feier sein konnten. Wenn wir das früher gewusst hätten, hätten wir den Urlaub verschoben."

Auch Stew gab seinen Senf dazu ab.

„Oh Mann. Ich habe schon einiges gehört, aber ich wäre zu gerne dabei gewesen! Ich meine jetzt nicht nur die Party ... Entschuldige, sondern das Zusammentreffen mit deinem Vater. Nachdem, was du uns am Telefon erzählt hast, muss es ziemlich abgegangen sein!"

Er grinste von einem Ohr zum anderen, und seine Augen glänzten aufgeregt. Stew war ein Klatschmaul und meinte das auch nicht böse, er lebte einfach für lustige Begebenheiten, die ihm oder anderen passierten.

„Und erst das Gesicht von deinem Dad, als du ihn vollgekotzt hast … ich würde mir meinen kleinen Finger abhacken lassen, um das zu sehen!"

Ein unbekümmertes Lachen erklang, und er schüttelte sich auf dem Stuhl, dass auch mir ein Grinsen über die Lippen huschte.

„Hör auf, Stew! Du benimmst dich wie ein Fünfjähriger! Du weißt, dass Vic deswegen in Teufels Küche gekommen ist – und es hätte viel schlimmer kommen können", fuhr Aimee ihn an, doch damit war sie noch nicht zufrieden. Ohne Luft zu holen, ging sie im scharfen Ton auch auf mich los.

„Und du! Wie konntest du so betrunken nach Hause kommen? Was sollte der Scheiß, wann wirst du endlich erwachsen? Ich will mir das Gesicht von Mister McKanzie gar nicht vorstellen. Nur beim Gedanken daran wird mir schlecht. Er schaut sonst schon immer so grimmig."

Ich zuckte mit den Schultern und lächelte sie gutmütig an, wie ein Kind, das seine Mutter besänftigen möchte.

„Ich weiß nicht, Aimee. Wenn ich alt und grau bin? Mir schmecken eben ein guter Wein oder andere alkoholische Getränke."

Die anderen Vorteile, die mir Alkohol verschaffte, wie vergessen oder entfliehen, zählte ich besser nicht auf, da Aimee auch jetzt schon wütend genug wirkte. Ich schlug ein Bein über das andere.

„Weißt du, was *ich* unglaublich finde? Dass du, seit du klein warst, Angst vor meinem Dad hast. Aber das musst du nicht, der tut keinem was, glaub mir. Er ist wie ein Hund, der viel bellt, aber nicht beißt."

Von Stew bekam ich ein zustimmendes Nicken.

„Bin ganz deiner Meinung! Vielleicht sollten wir Aimee einen Nachmittag mit ihm zusammenstecken, damit sie sich besser kennenlernen?"

Wieder schüttelte er sich vor Lachen, und wegen Aimees entsetztem Gesichtsausdruck konnte ich mich ebenfalls nicht zurückhalten. Nur Aimee war von dem Gedanken nicht angetan. Rote Stressflecken zeichneten sich auf ihren Wangen ab.

„Schluss jetzt, alle beide! Außerdem reden wir jetzt nicht über *mich*, sondern über Vic."

Ach Mist, das wollte ich eigentlich vermeiden, dachte ich gequält. Aber Aimee hatte andere Wünsche als ich und wechselte daher übergangslos das Thema.

„Wie war überhaupt der Urlaub bei deiner Tante Shona? Erzähl, ich bin schon neugierig."

Gut, das war dann doch ein harmloses Thema, mit dem ich leben konnte, und erfreut sah ich in ihre grünen Augen.

„Okay, wir machen nur Spaß, Aimee. Ich werde in Zukunft auf dich hören, versprochen."

Dann ging ich auf ihre Fragen ein. „Es war nett bei ihnen, danke. Wenn du neugierig bist, schau einfach auf mein Facebook-Profil. Alle Fotos sind hochgeladen und sogar beschriftet. Was ist mit euren Fotos? Sind die auch schon im Internet?"

Stew wollte gerade ansetzen „Oh gut, die muss ich gleich auf meinem Handy anschauen und …", als Aimee ihn unterbrach.

„Nein! Das mein ich doch nicht, Vic. Erstens habe ich die Fotos schon gesehen, und zweitens will ich wissen, wie es dir gefallen hat, wie es dort war? Und wie geht es dem kleinen Russel, kann er schon laufen?"

Stew und ich tauschten einen Blick über den Tisch. Wenn Aimee sich einmal in das Frage-Antwort-Spiel verbissen hatte, gab es kein Entkommen. Ich lehnte mich bequemer auf dem Sessel zurück – das konnte länger dauern.

„Aimee, er ist drei und kann nicht nur laufen, sondern plappert auch schon eine ganze Menge. Außerdem ist so ein Kleinkind um einiges ausdauernder als ich, das sag ich euch. Ein richtiger kleiner Dreikäsehoch, der nicht still sitzen kann und schon jetzt alles besser weiß. Aber er ist zum Anbeißen mit den Sommersprossen und den roten Locken."

„Und wie war es sonst so? Du warst immerhin einige Wochen bei ihnen", bohrte sie weiter, und ich bekam eine vage Ahnung, wohin sie dieses Gespräch lenken wollte.

„Was willst du hören? Es war wie immer nett. Wir waren viel

unterwegs, sind in den Highlands spazieren gewesen oder haben Ausflüge gemacht, wie eine nette, kleine Familie aus dem Bilderbuch."

Bloß, dass ich nicht richtig dazugehörte und nur zu Besuch war in einer Welt, in der alles noch perfekt scheint, aber diesen Nachsatz sprach ich nicht laut aus. Es reichte, wenn ich mir selbst das Leben schwer machte, ich wollte nicht auch noch die anderen runterziehen.

Unbeirrt hakte Aimee nach: „Also hat es dir dort gefallen. Wollte Shona dich auch wieder überreden, zu ihnen zu ziehen?"

Ich verzog mein Gesicht zu einer Grimasse, da ich dieses Thema noch nie hatte leiden können. Es stachelte nur Gefühle an, die weiterhin im Verborgenen bleiben sollten.

„Du weißt, dass ich das nicht kann. Ich liebe Shona und ihre Familie, aber es geht nicht. Auch wenn ich es wollte. Mein Leben ist hier, meine Freunde, Dad …"

Die Erinnerungen an meine Mutter, beendete ich gedanklich den Satz. Aimee war damit nicht zufrieden, denn sie ließ das Kinn auf ihre verschränkten Hände sinken und blinkte mir eine Zeit lang in die Augen, als würde sie darin das erkennen, was ich aber nicht preisgab: Emotionen.

„Würdest du es denn wollen, wenn du die Möglichkeit hättest und dein Vater es dir nicht verbieten würde?", fragte sie.

Mein Blick fiel auf die zusammengepressten Finger auf meinem Schoß, und alles, was ich ihr antworten konnte, war: „Ich weiß es nicht."

Um nicht länger über dieses unliebsame Thema sprechen zu müssen, stand ich vom Sessel auf und bewegte mich in Richtung der tanzenden Menge.

„Ich geh eine Runde und schau mich um. Wir sehen uns später."

Aus dem Augenwinkel sah ich, dass Stew ebenfalls aufspringen wollte, um mir zu folgen, aber Aimee schüttelte nachdrücklich den Kopf und hielt ihn am Ärmel fest. Sie hatte schon immer ein Gespür dafür gehabt, wenn ich für mich sein wollte.

Sobald ich an Tante Shona und an meinen Vater dachte, verkrampfte sich mein Magen zu einem harten Klumpen. Ich liebte beide, aber sie konnten einander überhaupt nicht riechen. Soweit ich wusste, hatten sie schon immer ein angespanntes Verhältnis gehabt, das eskalierte, als meine Mutter gestorben war. Angeblich hatte Shona damals sogar für das Sorgerecht gekämpft, war aber an den teuren Anwälten meines Vaters kläglich gescheitert. Danach durfte sie nicht mal mehr in unserem Haus schlafen, wenn sie mich besuchen gekommen war. Die Situation hatte sich erst wieder entspannt, als ich alt genug war, um alleine mit dem Zug nach Inverness zu fahren und Shona dort zu besuchen. Ich war überzeugt davon, dass mein Dad und sie seither fast kein Wort mehr miteinander gesprochen hatten. Beide waren Sturköpfe und ließen sich auch durch mich nicht erweichen. Wenn ich versuchte, die Wogen zu glätten, war es, als ob ich gegen eine Wand sprechen würde.

Mein Weg hatte mich auf die Tanzfläche geführt, aber erst, nachdem ich ein oder zwei Becher bei der Bar getrunken hatte. Nach einigen schnellen Tänzen, bei denen ich versuchte abzuschalten, entdeckte ich im Getümmel Cailean, der mit einer langbeinigen, dürren Rothaarigen tanzte: Cecilia. Sie war schon immer auf ihn scharf gewesen, aber noch nie hatte sie sich mit einem derart tiefen Ausschnitt an ihn herangemacht. Ihr kurzes, schwarzes Kleid hätte nicht enger sein können, und ihre Lippen glitzerten feuerrot.

Auch Cailean trug dunkle Klamotten, die seine blasse Haut und den krausen, rotblonden Kurzhaarschnitt betonten. Als hätte er meinen Blick gespürt, sah er herüber und bückte sich zu Cecilias Ohr, um ihr etwas zuzuflüstern. Ihr Blick schoss in meine Richtung, und sie presste die Lippen fest aufeinander, bevor sie sich umdrehte und wie eine Dampflok in der Menge verschwand. Theatralisch, ja, das war sie. Seufzend wollte ich weitertanzen, aber Cailean kam mit erhobenem Kinn auf mich zu.

„Hey, Schätzchen. Du bist heute wieder atemberaubend. Wie sieht's aus, hast du später Lust, eine Runde zu tanzen oder noch mit zu mir zu kommen?"

Sein unverschämtes Lächeln und das Glitzern in den Augen sagten mir, was er dort mit mir vorhatte. Nicht, dass es mich sonderlich überrascht hätte.

Cailean und ich hatten bereits seit einiger Zeit etwas Ähnliches wie eine offene Beziehung, nur, dass er dieses Arrangement bis zur Gänze auskostete. Ich wusste, dass ich deswegen eifersüchtig hätte sein sollen, aber ich war es nicht, nicht mehr. Zuerst war ich enttäuscht gewesen, dann wütend auf mich selbst, weil ich mich auf ihn eingelassen hatte. Aber nun war es mir egal, was er trieb, und das schon seit einiger Zeit. Daher war meine Antwort ohne jegliche Begeisterung für sein Angebot, das er ganz toll zu finden schien.

„Keine Ahnung. Mal sehen, was der Abend noch bringt. Du weißt, ich möchte mich auf nichts festlegen."

Ich konnte es mir nicht verkneifen, einen weiteren Kommentar loszuwerden. „Übrigens, nette Begleitung. Seit wann hängst du öffentlich mit Cecilia rum? Ich dachte, sie wäre dir zu anhänglich oder besser gesagt zu *anstrengend*?"

Wie oft hatte er mir im Bett vorgesäuselt, wie nervig ihm Cecilias Verhalten und ihre Zickereien wären, und doch hing er heute mit ihr rum. Kerle waren manchmal so widersprüchlich in dem, was sie mit Worten sagten, und dem, was ihre Taten sprachen.

„Du brauchst nicht eifersüchtig werden. Wir haben bloß ein bisschen Spaß miteinander. Du weißt schon, ein richtiger Mann kann nicht nur für eine Frau da sein."

Ein Lächeln blitzte über sein Gesicht, und mir stieg die Galle hoch. *Wann war er so ein Schwein geworden?* Oder war er schon immer so gewesen, und ich hatte es absichtlich übersehen? Ich verdrehte meine Augen und widerstand dem Drang, meine Nasenwurzeln zu kneifen. Kopfschmerzen kündigten sich an – schon wieder. *Was für ein beschissener Tag.*

„Mir egal, was du denkst. Wir sehen uns vielleicht noch. Aber – wenn ich du wäre, würde ich nicht damit rechnen."

Nachdem ich mich weggedreht hatte und er wieder bei seiner Begleitung angekommen war, tanzte ich weiter und blickte mich ein letztes Mal zu den beiden um. Von Weitem betrachtet sah Cailean Murdoch ganz in Ordnung aus. Er war nicht der Attraktivste an unserer Schule, aber er war groß und strahlte diese Selbstsicherheit und diesen Charme aus, die nur wenigen Leuten anhafteten. Ähnlich wie bei meinem Vater. Außerdem war er steinreich und mit der inneren Überzeugung bestückt, dass er alles haben konnte.

Unsere Väter kannten sich seit ihrer Studienzeit und hatten oft geschäftlich miteinander zu tun oder sahen sich privat. Was nicht besonders interessant war, da jeder Mensch seine Freunde hat, sogar *mein* Vater. Aber ich fand es doch eigentümlich, dass sie sich strikt alle zwei Wochen trafen.

Gleich, wo mein Vater unterwegs gewesen war, er kam von seinen Dienstreisen zurück, und das Treffen fand statt. Eine Schulaufführung hatte solche Wunder selten vollbracht. Meistens trafen sie sich bei einem seiner Freunde, den MacColls, den Murdochs oder den McLiods zu Hause – auch sie gehörten zur Oberschicht in Glasgow und waren Cecilias Eltern. Alle paar Monate fuhren sie alle sogar zu einer abseits gelegenen Burg in der Nähe von Stonehaven in den schottischen Highlands, was eine Fahrt von zweieinhalb Stunden erforderte. Wem genau von den Freunden meines Vaters dieses kleine Schloss gehörte, war mir nicht bekannt, aber wir hatten dafür seit jeher auch einen Schlüssel bei uns zu Hause.

Als ich noch klein war, fuhren wir im Sommer alle gemeinsam dorthin. Meine Mutter, mein Vater und ich verbrachten oft einen Teil der Ferien auf der Burg. Doch nach Mums Tod war ich nie wieder mit ihm gefahren, auch wenn ich manchmal mit Sehnsucht an diesen magischen Ort und an die glücklichen Tage, die wir dort erlebt hatten, zurückdachte. Auch heute noch.

Ich wusste nicht, was mein Vater und seine Freunde dort trieben oder über welche geschäftlichen und wirtschaftlichen Themen sie sich unterhielten, da es mich auch nicht besonders interessierte. Aber ich stellte es mir so ähnlich vor wie in den alten Schwarz-Weiß-Filmen, in denen wichtige Männer in einem antiken Wohnzimmer beisammensaßen. Mit einem gemütlichen Feuer im Kamin, einer Zigarre und einem Glas Cognac in den Händen, um über Gott und die Welt zu philosophieren. Soweit ich wusste, war es sogar irgendeine Vereins- oder Clangeschichte mit Wappen und allem Drum und Dran. Ich empfand das alles als sehr schrullig und lächerlich für erwachsene Männer. Besonders, weil sie auch ein eigenes Vereinsmotto hatten, welches ‚*Luceo non uro*' lautete und so viel bedeutete wie ‚*Ich glühe, doch ich brenne nicht*'. Darüber zu grübeln, hatte mich bisher noch nicht weitergebracht. Ich kam auf keine befriedigende Antwort.

Als Cailean und ich noch Kinder gewesen waren, hatten unsere Väter uns immer wieder zusammengesteckt, doch zwischen mir und Cailean wollte lange keine Freundschaft oder Ähnliches entstehen. Erst vor zwei, drei Jahren, als meine weiblichen Attribute sich langsam zeigten, wurde Caileans Interesse geweckt, und er hatte angefangen, zu flirten und später mit mir auszugehen.

Zu Beginn war ich von seiner Umwerbung geschmeichelt gewesen und wie geblendet von der Tatsache, dass er doch etwas mit mir zu tun haben wollte. Die meisten hatten mich beneidet, denn jeder wollte in seinem Ruhm und Namen baden. Doch, wenn ich ihn nun betrachtete, fragte ich mich ernsthaft, ob ich noch etwas für ihn empfand. Meine Antwort darauf war ernüchternd. Es fühlte sich wie der bittere Nachgeschmack eines einst guten Weines an, der aber längst verblasst war und im Gaumen nur noch eine fahle Erinnerung zurückließ.

Die Party war eine Stunde vor Mitternacht sehr gut im Gange und das, obwohl Elternteile Aufsicht führten und kein Alkohol ausgeschenkt werden sollte. Irgendjemand hatte es dennoch geschafft, eine beträchtliche Menge Rum, wenn nicht sogar Härteres, in die Bowle zu schütten.

Auch ich war bereits dem Gefühl der erwünschten Leichtigkeit ergeben, und, obwohl mich meine innere Stimme anbrüllte aufzuhören, ignorierte ich sie. Dabei bewegte ich mich im Rhythmus der Musik und hielt den nächsten vollen Trinkbecher in der Hand, den ich einem Typen abgeschwatzt hatte, als er mit vier Bechern an mir vorbeirauschen wollte. Nachdem ich auch diesen vollständig geleert hatte, bahnte ich mir schwankend einen Weg durch die erheiterte Partymeute zum Ausgang der Turnhalle.

Beim Ausgang angekommen, atmete ich in vollen Zügen die frische Luft ein, die bereits Anfang September die Kälte des bevorstehenden Winters erahnen ließ. Anscheinend hatte ich doch über meinen Durst getrunken, denn im Freien angekommen, drehte sich alles, und eine aufsteigende Übelkeit überfiel mich. *Ich hätte es besser wissen müssen.*

Angetrieben von dem mulmigen Befinden stürzte ich hinaus auf das spärlich beleuchtete Schulgelände, das mit vereinzelten Bäumen und einem sorgfältig geschnittenen Rasen vor mir lag. Hinter einem großen Laubbaum entdeckte ich zu meiner Erleichterung eine sehr willkommene Holzbank. Schon während ich mich setzte, beruhigte sich die Aufruhr in der Magengegend, und auch der Schwindel ließ nach.

Aber ich kannte meinen Körper zu gut, um mich zu früh zu freuen. Der Alkohol und ich hatten noch nie eine andauernde Beziehung geführt, da mein Magen, trotz all des Trainings, nicht für ihn geschaffen schien.

Mit geschlossenen Augen ließ ich meinen Kopf hängen, die Arme auf den Oberschenkeln aufgestützt, während ich tief ein- und ausatmete.

Ich fuhr erschrocken hoch, als ich hinter mir einen Zweig knacken hörte, dem ein Rascheln folgte. Mit klopfendem Herzen sah ich mich hastig nach allen Richtungen um. Doch in der Dunkelheit und dem spärlichen Licht war nichts zu erkennen außer langen Schatten und den dunklen Umrissen der Bäume.

Ein zweites Mal nahm ich ein Geräusch wahr und glaubte, in den Büschen weiter hinten einen Schemen zu erkennen. *Ein Mensch? Ein Tier? Was hatte ich dort gesehen?*

Aber mir war klar, dass ich viel zu betrunken war, um meinen eigenen Augen oder Sinnen zu trauen. Außerdem war ich bereits zu alt, um mich in der Finsternis zu fürchten, und ich redete mir ein, dass ich mir das alles nur einbildete.

Obwohl ich ein flaues Gefühl im Magen hatte, das nicht von meiner Alkoholisierung herrührte, riss ich mich zusammen und drehte mich zurück, um mich auf meinen derzeitigen Zustand zu konzentrieren. Auch wenn ich mich ein bisschen besser fühlte, schwebte die Übelkeit weiterhin wie ein Damoklesschwert über mir. Deshalb ließ ich meinen Kopf wieder nach unten hängen, die Augen starr auf den Rasen gerichtet und zählte im Geiste bis hundert. Meine Haare hingen lang nach unten, und ich ärgerte mich darüber, dass ich mir zu Hause keinen Pferdeschwanz gebunden hatte. Egal, wie betrunken ich auch war, soviel bekam ich noch mit, um mich darüber im Stillen zu beschweren.

Minuten vergingen in beruhigender Stille, nur mein Atem war zu hören, und ich fing an, mich wieder zu entspannen. Doch genau in diesem Moment bemerkte ich, wie sich jemand neben mich auf die Bank setzte, wodurch ich mich sofort verspannte.

„Bewunderst du so fasziniert den Rasen …? Oder soll ich dir die Haare aus dem Gesicht halten, bevor du dich übergibst?"

Diese belustigte Stimme und den blöden Spott hatte ich doch erst heute Nachmittag gehört. Ich wusste, ohne aufzusehen, wer jetzt neben mir saß: Rafael. Die Angst verschwand augenblicklich und machte anderen, ebenso unguten Gefühlen Platz – Wut, Scham, peinliche Berührung –, um nur einige zu nennen.

Muss dieser Typ denn schon wieder auftauchen? Und immer dann, wenn ich mich in einer unangenehmen Situation befinde?

Ich wusste nicht, wie er das machte, aber anscheinend hatte er so etwas wie einen Peinlichkeitsdetektor eingebaut, um mich aufzuspüren, wenn es für mich am ungünstigsten war. Ich konnte sein dummes Grinsen förmlich vor mir sehen, und meine Hände ballten sich zu Fäusten. Dennoch kapitulierte ich und ließ den Kopf hängen, während ich grimmig antwortete: „Du tauchst wohl immer zu den unpassendsten Momenten auf …"

Zu mir selbst nuschelte ich: „Die Frage ist nur, ob das ein Segen oder ein Fluch ist."

Gekünstelt räusperte ich mich und sprach wieder laut, damit auch er mich verstehen konnte: „Kannst du nicht einfach wieder aufstehen … und *gehen*? Bitte!"

Ich hatte das Gefühl, dass diese Anfrage reines Wunschdenken war, denn so leicht ließ er sich vermutlich nicht abschütteln. Nicht, wenn er die Chance hatte, mich bloßzustellen oder sich selbst einen Spaß zu gönnen. Obwohl ich ihn nur flüchtig kannte und wir erst heute Morgen ein erstes, richtiges Gespräch geführt hatten – oder eher einen Streit, je nachdem, wie man es sehen wollte –, lag ich mit meiner Vermutung richtig.

Lässig lümmelte er sich auf die Bank, und ich konnte den Sarkasmus in seiner Stimme hören.

„Wow, Princesa, missmutig wie eh und je! Du bist sogar noch besser gelaunt als bei unserer letzten Begegnung. Du solltest es vielleicht mit Lachen probieren – oder zumindest mit einem kleinen Lächeln? Sonst mache ich mir nämlich echt Sorgen um dich. Oder … ich könnte anfangen zu glauben, dass es an *mir* liegt!? Das wollen wir doch beide nicht, oder?"

Süffisante Belustigung schwang in jedem seiner Worte mit.

Dieser Kerl macht sich schon wieder über mich lustig!

„Komm schon! Wenn du willst, dass ich wieder abhaue, muss ich mich wenigstens vorher überzeugen, dass es dir gut geht."

Seit wann schwafeln Jungs so viel?, ging es mir genervt durch den Kopf, während er fast ohne Pause weitersprach.

„Und wie könnte das besser funktionieren, als dass du mir ein *wenig* Freundlichkeit entgegenbringst? Ich wette, du hast ein schönes Lächeln. Das würde ich gerne einmal sehen."

Um seinen Redefluss zu stoppen, wollte ich seiner Aufforderung folgen. Vielleicht würde er sich dann wirklich vom Acker machen und mir Gelegenheit geben, mich alleine im Leid zu suhlen. Ich wusste nicht, wie, aber ich schaffte es, meinen Kopf leicht zu heben und ein Lächeln zu formen. Schon bei dieser kleinen Bewegung drehte sich vor meinen Augen die Umgebung. Doch ich blieb standhaft und zeigte ihm meine weißen Zähne.

„Siehst du. Das war doch gar nicht so schwer!"

Nach einer kurzen Pause räusperte er sich jedoch, und ich hörte ein Glucksen von ihm.

„Obwohl … du solltest es noch ein *bisschen* vor dem Spiegel üben. Du willst doch nicht auf dem Heimweg kleine Kinder erschrecken …"

In diesem Moment wollte ich ihm allzu gerne eine verpassen, da ich seine dummen Kommentare langsam satthatte, besonders, da ich mich furchtbar fühlte und ich wusste, dass ich erbärmlich aussehen musste. Nicht, dass es mir wichtig war, gut auszusehen, nur weil *er* hier neben mir saß. Obwohl – wenn ich ehrlich zu mir war, kümmerte es mich doch.

Es ärgerte mich umso mehr, dass er mir mit seiner sehnig-muskulösen Statur, den schwarzen Haaren und den dunklen Augen so gut gefiel. Von der Hitze gar nicht erst zu sprechen, die bei seiner tiefen Stimme mit dem leichten Akzent in meinem Körper aufwallte.

„Mhm … du bist so witzig", war trotzdem alles, was ich zustande brachte. Mehr ließ meine Verfassung nicht zu, und ich wollte auch nicht, dass er bemerkte, was für eine Wirkung er auf mich hatte.

„Du bist wohl keine dieser Quasselstrippen, oder? Vale – okay. Wenn du nicht willst, rede ich eben …"

Hinter meinem Haarvorhang verdrehte ich die Augen. *Der Typ redet wirklich viel.* Bevor er seinen Faden wieder aufnahm, bückte er sich zu mir hinunter und versuchte, mir ins Gesicht zu sehen.

„Was ist nun, Princesa? Soll ich dir eine Gartenschere für den Rasen bringen oder dir lieber helfen, deine tollen Haare nicht zu versauen?"

Ich hätte allzu gerne lauthals protestiert und ihn zum Teufel gejagt. Aber, als ich mich ruckartig aufsetzte, um ihm meine Meinung zu geigen, bewegte sich mein Mageninhalt abrupt in Richtung des oberen Ausganges, sodass ich nur noch gehetzt antworten konnte: „Nenn mich NICHT Princesa! Und … Oh Gott, nein … schnell … ich …"

Damit war es auch schon passiert. Rafael schaffte es gerade noch, meine Haare zu erwischen und in meinem Nacken zusammenzuhalten. Doch bevor er sich selbst aus dem Schussfeld retten konnte, traf ein Schwall seinen linken Schuh.

Als das Würgen endlich vorüber war, nahm ich beschämt ein Taschentuch an, das er mir ohne jeglichen Kommentar reichte. Mit einem anderen Taschentuch versuchte er, den Schuh zu säubern, während er in einer mir fremden Sprache leise vor sich hin fluchte. Nachdem ich mich gesäubert hatte, unterbrach ich seine unverständliche Schimpftirade mit dünner Stimme.

„Rafael. Es tut mir furchtbar leid."

Mir war das alles unfassbar peinlich. Das schlechte Gewissen überkam mich erneut und verschluckte mich wie eine riesige Welle. Ich hob vorsichtig meinen Kopf, gerade so weit, dass ich ihn anblicken konnte.

„Danke, dass du meine Haare vor der Sauerei gerettet hast."

Mein Blick fiel hinunter auf seine Beine. „Aber … dein Schuh … Ich wollte das wirklich nicht. Es tut mir unendlich leid. Ich bezahle dir die Reinigung oder noch besser … ich kauf dir neue. Versprochen!"

Sein Gesicht konnte ich nicht richtig erkennen, ich sah nur schwach die dunklen Augen, die mich in der finsteren Nacht musterten.

„Ist schon okay. War ja keine Absicht … hoffe ich zumindest."

Dabei zwinkerte er mir zu, und ich erkannte zu meiner Überraschung nicht den geringsten Groll mir gegenüber. Er blickte ebenfalls auf den verschmutzen Schuh.

„Ehrlich, es macht nichts. Ich war zu langsam. Ich hätte ja auch andere Schuhe – und nicht meine Lieblingsschuhe – zu dieser Feier anziehen können. Meine Schuld."

Seine Stimme war ruhig und ohne Anklage. Aber der Inhalt seiner Worte drang, trotz meines alkoholisierten Zustandes, zu mir durch. Beschämt blickte ich erneut auf die Schuhe – blaue Sneakers mit leuchtend grünen Schnürsenkeln – keine teure Marke. Sie sahen zwar neu aus, aber das war auch schon alles.

Jeder andere wäre fuchsteufelswild geworden oder hätte mich wild beschimpft, aber das blieb alles aus. Stattdessen blieb er gelassen und war noch immer freundlich, geradezu unerträglich nett. Ich verstand die Welt nicht mehr. Ich wusste nur, dass ich es wiedergutmachen musste. Egal, wie.

„Darf ich dir wenigstens ein bisschen Geld geben, damit du sie zur Reinigung bringst? Ich hab wirklich ein schlechtes Gewissen. Immerhin bin ich der Übeltäter, und du hast mir nur geholfen."

Obwohl sein Mund noch immer freundlich lächelte, nahm seine Stimme eine unnachgiebige Härte an.

„Nein, lass nur. Meine mamá ist Putzfrau, wie du weißt, daher bekommt sie das bestimmt hin. Außerdem hab ich mir die Schuhe mit meinem selbst verdienten Geld gekauft, und ich werde mich auch jetzt darum kümmern. Trotzdem … Danke!"

Ich spürte, dass hier männlicher Stolz im Spiel und dieses Thema damit für ihn beendet war. Generell neigte ich zur Hartnäckigkeit und hätte ihm deswegen normalerweise noch länger in den Ohren gelegen, aber da die Übelkeit noch immer präsent war, beließ ich es dabei.

Sichtlich zufrieden, in der Sache das letzte Wort gehabt zu haben, war seine Laune nach einer kurzen Pause, in der wir beide schweigend seine Schuhe musterten, wieder so gut wie zuvor, und ich konnte sein spitzbübisches Lächeln erahnen.

„Ich denke, das war das Zeichen, uns auf den Nachhauseweg zu machen. Komm, ich bring dich heim. Immerhin haben wir fast den gleichen Weg."

Er zwinkerte mir zu, und sein Lächeln vertiefte sich.

„Danke für deine Hilfe. Es tut mir leid … nicht nur das mit dem Schuh, sondern auch wegen heute Nachmittag. Aber darf ich dich etwas fragen?"

Ich hielt den Blick gesenkt und wunderte mich über die Unsicherheit, die ich bei meinen Worten fühlte.

„Warum bist du so nett zu mir, nachdem ich mich dir gegenüber heute so grauenhaft verhalten habe?"

Seine Antwort kam nicht sofort. Er ließ sich Zeit, wohl, um darüber nachzudenken, als ob er selbst nach einer Erklärung suchen musste. Die Sekunden verstrichen für mich wie eine Ewigkeit.

„Ich bin kein Mensch, der lange nachtragend ist. Dafür ist das Leben zu kurz. Außerdem denke ich, dass du es wert bist, eine zweite Chance zu bekommen."

Mit so einer offenen Antwort hatte ich nicht gerechnet, und meine Kinnlade sackte nach unten. Schon alleine deswegen, weil er mich überhaupt nicht kannte und ich mich, oberflächlich betrachtet, nicht als die netteste Person präsentierte. *Warum interessierte er sich plötzlich für mich?*

Aber ich hielt meinen Mund, da ich sowieso viel zu verdattert war, um etwas zu erwidern. Außerdem war ich nicht sicher, ob ich seine Antworten auf meine Fragen hören wollte. Schließlich hauchte ich ein „Danke", von dem ich nicht sicher war, ob er es gehört hatte.

Ohne ein weiteres Wort stand er auf einmal vor mir und zog mich mit einer Hand hoch, bevor ich protestieren konnte. Dabei legte er meinen Arm um seine Schulter und seinen um meine Hüfte, um mich zu stützen. Obwohl ich noch immer leicht benebelt war, spürte ich trotzdem zu deutlich seinen warmen Körper an meiner Seite. Seine Berührungen trafen mich wie ein Blitz, das Prickeln, das sie auslösten, war ganz und gar nicht unangenehm.

Ich ärgerte mich und beschimpfte mich im Stillen, da ich nicht wollte, dass mein Körper auf diese eindeutige Weise auf ihn reagierte. Dafür regte er mich zu sehr auf und brachte mich mit seinen Kommentaren viel zu gerne zur Weißglut. Aber trotz meines gedanklichen Widerstands konnte ich nichts daran ändern.

Das Kribbeln auf meiner Haut hielt an, wie widerspenstige Ameisen, die ohne Pause auf- und abliefen. Mein Körper erzitterte kurz, und ich biss mir auf die Unterlippe, in der Hoffnung, dass er es nicht bemerkt hatte. Aber Rafael blickte bereits besorgt auf mich herab. Jegliche Belustigung war aus seinem Gesicht verschwunden.

„Du zitterst. Ist dir kalt? Willst du meine Jacke haben?"

Klasse! Ich zappelte seinetwegen so auffällig, dass sogar er es bemerkt hatte, und ich fragte mich, wie tief ich, oder besser gesagt mein verräterischer Körper, noch sinken konnte. Seine Jacke überzustreifen, in der er noch steckte, die von seinem Körper erwärmt war und nach ihm roch, war daher das Letzte, das ich jetzt tun wollte. Meine Stimme klang sogar in meinen eigenen Ohren belegt.

„Nein danke. Mir ist nicht kalt. Außerdem hab ich meine Lederjacke, und du erkältest dich sonst noch, wenn du deine Jacke ausziehst. Ich schulde dir schon genug. Lass uns einfach ein Taxi suchen und nach Hause fahren."

Sein Griff verstärkte sich, während er an meinem Arm auf und ab strich, um mich zu wärmen.

„Vale, wie du willst. Das lässt sich machen."

In dem Moment überkam mich eine ungewohnte Welle der Dankbarkeit, und, ohne es stoppen zu können, sprudelte es aus mir heraus.

„Danke. Du bist wirklich nett. Wenn du willst, kannst du ... Also, ich bin Vic ... Für meine Freunde ... also, wenn du willst ... Du musst aber nicht ..."

Ich stammelte wie ein Junkie auf Drogen und hätte mich dafür in den Hintern treten können.

Aber er nickte und antwortete mit einem Schmunzeln. „Danke, Vic."

Nachdem wir in Stille ein Stück gegangen waren, kamen wir an vom Wind raschelnden Büschen vorbei. Auf der Stelle blitzte die Erinnerung von vorhin auf. Sofort fragte ich, ohne nachzudenken, forscher und anklagender als beabsichtigt: „*Was* machst du eigentlich heute Abend hier?"

Gekränkt sah er auf mich hinab, und ich spürte, wie sich sein Körper neben mir verspannte.

„Wieso? Warum fragst du? Ich gehe auch auf diese Schule. Nur weil ich nicht die gleichen Markenklamotten trage wie ihr reichen Kids, bedeutet das nicht, dass ich nicht auch zur Feier kommen kann."

Ungeduldig schüttelte ich den Kopf.

„Das weiß ich doch! So meine ich das nicht. Nur, ich habe dich auf solchen Veranstaltungen noch nie gesehen. Ich wundere mich, wegen wem oder warum du heute hier bist."

Nun bemerkte ich, wie sich seine Muskeln wieder entspannten. Offensichtlich fühlte er sich geschmeichelt und dachte wohl, ich erhoffte mir nun eine spezielle Antwort von ihm. *Typisch Kerle.*

„Vielleicht ist es an der Zeit, aus meinem Schneckenhaus zu kommen, um die Welt zu entdecken?"

Ich blickte ihn von der Seite aus an und konnte ein schiefes Lächeln erkennen. Anscheinend hatte er auf Flirtmodus umgeschaltet, und ich hätte zu gerne die Augen verdreht oder den Kopf geschüttelt. Aber seine Antwort genügte mir nicht. Ich wollte mehr wissen.

„Kannst du auch ernst sein? Wie lange warst du schon draußen, bevor du zu mir gekommen bist? Hast du mich eine Weile beobachtet, oder bist du direkt zu mir gegangen?"

Seine Augenbrauen wanderten in die Höhe. „Was meinst du? Soll das ein Verhör werden?"

„Verdammt! Jetzt antworte einfach! Hast du etwas gehört oder jemanden gesehen, als du aus der Sporthalle gekommen bist?"

Er seufzte tief. „No, hab ich nicht. Es war mir drinnen zu stickig, und, nachdem ich ein paar Schritte gegangen bin, hab ich dich auf der Bank gesehen. Das war alles. Willst du mir vielleicht etwas erzählen, Princesa?"

„Nein … Ich … Ich hab gedacht, ich hätte jemanden gesehen. Aber ich muss mich getäuscht haben. Vergiss es einfach."

Trotzdem konnte ich mich nicht vollkommen beruhigen und dieses eigenartige Gefühl abschütteln. Irgendetwas stimmte hier nicht, aber ich konnte nicht mit dem Finger darauf zeigen. Die restliche Strecke hing jeder seinen eigenen Gedanken nach. Bis er den Arm ausstreckte und auf ein Auto zeigte.

„Dort steht ein Taxi. Dann hätten wir es fast geschafft. Gehts dir besser?"

Wieder versuchte ich mich an einem Lächeln, obwohl es mir immer noch schwerfiel, aber ich biss die Zähne zusammen. Er musste nicht wissen, wie elend ich mich tatsächlich fühlte.

„Danke, alles gut. Lass uns bitte schnell nach Hause fahren."

„Vale, wie du willst", war das Letzte, woran ich mich erinnern konnte, als wir in das Taxi einstiegen und die Dunkelheit mich holte.

3. Verwirrung

*In der Ferne zeigt sich alles reiner,
was in der Gegenwart uns nur verwirrt.*
(Johann Wolfgang von Goethe)

Ich befinde mich in einem dunklen Raum, einer Art Verlies, und ich bin vollkommen alleine. Fast unerträgliche Stille, nur ein stetiges Tropfen dringt an mein Ohr, mit diesem ‚klack-klack'-Geräusch, das mir bis ins Mark kriecht. In der Entfernung kann ich in einem engen Gang das flackernde Licht einer Kerze ausmachen, das aber zu wenig Helligkeit spendet, um die Umgebung genauer zu sehen. Doch was viel schlimmer ist als dieser Ort und die Finsternis, ist das eisige Gefühl, das durch meinen Magen hinaufkriecht, über das Zwerchfell, direkt in meine Brust. Es ist eine beißende Kälte, wie Nadelstiche, direkt im Inneren meines Körpers.

Zitternd sehe ich mich um, versuche, etwas in den dunklen Schatten zu erkennen, die mich umgeben und mich zu verschlucken drohen. Doch es ist nichts zu sehen außer der feuchten, nackten Steinmauer. Mein Mund ist trocken, die Kehle wie mit einem festen Seil zugeschnürt, und mit jedem weiteren Atemzug steigt Panik in mir hoch. Plötzlich spüre ich etwas, eine Gewissheit, die mich schaudern lässt – ich bin nicht mehr allein. Ein Schatten huscht über mich, und ich schreie ...

Heute war der erste Schultag meines letzten Jahres an der Highschool. Für andere war das wohl ein aufregender Moment, aber ich machte mich ohne jegliche Begeisterung fertig. Ich fühlte mich heute Morgen noch total erschlagen, was mit ein Grund für die fehlende Vorfreude war. Es lag aber nicht nur an den Nachwirkungen der Party vom Samstagabend, sondern auch an den Albträumen der letzten Nächte.

Ich schob die Träume beiseite und musterte missmutig die Klamotten vor mir. Blauer Blazer, knielanger, karierter Rock und weiße Bluse mit blauer Krawatte waren nicht gerade das modebewussteste Outfit, das ich mir vorstellen konnte. Zum Glück lag nur noch ein Jahr vor mir, in dem ich in diese ungeliebte Schuluniform schlüpfen musste.

Während ich mich anzog, schweiften meine Gedanken unweigerlich zum Abend der Party ab – und somit auch zu Rafael. Ich konnte mich zwar nur an Bruchstücke erinnern, aber ich wusste noch genau, dass ich in einem Moment Angst verspürt hatte, die aber sofort wie weggewischt gewesen war, als Rafael auf der Bildfläche erschien. Besonders gut in Erinnerung geblieben war mir unser Weg über den Rasen, als er mich gestützt hatte – sein starker Körper und seine Wärme, die ich am liebsten aufgesogen hätte, um sie für später zu speichern.

Zu gerne wollte ich mich daran erinnern, ob auf dem Heimweg etwas passiert war oder worüber wir gesprochen hatten. Aber so sehr ich mich auch konzentrierte, ab dem Zeitpunkt, indem wir in das Taxi gestiegen waren, war alles weg. Ich wusste noch nicht einmal, wie ich in mein Zimmer gekommen war, geschweige denn in den Pyjama, in dem ich am nächsten Morgen gesteckt hatte.

Das Einzige, was ich mit Sicherheit sagen konnte, war, dass ich mich nicht selbst umgezogen hatte. Bei dem Gedanken, wie es wohl abgelaufen sein könnte, stieg mir Hitze ins Gesicht. Eine Reaktion, die mir bislang unbekannt war und mich langsam anfing zu nerven. Auch wenn ich wusste, dass ich Rafael am Nachmittag noch von mir weggestoßen hatte, war die Neugierde inzwischen zu groß, um mich weiterhin von ihm fernzuhalten. Ich musste ihn näher kennenlernen, mehr über ihn erfahren. Und das wollte ich nicht nur, weil er verdammt gut aussah, sondern auch, weil er mich zum Schmunzeln brachte und ich seinen Humor mochte. Auch wenn ich mir äußerlich nichts davon hatte anmerken lassen – jeder brauchte ein Pokerface.

Die Frage war nur, wie lange ich es aufrechterhalten konnte. Der Gedanke daran, mich einem anderen Menschen – *ihm* – etwas zu öffnen, bereitete mir eine Heidenangst. Aber es mischte sich auch eine angespannte, freudige Erwartung darunter. Es zu versuchen – ins kalte Wasser springen, um zu sehen, was passieren würde – erzeugte ein ungewohntes Hochgefühl in meinen verrosteten, vorsichtigen Nervenbahnen.

Vor der Schule ging ich hinunter in unsere Küche: ein strahlend weißer Raum, helle Schränke und Mobiliar, penibel polierter, schwarzer Boden, in dem man sich fast spiegelte.

„Morgen, Dad", sagte ich beiläufig und schnappte mir einen Bagel und die Kirschmarmelade. Am kleinen Frühstückstisch brütete mein

Vater mit grimmigem Gesichtsausdruck über der Morgenzeitung, die zerwühlt auf dem Tisch lag und aussah, als wäre er mit dem Inhalt nicht zufrieden. Ohne aufzublicken, richtete er das Wort an mich.

„Guten Morgen, Kleines. Gut geschlafen und bereit für das neue Schuljahr?"

Meine Aufmerksamkeit lag auf dem fast fertig bestrichenen Bagel vor mir, als ich ihm, ebenfalls ohne aufzusehen, antwortete: „Sicher. Putzmunter und für alles gewappnet."

Er warf mir einen skeptischen Blick zu.

„Schön zu hören. Wie geht es deinen Kopfschmerzen? Ich hoffe, du hast dich gestern ausreichend erholt und kannst heute volle Leistung abrufen. Wie ich hörte, hattest du eine Menge Spaß auf der Feier!? So nennt ihr jungen Leute doch heutzutage dieses sinnlose Betrinken."

Ich konnte mich gerade noch zurückhalten, bevor mir die Frage „Woher weißt du das?" herausrutsche. Daher zuckte ich stattdessen mit den Schultern.

„Ach, ich war nicht lange dort, und da ich bereits vor Mitternacht zu Hause war, kann man das als gutes Indiz dafür sehen, dass die Party langweilig war. Du weißt ja, Aufsicht von Eltern, alkoholfreie Bowle. Nichts Aufregendes."

Ich lächelte unschuldig, und er musterte mich einen Moment lang, bevor er sich wieder der Zeitung widmete.

„So, so. Nichts Aufregendes."

Erleichtert steckte ich mir den Bagel in den Mund und nahm mir den Teil der Lokalnachrichten von der Zeitung. Dann wuchtete ich den Rucksack über die Schultern, biss ab und rief mit vollem Mund: „Hab's eilig, Dad. Schönen Tag."

Ich war aus der Küche, bevor er etwas erwidern konnte. Ich hielt es für besser, seinen oftmals geringschätzigen Ton zu überhören, anstatt sich mit ihm zu streiten. Streit hatten wir auch so oft genug.

Mit hungrigen Bissen schlang ich den Bagel hinunter und blickte dann zum Himmel empor. Obwohl es schon nach halb neun war und in anderen Städten wohl schon fröhlich die Sonne am Himmel lachte, war das Wetter in Glasgow trüb und regnerisch. Nebelschwaden glitten wie grobe Fäden durch die Straßen und tauchten die Umgebung in ein trübes Grau. Die Meteorologen hatten einen frühzeitigen Kälteeinbruch vorhergesagt, und derzeit schien es, als würden sie einmal richtig liegen. Wäre die persönliche Laune an das hier herrschende Wetter angepasst, würde man bald der Depression verfallen.

Auch ich hatte zeitweise Probleme damit und war deshalb noch nicht bereit für die kommende Kälte des Winters. Bei dem Gedanken stieß ich einen Seufzer aus und schlenderte die Straße entlang, um zur Railway Station zu kommen. Der Weg war nicht allzu lange und gesäumt vom Grün der Allee und der Hecken, die sich dich aneinanderschmiegten, als würden sie miteinander kuscheln. Ein frischer Wind fegte durch die Bäume und Büsche, die gespenstisch knarrten und raschelten, wie schon an Hundert anderen Tagen auch. Doch heute verursachten mir die Geräusche eine Gänsehaut, die mir bisher fremd gewesen war. Nach einem schnellen Blick über die Schulter schluckte ich meine Unruhe hinunter und versuchte stattdessen, während des Gehens die Zeitung zu lesen, um mich abzulenken.

Normalerweise überflog ich sie nur schnell und warf sie bereits bei der Haltestelle in den Mülleimer. Doch dieses Mal erregte eine Schlagzeile meine Aufmerksamkeit:

„Fall der nackten Frauenleiche noch immer nicht gelöst – Beamte tappen seit Wochen im Dunkeln!
Die verstümmelte Frauenleiche, welche vor vier Wochen am Clyde River gefunden wurde, konnte noch immer nicht identifiziert werden. Laut Gerichtsmedizinern handelt es sich um eine 31-jährige, rothaarige Frau. Wo sie getötet wurde, ist noch unbekannt. Sicher ist nur, dass sie an einem anderen Ort gestorben und danach zum Fluss transportiert worden ist. Auch die Todesursache ist noch ungeklärt, da zu viele Verletzungen vorliegen. Nur der Todeszeitpunkt gegen Mitternacht des 31. Juli 2014 konnte festgestellt werden.

Die Obduktion hat ergeben, dass die Frau vor ihrem Tod wahrscheinlich gefoltert wurde, da die Leiche viele Schnittwunden aufweist. Außerdem wurden ihrem Körper auffallend fachkundig Organe entnommen, bei dem die Gerichtsmediziner ebenfalls nicht sagen können, ob dies ‚post mortem' stattgefunden hat. Diese Tatsache lässt die Beamten auf einen Ring von Organhändlern schließen, die ihre ‚Ware' vermutlich teuer in den Osten verscherbeln wollen.

Zusätzlich wies die Leiche der 31-Jährigen Spuren von Brandwunden im Brustbereich und am Unterleib auf, welche die Form eines Pentagramms tragen, was wiederum auf eine okkulte Szene hinweist.

Die Polizei steht daher vor einem Rätsel. Sie werden aber mit allen möglichen Maßnahmen ihre Ermittlungen fortsetzen, verspricht der Leiter der hiesigen Polizei, Chief Murdoch."

Langsam ließ ich die Zeitung sinken und stolperte dabei fast über den Randstein des Gehweges. Der Artikel hatte mir überhaupt nicht geholfen, mich auf andere Gedanken zu bringen, sondern machte alles nur noch schlimmer. Die Härchen auf meinen Armen standen zu Berge, und ich beschleunigte meinen Schritt, um kurz darauf keuchend und mit einem Schweißfilm auf der Stirn beim Bahnhof anzukommen.

Bei der Haltestelle warteten schon einige Männer, Frauen und Kinder auf den Zug. Anders als sonst, war ich heute erleichtert über den Andrang, und die Unruhe in meinem Magen löste sich zaghaft wieder auf. Als der Zug eingefahren war und seine Türen geöffnet hatte, strömten die Menschen hinein, auf der Suche nach Wärme und einem Sitzplatz.

Beim Einsteigen sah ich drei Waggons weiter, dass sich auch Rafael in den Zug drängte. Auf der Stelle schossen mir mehrere Fragen durch den Kopf. Wo war er auf einmal hergekommen, oder war er die ganze Zeit hinter mir gewesen? War ich zu abgelenkt gewesen, dass ich ihn nicht bemerkt hatte? Und warum kam er nicht zu mir rüber, wie er es die letzten Male getan hatte?

Neben meiner Verwirrung machte sich auch bittere Enttäuschung breit, aber ich schluckte sie hinunter wie eine ungenießbare Flüssigkeit. *Möge mich der Blitz treffen, wenn man mir meine Gefühle ansieht.* Der besagte Blitz blieb zwar aus, aber den ganzen Weg zur Schule rotierten dieselben Gedanken und Fragen durch meinen Kopf, und sein Verhalten verunsicherte mich. Besonders, da er auf dem Weg zur Schule kurz in meine Richtung blickte. Durch das Getümmel der anderen Schüler hindurch sahen wir uns direkt in die Augen, doch dann drehte er sich ruckartig um und verschwand in dem Tumult aus Gelächter und lautem Geplänkel. Dabei hatte er mich mit derartiger Abscheu und Kälte in den Augen angesehen, dass mich ein Frösteln überkam.

Ein toller Start in den ersten Schultag, ging es mir enttäuscht durch den Kopf. Zu meiner Erleichterung verging der Vormittag aber wie im Flug. Jeder verfiel in die bekannte Routine, und keiner von den Lehrern nahm Rücksicht darauf, dass die Schüler noch den Sommerferien nachweinten und sich die Motivation in Grenzen hielt. Meine Versuche, mich auf den Unterricht zu konzentrieren oder bei Gesprächen mit Aimee und Stew mitzuhalten, wurden im Keim erstickt. Das Meiste nahm ich wie durch einen dünnen Schleier wahr, und oft huschten die verärgert blitzenden Augen von Rafael durch meine Gedanken.

Bis zum Mittagessen gaben mir meine Freunde Zeit, mich zu sammeln, aber dann hatten sie wohl genug von meinem Schweigen. Stew stopfte sich ein Stück gummiartiges Fleisch mit Kartoffelbrei in den Mund.

„Wohin bist du denn am Samstag verschwunden? Wir dachten schon, Aliens hätten dich entführt."

Mit einem Schluck Limo spülte ich den Bissen aus undefinierbarer Gemüsepappe hinunter.

„Entschuldigt, dass ich einfach abgehauen bin, aber mir ging es nicht gut. Außerdem hab ich euch gestern eine SMS geschrieben, dass ich gut nach Hause gebracht wurde."

Erwartungsvoll blickte ich sie an, um festzustellen, dass die Nachricht auch angekommen war.

Aimee nickte. „Haben wir, aber wir wissen noch immer nicht, von wem. Also – erzähl!"

Also tat ich es, bevor ich es mir noch anders überlegen konnte. Dabei beschränkte ich mich auf die Fakten und versuchte, so gleichgültig wie möglich zu klingen, als ich Rafael erwähnte. Besonders jetzt, wo er mich wieder zu hassen schien. Der Gedanke schmerzte mich mehr, als ich erwartet hatte.

Nach meinem Geständnis, dass Rafael mich nach Hause gebracht hatte, ging die Fragerei erst richtig los und wurde ohne Pause immer drängender. Bis meine Komfortzone überstrapaziert war und Müdigkeit über mich hereinbrach wie orkanartige Wellen. Ich seufzte tief und ließ meine Stirn auf die Tischplatte fallen. Aber, als auch der dezente Hinweis nicht half, ihre Fragen zu beenden, musste ich verbal einschreiten. Lauter und energischer, als ich wollte.

„Bitte, Leute, Schluss jetzt! Es tut mir leid, aber ich kann mich nicht an alles bis ins kleinste Detail erinnern. Ich weiß, dass ihr sauer seid, und es tut mir leid. In Zukunft werde ich einen Bogen um Alkohol machen, versprochen. Aber bitte, hört auf! Ich krieg Kopfschmerzen davon."

Ich wusste, dass ich etwas zu grob klang, aber ich konnte nicht mehr. Mir dröhnte der Kopf, und ihre Neugierde machte es schlimmer. Besonders, da sie in mir noch weit mehr Fragen auslösten, die ich noch weniger beantworten konnte. Die Geschwister tauschten einen Blick, und Aimee tastete sich vorsichtig heran.

„Alles okay? Normalerweise fährst du nicht derart aus der Haut, und du wirkst irgendwie … gestresst, Süße. Also … mehr als sonst."

Stew wurde etwas präziser und sprach mit vollem Mund: „Ehrlich gesagt, bist du heute schon den ganzen Tag unaufmerksam und gerade ziemlich kratzbürstig. Hast du deine Periode, oder hast du unsere prickelnde Gesellschaft satt?"

Plötzlich wurden seine grünen Augen groß, er schluckte hörbar den Essensbrei hinunter und hob triumphierend einen Zeigefinger, in bester Wickie-Manier.

„Oder gibt es etwa Probleme mit Jungs?"

Es war keine Frage, sondern eine treffsichere Feststellung, und ich verschluckte mich am Essen, das ich mir gerade in den Mund gestopft hatte. Aimee deutete mein Husten richtig und guckte verdutzt, aber auch neugierig.

„Ehrlich? Wegen Cailean? Ich dachte, dir liegt nichts mehr an ihm?"

Erneut stieß ich Luft aus und schob den Teller beiseite. Das würde ein langer restlicher Nachmittag werden, besonders, weil ich nicht in der Stimmung war, über meine Gefühle oder gar über Kerle zu reden. Vor allem, da ich mir selbst noch nicht im Klaren darüber war. In meinem Kopf wirbelte nur ein riesiges Fragezeichen umher. Trotzdem musste ich antworten. Beide starrten mich an und lechzten nach Neuigkeiten wie Hunde nach einem Knochen.

„Es ist nicht wegen Cailean. Die Sache mit ihm hat sich erledigt. Das ist mir auf der Party wieder klar geworden."

Stews Augen fingen an zu leuchten, noch bevor ich bemerkte, dass ich mich gerade verplappert hatte.

„Ha! Wegen wem dann?! Erzähl schon! Welchen neuen Kerl gibt es in deinem Leben, und wieso wissen wir nichts davon?"

Ich schraubte meine Trinkflasche auf und wieder zu, um meine Augen gesenkt halten zu können. Unschuldig gab ich zurück: „Welchen Kerl?"

„Komm schon … bitte", bettelte er wie ein kleines Kind, das ein Spielzeug wollte.

War ich so leicht zu durchschauen, dass Stew bereits ahnte, was ich mir selbst noch nicht eingestehen wollte? Dabei war nichts passiert, und trotzdem konnten meine Gehirnwindungen Rafaels Gesicht nicht mehr verbannen. Es war wie eingebrannt unter meinen Lidern. Doch das war einfach nur lächerlich – oder besser gesagt erbärmlich. Wir hatten doch nur zwei seltsame Begegnungen – zu wenige und zu kurze, um wirklich von Bedeutung zu sein. Oder etwa nicht?

Aber ich konnte Aimee und Stew mein ganzes Gefühlschaos nicht auf die Nase binden; noch nicht. Ich wollte es zuerst für mich selbst klären. Daher versuchte ich, eine Ausrede zu finden, ohne lügen zu müssen.

„Ich weiß, Stew. Du liebst Liebesgeschichten, aber da muss ich dich leider enttäuschen. Mein Leben spielt sich *ohne* Romanzen ab, zumindest ohne aktuelle oder tiefgründige."

Seine Augen funkelten wie bei einem Fuchs, der Beute gewittert hat und plant, diese auch zu erwischen.

„*Das* werden wir noch sehen!"

Aimee hatte unser Gespräch schweigend, aber interessiert verfolgt. Daher brach sie auch fast in Panik aus, als sie kurz darauf auf ihre Uhr am Handgelenk blickte.

„Oh mein Gott! Wir müssen uns beeilen, sonst kommen wir zu spät zum Unterricht!"

Rekordverdächtig schnell packten wir unsere Sachen zusammen, und wie die drei Musketiere eilten wir geschlossen zu unserer nächsten Stunde. Danach folgten Mathe, Englisch und Biologie; ein Fach, das nicht zu meinen Lieblingen gehörte. Als ob das ein schlechtes Omen wäre, hatte ich natürlich mein Biobuch im Spind vergessen. Ich bemerkte es dummerweise erst, als wir beim Klassenraum ankamen. Schnell entschuldigte ich mich bei den beiden und lief zurück, um es zu holen, als bereits die Schulglocke den Stundenbeginn einläutete.

Zurück beim Klassenzimmer hielt ich das Buch fest an meine Brust gedrückt und widerstand dem Drang, es auf den Boden zu pfeffern. Nur deswegen würde ich Probleme bekommen, das konnte ich spüren – obwohl das Buch keine Schuld trug, sondern meine Unachtsamkeit. Trotzdem versuchte ich das Unmögliche und schlich mich in die Klasse. Ohne zu klopfen, trat ich ein und erstarrte neben der Tür. Erstens, weil, wie erwartet, der Unterricht schon im Gange war, und zweitens, weil Aimee und Stew wie immer in der ersten Reihe saßen, aber neben ihnen kein Platz mehr für mich frei war.

Aimee lächelte mir entschuldigend zu, und Stew verdrehte die Augen, steckte sich den Finger in den Hals, als wäre ihm übel, und zeigte dabei auf den Tisch neben sich, an dem Cecilia und Cailean thronten. Den Platz hatte sie mit voller Absicht gewählt, um mir eins auszuwischen, oder einfach, um mich zu nerven. Leider hatte sie damit auch Erfolg, und ich musste einen Fluch zurückhalten.

Mein Blick huschte durch die Klasse, auf der Suche nach einem halbwegs passablen Platz. Da ertönte schon die unangenehme, nasale Stimme unseres Biologielehrers, Mister Crouche.

„Miss McKanzie. Schön, dass Sie die Zeit finden, uns mit Ihrer reizenden Anwesenheit zu beglücken. Wären Sie bitte so freundlich und würden Platz nehmen? Ich habe nicht den ganzen Tag Zeit! Dort hinten rechts ist einer frei. Aber flott, bevor ich Ihnen bereits am ersten Tag einen Verweis schreiben muss!"

Ich sah mit zusammengekniffenen Augen in sein hageres Gesicht, das von hellbraunen Haaren im Militärschnitt umrandet wurde. Er blickte genervt zu mir – ab jetzt hatte er mich sicher auf dem Kieker.

Konnte der erste Tag eigentlich noch beschissener sein?

Ich zwang meinen Einwand, dass ich lieber in der vorderen Reihe sitzen wollte, hinunter und murmelte eine Entschuldigung. Seine Haltung und seine schmalen Lippen erstickten jegliche Widerworte im Keim. Mit gesenktem Blick schlurfte ich in die hinteren Reihen, an meinen Klassenkameraden vorbei, die leise kicherten. Ich sah zum mir zugewiesenen freien Platz hin, und sogleich erhöhte sich mein Pulsschlag, als ich meinen Sitznachbarn erkannte. Vielleicht würde nun doch alles gut werden, wenn wir uns aussprechen konnten. Aber die

Hoffnung währte nicht lange, denn Rafaels Augen blitzten mich so böse an, dass meine Kehle eng wurde. *Was hatte er nur?*

Die ganze Stunde lang sagte er nichts, kein einziges Wort. Er sah mich noch nicht einmal an, und ich wurde von ihm ausgeblendet wie ein unliebsames Insekt. Während Mister Crouche eifrig den Unterricht vorantrieb, brütete ich verstimmt über dem Lehrbuch. Aber nicht wegen des interessanten Stoffes, sondern wegen Rafael, der steif wie eine Statue etwas abgerückt neben mir saß. Ich wurde nicht schlau aus ihm. Wollte ich meine Ruhe, tauchte er auf und war nicht mehr abzuschütteln. Und nun, da ich ihn kennenlernen wollte, ignorierte er mich, als wäre ich unsichtbar.

Sicher hätte ich mich nicht so zickig benehmen sollen, aber das hatte ihn die letzten zwei Male auch nicht abgehalten. Im Gegenteil: Es hatte ihn eher motiviert, weiter seine Witze zu reißen. War er vielleicht wütend wegen des Missgeschicks mit seinen Schuhen? Irgendwie glaubte ich das nicht. Aber warum war er dann plötzlich so abweisend und sauer, dass er mich nicht einmal ansehen konnte? Oder war etwas vorgefallen, an das ich mich nicht mehr erinnerte?

Ich musste es einfach wissen, egal, wie sehr ich mir einredete, dass es mich nicht interessierte. Nach fast einer Stunde sprang ich über meinen Schatten und sprach ihn an, wobei ich mich bemühte, gleichgültig zu klingen.

„Na, über die Nacht deine coolen Sprüche verschluckt? Oder fallen dir die witzigen Bemerkungen immer nur ein, wenn ich gerade nicht in der Lage bin zu antworten? Angst davor, was ich zu sagen habe?"

Stolz auf meinen verbalen Angriff, der ihn aus der Reserve locken musste, lehnte ich mich auf dem Stuhl zurück, verschränkte die Arme und blickte ihn von der Seite an. Doch leider hatten meine Worte nicht den gewünschten Effekt. Statt der erwarteten frechen Antwort erhielt ich einen bösen Blick, als würde er überlegen, wie er mich aus dem Verkehr ziehen könnte – mit einem Messer oder lieber doch mit einem Beil?

Was ist los mit diesem Typen? Meine Verwirrung war wie weggeblasen und machte heftiger Wut Platz.

„Was ist dein Problem? Vorgestern quatschst du mich voll und flirtest auf Teufel komm raus, und jetzt siehst du mich nicht einmal an?

Bist du vielleicht schizophren?", zischte ich ihn an, wobei ich zum Ende hin ungewollt immer lauter wurde. Wieso musste ich dabei so verbittert klingen – konnte ich nicht einfach nur wütend sein?

Seine Miene verfinsterte sich, und er wirkte noch wütender. Verächtlich schnauzte er mich an: „Witzig! Aber ich glaube, du verwechselst da jemanden. Ich bin nicht derjenige, der Freund von Feind nicht unterscheiden kann! Zuerst flirtest *du* mit *mir* und hängst dich sprichwörtlich an meinen Hals, und dann stichst du meiner mamá und mir das Messer in den Rücken!"

Verblüfft schüttelte ich den Kopf: „Wie bitte? Ich habe keine Ahnung, wovon du redest!"

Seine Augen brannten sich in meine, und darin loderte solche Ablehnung, dass ich zurückschreckte und fast vom Stuhl gefallen wäre.

„Tu nicht so unschuldig. Ich weiß, dass du mich bei deinem Dad verpfiffen hast. Er hat meine Mum gestern ermahnt, sie angeschrien und ihr gedroht, sie zu ersetzen, wenn sie ihre Arbeit nicht mehr alleine schaffe! Also bitte, lass mich einfach in Ruhe, und sei so nett und tu mir keine *Gefallen* mehr! Vale?"

Damit packte er seine Bücher in den Rucksack und sprang zeitgleich mit der Schulglocke auf, die im Hintergrund läutete. Bevor er hinausstürmte, fügte er zornig hinzu: „Ich dachte, du wärst anders."

Nach der Schule war alles, was ich noch wollte, so schnell wie möglich nach Hause kommen, um mich in meine Decke zu kuscheln oder mich darunter zu vergraben. Ich war nicht nur müde, sondern verwirrt, wütend und verängstigt. Alles zusammen keine gute Kombination, um noch länger den anderen mit meiner Gesellschaft eine Last zu sein. Daher verabschiedete ich mich rasch von Stew und Aimee. Sie blickten mich zwar forschend an, und besonders Stew wirkte äußerst neugierig, aber sie ließen mich ziehen. Die beiden kannten mich zu gut und wussten: Wenn ich über gewisse Dinge nicht reden wollte, bestand fast keine Chance, es doch aus mir herauszubekommen. Manchmal schottete ich mich ab, verschloss mich hinter einer dicken Mauer, egal, wie gerne ich das auch geändert hätte. Irgendetwas war bei mir nicht ganz in Ordnung. Wie sagt man so schön dazu – beschädigte Ware – und genauso fühlte ich mich auch.

Den ganzen Tag lang verkroch ich mich in meinem Zimmer, während ständig Fragen in meinem Kopf herumspukten. Was hatte mein Vater zu Mrs Rodriguez gesagt? Würde er sie wirklich entlassen und die beiden aus dem Haus werfen? Und woher wusste mein Vater überhaupt Bescheid? Wir hatten zwar zur Sicherheit gegen Einbrecher eine Alarmanlage und Kameras im Haus installiert, aber die befanden sich nur in den Eingangsbereichen vorne und hinter dem Haus.

Meine Grübeleien hatten mich nicht weitergebracht, und der nächste Tag begann erneut mit einem schnellen Frühstück – wie gewöhnlich alleine in unserer riesigen Küche. Mein Dad war schon zur Arbeit gefahren oder geschäftlich irgendwohin geflogen. Ich hatte keine Ahnung, ob er sich überhaupt in Schottland aufhielt, da sich das bei ihm ständig änderte, und irgendwann verlor ich die Übersicht.

Ich las beim Frühstück gerade die Zeitung, als Mrs Rodriguez in die Küche kam. Wir unterhielten uns kurz über die Schule und über das vergangene Wochenende. Dabei gestand sie mir, dass sie diejenige gewesen war, die mir Samstagabend aus den Klamotten geholfen hatte.

„Sí, sí, ich habe dich umgezogen und in den weichen Pyjama gesteckt."

„Puh, da bin ich aber froh", nuschelte ich leise zu mir selbst, während ich laut sagte: „Danke, das war sehr nett von Ihnen."

Außerdem erzählte sie mir, dass Rafael sie zu Hilfe geholt hatte. Erleichterung machte sich in meiner Magengegend breit, wie es sonst nur warmem Kakao möglich war. Ich nutzte die Gelegenheit, um mich bei Mrs Rodriguez zu entschuldigen und ihr zu beteuern, dass es mir leidtäte, dass mein Vater von Rafaels Arbeiten im Haus erfahren hatte. Dabei versprach ich ihr, mit meinem Vater zu reden. Sie bedankte sich, wobei ich deutlich ihr Unbehagen bemerkte, dann verschwand sie und stürzte sich in die Arbeit. Am liebsten hätte ich sie mehr aufgemuntert, weil sie mir leidtat und sie mit ihrer molligen Figur und ihrem zerzausten schwarzen Dutt wie ein Teddybär aussah, den man einfach knuddeln wollte.

Danach trat ich meinen Schulweg an. Trotz des ausreichenden Schlafes hatte ich das undefinierbare Gefühl, beobachtet zu werden. Es fühlte sich an wie die Vorahnung, bei der man spürte, dass man angestarrt wurde, nur, um es bestätigt zu bekommen, sobald man sich umdrehte. Ich spürte es wie ein unangenehmes Kribbeln im Nacken, aber, wenn ich mich umsah, war da niemand. Was beinahe so schlimm war wie das Gefühl selbst.

Meine Stimmung hob sich den gesamten Tag nicht. Manchmal sah ich Rafael in der Masse der Schüler auftauchen, aber so schlagartig er in mein Blickfeld geriet, so schnell verschwand er auch wieder, ohne die kleinste Notiz von mir zu nehmen.

Das gleiche Spielchen spielten wir auch am nächsten Tag.

Meine Paranoia und das Gefühl, dass Blicke auf mir lagen, mich zu jeder Zeit beobachteten, konnte ich seit der Party nicht mehr abschütteln, und das Ganze setzte mir langsam zu. Doch ich redete mit niemandem darüber, aus Angst, ich könnte anfangen, verrückt zu werden, und auf einen Psychotherapeuten hatte ich nicht die geringste Lust.

Deshalb ging ich auch Stew und Aimee zusehends aus dem Weg. Noch immer konnte ich mir keinen Reim aus allem machen und wollte es mit mir selbst klären, bevor ich mich von ihnen mit Fragen und Theorien überschütten lassen wollte. Ich war schon zu lange mit ihnen befreundet, um etwas anderes zu erwarten: Wenn es darum ging, mir Informationen zu entlocken, waren sie beinhart und kannten keine Gnade.

Wegen meiner Distanziertheit während der letzten Tage hatten sich meine beiden besten Freunde zurückgehalten und mich nicht weiter bedrängt. Aber, als wir nach der Schule in einem Café beisammensaßen, konnte Stew seine Neugierde nicht mehr im Zaum halten und platzte mit seiner wohl dringendsten Frage heraus, sobald die Kellnerin serviert hatte.

„Es reicht langsam, Vic. Erzähl endlich! Was läuft da zwischen dir und diesem braun gebrannten Schönling? Du weißt, ich bin der Letzte, der dir vorschreibt, mit wem du zusammen sein solltest, aber wenn du schon frisch verliebt bist, solltest du dann nicht … ähm, etwas fröhlicher sein? Aber *du* machst ein Gesicht wie hundert Tage Regenwetter – und das gefällt mir nicht."

Überrascht sah ich Stew und Aimee an. An ihrem Gesichtsausdruck war zu erkennen, dass sie diese Gedanken über mich schon zu zweit besprochen hatten.

„Was? Wie kommst du darauf, dass da etwas läuft? Da ist gar nichts, überhaupt nichts! Und ich gucke auch nicht *so*. Das ist ..."

Ich rührte so wild in meinem Kaffee herum, dass auf einer Seite köstliche braune Flüssigkeit überschwappte. Leise fluchend wischte ich mit Taschentüchern und Aimees Hilfe die größte Sauerei weg. Danach zwang ich mich, meine Finger im Schoß festzuhalten, bevor noch etwas zu Bruch ging. Stew blickte auf meine Finger, die bereits jegliche Farbe verloren hatten, und hob seinen Blick wieder zu meinem Gesicht.

„Doch, das tust du. Und wir haben gemerkt, wie du ihn angeschmachtet hast. Außerdem konnte euch am Ende der Stunde die ganze Klasse hören. Du hättest Cecilias und besonders Caileans Gesicht sehen sollen, als Rafael dir gesagt hat, dass er keinen Gefallen von dir will. Cailean wären fast die Augen rausgefallen. Was ich nebenbei gesagt ganz lustig gefunden hätte."

Bei dem Gedanken daran musste er lächeln, doch Aimee setzte unbeirrt nach.

„Süße, wir haben dir Zeit gelassen, aber jetzt ist es genug. Wir sind deine Freunde, und wir wollen dir helfen, aber wie sollen wir das anstellen, wenn du uns ausschließt? Willst du nun mit uns reden ... freiwillig?"

Ich kannte diese verbohrte Miene. So schüchtern und ruhig Aimee auch war, in manchen Dingen war sie erbarmungslos und stur wie ein Bock. Da halfen keine Ausreden oder Ausflüchte, sie wusste, wie sie mich aus der Reserve locken konnte. Sie verschränkte ihre Finger und legte sie auf den Tisch.

„Was ist passiert zwischen euch beiden? Ist etwas vorgefallen, als er dich nach Hause gebracht hat? Sei ehrlich, hat er dir etwas angetan oder hat er dich zu irgendetwas *genötigt?*", zischte sie.

Bei den letzten Worten kniff sie die Augen zusammen, und Falten bildeten sich zwischen ihren Augenbrauen. Ihre Wut war fast spürbar, wie aufgeladene Luft vor einem Gewitter, da sie bereits eine vorgefasste Theorie zu haben schien. Aber das konnte ich nicht auf sich beruhen lassen. Das hatte Rafael nicht verdient. Sie hatte einen Nerv getroffen, und, bevor ich nachdenken konnte, verteidigte ich ihn.

„*Nein*! Wie kommt ihr auf so was? Er hat überhaupt nichts gemacht, er war der totale Gentleman! Es ist alles meine Schuld. Naja, eigentlich kann ich auch nichts dafür, sondern mein Dad. Er hat dazwischengefunkt. Alles ein dummes Missverständnis …", murmelte ich und strich mir schnell die Haare hinter die Ohren.

„Naja, und jetzt ist er sauer und redet nicht mehr mit mir.", beendete ich mein Geplapper und hörte selbst, wie ratlos ich klang. Ich ließ die Schultern hängen, denn jetzt war der Schaden schon angerichtet, und ich konnte mich nicht mehr aus den Geständnissen rund um Rafael herausreden. Also straffte ich die Schultern und setzte mich wieder aufrecht in den Sessel.

„Na schön, wenn wir schon dabei sind, über mein Leben zu reden und ihr es nicht mehr erwarten könnt … was wollt ihr wissen?"

Beide bekamen große Augen wie kleine Kinder vor dem Weihnachtsbaum und antworteten mit Begeisterung: „Alles!"

Daher begann ich, zu erzählen: von unserem ersten Zusammentreffen, seinen neckischen Kommentaren und wie mies ich mich benommen hatte. Ohne Pause schilderte ich ihnen, was nach der Party passiert war, von meiner Beobachtung in den Büschen, und dass ich mich seither beobachtet fühlte – an jedem einzelnen Tag.

Trotzdem ließ ich das Detail aus, wie komisch ich es fand, dass alles an dem Tag begonnen hatte, als ich mit Rafael zum ersten Mal geredet hatte, und er immer dann aufgetaucht war, nachdem sich dieses Gefühl verstärkt hatte. Die ganze Zeit über schwiegen beide und nickten, um mich zum Fortfahren zu ermutigen. Nachdem ich mit beinahe heiserer Stimme geendet hatte, erkannte Stew treffsicher: „Nun denkst du also, dein hübscher Nachbar hat etwas mit der Verfolgungssache zu tun?"

Hatte ich meine Befürchtungen laut ausgesprochen? *Nein, sicher nicht.* Mir verschlug es die Sprache, dass Stew ebenfalls zu diesem Schluss gekommen war, obwohl es mir anders lieber gewesen wäre. Bevor ich antworten konnte, stellte Aimee die nächste Frage.

„So ertappt, wie du guckst, wolltest du wohl nicht, dass wir das denken? Doch ich komme zum selben Schluss. Es wäre schon ein komischer Zufall, wenn er einfach nur so immer wieder auftauchen würde. Aber warum wolltest du uns das verschweigen? Stehst du auf ihn?"

Waren alle Zwillinge so, dass sie sich verhielten, als ob sie mit einem

Gehirn denken würden? Manchmal konnte das verdammt irritierend sein. Ich zog die Stirn in Falten und betrachtete sie.

„Übt ihr das manchmal, wenn ihr alleine seid – den Gedankengang des anderen zu beenden? Oder ist das reines Talent, um mich sprachlos zu machen?"

„Ein wenig von beidem, aber lenk nicht ab! Raus mit der Sprache. Wir finden es doch sowieso heraus!", antwortete Stew mit einem schiefen Grinsen und wackelte mit den Augenbrauen.

Ich unterdrückte ein Lächeln und rieb mir stattdessen das Gesicht.

„Ich kann euch diese Frage nicht beantworten, weil ich es selbst nicht weiß. Er ist einfach anders und geht mir nicht mehr aus dem Kopf. Außerdem bin ich so zerstreut wegen des Stalkers und ihm, dass ich keine Ahnung mehr habe, was ich von allem halten soll. Rafael verwirrt mich, und er regt mich so wahnsinnig auf … ach, verdammt!"

Unglücklich ließ ich den Kopf in meine Hände sinken, während Stew schon wieder die Erklärung für mein Dilemma parat hatte: „Hört sich doch ganz vielversprechend an. Wenn dich jemand verwirrt, liegt es daran, dass er dir den Kopf verdreht. Verstehst du, was ich meine?"

Ich hob meinen Kopf und sah Stews erfreutes Strahlen, als er seinen Zeigefinger im Kreis drehte, wie ein Karussell auf dem Jahrmarkt. Meine Stimme triefte vor Sarkasmus.

„Das tue ich. Danke für deine Anteilnahme!"

Er gluckste: „Gern geschehen."

4. Eifersucht

Wenn ein Mann will,
dass seine Frau zuhört,
braucht er nur mit einer anderen zu reden.
(Liza Minelli)

Donnerstags nach dem Unterricht hatten wir zum ersten Mal unsere diesjährige Freizeitaktivität der Schule: Schwimmen. Als wir drei noch jünger waren, hatten wir uns geschworen, möglichst viele unterschiedliche Angebote auszuprobieren. Daher hatten wir jedes Jahr eine andere von der Schule angebotene Freizeitaktivität ausgewählt: Volleyball, Badminton, Kochen und sogar Nähen. Für das Schwimmen hatte sich dieses Jahr Stew entschieden. Er wollte damit seinen Körper stählen, um sich für die Collegemädchen fit zu machen, wenn wir nächstes Jahr zum Studieren nach London gehen würden.

Es nahmen doch viel mehr Schüler am Schwimmunterricht teil, als ich gedacht hatte. Meine Begeisterung für das Schwimmen hielt sich in Grenzen, und deswegen hatte ich auch nicht mit rund zwanzig Leuten gerechnet. Aimee und ich trugen bereits die dunkelblauen Badeanzüge mit dem goldenen Wappen der Schule an der linken Brustseite und warteten am Rand des Schwimmbeckens auf Stew. Ungeduldig wippte ich mit dem Fuß auf dem Boden, doch dadurch kam er auch nicht früher.

Als ich mich suchend zur Herrenumkleidekabine umdrehte, trafen sich die Blicke von Rafael und mir. Wie angewurzelt blieb ich an seinen Augen hängen, und mein Fußwippen erstarb. Erst, als er sich wortlos weiterbewegte und sich zum unteren Ende des Swimmingpools stellte, bemerkte ich auch den Rest von ihm. Mir entwich ein „Wow", und auch Aimee konnte sich ein „Oh" nicht verkneifen. Ich hatte unter seinen Klamotten schon einen passablen Körperbau geahnt, aber ich hatte nicht mit einem derart wohlgeformten Oberkörper gerechnet. *So ein stahlharter Sixpack hat doch seinen Reiz.*

Rafaels Körper hatte die perfekten Maße – nicht zu viel, dass es aufgeblasen wirkte, und auch nicht zu wenig – sodass er muskulös, aber dennoch athletisch und beweglich wirkte. Falls man vom Schwimmen so einen Körper bekommen konnte, dann war ich doch dezent verblüfft. Aber nach meiner Einschätzung musste er sich für dieses Ergebnis noch Stunden im Fitnesscenter abrackern: sehnige Muskeln an den Armen und am Oberkörper. Ein dünner Streif dunkler Haare wuchs vom Bauchnabel hinunter in südlichere Gefilde, bis sie unter dem tiefsitzenden Bund der Badehose verschwanden.

Mir wurde warm um die Mitte und noch an ganz anderen Stellen, während ich seine Pracht bewunderte. Aber ich wollte ihn nicht so unverhohlen anstarren oder gar beim Schmachten erwischt werden. Doch, bevor ich mich abwenden konnte, kam Stew zu uns und folgte unseren Blicken.

„Oh Mann! Ich wusste nicht, dass dein Stalker so ein Adonis ist. Da kannst du ja froh sein, wenn *der* dich verfolgt."

Reflexartig klatschte ich mit dem Handrücken auf seinen Arm.

„Halt die Klappe! Das ist nicht witzig."

„Aua. Das hat wehgetan!", murrte er. „Aber es stimmt doch! Also, wenn ich ein Mädchen wäre, würde ich mich gerne von ihm stalken lassen. Und dazu würde ich mich fangen lassen oder mich gleich freiwillig an seinen Hals klammern!"

Ich verdrehte meine Augen, aber Stew hatte noch nicht genug.

„Weißt du eigentlich, ob er eine Freundin hat?"

Nun war ich selbst überfragt und schüttelte den Kopf.

„Keine Ahnung. Über so was haben wir nicht geredet. Er hat den Anschein gemacht, als ob er Single wäre, aber ich kann es nicht genau sagen."

Ich sah noch immer zu Rafael hinüber, und Fragen schwirrten mir durch den Kopf. Hatte er eine Freundin? Hätte er dann wirklich so mit mir geredet und geflirtet? Oder hatte er sich nur einen Spaß erlaubt? Die Fragen machten mir das Herz schwer und schmeckten bitter auf der Zunge.

„Kommt! Lasst uns ins Wasser steigen, sonst fällt es noch auf, dass wir so ungeniert glotzen."

Doch es war schon zu spät. In dem Moment kam Cecilia zu uns geschlendert – ihre Hüfte schwang dabei übertrieben nach links und rechts – und ich fragte mich, ob wirklich *jeder* diesen Kurs besuchen musste. Bei uns angelangt, zwinkerte sie uns vielsagend zu und blickte sich dann nach Rafael um, der sich gerade unter eine freie Dusche am Rand des Beckens gestellt hatte.

„Wie ich sehe, habt ihr schon unseren Schönling erblickt. So, wie er aussieht, scheint er das Schwimmen, wie vermutlich auch alles andere Körperliche, sehr gut zu beherrschen."

Ihre Augen waren groß, und sie sabberte fast, als ob er ein Lutscher mit Extraglasur wäre.

„Vielleicht stelle ich mich ja extra blöd an, damit er mir Privatunterricht gibt", schnurrte sie wie eine läufige Katze. Mit einem wissenden Lächeln stieß sie mir sachte in die Rippen.

„Der Typ arbeitet doch für dich, oder?"

Es widerstrebte mir zwar, mich mit ihr über Rafael zu unterhalten, aber ich gab trotzdem eine Antwort, um ihr Interesse nicht weiter zu schüren. Eine abweisende Antwort hätte sie aufhorchen lassen wie einen räudigen Bluthund.

„Nicht *er* arbeitet für *mich*, sondern *seine Mutter* arbeitet für meinen Dad."

Sie verschränkte die Arme locker vor ihrer Brust.

„Aber er wohnt doch bei euch im Haus?"

„Im Nebengebäude", stellte ich richtig und verdrehte die Augen. „Warum interessiert dich das?"

Ihre Augen flackerten kurz zornig auf. „Ist ja fast dasselbe."

Dann wurde ihre Stimme wieder seidenweich. „Hast du ihn schon *näher* kennengelernt und … naja, du weißt schon, seine … Dienste in Anspruch genommen? Ich bin mir sicher, jemand wie *er* weiß, wie man hart arbeitet."

Ihre Stimme klang gegen Ende hin rauchiger, so, als ob sie schon längst an dem Lutscher schlecken würde. Mein Kinn klappte kurz nach unten, bevor ich es hastig wieder nach oben riss, als mich Wut durchzuckte. Zum Glück konnte meine Gereiztheit die Verblüffung vertreiben, und ich funkelte sie böse an. Dieses geringschätzige Gerede hatte er nicht verdient.

„Nein, was denkst du eigentlich? Er ist ein ganz normaler Schüler, dessen Mutter zufällig bei uns zu Hause arbeitet. Also lass ihn in Ruhe!"

Verdutzt sah sie mich an, und Verärgerung blitzte erneut über ihr sonst so schönes Gesicht. Eine Cecilia MacColl maßregelte man nicht, besonders nicht vor anderen.

„Da scheint jemand eifersüchtig zu sein. Cailean wird davon nicht begeistert sein."

Diese Aussage war nun auch für Stew zu viel, und er mischte sich ein, bevor ich dazwischengehen konnte. Andere sollten nicht den Kopf für mich hinhalten müssen, ich konnte selbst ganz gut einstecken.

„Was geht das Cailean an? Er und Vic sind nicht zusammen, und es war nie etwas Ernstes, wie du selbst weißt. Also, warum sollte man etwas erzählen, wenn es nichts zum Erzählen gibt? Oder erfindest du gerne Geschichten, um im Mittelpunkt zu stehen?"

Mit Zorn in der Stimme zischte sie bissig wie eine Schlange: „Halt dich da raus, Stewart! Sonst erfährt die ganze Schule, dass eure Eltern das Ferienhaus in Frankreich verkaufen mussten, weil ihr in einer finanziellen Krise steckt. Wollt ihr das? Ich glaube kaum. Also halt dich aus Dingen raus, die dich nichts angehen!"

Neben mir versteifte sich Stew, spannte seinen Kiefer an und biss sich auf die Lippen, bevor er noch etwas sagte, was er später bereute.

Cecilia lachte siegessicher. „Wusste ich's doch!"

Angewidert sah ich sie an und umklammerte hinter meinem Rücken mit einer Hand den anderen Arm, um mich davon abzuhalten, ihr eine zu knallen. Aber das hielt sie nicht davon ab, sich zu mir zu beugen und zu flüstern: „Du solltest besser darauf achten, wer deine Freunde sind. Du hast doch aufgepasst im Unterricht, dass es verschiedene *Klassen* gibt? Damit meine ich nicht nur die zwei Figuren neben dir. Denn, was Gefühle und Eifersüchteleien angeht – so etwas verschwendet man nicht für einen Typen aus der Arbeiterklasse!"

Mit diesen Worten drehte sie sich um und stolzierte davon. In mir brannte Wut, so heiß wie in einem Hochofen. Ich konnte nicht fassen, wie sie so reden oder denken konnte. Ich löste meine verkrampften Finger, weil der Arm bereits wehtat, da ich die Nägel so fest in das Fleisch gedrückt hatte. Gerade, als ich ihr nacheilen und sie an den Haaren ziehen oder sie gegen die Wand schleudern wollte – auf alle Fälle irgendetwas Schmerzhaftes – packte mich Stew am Arm und hielt mich zurück.

Aimee flüsterte: „Lass sie gehen. Sie will uns nur provozieren. Das ist es nicht wert."

Schnaufend blieb ich stehen und sah ihm und dann Aimee in die Augen. Sie hatte leider recht, so groß die Versuchung auch war, Cecilia gegen die Wand zu stoßen oder ihren perfekten Haarknoten zu zerfleddern. Langsam ließ ich meinen Atem los und versuchte, das Biest und ihre Gemeinheiten aus meinem Kopf zu verbannen. Meine Freunde waren jetzt wichtiger.

„Stimmt es, was sie gesagt hat?"

Stew gab mich wieder frei und ließ seine Arme schlaff an den Seiten herunterhängen. Aimee knabberte unterdessen an ihren Fingernägeln und blickte auf ihre Zehen. Keiner sagte etwas, aber das mussten sie auch nicht. Ich ging einen Schritt auf sie zu, damit keiner von den anderen etwas hören konnte, und flüsterte ganz leise: „Warum habt ihr nichts erzählt? Ihr wisst doch, dass ihr mir vertrauen könnt."

Ich war gekränkt, doch ich war die Letzte, die ihnen deswegen Vorwürfe machen konnte. Hatte ich ihnen nicht genauso die letzten Tage einiges verheimlicht? Aus Scham, Angst vor Kritik und weil man gewisse Dinge nicht hören wollte, obwohl man selbst bereits wusste, dass sie wahr waren? Aber ging es bei einer Freundschaft nicht genau darum, dass der andere einem den Spiegel vorhielt und dorthin zeigte, wovor man selbst zurückschreckte? Freunde waren auch danach noch da, um die Scherben wieder zusammenzusetzen.

Das wollte ich ihnen geben – Hilfe und Unterstützung, obwohl ich selbst Probleme hatte, es von anderen anzunehmen.

Aimee war diejenige, die schließlich das Wort ergriff.

„Das wollten wir auch, aber wir mussten unseren Eltern versprechen, dass wir es keinem erzählen, nicht einmal dir. Du weißt doch, wie die Leute tuscheln. Sie haben Angst, dass rauskommt, dass die Geschäfte nicht so gut laufen wie in den letzten Jahren."

„Und wie ist das passiert?"

Stew erklärte weiter. „Das Übliche. Wirtschaftskrise und alles drumherum. Mein Dad hat sich verspekuliert, Geld verloren, und das hängt uns noch immer nach. Aber es ist nicht so krass. Wir mussten nur ein paar Dinge verkaufen. Wir fangen uns wieder."

Stew drückte bei diesen Worten für einen Moment Aimees Arm, und sie nickte bestätigend, obwohl ihre grünen Augen verdächtig feucht blitzten. Aber ich konnte nichts machen, sondern musste mich auf ihr Wort verlassen.

„Na schön. Aber es tut mir leid. Ich hoffe, ihr habt recht. Das nächste Mal kommt zu mir, okay?"

Nachdem ich sie eindringlich angesehen und auch ein Nicken erhalten hatte, fügte ich hinzu: „Wie zum Teufel hat es diese Schlange namens Cecilia herausgefunden?"

Stews Zorn war spürbar, als er mir antwortete: „Ihr Vater ist unser Rechtsanwalt, und es ist eine Frechheit, dass sie es weiß. Das Anwaltsgeheimnis gilt wohl nicht in dieser Familie. Wir werden das mit unseren Eltern besprechen."

Er machte eine Pause, in der er auch meine Hand drückte.

„Danke, Vic. Wir wissen, dass wir auf dich zählen können. Aber das funktioniert in beide Richtungen, weißt du?"

„Danke. Okay, ich hab schon davon gehört …"

Bevor ich zu Ende sprechen konnte, ertönte ein schriller Pfiff, der das Zeichen war, uns in den Pool zu stürzen. Unsere Sportlehrerin Kristy Peebles – der Name sprach für sich – war von der Art Frohnatur, die man nur selten erlebte oder auf längere Dauer ertragen konnte. Außerdem liebte sie ihren Job und sprang immer wieder übermotiviert durch den Turnsaal, sodass ihr schulterlanger blonder Pferdeschwanz hin und her schwang.

In unserer ersten Schwimmstunde meinte sie es wohl nur gut, als sie beschloss, den gesamten Unterricht mit verschiedenen Wasserspielen zu gestalten. Nur waren wir drei nach der Sache mit Cecilia überhaupt nicht in der Stimmung dafür.

Zuerst sollten wir uns in Zweiergruppen aufteilen. Aimee und ich, Stew und Guy, ein schüchterner Junge mit hellbraunen Haaren. Cecilia kam natürlich *rein zufällig* mit Rafael in ein Team. Ich knirschte mit den Zähnen: ein Wunder, dass ich danach noch welche hatte.

Danach wurden alle Schüler in zwei große Teams aufgeteilt, da die Sportlehrerin für uns Wasserball vorgesehen hatte. Zu allem Überfluss war auch dort Cecilia in Rafaels Gruppe, während ich, Aimee und Stew mit sieben anderen Schülern ein Team bildeten. Als wäre meine Stimmung noch nicht am Tiefpunkt angelangt, machte uns die andere

Gruppe Punkt für Punkt fertig. Dazu kam, dass mich Rafael noch immer ignorierte, sich dafür aber blendend mit Cecilia verstand. Ständig klebte sie an seiner Seite, tuschelte mit ihm, lachte über seine Kommentare und klatschte nach jedem verdammten Punkt mit ihm ab. Mir stieg die Galle hoch.

Nach Schulende hatte ich die Nase von dem Theater gestrichen voll und floh förmlich nach Hause. Ich brauchte dringend eine gute Portion Lyrik, um gedanklich mit dem Tag abzuschließen. Zwar war ich nicht in Bestform, trotzdem konnte ich zwei Leserbriefe beantworten und ein neues Gedicht beenden, um alles zusammen per E-Mail der Leiterin der Schülerzeitung zu schicken. Dort schrieb ich anonym und hatte das Pseudonym „Living through Poem". Somit war ich nicht verpflichtet, an Besprechungen der Schülerzeitung teilzunehmen, konnte aber meine Kurzgeschichten oder Gedichte ungenannt und ohne Zeitdruck abgeben.

Auch ansonsten wurde ich in Ruhe gelassen. Es war mein kleines Geheimnis, auf das ich stolz war, das ich aber auch nicht an die große Glocke hängen wollte. In den Geschichten und Gedichten war ich offen und ich selbst, mit all dem Schmerz und der Wut, aber auch mit Hoffnung auf Liebe und Glück – roh und unverfälscht. Aber ich wusste nicht, ob ich schon bereit war, den kleinen Spalt der imaginären Tür, hinter der ich mich mit dem Pseudonym versteckte, komplett aufzustoßen. Sogar Stew und Aimee wussten nichts davon. Bei dem Gedanken überkam mich jedes Mal ein schlechtes Gewissen, aber immer, wenn ich ansetzen wollte, um es zu erzählen, konnte ich es nicht. Es war wie verhext.

Das Schreiben war mein Hobby, und ich verwendete es als ein Ventil. Meine Mutter hatte ebenfalls geschrieben, und die Erinnerung daran brachte mich vor Jahren irgendwann auch dazu. Zuerst begann ich damit, meine Gedanken, meine inneren Gefühle und auch meine Trauer aufzuschreiben. Bis ich irgendwann auf einen Aushang in der Schule gestoßen war, in dem dazu aufgefordert wurde, Leseproben einzureichen, die eventuell veröffentlicht werden würden. Meine zweite Geschichte wurde gedruckt, und ich bekam nach gewisser Zeit sogar Leserbriefe weitergeleitet. Ein beglückenderes Gefühl, als ich mir je hätte erträumen können.

Für mein Ego konnte ich also meine Werke abgeben, aber dafür wurde meine wahre Identität geheim gehalten. Ein Grund dafür war, mich selbst zu schützen, aber mein zweiter Beweggrund war, dass mein Vater nichts davon erfahren sollte. Denn er hielt das Schreiben für reine Zeitverschwendung und hatte mich schon öfter ermahnt, meine Zeit lieber mit Lernen zu verbringen. Auch unter Androhung von Kürzung meines Taschengelds oder Hausarrest.

In seinen Augen lag meine Zukunft ganz woanders. Mein Vater hatte sie bereits in Stein gemeißelt: als Wirtschaftsstudentin in London. Daran war nicht zu rütteln – für ihn. Er war ein gefeierter Investmentbanker und hatte eine Menge Geld damit verdient. Außerdem hatte er einen guten Riecher für Immobilien und konnte auch in diesem Bereich großen Gewinn machen, was nun mir zugutekommen sollte – im Sinne einer einwandfreien Ausbildung. Dumm nur, dass er mich nicht mitreden ließ oder mich fragte, was ich mir für die Zukunft wünschte.

5. Entschuldigung

*Wer einen Fehler gemacht hat und ihn nicht korrigiert,
begeht einen zweiten.*
(Konfuzius)

Die Wochen nach dem Streit mit Rafael gestalteten sich träge und trostlos, und ich redete mir ein, dass meine Gefühlslage am Wetter oder der Schule lag und nicht an einer *gewissen* Person. Auch meine Albträume hielten an, und ich schlief selten durch, was seinen Tribut forderte. Ich wachte meistens schreiend oder schweißgebadet auf, was dazu führte, dass ich eine neue Routine entwickelte und zum ‚Morgenduscher' mutierte. Eine beklemmende Enge und die Angst verfolgten mich zusehends. Zum einen geschürt durch meine Albträume und dem daraus resultierenden Schlafmangel und zum anderen durch dieses nicht nachlassende Gefühl, beobachtet zu werden.

Über meine Probleme mit dem männlichen Geschlecht wollte ich erst gar nicht anfangen nachzudenken. Rafael war nach wie vor zu keinen Gesprächen fähig, und Cailean bedrängte mich nun wieder stärker.

Aus einem mir unverständlichen Grund hatte Cailean wieder eine Vorliebe für mich entwickelt und wollte eine Beziehung vertiefen, die für mich bereits lange abgehakt war. Neben ständigen Ausreden, die ich mir wegen ihm ausdenken musste, oder direkten Verneinungen, dass ich nichts von ihm wollte, stiegen meine Wut und mein Frust auf Rafael ins Unermessliche.

Wie konnte er sich noch immer so distanziert verhalten und mir die Schuld an allem geben? Doch auch ich hatte meinen Stolz und versuchte, ihn ebenfalls zu ignorieren, auch wenn wir uns manchmal körperlich näherkamen, als es gut für mich war.

Dank unseres Biologielehrers hatte ich nämlich weiterhin die Ehre, neben ihm zu sitzen. Gleich nach der ersten Stunde hätte ich mich am liebsten sofort umgesetzt. Aber für unseren Lehrer kam es nicht infrage, die Plätze im Nachhinein noch einmal zu ändern. Es ging ihm wahrscheinlich weniger ums Prinzip, sondern er fand wohl Spaß daran, seine Schüler zu ärgern.

Zudem durfte ich bei jedem Schwimmunterricht mit ansehen, wie sich Cecilia an Rafael ranmachte. Nach wie vor nervte sie unglaublich, lästiger als eine Mücke, die man nicht loswerden konnte. Wie konnte sie derart mit ihm spielen? Und warum war er so ein Idiot und fiel darauf hinein?

Ich war sogar schon so weit, dass ich mich vom Schwimmen abmelden wollte, um diesen Affentanz nicht länger mit ansehen zu müssen. *Schwach, ich weiß* – aber der einzige Ausweg, der mir in den Sinn kam. Doch Stew und Aimee wollten nichts davon wissen und redeten so lange auf mich ein, bis ich klein beigab und weitermachte.

Meine Gefühle gegenüber Rafael wandelten sich mit der Zeit von Kränkung zu schäumender Wut. Wenn ich ihn erblickte, ließ ich daher keine Gelegenheit mehr aus, um ihn in meinem Kopf wüst zu beschimpfen. Was mir eine kleine Genugtuung verschaffte, wenngleich auch nur oberflächlich.

Am letzten Montag des Septembers ging ich zur Railway Station, in meiner Hand die Zeitung mit dem Nachrichtenteil der Stadt. Seit zwei Wochen verfolgte ich nun schon den Fall mit der unbekannten Frauenleiche. Die Polizei wusste immer noch nicht weiter, und Chief Murdoch, Caileans Onkel, vertröstete die Presse. Schlimm war, dass sie nicht nur diesen Fall nicht auflösen konnten, sondern, dass nur einen Monat später, am 01. September, wieder eine Frauenleiche gefunden worden war.

Der Leichenfund trug dieselbe Handschrift und wies die gleichen Hinweise auf wie der vorherige Mord: Sie war nackt, um die 31 Jahre alt, hatte Brandwunden mit Pentagrammen auf dem Körper, ihr fehlten innere Organe, und ihr Todeszeitpunkt fiel auf Mitternacht der vorausgegangenen Nacht. Der einzige Unterschied hierbei war, dass sie schwarze lange Haare hatte und nicht am Clyde River gefunden wurde, sondern in einem Container in der Nähe einer Müllfabrik. Daher ging die Presse nun davon aus, dass es sich um Ritualmorde handelte, oder dass ein Psychopath sein Unwesen trieb. Die Polizei jedoch hielt sich bedeckt und wollte nicht darauf eingehen, um keine Panik auszulösen.

Toll – dieser Plan funktionierte bei mir nicht wirklich.

Der Polizeisprecher ließ verlauten, dass alles geklärt und der oder die Täter bald gefasst werden würden.

Was sie aber die letzten Wochen verschwiegen und findige Journalisten herausgefunden hatten, war, dass die Rothaarige vom 31. Juli nicht das erste Opfer gewesen war. Schon einen Monat zuvor wurde eine braunhaarige 31-Jährige in einem Wald nahe der Stadt tot aufgefunden. Die Reporter deckten auch auf, dass es ähnliche Fälle bereits vor dreizehn Jahren gegeben hatte. Damals hatte man ebenfalls zu jedem Ersten des Monats eine nackte Frauenleiche an verschiedenen Orten in Glasgow entdeckt. Die Polizei war von einem Serienkiller ausgegangen, doch man hatte nie jemanden für die Morde verantwortlich machen können. Der ganze Spuk dauerte dreizehn Monate lang und hatte so unvorhersehbar geendet, wie er begonnen hatte. Die Mordserie war abgebrochen, doch die Stadt hatte als Vermächtnis eine düstere Legende bekommen.

Diese neue Entwicklung ließ mir einen gewaltigen Schauer über den Rücken laufen, doch wog ich mich selbst in Sicherheit, da mein einunddreißigster Geburtstag noch eine Weile auf sich warten ließ. Denn laut der Zeitung konnte gerade dieses Alter für Frauen ziemlich tödlich sein.

In der Schule verbrachten Aimee, Stew und ich die Pausen miteinander und quatschen über alles Mögliche. Rafael sah ich nicht oft und meist nur aus der Ferne, doch irgendetwas war heute anders. Obwohl ich ihn nur kurz im Flur gesehen hatte, war ich mir sicher, dass er in meine Richtung geblickt hatte. Absichtlich, fand ich, und mit einem Ausdruck im Gesicht, als wollte er eine schwere Gleichung lösen. Eigentlich sollte mir diese Tatsache egal sein und mich nicht kümmern – *er* sollte mich nicht mehr kümmern –, aber ich konnte nicht anders. Sein Blick war so intensiv gewesen, dass ich ganz weiche Knie bekommen hatte.

Mit Stolz konnte ich behaupten, dass ich den Biounterricht an seiner Seite bisher ganz gut gemeistert hatte. Doch nur dieser kurze Blickkontakt genügte, dass ich wieder ein flaues Gefühl in der Magengegend hatte und ganz unruhig wurde, wenn ich an die heutige Stunde dachte. Ich hätte mich ohrfeigen können.

Als ich dann auf meinem Platz saß und starr zum Fenster hinausblickte, setzte sich Rafael neben mich. Er grüßte mich tatsächlich, mit einem flüchtigen „Hallo", und ich wollte mich zu gerne nach ihm umdrehen und überprüfen, ob ich das tatsächlich gehört hatte. Doch ich krallte mich an der Tischkante fest und versuchte, mich mit aller Kraft dem Fenster zu widmen, den Bäumen davor und den Vögeln, die sich auf den Ästen tummelten. Die freundliche Tour konnte er sich abschminken – das war zumindest der Plan.

Heute stand Sezieren im Unterricht an. Mein Enthusiasmus hielt sich in Grenzen, was man von meinem Tischnachbarn nicht behaupten konnte. Er war einer der Ersten, der sich so ein totes Tier schnappte und begeistert auf seinem Tisch platzierte. Nachdem auch ich mein Exemplar vor mir liegen hatte, nahm ich ein Skalpell in die Hand und begann mit dem ersten Schnitt in die Bauchhöhle. Aber ich kam nicht weit. Was zum einen daran lag, dass sich meine bekannte Übelkeit regte, und zum anderen, dass meine Aufmerksamkeit auf einem anderen Frosch ruhte.

Es war faszinierend mitanzusehen, wie gezielt Rafael im Bauch seines Frosches herumschnippelte. Ich war so gebannt, dass ich sogar meine Übelkeit vergaß.

Wow, der muss ja tolle Halloweenkürbisse zustande bekommen.

Ohne erkennbares Zögern oder Widerwillen schnitt er herum, und nach kurzer Zeit nahm er mit einer Pinzette ein ekliges, kleines Teil aus der Bauchhöhle des Kadavers. Wenn es für mich nicht so überraschend gewesen wäre, wie gut er mit diesen Chirurgendingern umgehen konnte, hätte ich mich wohl bereits in die erstbeste Ecke übergeben.

Nach einer anerkennenden Inspektion durch unseren Biologielehrer machte Rafael sich mit schnellen Handbewegungen daran, den fast unversehrten Froschleib zu verschließen. Ich schaute auf seinen genähten Frosch, dann auf meinen und musste mit Entsetzen feststellen, dass ich die ganze Zeit damit verplempert hatte, ihm auf die Finger zu sehen. Zugegeben, auch wenn diese faszinierend geschmeidig waren, musste ich mich wieder am Riemen reißen und mich konzentrieren.

Bewaffnet mit dem Skalpell näherte sich meine Hand erneut dem Kadaver, doch Millimeter vor dem Bauch hielt ich inne und starrte darauf. Ich weiß nicht, wie lange ich so verharrte, aber es müssen

Minuten gewesen sein, denn mir rann bereits ein Schweißtropfen die Stirn hinunter, und mein Arm war bereits ganz steif geworden.

Mit einem Seufzer wendete sich Rafael zu mir und beendete mein Trauerspiel.

„Soll ich dir helfen? Wenn du so weitermachst, sitzen wir morgen noch da."

Ich war so überrascht, seine Stimme zu hören, dass ich ihn, trotz meiner guten Vorsätze, ansah. Als sich unsere Blicke trafen, fuhr mein Magen Achterbahn, inklusive einiger extra Loopings. Er sprach wirklich wieder mit mir, und ich hatte mir sein „Hallo" nicht eingebildet. *Ein Punkt für meine geistige Zurechnungsfähigkeit.*

Aber ich musste einen kühlen Kopf bewahren, egal, wie sehr ich mir gewünscht hatte, seine Stimme wieder zu hören. Nach ein paar tiefen Atemzügen antwortete ich ihm endlich.

„Was ist denn los? Warum willst du mir helfen? Ich dachte, du willst nichts mehr mit mir zu tun haben – ich bin doch eine falsche Schlange."

Ich bemühte mich, so unbekümmert wie möglich zu klingen, als wäre es mir gleichgültig gewesen, wie er mich gemieden und behandelt hatte. Dass es mir wehgetan hatte, musste er nicht wissen. Als ich den Blick hob, grinste er nur. Meine Wut schien ihn zu erheitern, machte mich dafür aber nur noch wütender. Doch, bevor ich ihn verbal verjagen konnte, ergriff Rafael das Wort.

„Gute Frage, Princesa. Ich weiß es nicht genau, aber du scheinst meine Beschützerinstinkte zu wecken." Der Schalk blitzte in seinen Augen. „Oder vielleicht kann ich einfach keinen ‚Jungfrauen in Nöten' widerstehen?"

Sein Lächeln wurde breiter, als er mit seiner kleinen Ansprache fertig war, während meine Augen immer größer wurden. Da sprach er seit Wochen kein einziges Wort mit mir – und jetzt dieses idiotische Gerede. Fand er das witzig? *Ich nicht!*

Ich fragte mich, ob er vielleicht zwei verschiedene Persönlichkeiten hatte. So leicht konnte ich ihn nicht wieder in mein Leben lassen, es war schwer genug gewesen, ihn in den letzten Wochen aus meinem Kopf zu verbannen. Nur, weil er jetzt wieder die Freundlichkeit besaß, mit mir zu sprechen und mich anzulächeln, bedeutete das noch lange nicht, dass es dauerhaft so sein würde.

Eine erneute Zurückweisung und den folgenden Schmerz wollte ich mir ersparen. Es war besser für mich, von ihm in Ruhe gelassen zu werden, ihn nicht näher an mich heranzulassen, als mich danach wieder verletzt und wie eine Idiotin zu fühlen. Die Erinnerung an mein Gefühlswirrwarr der letzten Zeit, das ich wegen ihm durchstehen musste, drängte zurück an die Oberfläche. Das ganze Theater wollte ich nicht noch einmal erleben, deswegen musste ich ihn von mir stoßen – ein für alle Mal.

„Fang nicht wieder mit diesem ‚Prinzessinnen-Zeugs' an! Lass mich in Ruhe! Damit würdest du unser beider Leben erleichtern. Und noch was – den Scheiß kannst du dir sparen … ich bin nämlich keine Jungfrau mehr!"

Meine Stimme wurde zum Ende meines Wutausbruches immer lauter, sodass auch die anderen Schüler mithören konnten. Ganz toll – damit hatte ich die Aufmerksamkeit der ganzen Klasse. Pfiffe sowie Gelächter hallten durch den Raum.

Warum kann ich nicht einfach meine Klappe halten?

„Danke für Ihr offenherziges Geständnis, Miss McKanzie. Ähm … ich bin mir sicher, dass es einige interessieren dürfte", meinte Mister Crouche. „Aber das hat hier nichts verloren. Weitermachen!"

Er räusperte sich und blickte, nach einem vernichtenden Blick auf mich, in die Runde. „Auch der Rest von euch, Ruhe!"

Peinlich berührt zog ich meinen hochroten Kopf ein und starrte auf den Frosch. Als auch das letzte Gekicher verstummt war, grinste Rafael mich unverschämt an.

„Stimmt, was Mister Crouche gesagt hat. Wirklich sehr interessant. Willst du das vielleicht näher ausführen?"

„Hör auf! Lass es einfach. Außerdem geht dich das sowieso nichts an."

„Meinst du? Ich finde, jede Information ist wichtig, egal, wie unwichtig sie im ersten Moment erscheint."

Ich rollte mit den Augen und hatte genug von seiner Binsenweisheit.

„Wenn du schon reden willst, lass uns das Thema wechseln. Sag mir, warum du beschlossen hast, mich wieder anzuquatschen? Das schien dir in den letzten Wochen doch so schwergefallen zu sein."

Die Worte klangen sogar in meinen Ohren verbittert, und ich fluchte innerlich. Einen Moment sah er mich nachdenklich an, dann senkte er seinen Blick und stieß einen tiefen Seufzer aus.

Ich war es so leid, in diesem Gefühlschaos gefangen zu sein, wenn er in meiner Nähe war. Ich kannte mich selbst nicht mehr. Meine ganze Ruhe und innere Ausgeglichenheit, die ich seit dem Tod meiner Mutter bis zur Perfektion gepflegt hatte, die Fähigkeit, niemand und nichts wirklich an mich herankommen zu lassen, schien mir mehr und mehr verloren zu gehen. Ich wollte nur loskommen von ihm, von seiner tiefen Stimme, den dunklen Augen und seiner direkten Art. Konnten wir nicht zu dem Punkt zurück, an dem er mir gleichgültig gewesen war, wo ich nicht verletzt wurde, weil ich Dinge von Menschen wollte wie dauerhafte Geborgenheit, Zuversicht, vielleicht sogar Liebe? Oder war es dafür schon zu spät? Ich wusste es nicht, aber ich konnte mich davor schützen, mich noch weiter verletzen zu lassen.

„Weißt du, was? Mir egal. Mach, was du willst."

Er kratzte sich am Kopf, dachte wohl über meine Worte nach und antwortete schließlich doch noch: „Es tut mir leid, Vic. Ich will mich entschuldigen und versuchen, es dir zu erklären. Vale? Ich habe zuerst wirklich gedacht, dass du mich bei deinem Vater verpfiffen hast. Es gab für mich keine andere Erklärung, weil ich meiner mamá schon seit Wochen geholfen habe, und auf einmal beschwert er sich? Aber er muss das schon früher bemerkt haben. Außerdem hat ihn auch noch etwas anderes gestört ..."

„Ich kann dir nicht folgen. Was meinst du? Und warum warst du dann so sauer auf *mich*?"

Rafael beugte sich weiter nach vorne und ich mich ebenfalls, um alles zu verstehen.

„Er hat meine mamá gewarnt, dass ich die Finger von dir lassen soll. Deshalb dachte ich, dass du ihm etwas von mir erzählt hast, und deswegen war ich auch so sauer auf dich. Ich habe mich total verarscht gefühlt."

„Das ist doch ... so etwas würde ich nie tun!" stieß ich hervor, lauter als beabsichtigt.

Er tippte mit seinem Finger auf die Lippen und sah sich vorsichtig nach dem Lehrer um. Nachdem er sich vergewissert hatte, dass wir weiterhin unbemerkt reden konnten, sprach er mit gesenkter Stimme weiter.

„Das weiß ich jetzt auch, und es tut mir leid, dass ich dich beschuldigt habe. Außerdem hat mir meine mamá erzählt, dass du mit ihr geredet hast. Danke."

Ich konzentrierte mich auf den Frosch. Hoffentlich sah er mir nicht an, dass mich seine Worte etwas versöhnlicher stimmten.

„Bitteschön, freut mich, dass ich zumindest ihr helfen konnte."

Das war alles, was ich im Moment dazu sagen wollte, aus Angst, ich würde wieder zu viel von mir preisgeben. Antworten auf Fragen würde ich auch zu einem späteren Zeitpunkt bekommen können, wenn nicht die ganze Klasse in Hörweite war. Doch nach einer Pause unterbrach er die Stille mit solch einer Reue in der Stimme, dass es mich aufhorchen ließ.

„Vic?"

„Ja." Ich versuchte, gleichgültig zu wirken.

Rafael räusperte sich verlegen. „Es tut mir wirklich leid, wie ich mich verhalten hab. Ich war ein riesiges Arschloch."

Zustimmend nickte ich, da er damit definitiv recht hatte. Sein Lächeln war so freundlich, dass mir der Gedanke kam, dass wir vielleicht doch noch Freunde werden könnten.

„Rafael, darf ich dich noch was fragen?"

„Sí, sicher."

„Warum glaubst du mir jetzt? Hast du eine Idee, wie mein Dad von uns erfahren hat?"

Ich wurde unmerklich rot, als mir die Zweideutigkeit meiner Worte bewusst wurde. Daher fügte ich schnell hinzu: „Ich meine, dass wir uns unterhalten haben …"

Idiotisch stammelte ich weiter, wie eine Zehnjährige.

„… also, in meinem Zimmer … du weißt schon. Jedenfalls verstehe ich das Ganze nicht. Zu mir hat er kein Wort gesagt."

Gerade, als er mir antworten wollte, schoss wie aus dem Nichts unser Lehrer an den Tisch.

„Ich denke, das reicht jetzt! Schluss mit dem Gequatsche. Wie ich sehe, ist Ihr Frosch noch immer nicht seziert, also weitermachen, und zwar *ohne ein weiteres Wort!*"

Er sah uns so böse an, dass sich meine Nackenhärchen aufstellten und ich nur ein gemurmeltes „Entschuldigung" herausbrachte. Unser Gespräch war somit beendet, bevor ich eine Antwort von ihm bekommen hatte. Schlecht gelaunt machte ich mich wieder daran, mich mit dem Messer bewaffnet dem toten Fleisch vor mir zu widmen. Ohne lange zu überlegen, vollzog ich hastig einen langen Schnitt in die Bauchdecke des Frosches, aus dem Flüssigkeit austrat, die eher wie brauner Sud als rotes Blut aussah. Der Gestank war bestialisch. *Das war's!* Ich hechtete wie eine Sprinterin in die vordere Ecke des Klassenzimmers und beugte mich über das Waschbecken. Zwar musste ich mich nicht übergeben, aber ich hatte den Verdacht, dass meine Gesichtsfarbe der des Frosches sehr ähnlich war, als die Klasse in Gelächter ausbrach.

Kraftlos und mit einem flauen Magen eilte ich nach Hause. Obwohl ich froh war, die Sache mit Rafael geklärt zu haben, geisterten in meinem Kopf weiterhin Fragen umher. Wie hatte mein Dad von uns erfahren? Wer hatte uns gesehen?

Außerdem grübelte ich, warum Rafael wie ein Gott in Weiß mit dem Skalpell umgehen konnte? Was konnte er noch alles? Durch meine wirren Gedanken huschte die Schlagzeile der Morde und der Satz „… die Organe wurden ihnen auffallend fachkundig entnommen".

Ich erschauderte, schob den Gedanken aber so schnell er gekommen war wieder beiseite und nahm mein vehement klingelndes Handy aus der Tasche. Aimee fragte mir Löcher in den Bauch: was heute in Biologie vorgefallen war und warum unser Lehrer so begeistert bei unserem Tisch gestanden hatte. Dabei rutschte mir unüberlegt heraus, dass Rafael ein Skalpellmeister sei.

Schon in dem Moment, als das über meine Lippen gekommen war, war mir klar, dass ich hätte besser aufpassen sollen. Natürlich war Aimee vor Neugierde jetzt nicht mehr zu stoppen, und sie wollte alles haarklein wissen. Auch meine Versuche, mich herauszuwinden, da ich nicht wollte, dass sie etwas Schlechtes über Rafael dachte, halfen nicht. Sie war stur und erbarmungslos wie immer, und daher gab ich schlussendlich nach und erzählte ihr alles. Als ich sie über meine Beobachtung aufklärte, konnte ich es rückblickend noch immer nicht fassen, wie geschickt Rafael den Frosch seziert hatte. Sie war überrascht über diese

Information, und sie versicherte mir, sich mit Stew zu beratschlagen, sobald er von seinem Freund Bradley zurückkommen würde.

Zwei Stunden später klingelte das Telefon, und Stew war in der Leitung. Er redete so lange auf mich ein, bis ich zustimmte, dass wir am nächsten Tag dieser neuen Erkenntnis nachgehen sollten. Obwohl ich Rafael nichts Böses unterstellte, konnte Stew sehr überzeugend sein, wenn er wollte. Wir planten, oder besser gesagt Stew plante, Rafael morgen zu verfolgen und auszuspionieren, um so viel wie möglich über ihn herauszufinden. Vielleicht steckte mehr hinter allem, als ich glauben wollte.

Möglicherweise hatte Stew aber auch einfach zu viele James Bond Filme gesehen. Ich fand es etwas übertrieben, ließ mich aber breitschlagen. Laut und theatralisch verkündete er mir mehrmals am Telefon „Wissen ist Macht", und dagegen konnte ich nun wirklich nichts einwenden.

6. Verfolgung

*Von einer Frau kann man alles erfahren,
wenn man keine Fragen stellt.*
(William Somerset Maugham)

Nach dem Unterricht warteten wir vor der Schule und taten so, als würden wir uns unterhalten. Als Rafael die Schule verließ, schenkte er uns ein flüchtiges Lächeln. Okay, zugegeben, es war atemberaubend. Als er weiterging, begannen wir behutsam unsere Verfolgung und versuchten, so unauffällig wie möglich mit ihm Schritt zu halten. Ich fand, dass wir uns dabei sehr geschickt anstellten. Wir blieben immer hinter einer Ecke stehen und gingen erst weiter, als er schon fast um die nächste verschwunden war. Dabei hatte ich das Gefühl, in einem Spionagefilm mitzuwirken, und vor Aufregung war ich ganz aufgekratzt und
hibbelig.

Es war ein langer Marsch, den wir während der Verfolgung hinlegten, bis wir im Victoria Park ankamen. Dort ging er noch ein Stück in den Park hinein, und wir versuchten, uns hinter den Bäumen versteckt zu halten.

Als Rafael schließlich zu einer kleinen Lichtung kam, traf er sich dort mit zwei anderen Jungs, die sich ähnlich sahen: beide gebräunt und mit dunklen Haaren. Sie trugen weiße, leinenähnliche Sporthosen und ärmellose Shirts. Einer von ihnen war groß und dünn, sein Haar hatte er zu einem Pferdeschwanz gebunden. Er wirkte mindestens drei oder vier Jahre älter als wir. Der andere war vermutlich in unserem Alter oder jünger, hatte kurze Haare und einen Dreitagebart.

Rafael klatschte mit den beiden ab und verschwand hinter einem Baum. Als er zurückkam, trug er die gleiche Kleidung. Mir gefiel, wie seine gebräunte Haut durch den hellen Stoff betont wurde. Für mich wären die Klamotten beim derzeitigen Wetter viel zu kühl gewesen, aber diesen Kerlen schien das nichts auszumachen.

Die drei begannen, sich mit Dehn- und Laufübungen aufzuwärmen.

Nach einigen Minuten holte einer von ihnen ein Radio hervor, und sie fingen mit einer Art Kampf an, aber mit rhythmischen Bewegungen und gezielten Abläufen.

Irgendwo habe ich doch schon einen Beitrag im Fernsehen über diese Kampfsportart gesehen. Aber mir fiel partout der Name nicht ein, obwohl es mir auf der Zunge lag.

„Was machen die da? Ist das nicht … wie heißt das noch … Capo … irgendwie. Kennt ihr das?"

Aimee flüsterte: „Du meinst Capoeira. Aber das habe ich hier noch nie gesehen."

Nachdenklich schlang Stew seine Jacke enger um seinen Körper, verschränkte die Arme und sagte etwas zerknirscht: „Scheint, dass er doch einiges mehr macht, um die ganzen Muckis zu bekommen. Verdammt! Wie soll ich mich da fürs College fit machen? Ich hasse Sport."

Bevor Aimee oder ich aufbauende Worte finden konnten, ertönte eine Stimme hinter uns, die uns unisono zusammenzucken ließ.

„Hey, Leute, was macht ihr denn hier?"

Erschrocken drehten wir uns alle gleichzeitig um und sahen Bradley Morrison vor uns stehen. Ein Sonnenstreif erhellte seine blonden Haare, die vorne mit Gel aufgestellt waren. Seine Haut war blass wie unsere, und auf der Nase ruhte eine grünumrandete Brille, die seinen blaugrünen Augen schmeichelte. Bradley war ein Freund von Stew und wohnte in der Nähe des Parks. *Was muss er von uns denken, wenn wir hier zusammengezwängt hinter einem Baum stehen und drei Kerle beobachten?*

Stew war der Erste, der das peinliche Schweigen beendete.

„Hi! Du hast mir gar nicht erzählt, dass du dich heute hier rumtreibst. Wir wollten eine Runde Luft schnappen und sind hier hängen geblieben."

Er deutete kurz hinter uns auf den Baum, als wäre hier ein bekannter Sightseeingpunkt und es das Normalste auf der Welt, hier zu stehen. Dann sprach er weiter, bevor Bradley irgendetwas erwidern konnte: „Sag mal, gibt es hier im Park auch eine Möglichkeit, etwas zu trinken oder muss man sich mit der wilden Natur zufriedengeben?"

Ich dachte nur *Danke, Stew.* Mit seinem schnellen Geplapper hatte er Bradley so verwirrt, dass der nicht mehr nachfragte, was wir da machten, und uns geschickt aus der unangenehmen Situation manövriert. Bradley war sichtlich erfreut, Insidertipps in seinem Revier weitergeben zu können und deutete in die Richtung, aus der wir gekommen waren.

„Klar! Ein Stück weiter ist ein Café. Etwas rustikal, aber gemütlich."

Aimee und Stew gingen schon los, als ich Aimee am Ärmel schnappte.

„Ich komme gleich nach, ich möchte noch einen Moment hierbleiben und zusehen."

„Soll ich mit dir warten? Das ist okay, ich brauch nicht mitzugehen."

Ich wusste, wie sehr sie Bradley heimlich anhimmelte; man konnte es ihr fast an der Nasenspitze ansehen. Aber wie immer dachte sie zuerst an die anderen.

„Nein, geh nur. Ich komm gleich nach."

Als sie nickte und sich umdrehte, fügte ich noch leise hinzu, sodass nur wir zwei es hören konnten: „Ach – und, Aimee ... Sei ein bisschen nett zu Bradley. Er schaut irgendwie so ... einsam aus."

Ich konnte mir ein Grinsen nicht verkneifen, als sie rot wurde, auch wenn sie versuchte, es runterzuspielen. „Hör doch auf, Vic. Wir sind nur Freunde."

So, wie sie die Worte ‚nur Freunde' betonte, war klar, dass sie gerne mehr für ihn wäre. Bevor ich darauf eingehen konnte, legte sie ihren Zeigefinger auf die Lippen und schüttelte den Kopf.

Gut, dann ein anderes Mal, aber ich würde darauf zurückkommen.

Aimee strich ihre schwarzen Haare glatt und eilte den Jungs hinterher, die schon ein gutes Stück vorausgegangen waren.

Als ich alleine war, drehte ich mich wieder um, als ich plötzlich im Augenwinkel eine schnelle Bewegung bemerkte. Erschrocken und mit wild klopfenden Herzen fuhr ich herum, nur, um ein Stück weit entfernt ein Eichhörnchen flink herumhüpfen zu sehen. Es flitzte vom Baum und hastete auf dem Rasen neugierig in meine Richtung, während es immer wieder flüchtig stehen blieb und die Nase in die Luft reckte.

Ich musste lächeln, wegen des quirligen Nagetiers und auch wegen mir selbst. Ich war die letzten Wochen bereits so paranoid geworden, dass mich sogar ein kleines Eichhörnchen aufschreckte. Kopfschüttelnd ließ ich meinen Blick zu Boden sinken, rieb meine Schläfen und sah dabei meinen offenen Schnürsenkel. Immer noch lächelnd bückte ich mich, um ihn zu binden.

Als ich mich wieder erheben wollte, erschrak ich, da auf einmal ein Schatten über mir lag. Die leichte Panik verebbte aber, als mich ein vertrauter Duft umhüllte. Langsam stand ich auf, und, als ich in Rafaels warme braune Augen blickte, waren jegliche Angst und Fragen der letzten Tage wie weggeblasen. Es war schon seltsam: Auch wenn einige Punkte gegen ihn sprachen, fühlte ich mich sicher, wenn er in meiner Nähe war.

Mit leicht zur Seite geneigtem Kopf und Belustigung in der Stimme fragte er: „Irre ich mich, oder verfolgt ihr mich, seit wir aus der Schule gekommen sind?"

Mist – wir sind wohl doch keine so guten Undercover-Agenten.

Fieberhaft suchte ich nach einer Ausrede.

„Nein. Ich … wir wollten nur zufällig in die gleiche Gegend. Ein Freund von Stew wohnt in der Nähe, und wir haben uns mit ihm getroffen."

Klang doch ganz gut, und der Wahrheit entsprach es ebenfalls – zumindest beinahe. Aber er ging nicht darauf ein.

„Und ich dachte schon, du kannst nicht genug von meiner Gesellschaft bekommen."

„Wie ich schon sagte – reiner Zufall. Also bilde dir nicht zu viel ein."

„Schade. Wo sind dann deine Freunde, und warum stehst du hier ganz alleine rum?"

Verlegen kratzte ich mich an den Unterarmen, um Zeit zu schinden, bevor ich sie demonstrativ vor meiner Brust verschränkte.

„Die sind schon vorausgegangen. Ich wollte frische Luft schnappen und über einige Dinge nachdenken."

Das klang doch logisch in meinen Ohren, oder? Seine fast schwarzen Augen blitzten interessiert auf.

„Haben diese auch mit mir zu tun? Willst du irgendwas fragen, wenn du schon hier bist? Oder willst du vielleicht etwas *anderes* von mir?"

Habe ich das jetzt wirklich richtig verstanden?

Das verlockende Angebot hing zwischen uns, fast greifbar wie schwebende Fäden in der Luft. Selbstsicher und sichtlich erwartungsvoll blickte Rafael mich an.

„Das ist deine Chance, Princesa. Frag mich, was du willst. Ich bin ganz Ohr."

Ein wahrhaft erregender Vorschlag. Ich dachte über die vielen ungeklärten Fragen nach, die ihn betrafen – das waren nicht gerade wenige – und auf die ich eine Antwort brauchte. Doch in der einen Sekunde kam mir wieder das Gespräch mit Stew in den Sinn, das wir beim Schwimmunterricht geführt hatten. Eigentlich wollte ich lieber Dung essen, als diese Frage zu stellen, aber ich war derart in den Tiefen seiner Augen verloren, dass sich mein Verstand vollkommen ausschaltete und mein Mund von alleine die Worte formulierte: „Hast du eigentlich eine Freundin?"

Ich sah, dass ihn diese Frage überraschte, erkannte es an den hochgezogenen Augenbrauen und dem Blick, den er mir schenkte. Er hatte damit genauso wenig gerechnet wie ich. Doch bevor ich mich innerlich beruhigen und die geistige Schimpftirade über meine eigene Dummheit beenden konnte, hatte er sich gefasst und stellte mir eine Gegenfrage: „Wer will das wissen? Du oder deine rothaarige Freundin?"

Meinte er Cecilia? Sie war ganz bestimmt nicht meine Freundin. Trotzdem war meine Neugierde geschürt, und ich musste nachhaken.

„Macht das einen Unterschied?"

„Für mich schon."

Ich seufzte. Ich war nicht bereit, mich noch weiter zu demütigen und ihm zu gestehen, dass ich nach seiner Antwort lechzte.

„Egal. Du musst es mir nicht sagen, wenn du nicht willst."

„Hast du nicht was mit diesem Cailean am Laufen?"

Das gab mir einen angeekelten Stich, und meine Antwort fiel deswegen energischer aus als beabsichtigt.

„Nein! Wir haben nichts miteinander … Jedenfalls nicht mehr. Wir hatten mal was, aber das war nichts Exklusives. Ich meine … ach … du weißt schon."

Schon wieder plapperte ich zu viele und vor allem eindeutige Informationen aus. *Warum hat er nur so eine Wirkung auf mich?* Ich hielt mich doch auch sonst zurück, aber bei ihm konnte ich nicht anders.

Rafael kam einen Schritt näher, ein Mundwinkel verspielt nach oben gezogen, und meine Kehle wurde sofort trocken.

„Du scheinst heute in richtiger Plauderlaune zu sein. So viel wie in den vergangenen zwei Tagen hast du mir die letzten Jahre nicht verraten."

Er zeigte wieder sein lockendes Lächeln, das mir wie Hitze durch den Körper schoss.

„Vale, wenn das so ist, kann ich dir Folgendes verraten: Falls es deine Freundin wissen will, bin ich bereits vergeben. Aber – falls es, sagen wir mal … zum Beispiel *dich* interessieren sollte, dann bin ich noch frei."

Nur mit Anstrengung konnte ich mir ein dümmliches Grinsen verkneifen, das sich hartnäckig bilden wollte. Ich war geschmeichelt – mehr, als es mir lieb war. Aber trotzdem nagte noch etwas anderes an mir, und ich musste weiterbohren, nun da er von sich aus mit Cecilia angefangen hatte.

„Warum? Ich dachte, du magst sie? Ihr versteht euch doch beim Schwimmen blendend."

„Eifersüchtig?"

Kann er nicht einfach antworten, ohne eine Gegenfrage zu stellen und mich noch weiter bloßzustellen?

„Bekomme ich nun eine Antwort oder nicht?"

Rafael machte einen Schritt auf mich zu, so nahe, um nur noch mehr meine Sinne zu benebeln und das Blut in meinen Ohren rauschen zu lassen. Daher machte ich automatisch einen Schritt zurück. Dabei stieß ich mit dem Rücken an den Baumstamm. Rafaels Mundwinkeln zuckten flüchtig, und er kam noch näher, sodass nur noch ein winzig kleiner Abstand zwischen uns war.

Reflexartig hob ich meine Hände vor den Körper, um eine Sicherheitsbarriere zu errichten. Aber ihn schien diese Geste nicht sonderlich zu beeindrucken. Es wirkte eher so, als ob er sie als Aufforderung empfand, noch näher zu kommen. So nah, bis er an meine Handflächen stieß, die nun auf seinem harten Bauch lagen, mit nur einem Hauch Stoff dazwischen.

Ich konnte seine Muskeln spüren, als er sich nach vorne beugte und sich mit einem Arm neben meinem Kopf am Baum abstützte. Seine Nähe machte mir nichts aus, so wie sonst, sondern fühlte sich sicher und richtig an. Die Wärme, die er ausstrahlte, fühlte ich überall, sie hüllte mich ein wie in einen berauschenden Kokon der Sinne. Rafaels Duft umgab mich und erinnerte mich dabei an Wald, sonnengebräunte Haut und frisches Gras – wie der Sommer selbst.

Dicht an meinem Ohr spürte ich seinen Atem, als er flüsterte: „Deine Freundin interessiert mich nicht, kein bisschen. Ich weiß, dass sie mich als Spielzeug sieht. Für wen ich mich aber interessiere, bist du."

Eine Gänsehaut überzog meinen ganzen Körper, und ich drehte den Kopf zur Seite, um ihn verblüfft anzusehen. Das Atmen fiel mir schwerer. Seine Worte verursachten mir weiche Knie sowie wohlige Hitze. Doch ich hielt seinem Blick stand.

„Was sagt dir, dass ich nicht genauso denke wie sie?"

„Ich weiß, dass du anders bist, obwohl du versuchst, es niemanden sehen zu lassen. Bei dir ist mehr dran. Du hast Tiefe, du hast Herz."

„Wie bitte? Woher willst du das wissen … ich meine, du …"

Bevor ich zu Ende sprechen konnte, sog ich überrascht die Luft ein. Denn er senkte ohne Vorwarnung den Kopf noch näher an mein Ohr, sodass ich seine Lippen spüren konnte, die sich auf meiner Haut bewegten.

„Ich kenne dich."

In diesem Moment hätte ich eigentlich schreiend davon laufen und die Polizei holen sollen. *„Ich kenne dich"* – das konnte doch nur bedeuten, dass er mich beobachtet und verfolgt hatte. Wie sollte er sonst etwas über mich wissen?

Doch mein Körper folgte nicht dem Selbsterhaltungstrieb meines Gehirns – *mieser Verräter* – und bewegte sich kein Stück von Rafael weg. Meine Haut kribbelte aufgeregt, aber nicht ängstlich, und ich wollte mich nicht von ihm entfernen, keinen Millimeter. Tatsächlich wollte ich ihm noch näher kommen, meine Hände unter sein Shirt schieben und ihn an mich ziehen. Meinen Wünschen nachgeben, den Hormonen einfach freien Lauf lassen und das aufgestaute Verlangen endlich befriedigen.

Als ob er meine Gedanken gelesen oder die Sehnsucht in meinen Augen gesehen hätte, begann er sanft, mit den Lippen meine Wange entlang zu streichen. Er roch so gut und war mir so nahe, dass ich erwartungsvoll den Atem anhielt. Zentimeterweise näherte er sich meinem Mund, und die Spannung, das aufgeregte Knistern war unbeschreiblich süß. Schließlich trafen sich unsere Lippen ganz sachte, und es kam mir vor, als könnte ich nach einer Ewigkeit wieder frei atmen. Seine Lippen waren warm, so voll und erstaunlich zärtlich, als sie an meinen kosteten. Es kribbelte in meinem ganzen Körper, Wärme wirbelte in meinem Magen herum und verursachte mir Schwindel, sodass ich alles andere vergaß.

Warum war ich hierhergekommen? Was wollte ich wissen?

Das alles war auf einmal nicht mehr wichtig. Gerade, als ich meine Arme hinter seinem Nacken verschränken wollte, hörte ich ein wütendes Räuspern hinter ihm. Diesen Ton kannte ich. Erschrocken löste ich mich und machte einen Satz zur Seite.

Vor uns stand Aimee mit verschränkten Armen und zusammengekniffenen Augen. Wie erstarrt blieb ich stehen, und Aimee funkelte zuerst mich und danach Rafael an, als könnte sie uns mit ihrem Blick in Flammen aufgehen lassen.

Rafael bewegte sich als Erster und ging mit ausgestreckter Hand auf Aimee zu: „Hallo. Um mich kurz *offiziell* vorzustellen – persönlicher Butler von Miss McKanzie und Opfer eurer heutigen Verfolgungsjagd. Wenn ihr das beruflich machen wollt, sollte euch jemand etwas Prinzipielles erklären. Leise sein und nicht laut zu sprechen, sind gute Faktoren, um unerkannt zu bleiben. Tja, soviel dazu."

Etwas unentschlossen rieb er sich die Hände. Da noch immer niemand sonst ein Wort sagte, sprach er einfach weiter: „Freut mich, dich richtig kennenzulernen."

Ich war seine offene, direkte Art und die dummen Sprüche nun schon etwas gewöhnt und verdrehte nur die Augen, musste mir aber trotzdem ein Lächeln verkneifen. Aimee hingegen sah ihn verdattert an und streckte ihm automatisch, wie ein Roboter, die Hand entgegen.

„Hallo … ähm, Rafael."

Danach starrte sie ihn wieder mit großen Augen an, so lange, bis er einen Schritt zurückmachte und sich verlegen durch die Haare fuhr.

„Tja, ähm, tut mir leid, das Gespräch beenden zu müssen. Aber meine Freunde warten auf mich. Also dann …"

Er lächelte Aimee an und drehte sich zu mir um. Zwinkernd flüsterte er mir beim Vorbeigehen zu: „Wir sehen uns?", wobei er mit den Fingern flüchtig über meinen Oberarm strich.

Ich nickte und konnte ein Lächeln nicht länger unterdrücken. Das aber nur so lange anhielt, bis er verschwunden war und ich wieder in das finstere Gesicht von Aimee blickte. Autsch, jetzt würde ich mir eine längere Predigt anhören können.

Und ich sollte recht behalten. Während des Rückwegs und der nächsten zwei Schultage machte Aimee mir Vorwürfe, derart den Kopf verloren zu haben.

„Wie konntest du das nur machen, Süße. Er sieht ja nicht schlecht aus, aber das bedeutet nicht, dass wir oder du ihm blind vertrauen kannst. Das weißt du so gut wie ich."

Aimee war schon immer vorsichtiger gegenüber Fremden gewesen als Stew. Aber erst seit einigen Jahren war sie besonders skeptisch gegenüber allen Kerlen, was wahrscheinlich auch der Grund dafür war, dass sie sich Bradley nicht näherte. Sie wusste, dass der äußere Schein oft trügen konnte.

Vor drei Jahren hatte sie zufällig herausgefunden, dass ihr Vater fremdgegangen war und es lange Zeit nicht einmal Stew erzählt hatte, um ihm nicht die Illusion der perfekten Familie zu nehmen. Dabei war etwas in ihr zerbrochen, dieses bedingungslose Vertrauen, auch wenn sich ihre Eltern wieder zusammengerauft hatten. Sie war nur vorsichtig, und ich verstand sie – ich war es auch.

Nur bei Rafael tat ich mir schwer, meine Distanz zu halten. Beide hatten wir Dinge erlebt, die uns unserer Naivität beraubt hatten. Aimee durch den Seitensprung ihres Vaters und nun durch die finanzielle Krise, ich durch den frühen Tod meiner Mutter und das gestörte Verhältnis zu meinem Vater. Obwohl bei uns beiden nach außen hin alles perfekt schien, war es das nicht. Jeder hatte sein Päckchen im Leben zu tragen, das einen prägte und veränderte, ob es die anderen nun sehen konnten oder nicht.

Daher konnte oder wollte Aimee nicht verstehen, wie ich zu all unseren Fragen keine Antwort bekommen hatte, aber stattdessen mit ihm rumknutschen konnte. Wobei ich ständig beteuerte, dass man das wirklich nicht ‚knutschen' nennen konnte, da es gerade mal ein flüchtiger Kuss gewesen.

Stew war wie gewohnt lockerer und tätschelte mir zwischendurch aufmunternd die Schulter.

„Mach dir keine Sorgen, das wird schon. Zuerst musst du ein klärendes Gespräch mit Cailean führen, dann ergreifen wir deinen Stalker. Und wenn alles vorüber ist, kannst du deine Zeit mit ‚Beauty-

Boy' verbringen. Alle dafür?"

Er hob die Hand und ich ebenfalls, obwohl nicht so enthusiastisch wie Stew.

„Ich bin dabei. Den Teil mit Cailean würde ich aber gerne überspringen, das könnte unangenehm werden. Man nimmt einem Cailean Murdoch kein Spielzeug weg. Das bin ich wohl für ihn."

Aimee hob vor Verzweiflung die Hände.

„Seid doch ernst. Was ist, wenn sich herausstellt, dass Rafael doch dein Stalker ist? Wir wissen noch immer nicht mehr über ihn, nur, weil Vic mit seiner Zunge Bekanntschaft gemacht hat."

Stew konterte unbeeindruckt: „Das wissen wir, aber ich habe ein gutes Gefühl bei ihm. Das wird sich alles zeigen, du wirst sehen. Du musst zu den Menschen ein bisschen mehr Vertrauen haben."

Sie murrte etwas Unverständliches, und ich drückte kurz ihre Hand, um sie zu beruhigen. Dabei nickte ich und versuchte, so positiv zu sein wie Stew. Ich wollte einfach so gerne, dass er recht behielt, auch wenn es unvernünftig war, Rafael einfach so zu vertrauen.

„Genau, ich denke auch nicht, dass Rafael etwas damit zu tun hat. Es ist einfach nur ein dummer Zufall, dass er manchmal genau dann auftaucht, wenn ich glaube, beobachtet zu werden. Ich kann das fühlen."

Aimees grüne Augen leuchteten.

„Blödsinn. Du spürst zurzeit was ganz anderes. Dein Hirn ist dir anscheinend in die Hose gerutscht. Dabei dachte ich, das wäre nur bei Jungs so."

Stew trat vor mich hin und wollte an meinem Hosenbund herumfummeln.

„Wow, ehrlich? Das würde ich gerne sehen. Lass mal die Hose runter."

Ich klatsche ihm die Finger weg und zeigte ihm die Zunge.

„Du bist ein Idiot", blaffte ich ihn an, konnte mir aber ein Lachen nicht verkneifen.

Er grinste ebenfalls. „Ich weiß."

Tadelnd schüttelte Aimee den Kopf, obwohl ihre Augen ebenfalls amüsiert blitzten.

„Unglaublich. Könntet ihr wieder ernst sein? Wir sollten zur Schwimmhalle gehen, sonst kommen wir zu spät."

„Ja, Mum!", ertönte es gleichzeitig von Stew und mir.

Kurze Zeit später wartete ich am Rand des Pools auf die anderen und ließ dabei den Blick umherschweifen, auf der Suche nach Rafael. Ich hatte ihn seit unserem Zusammentreffen im Park, das schon einige Tage her war, nicht mehr gesehen, geschweige denn gesprochen.

Deswegen konnte ich es kaum erwarten, ihm wieder gegenüberzustehen und zu sehen, wohin uns dieser Flirt bringen würde. Ich versuchte dabei natürlich, es so unauffällig wie möglich zu machen und fast gelangweilt zu wirken. Jemand tippte mir an die Schulter, und, als ich mich umdrehte, stand Rafael in seiner gesamten Pracht vor mir.

„Suchst du jemand bestimmten? Falls ja, gehe ich einfach davon aus, dass ich es bin."

Eingebildeter Affe, dachte ich mir, auch wenn mich sein gesundes Selbstvertrauen amüsierte. Doch deswegen musste ich es noch lange nicht zugeben, denn Honig würde ich ihm nicht um den Mund schmieren. Da war er bei mir an der falschen Adresse, und es wäre sowieso etwas peinlich, zuzugeben, dass er mit seiner Aussage genau richtig lag.

„Nein, das tue ich nicht – es dreht sich nicht alles um dich, weißt du. Ich hab die Schwimmhalle bewundert, wenn du es wirklich wissen willst. Die ist nämlich sehr schön und … groß."

Ich verschränkte die Arme und drehte ihm demonstrativ den Rücken zu, um meine glühenden Wangen zu verstecken.

„Du bist eine schlechte Lügnerin", sagte er leise und ging an mir vorbei. Mit einem schiefen Grinsen fügte er hinzu: „Übrigens, nette Rückenansicht."

Dann sprang er mit einem eleganten Satz ins Wasser, als Aimee an meiner Seite erschien.

„Oje, müssen wir das auch lernen?"

Auf der anderen Seite stellte sich Stew neben mich. „Also, das würde ich auch gerne können. Das beeindruckt sicher die Mädels."

Irritiert durch Rafael, antwortete ich etwas bissig: „Was meint ihr? Den Sprung oder seine dreiste, arrogante Art?"

Stew drehte sich zu mir und säuselte: „Du bist so süß, wenn du schlecht gelaunt bist!"

Dann machte er Anstalten, mir in die Wangen zu kneifen, wie es alte Tanten gerne taten.

„Fass mich an, und ich beiß dir die Hand ab!"

Er überlegte es sich im letzten Moment anders und tätschelte mir stattdessen die Schulter. „Wie ich eben sagte, zuckersüß – wie ein Rottweiler."

Nachdem sich alle Schüler ins Wasser begeben hatten, pfiff die Sportlehrerin begeistert mit ihrer Trillerpfeife, und wir begannen, die Bahnen zu schwimmen. Ich konnte nicht gut schwimmen und bewegte mich eher wie ein Hund vorwärts, während Rafael wie ein Fisch seine Bahnen zog, ohne jegliche Anstrengung zu zeigen. Nach seiner sechsten und meiner zweiten oder dritten Bahn – wer zählt schon mit – schwamm er an mich heran.

„Schwimmen scheint ja nicht gerade deine Berufung zu sein. Ehrlich gesagt, hätte ich dir etwas mehr *Eleganz* zugeschrieben."

Für ihn war es kein Problem, einfach so neben mir zu schwimmen und zu tratschen. Er war noch nicht einmal außer Atem. Ich rang unterdessen mit der Luft und befürchtete, ich würde gleich untergehen.

„Sehr ... witzig!"

Ich schluckte Wasser und begann zu husten. Rafael schwamm näher und versuchte, zu helfen.

„Du darfst nicht so wild mit den Händen und Beinen herumrudern. Du schwimmst wie eine scheue Katze, die ins Wasser gefallen ist. Schau her!"

Interessiert stoppte ich meine Schwimmversuche und schaute ihm zu, als er mir etwas von der Schwimmtechnik zeigte.

„Du musst lange, zielsichere und ausholende Bewegungen mit deinen Armen machen, aber gleichmäßig. Dazu bewegst du gleichzeitig die Beine, und nicht wild strampeln, sondern ebenfalls gleichmäßig wie ein Frosch. Vale?"

Nach seinen Anleitungen probierte ich es aus. Das Schwimmen fiel mir zwar etwas leichter, aber grazile Bewegungen sahen trotzdem noch anders aus.

„Danke! Das geht ... leichter. Woher ... kannst du das ... so gut?", pustete ich mühsam heraus.

„Ist nur Übung. Ich schwimme schon ewig. Das habe ich im Meer in Spanien gelernt, sobald ich gehen konnte."

Ich war total fertig und müde, während er noch immer normal reden konnte, als wir unsere Längen gemeinsam schwammen. Ich antwortete trotz meiner Atemnot: „Das wusste ich ... gar nicht."

„Du weißt vieles nicht über mich", kam postwendend zurück.

Da hatte er leider recht, aber in dem Moment wurde mir klar, dass ich alles daransetzen würde, das zu ändern. Es kribbelte beinahe in meinen Fingern, ich wollte nach ihm greifen, ihn nicht nur körperlich, sondern auch auf anderen Ebenen besser kennenlernen. Daher versuchte ich einfach mein Glück. Was konnte schon schiefgehen, außer eine Abfuhr zu kassieren?

„Dann erzähl mir davon ... Wer hat es dir beigebracht?"

Einen langen Moment, der sich wie die Ewigkeit hinzog, blickte Rafael mir nachdenklich in mein von der Anstrengung sicher gerötetes Gesicht, als wüsste er nicht, ob er es mir erzählen konnte oder wollte. Was mir zwar einen kleinen Stich gab, ich aber auch verstehen konnte, da es anscheinend etwas sehr Persönliches war. Mit jeder weiteren Sekunde, die verging, wünschte ich mir mehr und mehr, dass er mich ins Vertrauen ziehen würde. Endlich holte er Luft, und ein Stein fiel mir vom Herzen, als ich seine wohltuende Stimme hörte.

„Mein Dad hat es mir beigebracht. Wir wohnten in einem kleinen Haus und hatten nicht viel, aber dafür lebten wir in Strandnähe. Ich glaube, ich konnte schon schwimmen, bevor ich gelaufen bin", sagte er mit einem Lächeln, in dem ich aber auch Schmerz sehen konnte.

Sein Blick wirkte, als sähe er in die Vergangenheit zurück. „Er ist mit mir nach seiner Arbeit immer schnurstracks zum Meer marschiert und hat dabei gemeint, er müsse sich kurz den Staub abwaschen, damit mamá ihn überhaupt wieder ins Haus lasse. Aber ich weiß, dass er das für mich getan hat. Wir haben beide das Meer geliebt."

Ich musste mehrmals blinzeln, um ihn nicht ungeniert mit offenem Mund anzustarren. Seine Erzählung hatte mich in ihren Bann gezogen, und eine Wärme breitete sich in meiner Magengegend aus, weil er diese kostbare Erinnerung mit mir geteilt hatte.

„Das hört sich schön an. Dein Dad muss toll gewesen sein", gab ich zu. „Vermisst du nicht das Meer?"

Rafael schwamm langsam neben mir weiter.

„Manchmal schon. Aber es gibt hier genug anderes, was ich machen kann. Außerdem mag ich …"

Rafael wurde durch einen grellen Pfiff gestört. Unsere Lehrerin brüllte über den Pool hinweg in unsere Richtung: „Hey, ihr beiden! Los, schwimmt die eine Bahn fertig und quatscht nicht rum! Es sind bereits alle fertig, und wir warten nur auf euch!"

Geschwächt stieg ich die Leiter hoch und stellte mich neben Aimee und Stew. Sie schaute abschätzend zu mir, während Stew mich anstrahlte. Auch Cecilia stand neben uns und sprach in leisem Ton, sodass nur wir es hören konnten: „Da hat wohl jemand meinen Plan, sich dumm anzustellen bis ins kleinste Detail präzise ausgeführt."

Mir war es zu blöd, mich auf einen weiteren unnützen Streit mit Cecilia einzulassen, weshalb ich sie ignorierte, bis sie abzog.

7. Angriff

Eine Frau, die ihren Widerstand aufgibt,
geht zum Angriff über.
(Marcello Mastroianni)

Die nächsten zwei Wochen vergingen ziemlich ereignislos, außer dass Rafael und ich immer wieder plauderten, er mir beim Vorbeigehen zuzwinkerte oder mich vermeintlich unabsichtlich absichtlich streifte. Aber es kam zu keiner ähnlichen Annäherung mehr wie im Park, als hätten wir das Tempo rausgenommen oder würden uns im Kreis drehen.

An diesem Freitag ging der Unterricht schnell zu Ende, was wohl daran lag, dass das Wochenende vor der Tür stand und wir bereits gegen drei Schluss hatten. Zu meiner Enttäuschung hatte ich Rafael nur kurz im Flur getroffen, was mir zwar erneutes Herzklopfen bescherte, aber viel zu kurz war – so flüchtig wie eine leichte Sommerbrise, die vorüber war, bevor ich sie genießen konnte.

Auch Aimee und Stew versetzten mich und sagten unseren freitäglichen Besuch in der Shopping Mall mit Kaffeetratsch ab. Allein und missmutig machte ich mich auf den Nachhauseweg. Die Sonne blitzte manchmal zwischen den Wolken hervor, doch konnte sie nicht alle dunklen Schatten vertreiben.

Das Gefühl, beobachtet zu werden, war wieder stärker als sonst, und ich drehte mich alle paar Meter um, wenn das unheimliche Kribbeln in meinem Nacken zu groß wurde. Immerhin hatte ich mich langsam an diesen Zustand gewöhnt. Die Angst war etwas geringer und mein Puls stieg nicht mehr so rasant an wie zu Beginn der Misere.

Als ich fast bei der Haltestelle angekommen war, tippte mich auf einmal jemand von hinten an. Mein erster Impuls war, dass es ein gewisser Jemand war, und ich drehte mich mit freudiger Erwartung um. Mein Lächeln erstarb aber, als ich statt in Rafaels Augen in das Gesicht von Cailean blickte.

„Hey, hast du kurz Zeit für mich?"

Skeptisch blickte ich ihn an.

„Was willst du? Schon wieder genug von Cecilia?"

Am liebsten hätte ich mir auf die Zunge gebissen. Es klang viel zu sehr nach Eifersucht, doch in Wahrheit war mir Cecilia einfach nur ein Dorn im Auge.

„Bitte, Vic. Lass uns einen Kaffee trinken gehen und miteinander reden. Wie früher."

Reden war zwar nie unsere gemeinsame Beschäftigung gewesen, aber ich ließ mich trotzdem breitschlagen, da ich sowieso einen Schlussstrich ziehen wollte.

„Na gut, um der alten Zeiten willen. Lass uns in das ‚Café Creme' gehen. Von dort habe ich es nicht weit nach Hause."

Er bedeutete mir, ihm zu seinem Auto zu folgen. „Okay, wohin du willst."

Im Café angekommen, bestellten wir zwei Cappuccino, ich ließ mich auf den Sessel fallen und wartete ab, was er von mir wollte. Als von ihm nichts kam, ergriff ich ungeduldig das Wort. Ich war müde, schlecht gelaunt und wollte mich zu Hause in mein gemütliches Sofa kuscheln.

„Nun sag schon, was willst du mit mir besprechen?"

Er musterte mich nachdenklich.

„Ich möchte wissen, wo wir zwei stehen."

Entgeistert zog ich die Stirn in Falten.

„Was soll das heißen – *wo wir stehen*? Ich dachte, du hättest was mit Cecilia, und das war's auch schon. Sei doch ehrlich – wir haben schon länger nichts mehr miteinander. Ich will das schon die ganze Zeit mit dir besprechen. Es wäre gut, wenn wir die Sache zwischen uns offiziell beenden."

Cailean lächelte, aber es wirkte nicht im Geringsten freundlich.

„Ach, Vic, Schätzchen. Wir zwei sind füreinander geschaffen. Mit Cecilia oder den anderen Mädels habe ich nur herumgealbert. Du weißt, dass wir zusammengehören."

Wie bitte? Das war doch mehr als nur ein wenig übertrieben. Was dachte er sich eigentlich?

„Hör auf mit dem Mist! Wir waren zwar zusammen im Bett, aber es hat keiner davon geredet, dass wir zusammen alt werden."

„Das wird dein Vater aber nicht gerne hören", antwortete er kühl und schlug die Beine übereinander.

Aufgestaute Wut, die sich aufgrund seiner Großspurigkeit und bei der Erwähnung meines Vaters entlud, trieb meinen Redeschwall an.

„Was hat er damit zu tun? Was geht das bitteschön *meinen Dad* an, mit wem ich zusammen bin? Außerdem braucht es *dich* nicht zu kümmern, was *mein* Vater will oder nicht."

Abschätzend verschränkte Cailean die Arme und sah mich mit solch kalten Augen an, dass mir ein Schauer über den Rücken lief.

„Da täuschst du dich. Ich kenne deinen Vater womöglich besser als du. Ich würde mich nicht mit ihm anlegen."

Wovon sprach er nun schon wieder? Und wie konnte er es wagen, mir zu drohen? Meine Stimme war nun genauso kalt wie seine Augen.

„Spinnst du? Was ist los mit dir? Ich lass mich von dir nicht einschüchtern. Das alles geht dich einen Scheiß an."

Übertrieben griff er sich an die Brust.

„Jetzt verletzt du mich aber. Du kannst doch nicht mit mir in die Kiste springen und dann behaupten, es würde nichts bedeuten oder dass wir keine Zukunft hätten?"

Frustriert warf ich die Hände in die Luft, bevor ich sie wieder auf den Tisch fallen ließ.

„Du hast doch gerade selbst gesagt, dass man manchmal nur herumalbert und es nichts bedeutet. Also, krieg dich wieder ein!"

„Das funktioniert so aber nicht. Wir sind und wir bleiben zusammen", sagte er und streckte eine Hand über den Tisch, um meine Finger zu berühren. Hastig wich ich zurück.

„Auf keinen Fall. Ich empfinde nichts für dich."

Nun wurde seine Stimme lauter, und Abscheu klang darin mit: „Aber du denkst, du empfindest etwas für diesen dahergelaufenen Bodenwischer!"

Seine herablassenden Worte versetzten mir einen Schlag in die Magengrube, und dass er von Rafael wusste, machte mir gleichzeitig Angst. Ich wollte nur noch weg von hier, von ihm.

„Mir ist das zu blöd. Ich gehe! Lass mich in Ruhe!"

Gerade, als ich an ihm vorbeiging, schnellte seine Hand hoch und packte unbarmherzig meinen Arm. Erschrocken blickte ich zu ihm hinunter, dann kniff ich die Augen zusammen und starrte auf die Stelle, an der er mich festhielt. „Lass. Mich. Sofort. Los!"

„Setz dich wieder hin – oder es passiert was!"

Ich dachte einmal, ich würde den Jungen vor mir kennen, aber diese dunkle Seite war mir bei ihm noch nie aufgefallen. Plötzlich konnte ich mir sehr gut vorstellen, dass er derjenige war, der mir die letzten Wochen wie ein Schatten gefolgt war. Angst verengte mir die Kehle, als hätte jemand die Finger um meinen Hals gelegt, und meine Finger begannen zu zittern.

Mit einer ruckartigen Bewegung riss ich mich von ihm los und stürmte aus dem Café. Ich rannte, so schnell mich meine Beine trugen, mit einer Angst im Nacken, die mich nur noch schneller werden ließ. Wenn er wollte, würde er mich bald eingeholt haben. Als ich einen Blick über meine Schulter riskierte, sah ich ihn jedoch vor der Tür des Cafés stehen und mir hinterherbrüllen: „Es ist noch nicht vorbei!"

Zu Hause angekommen, war ich außer Atem, schleppte mich mit letzten Kräften die Treppe hoch in mein Zimmer und ließ mich hinter der Tür zu Boden sinken. Mein Herz hämmerte aufgeregt, und das Blut rauschte wild in meinem Körper wie ein reißender Fluss nach tagelangem Regen. Die Hände hatte ich auf die hochgezogenen Knie gelegt, und ich atmete tief ein und aus, bis das Zittern nachließ und mein Atem ruhiger wurde.

Nachdem ich wieder genug Sauerstoff hatte, holte ich mein Handy aus der Tasche. Zuerst wählte ich Aimees und danach Stews Nummer, doch bei beiden meldete sich nur die Mailbox. Nicht anders bei Tante Shona. Fluchend steckte ich das Handy weg und ließ meinen Kopf gegen die Tür zurückfallen. Ich musste unbedingt mit jemandem reden oder jemanden sehen – ich wollte auf keinen Fall länger alleine sein. Aber ich wusste nicht, wohin. Mein Vater war auch nicht zu Hause, und somit war ich vollkommen alleine in dem riesigen Haus, ohne eine weitere Menschenseele. Doch dann kam ein Gedanke. Ich könnte auch hinüber zu Rafael gehen.

Obwohl – konnte ich das wirklich tun? Wie würde es aussehen, wenn ich ohne Vorwarnung bei ihm auftauchen würde? Aber andererseits war er wieder auf mich zugegangen, und er hatte mich sogar geküsst. Ich war mir zwar unsicher, aber ich nahm meinen Mut zusammen und stand mit einem Ziel vor Augen auf.

Nachdem ich in bequeme Klamotten – bestehend aus Jeans, schwarzer Bluse und brauner Lederjacke – geschlüpft war und mir die schwere Handtasche umgehängt hatte, verließ ich das Haus über die Hintertür, die in den Garten hinausführte. Dicke Wolken hingen am Himmel, und das Gras lag im fahlen Grünton vor mir.

Nachdem ich den hinteren Bereich unseres Gartens erreicht hatte, stand ich beim Haus, das von Familie Rodriguez bewohnt wurde. Ich war noch nie dort gewesen und wurde etwas nervös.

Mit fester Hand klopfte ich gegen die Holztür, die ohne weiteres Zutun aufschwang. Verblüfft stand ich einen Moment da, aber ich sah und hörte niemanden kommen. Stirnrunzelnd überlegte ich, ob ich nachsehen sollte, ob jemand zu Hause war. Immerhin konnte die Tür nicht ohne Grund offen sein, und vielleicht saß Rafael in seinem Zimmer und hörte Musik mit Ohrstöpsel und hatte mich deshalb nicht gehört. Ich versuchte mein Glück und trat ein.

Die Räume waren viel kleiner als die Zimmer in unserem Haus. Auch wirkten sie auf den ersten Blick etwas schmuddelig, doch ich fühlte mich sofort wohl, spürte die Wärme und Liebe in den Räumen. Die Wände waren mit beigefarbenen Tapeten tapeziert, und es hingen Fotos, Souvenirteller und bunte Wandteppiche daran. Ganz im Gegensatz zu unserem Haus, in dem klare Linien herrschten und Schwarz und Weiß dominierten. Bisher war mir die Kälte darin nicht aufgefallen, aber nun schien mich dieser Unterschied förmlich anzuspringen.

In Gedanken versunken, ging ich den kleinen Flur entlang und kam am Wohnzimmer vorbei, an der Küchennische, einem kleinen Badezimmer. Am Ende des Flurs befanden sich zwei geschlossene Türen. Vorsichtig klopfte ich an der linken Tür, aber niemand meldete sich. Etwas nervös öffnete ich sie, um einen kurzen Blick zu riskieren und um zu sehen, ob jemand hier war. Sofort wusste ich, dass es Rafaels Zimmer sein musste.

Nun befand ich mich in einer Zwickmühle. Mir war klar, dass ich hinausgehen sollte und ich gerade sein Vertrauen missbrauchte, *aber* vor mir war *sein* Zimmer, und mein Herz machte vor Neugierde aufgeregte Purzelbäume.

Nur ein kurzer Blick, ermahnte ich mich. Ich bemühte mich, nichts zu berühren, und verschränkte daher meine Finger hinter dem Rücken. Der Geruch hier war wie seiner – leicht herb und würzig, voll Sonnenlicht und frischem Gras. Schon sein Duft alleine verursachte ein Kribbeln in meinem Bauch, und ich musste an unseren flüchtigen Kuss denken, sodass ich meine Finger an die Lippen legte, dort, wo mich sein Mund berührt hatte. *Mhm, so süß.*

Ich blickte mich weiter um und sah eine kleine Schranktür an der gegenüberliegenden Wand. Ein etwas beißender Geruch traf meine Nase. Mit dem Wissen, zu weit zu gehen, legte ich die Hand auf den Griff. Das war eine ganz schlechte Idee, das war mir bewusst, aber trotzdem konnte ich nicht anders. Ich fühlte mich wie in diesen Horrorfilmen, in denen doofe Kids in ein Spukhaus gingen, und man wollte sie am liebsten nur anschreien, sie sollten verdammt noch mal draußen bleiben. Nur, dass dieses Mal ich der dumme Teenager war, der seine verfluchte Neugierde nicht im Griff hatte und gleich etwas extrem Blödes tat – davon war ich überzeugt –, aber ich konnte nicht anders. Ich drückte die Klinke hinunter.

Vor mir lag eine kleine Kammer. Nicht nur, dass ich überrascht war, dass sich hier noch ein weiterer Raum verbarg, war ich auch zutiefst geschockt über das, was vor mir lag.

In der Mitte des Zimmers stand ein großer Holztisch, an dem ein Sessel stand. Doch das, was mich so aufregte, war die Tatsache, dass auf dem Tisch ein durchsichtiger, kleiner Behälter lag, in dem ein toter Frosch trieb. Daneben stand ein Reagenzglas, in dem ebenfalls irgendetwas Ekeliges schwamm, und es lagen Skalpelle und komische Werkzeuge herum, deren Namen ich nicht kannte. Auf einem Regal standen verschlossene Gläser, in denen weitere Teile von Tierkadavern schwammen.

Es sah aus wie in einem Gruselkabinett direkt aus einem Horrorstreifen. Dazu kam dieser furchtbare, beißende Gestank – vor mir drehte sich alles. Ich musste mich mit einer Hand am Türrahmen abstützen, um nicht umzukippen. Alle meine Härchen hatten sich aufgestellt, und ich atmete schwer, was den Gestank nur noch mehr in meine Nase zog. Mit schweren Gliedern trat ich zurück und schloss die Tür dieser Folterkammer. Zittrig stützte ich mich neben der Tür an die Wand und lehnte mich zurück. Bevor ich mich richtig aufrappeln konnte, öffnete sich mit einem Schwung die Zimmertür, und ich blickte in das überraschte Gesicht von Mrs Rodriguez.

„Kleines? Was machst du denn hier? Suchst du Rafael?"

Ich fühlte mich elend und musste wohl auch so aussehen, denn sie kam so vorsichtig auf mich zu, als wäre ich ein aufgeschrecktes Reh.

„Alles okay? Du bist weiß wie ein Gespenst."

Ein Kloß saß in meinem Hals fest, und ich konnte nicht antworten, sondern sie nur entsetzt anstarren. In dem Moment sah sie auf die Tür neben mir und deutete mit ihrem Kinn in diese Richtung.

„Warst du etwa da drinnen?"

Zwischen meinen Zähnen presste ich heraus: „Es tut mir leid. Ich *muss* hier raus!"

Mit einem schnellen Satz nach vorne rannte ich an ihr vorbei. Ich war bereits fast durch die Haustür, als ich sie hinter mir rufen hören konnte: „Bleib doch stehen! Warte, Kind …"

Zehn Minuten lang lief ich in eine Richtung davon, ohne zu wissen, wohin. Ich war verängstigt und fühlte mich einsamer als je zuvor. Rafaels Zimmer hatte mich zu Tode erschreckt, und es war immer noch niemand am Handy erreichbar, um darüber zu sprechen. Alles drehte sich, und meine Gedanken vermischten sich zu dubiosen Bildern von Tierkadavern, Leichtenteilen und versteckten Bedrohungen in dunklen Schatten, die ich allesamt lieber verdrängen wollte. Da ich nicht wusste, wo ich sonst hin sollte und mich lieber unter Menschenmassen mischen wollte, als in mein leeres Zimmer zurückzukehren, fuhr ich in das Shoppingcenter ‚Princess Square', direkt im Herzen der Stadt. Dort suchte ich mir ein gut besuchtes Café und grübelte bei zwei, drei Tassen Kaffee über die Dinge, die ich in den letzten Stunden erlebt hatte und erst einmal verdauen musste.

Ich war keinen Schritt weitergekommen bei der Aufspürung meines Verfolgers. Obwohl ich überzeugt davon war, beobachtet zu werden, hatte ich noch weniger Ahnung als zuvor, wer dahintersteckte und warum. Zuerst dachte ich, Rafael wüsste etwas oder hätte damit zu tun. Doch dann lernte ich ihn besser kennen und glaubte nicht mehr daran. Aber jetzt, nach der Entdeckung dieser … seiner Folterkammer …

Dann war da noch Cailean. Auf ihn hatte ich überhaupt nicht getippt, doch nach seinem Verhalten heute Nachmittag konnte ich ihn mir gut als psychopathischen Stalker vorstellen.

Aber trotzdem, Rafael hatte dafür diese verborgene Kammer à la ‚Horror Picture Show'. Außerdem ging er wie kein anderer mit einem Skalpell um und beherrschte eine Kampfsportart.

Aber was bedeutete Caileans Gerede über meinen Vater? Bei dem Gedanken an seine Worte überkam mich eine Gänsehaut, und die Härchen an meinem Arm stellten sich in Soldatenformation auf. Ich wusste, dass sein Vater und meiner schon lange gut befreundet waren und sie sich alle zwei Wochen trafen, aber das konnte doch nicht bedeuten, dass Cailean mehr von ihm wusste als ich. Auch wenn ich meinen Vater nur sporadisch zu Gesicht bekam und wir keine innige Vater-Tochter-Beziehung hatten, war er immerhin *mein* Vater, mein eigenes Fleisch und Blut, wie man so schön sagte. *Und Blut ist doch dicker als Wasser, nicht wahr?*

Ich wurde nicht schlau aus dem Ganzen, und mir rauchte der Kopf wie bei schweren Algebraaufgaben, die ich ebenso wenig lösen konnte.

Völlig in meinen Gedanken verloren, erschrak ich, als ich auf die Uhr schaute und mit Fassungslosigkeit feststellen musste, dass es bereits halb neun war. Was mich an anderen Tagen nicht gestört hätte. Aber seit ich so viele Fragezeichen in meinem Leben hatte und die Angst langsam begann, mir wie mit einem Strick die Kehle zuzuschnüren, wollte ich bei Dunkelheit nicht mehr alleine unterwegs sein. Nachdem ich bezahlt und umgehend das Café verlassen hatte, blieb mir nur noch übrig, zur U-Bahn-Station zu laufen. Ich hätte ein Taxi gerufen, aber mein Handy hatte wohl schon vor Stunden den Geist aufgegeben, und Telefonzellen schmückten schon lange nicht mehr das Stadtbild in Glasgow.

Es war längst dunkel, als ich durch die Fußgängerzone ging, um zur Buchanan-Subway-Station zu kommen. Ich kam zügig voran in der bereits leeren Einkaufsstraße, die um diese Zeit nur noch notdürftig beleuchtet war und in der das geringe Licht zusätzlich gegen die Nebelschwaden ankämpfen musste. Doch schon auf der Hälfte des Weges nahmen das flaue Gefühl in der Magengrube und das Prickeln im Nacken beträchtlich zu. Mein Puls stieg automatisch an, ohne dass ich mein Tempo verändert hatte.

Gerade, als ich mir beruhigend einreden wollte, dass ich überhaupt nicht verfolgt wurde, hörte ich dumpfe Schritte, die hinter mir durch die Straße hallten. Reflexartig drehte ich mich um, konnte aber nur einen Schatten erkennen, der hinter einem Gebäudespalt verschwand. Mit einem Mal bereute ich es sehr, mir kein Pfefferspray zugelegt zu haben. *Aber wir hatten doch einmal einen Selbstverteidigungskurs für Frauen an unserer Schule.* An dem hatten Aimee und ich zwar nicht mit voller Aufmerksamkeit mitgemacht, aber ich traute mir zu, mich noch an ein paar Tritte oder Techniken zu erinnern. Leise ging ich weiter und konzentrierte mich verstärkt auf Geräusche aus der Dunkelheit. Da war es wieder – der dumpfe Widerhall eines Schrittes. Eindeutig war jemand hinter mir zu hören. Obwohl mein Puls sich mittlerweile fast überschlug, rief ich mich innerlich zur Ruhe und marschierte weiter.

Doch dann meldete sich ein neuer Gedanke, den ich bisher immer wieder unterdrückt hatte – ich wollte nicht mehr davonlaufen, ich wollte wissen, wer mein Verfolger war und warum er hinter mir her war. Ich wusste, ich sollte mich endlich meinen Dämonen stellen. Ich hatte genug davon, nicht zu wissen, was hier los war, und ich wollte mich nicht weiterhin fürchten, mich ängstlich und schutzlos fühlen. Wer verfolgte mich seit Wochen und warum? War es immer derselbe? Und die schlimmste Frage – verfolgte mich wirklich jemand oder wurde ich langsam aber sicher verrückt und musste weggesperrt werden?

Mir blieb keine Wahl, ich musste die Wahrheit wissen, und ich wollte endlich einmal selbst etwas in die Hand nehmen. Deshalb schmiedete ich einen Plan, um meine Antworten zu bekommen. Dieser sah vor, meinem Verfolger hinter einer Ecke der St. Georges Thron Kirche aufzulauern, den Überraschungsmoment zu nutzen und ihn zu überwältigen. Ich hatte immerhin eine schwere Tasche bei mir, die ich benutzen konnte, gefüllt mit zwei Hardcoverbüchern. Ob es ein guter und vor allem auch umsetzbarer Plan war? – Soweit konnte ich in dem Moment nicht denken. Der Adrenalinschub hatte mich bereits in andere Sphären gehoben und gab mir das Gefühl, unverwundbar zu sein.

Mit einem hastigen Satz spurtete ich los und huschte so schnell um die Ecke der Kirche, dass ich nicht einmal mehr die Zeit fand, mich umzusehen. Wie vorausgeahnt, hörte ich gleich darauf die Schritte hinter mir schneller werden. Hinter einem dunklen Vorsprung der Kirche wartete ich und hoffte, dass ich ihn mithilfe des Überraschungsmomentes überrumpeln konnte. Fest umschlossen hielt ich die Handtasche und holte tief Luft – die Tasche war mein einziges Angriffsutensil – und ich würde sie gut einsetzen. Kurz gab es mir einen Stich, als ich daran dachte, dass meine geliebten Bücher darunter leiden mussten, aber im Kampf mussten Opfer gebracht werden.

Einige Sekunden später bog tatsächlich jemand um die Ecke, und ich schleuderte, so fest ich konnte, die Tasche auf den Hinterkopf meines Verfolgers. Dabei fiel er auf die Knie, nur dummerweise entglitt mir die Tasche. Als ich sie aufheben wollte, war mein Angreifer wieder auf den Beinen und packte mich von hinten. In der ganzen Hektik bemerkte ich nicht, dass ich zu schreien begonnen hatte und er versuchte, mir den Mund zuzuhalten.

Mit einem festen Ruck wurde ich zu Boden geschleudert und landete mit dem Hintern auf dem harten Pflaster. Ich rechnete bereits mit dem Schlimmsten, aber nichts passierte. Mit weit aufgerissenen Augen blickte ich mich um und sah zwei dunkle Gestalten, ein Stück weiter, die am Boden miteinander kämpften und sich brutal hin und her wälzten. In der finsteren Gasse war es zu dunkel, um etwas Genaues zu erkennen, außer den zwei Silhouetten, die herumwirbelten.

Wie eine Statue saß ich da und rührte mich keinen Zentimeter. Dabei war ich immer diejenige, die sich in Filmen oder Büchern über die Mädchen aufregte, die bei einem Kampf danebenstanden und nichts unternahmen, während ihr Freund, der Vater oder sonst jemand schwer zusammengeschlagen wurde. Bei solchen Szenen schrie ich in Gedanken immer: „Mach doch was, du dumme Kuh! Brat ihm eine mit der Stange über den Kopf! Irgendetwas, steh nicht so rum!"

Doch, wenn man in Wirklichkeit in solch eine Situation kam, die mit Gewalt erfüllt war, sah alles ganz anders aus. Vor Angst gelähmt hockte ich weiter auf dem Boden, zitterte wie Blätter im Herbstwind und kämpfte damit, nicht in Panik auszubrechen und zu hyperventilieren. Ich fühlte mich gleichzeitig so schwach und feige, dass ich vor Wut am liebsten laut geschrien hätte, wenn meine Stimme dazu in der Lage gewesen wäre.

Plötzlich riss mich das Geräusch eines festeren, dumpfen Schlages aus den Gedanken. Darauf folgte ein schmerzerfülltes Stöhnen, und im nächsten Moment sprang einer von den beiden auf und lief humpelnd davon. Mein Blick huschte verängstigt zu der Gestalt hinüber, die schwer atmend auf der Straße saß.

Anfangs konnte ich nur einen dunklen Schemen erkennen, aber, als sich meine Augen endlich an die Dunkelheit anpassten und mein Gegenüber den Kopf zu mir drehte, erkannte ich Rafael. Mein Herz zog sich zusammen und machte einen Freudensprung. Langsam richtete er sich auf und ging vorsichtig auf mich zu. Die Lippen hatte er zusammengepresst, und ich erkannte seine Besorgnis, als er sich näherte und sich vor mir hinkniete. Er hatte zwar eine aufgesprungene Lippe, aber ansonsten schien er unversehrt.

„Alles okay? Bist du verletzt?"

Zu gerne hätte ich mich einfach nach vorne gebeugt und mich an seine Schulter gelehnt, um mich in einer Umarmung zu verlieren. Ich war ein Häufchen Elend, das zitternd auf dem kalten Boden saß. Doch ich versuchte, mich wieder zu fassen, bevor ich mit noch immer brüchiger Stimme antwortete: „Ich bin okay, aber wie gehts dir? Danke, dass du mir geholfen hast. Ich weiß nicht, was ohne dich passiert wäre, ich … Danke!"

Zweifelnd streckte er die Hand nach meinem Gesicht aus, als ob er sich vergewissern wollte, dass ich tatsächlich noch heil war. Er besann sich aber anders und ließ den Arm wieder zu Boden fallen.

„Ich bin froh, dass ich hier war und dir nichts passiert ist. Aber du siehst nicht gut aus, Princesa. Du bist weiß wie ein Gespenst."

Plötzlich war ich hellwach und bei Sinnen – der Nebel in meinen grauen Zellen war auf einmal wieder gelüftet. Das Gleiche hatte seine Mutter vor einigen Stunden gesagt, und vor meinem geistigen Auge waren schlagartig wieder die Reagenzgläser und die toten Tiere.

„*Was* machst du hier? Wie hast du mich gefunden? Und warum tauchst du immer auf, wenn ich das Gefühl habe, verfolgt zu werden? Hast du etwas mit diesem Typen zu tun, der mich attackiert hat? Und *warum* hast du *tote* Tiere in deinem Zimmer?"

Es kam alles in einem wirren, schnellen Strudel aus meinem Mund, der keinen Sinn ergab und doch alles bedeutete.

Eine Mischung aus Kränkung, Verwirrtheit und Sorge spielte sich in seinem Gesicht ab, doch er antwortete trotzdem mit fester Stimme, die mich gleich ein wenig beruhigte.

„Ich weiß nichts davon, dass du verfolgt wirst oder dass dir jemand nachstellt. Ehrlich, davon höre ich zum ersten Mal. Dass ich dich gefunden habe, war reines Glück und weil ich dich schon den ganzen Abend gesucht habe. Meine mamá hat mir erzählt, dass du in meinem Zimmer warst und dort in mein Labor gestolpert bist. Sie meinte, du hast verängstigt ausgesehen, und deshalb wollte ich mit dir reden. Es dir erklären, bevor du voreilige Schlüsse ziehst. Aber da bin ich wohl schon zu spät."

Ich sah ihm in die Augen, und da war nichts zu erkennen, was mich an seinen Worten zweifeln ließ, sondern nur Aufrichtigkeit und auch Kränkung, die er versuchte, zu verstecken. Ich glaubte seinen Worten, wobei sie mir nicht alles erklärten. Daher beugte ich mich nach vorne, und meine Frage war nur ein Flüstern: „Dann erklär mir, warum du tote Tiere hast?"

Ich konnte die Bilder einfach nicht verdrängen, und ich erschauderte abermals.

„Weil ich mit ihnen übe. Ich möchte Arzt werden, am liebsten Chirurg, und deshalb versuche ich, mir Schnitte und verschiedene Stichtechniken beizubringen. Außerdem ist es faszinierend, alles auseinanderzunehmen, es zu studieren und wieder zusammenzunähen, so unversehrt wie möglich. Es ist unglaublich."

In seinen Augen konnte ich ein helles Strahlen erkennen, wie immer, wenn er über etwas sprach, das ihn so begeisterte, dass er um Worte ringen musste. Seine Erklärung ergab Sinn und passte auch zu meiner Beobachtung im Unterricht.

„Wie kommst du zu ihnen? Ich meine, du wirst doch nicht im Park herumstöbern und Frösche einsammeln?"

Bei diesem Gedanken verschlug es mir angewidert die Sprache, und ich wollte mir nicht vorstellen, wie er schutzlose Tiere für sein Vergnügen umbrachte.

„Nein! Wo denkst du hin?" Er lachte und sah mich kurz an, als ob ich meinen Verstand verloren hätte, was ich mich an diesem Tag selbst schon mehrmals gefragt hatte.

Amüsiert fuhr er fort: „Ich hab einen Kumpel, der für die Tiertransporte und Entsorgung für die Schule zuständig ist. Bevor er sie alle zur Verbrennung bringt, zweigt er mir manchmal einen ab, nachdem die Schüler an den Fröschen gelernt haben. Also, so gesehen, ist es Wiederverwertung."

Seine Augen waren fest auf meine gerichtet, als erwarte er Absolution. Ich atmete erleichtert aus und konnte ihm diese auch ehrlich geben.

„Das ist wohl nicht so schlimm. Ich bin für Recycling."

Nach einer kurzen Pause sah er mich eindringlich an und fragte behutsam: „Du scheinst dir ja etliches zusammengesponnen zu haben. Hattest du etwa im Ernst Angst vor *mir*? Hast du geglaubt, ich könnte so etwas tun und dir nachstellen?"

„Ich ... nein ... Ich weiß es nicht. Keine Ahnung, was ich gedacht hab. Du hast dich im Park so kryptisch ausgedrückt – *ich kenne dich*. Das hat mir eine Heidenangst eingejagt. Und dann noch diese toten Tiere in deinem Zimmer! Was sollte ich da denken?"

„Warum hast du nicht einfach mit mir geredet? Ich hätte mich verteidigen können, anstatt der Böse zu sein."

Er ließ den Kopf hängen, und ich konnte die Kränkung in seiner Stimme hören. Sofort hatte ich ein schlechtes Gewissen und wollte, dass er sich wieder besser fühlte.

„Es tut mir leid, wirklich. Ich kann dir gar nicht sagen wie sehr. Ich hätte dich nicht grundlos beschuldigen dürfen, ich weiß! Nur ... ich bin nicht ganz ich selbst ... ich bin so verwirrt, seit du aufgetaucht bist."

Sofort biss ich mir auf die Lippen, da es für den Anfang doch ein wenig zu viel Aufrichtigkeit war. In meinem Kopf drehte sich alles, und mein Magen machte einen Salto. Zuerst das ganze Adrenalin, das mir in den Körper geschossen war, und nun dieses Gespräch mit Rafael – das war zu viel für meine Nerven. Am liebsten wollte ich nach Hause, über nichts mehr reden und mich dem Schlaf hingeben.

Doch Rafael blickte mir mit einem neuen Funkeln tief in die Augen und wischte damit all diese Wünsche beiseite.

„Warum bist du ... verwirrt?"

„Du weißt warum", entfuhr es mir. Rasch senkte ich den Blick, um nicht noch mehr zu verraten, da in ihm oft zu viel zu lesen war.

Rafael rutschte näher heran und nahm mein Kinn in die Hände, um mein Gesicht in seine Richtung zu bewegen. Aber ich blieb stur und drehte meinen Kopf nur noch bestimmter zur Seite. Ich wollte mich nicht weiter demütigen und Geständnisse machen. Was sollte ich ihm überhaupt sagen? Dass ich mich verliebt hatte, obwohl ich nicht viel von ihm wusste? Sollte er doch etwas sagen.

Zum Glück tat er auch genau das – nach einer Weile quälenden Wartens. Als er wieder zu sprechen begann, konnte ich ein Prickeln auf meiner Haut spüren, dort, wo mich sein Atem streifte.

„Sí, kann sein, dass ich es vielleicht weiß. Aber ich würde es gerne von dir hören, Vic."

Mir war nicht bewusst gewesen, wie sehr ich es genoss, wenn er meinen Namen aussprach, wie er sich anhörte mit seinem Akzent und der Art, wie er ihn sagte – mit einer unvergleichbaren Zärtlichkeit, die einer Liebkosung gleichkam.

Ich konnte nicht anders, als meinen Kopf zu heben, um ihn anzusehen. Ein überraschtes „Oh" entfuhr meinem Mund, weil er plötzlich direkt vor mir war. Er saß auf seinen Fersen, und alles, was ich wahrnahm, waren seine Augen, die tief in mich hineinblickten. Seine Finger glitten über meine Stirn und strichen mir eine Haarsträhne aus dem Gesicht, wobei er die Hand an meine Wange legte und mit dem Daumen entlang streichelte.

Ich genoss seine Berührung und saugte sie auf wie ein trockener Schwamm. Dabei lächelte ich ihn zum ersten Mal offen an und neigte den Kopf in seine Handfläche. Erst jetzt fand ich den Mut, ihm auf die Frage zu antworten.

„Du weißt warum - wegen dir. Was könnte es sonst sein, das mir ständig durch den Kopf geht? Ich denke, ich bin gerade dabei, mich zu verlieben."

Seine Augen leuchteten wie Sterne am Nachthimmel, und seine Stimme war tief und sanft zugleich: „Da haben wir zwei etwas gemeinsam. Mir geht es genauso. Nur hätte ich noch das Wörtchen ‚unsterblich' hinzugefügt."

„Das ist aber jetzt kitschig, findest du nicht?"

Er lächelte selbstsicher. „In den richtigen Momenten ist es okay, dick aufzutragen."

Damit beugte er sich das verbleibende Stück nach vorne, und seine Lippen berührten sanft meinen Mund. Sie fühlten sich an, wie ich sie in

Erinnerung hatte – weich, warm und unwiderstehlich.

Unser Kuss begann sanft, mit einer überraschenden Zärtlichkeit. Doch ich wollte nach alledem, was heute passiert war, keine sanften Liebkosungen, sondern ich durstete nach mehr.

Ohne zu denken, streckte ich meine Hände nach seinem Shirt aus, legte sie über dem Stoff auf seinen Bauch und fuhr mit einer langsamen Bewegung an seiner Brust nach oben, um sie dort endlich in seinen zerzausten Haaren zu vergraben. Während unser Kuss verlangender wurde, versuchte ich, näher an ihn heranzurutschen.

Plötzlich packten seine kräftigen Hände meine Hüfte und, eh ich mich versah, saß ich auf seinem Schoß. Sofort umschloss ich seinen Körper mit meinen Beinen und drückte mich so fest an ihn, wie ich konnte. Ich spürte die Muskeln seines trainierten Oberkörpers und konnte ein zufriedenes Seufzen nicht unterdrücken. Auch er stöhnte leise auf, und Hitze durchströmte mich. Unser Kuss hatte sich von einem zärtlichen Versprechen zu einem wilden Orkan verwandelt.

Wir waren beide vollkommen in diesem Kuss gefangen, der wie Feuer auf meinen Lippen brannte. Ich hatte meinen Kopf verloren, und es war mir egal, dass wir mitten in der Stadt auf dem Asphalt saßen oder dass ein kalter Wind um uns peitschte. Alles andere war mir nicht wichtig, es zählte nur unser Feuer, dieser eine kostbare Moment mit ihm.

So schön es auch war, irgendwann bemerkte ich, dass seine Berührungen und seine Küsse an Intensität verloren, bis er schließlich ganz aufhörte, mich zu küssen. Fragend hob ich den Kopf und musterte ihn.

„Was ist los? Hab ich etwas falsch gemacht?"

Er grinste mich spitzbübisch an, seine Lippen feucht von unserem Kuss, und ich meinte sogar eine kleine Rötung auf seinen Wangen zu erkennen.

„Nein! *Das* würde ich nicht sagen! Du hast eher alles richtig gemacht … zu richtig."

Verlegen räusperte er sich, als ihm seine Worte klar wurden, und er wurde tatsächlich rot. Es war also doch nicht sein Handy, das ich spüren konnte. Triumphierend hob ich einen Mundwinkel.

„Danke. Alles eine Frage der Übung", sagte ich mit dem gleichen Selbstvertrauen, das normalerweise er an den Tag legte, und lächelte keck.

„Willst du, dass ich auf deine Exfreunde eifersüchtig werde?", fragte er und strich mit dem Daumen über meinen Nacken.

„Funktioniert es?"

„Vielleicht", antwortete er, gab mir einen Kuss auf die Stirn und legte die Hände auf meine Schultern.

„Wir sollten besser gehen. Ich glaube, ich hab vorhin Leute vorbeigehen gehört, die über uns getuschelt haben. Besser wir hauen ab, bevor noch die Polizei kommt."

Sein Grinsen wurde breiter. „Das hatte ich bisher auch noch nicht!"

Nun wurde ich hellhörig.

„Warum? Was hast du denn bereits erlebt … diesbezüglich?"

„Etwa eifersüchtig?"

Spielerisch behielt ich eine eiserne Miene. „Vielleicht."

Natürlich war ich eifersüchtig, aber das war noch lange kein Grund, es auch zu gestehen. So küssen zu können wie er lernte man nicht beim Sport oder beim Gewichte heben. Das musste er sich schon mit jemand anderem beigebracht haben. Eine Vorstellung, an die ich aber dennoch nicht denken wollte. Im Augenblick war ich viel zu befreit und zufrieden, um mir darüber den Kopf zu zerbrechen. Ich schwebte beinahe vor Glück und war froh, dass ich ihm vertrauen konnte, er dasselbe fühlte und nicht mein heimlicher Stalker war. Zwar war ich jetzt wieder beim Anfang und hatte keine Ahnung, wer es sein könnte, aber ich sah mit Zuversicht in die Zukunft. Nun, da Rafael unschuldig war und ich vielleicht gemeinsam mit ihm den wahren Täter ausfindig machen konnte.

8. Geständnis

Wer zugibt, dass er feige ist, hat Mut.
(Fernandel)

Als Rafael auf dem Nachhauseweg den beißenden Wind bemerkte, löste er unsere verschränkten Finger und legte mir wärmend den Arm um die Schultern.

„Ist dir kalt? Willst du meine Jacke, Princesa?"

Ich grinste von einem Ohr zum anderen. „Du kannst mir nicht ständig deine Jacke anbieten, sonst wirst du selbst noch krank. Danke, es ist alles bestens, sogar mehr als das."

Rafael drückte meinen Arm und rieb dann auf und ab, um mich auf diese Weise zu wärmen.

„Vale. Wollen wir nun darüber sprechen, was vorhin passiert ist oder was der Typ von dir wollte? Willst du es mir erzählen – die ganze Geschichte?"

Ich kuschelte mich tiefer in die behagliche Umarmung, um die Kälte und das unangenehme Gefühl bei diesem Thema in Schach zu halten.

„Na schön. Es hat angefangen, nachdem wir zwei begonnen haben, miteinander zu sprechen. Es war am Abend der Sommerschlussfeier. Dort hatte ich dieses Gefühl zum ersten Mal, und ich glaube auch, dort jemanden gesehen zu haben."

Er drückte mich noch fester an seine Seite.

„Deshalb also diese seltsamen Fragen! Und ich dachte, du wärst wegen des Alkohols zerstreut gewesen."

Kleinlaut gab ich zu: „Ich hab es auch auf den Alkohol geschoben, oder besser gesagt, mir gewünscht, es liege daran. Doch seitdem ging es mir fast jeden Tag so, aber ich trinke nicht jeden Tag."

Er lächelte kurz. „Gut für dich – also, dass du nicht jeden Tag trinkst. Aber die Geschichte mit deinem Verfolger hört sich schlimm an. Hast du jemandem davon erzählt?"

Ich verdrehte die Augen. „Natürlich."

„Und wem?"

„Na, Stew und Aimee", gab ich wie selbstverständlich zurück.

Er seufzte tief. „Ich meine damit eigentlich die Polizei. Bist du nicht dort gewesen und hast eine Anzeige gegen Unbekannt gemacht?"

Beschämt senkte ich den Kopf. „Ämh … nein. Ich hab darüber nachgedacht. Aber es ist bisher noch nichts passiert, und ich war mir nie ganz sicher, ob ich wirklich verfolgt oder … verrückt werde. Es klingt auch ziemlich unglaubwürdig, und ich wüsste keinen Grund, warum mich jemand verfolgen sollte."

„Du musst zur Polizei, du solltest mit jemandem reden. Bitte, versprich es mir."

„Okay. Du hast recht."

Nach einer kurzen Pause fragte ich ihn leise: „Kommst du mit mir mit, wenn ich gehe?"

Ich kam mir dabei zwar wie ein kleines Kind vor, aber ich wollte mich sicher und geborgen fühlen, wenn ich mit der Polizei über diese Dinge reden musste. Und diese Gefühle gab mir Rafael, nur indem er bei mir war.

„Sicher! Ich begleite dich gerne. Aber leider habe ich den Typen nicht genau gesehen. Es ging alles so schnell."

Er streichelte meinen Arm, und ich spürte schon, bevor er seine Frage stellte, dass noch mehr Unangenehmes kommen würde.

„Sag mal, wie ist es eigentlich dazu gekommen, dass er dich gerade heute angegriffen hat? Wenn er dich bereits seit Wochen verfolgt hat und du ihn noch nie gesehen hast … warum hat er dich jetzt attackiert? Das verstehe ich nicht."

Ich hatte gehofft, er würde mir diese Frage nicht stellen, da ich mir sowieso schon blöd genug vorkam, aber ich wollte ihn nicht belügen.

„Tja, das war so … ", ich holte noch einmal tief Luft und begann, schnell zu sprechen: „Ich dachte, ich könnte ihn alleine stellen. Ich war es so leid, ständig Angst vor einem Unbekannten zu haben. Deshalb wollte ich ihn überwältigen und erfahren, wer er ist und seinen Grund hören. Darum bin ich um die Kirche gelaufen, habe gewartet, bis er mir nachläuft, und dann hab ich mit meiner Handtasche auf ihn eingeschlagen. Erkennen konnte ich ihn blöderweise trotzdem nicht, nur helle, rötliche Haare."

Er blieb stehen, drehte mich zu sich um und sah mich schockiert an.

Das „spinnst du" brauchte er nicht laut auszusprechen, es war deutlich in seinem Gesicht zu lesen.

„Ich weiß, das war eine dumme Idee. Wirklich! Irgendwie hat sich mein Verstand ausgeschaltet, und ich hatte einen kurzen Anflug von Selbstüberschätzung. Das war idiotisch. Ich hab wohl zu oft ‚Wonder Woman' oder so was gesehen."

Ich machte eine abwertende Handbewegung und erwartete, dass er nun zu brüllen anfing. So etwas machten doch Männer, wenn sie verärgert waren über ihre Frauen oder Freundinnen, oder nicht? Zumindest wurde Cailean gerne lauter oder mein Dad.

Doch nichts dergleichen kam, stattdessen drückte er mich fest an sich, so, als müsste er sich vergewissern, dass ich auch wirklich noch ganz war. Als er seinen Griff lockerte, bedeckten Hunderte schmetterlingsleichte Küsse mein ganzes Gesicht, bevor er kopfschüttelnd ausstieß: „Du bist wirklich verrückter, als ich gedacht habe! So etwas habe ich noch nie gehört."

Er atmete tief aus und bat mit ernstem Unterton: „Bitte, mach so etwas nie wieder! Es gibt auch andere Wege. Versprich es mir."

Im ersten Moment war ich zu gerührt über seine Sorge, dass es mir die Kehle zuschnürte, und ich nur ein geflüstertes „Versprochen" rausbrachte. Doch, nachdem ich ihm einen Kuss auf die Lippen gedrückt hatte, konnte ich wieder frei atmen und sagte mit neu gefasstem Mut im Halbscherz: „Außerdem brauche ich das jetzt nicht mehr selber zu tun."

Er sah mich fragend an, als ob er gerade etwas verpasst hätte. Daher erklärte ich mit einem diebischen Lächeln: „Naja, ich hab doch jetzt *dich*, um andere zu vermöbeln! Wozu sollte ich mir noch selbst die Hände schmutzig machen?"

Ich lächelte ihn frech und zufrieden an. Nicht nur wegen des Scherzes, denn er wusste, dass ich nur Spaß machte. Sondern wegen der unterschwelligen Botschaft darin, dass ich ihn nun an meiner Seite haben wollte, auf ihn vertraute und hoffte, dass dies für längere Zeit so bleiben würde. Um seinen Mund spielte ein Lächeln.

„Princesa, für dich würde ich das glatt tun, aber wir brauchen es nicht unbedingt darauf anzulegen."

„Ich weiß. Und das nächste Mal verwende ich das hier", sagte ich und deutete dabei auf meinen Kopf.

Am nächsten Morgen war es bereits halb elf, als ich benommen in meinem Bett aufwachte, vollkommen erschlagen von den letzten Geschehnissen und den erneuten Albträumen. Ständig wechselten sich die Bilder ab, von einem schwarzen Mann, der mich verfolgte, und wie er mich angriff, gefolgt von Bildern einer Zeremonie, in der ich in der Mitte auf einem Altar lag und rund um mich loderndes Feuer brannte. Zwischendurch tauchte auch Rafaels Gesicht auf und das Bild von toten Tieren und von Blut – viel Blut.

Im ersten Augenblick des Erwachens war ich mir nicht mehr sicher, was nun wirklich passiert war und was nur meinem Traum entsprang. Ich konnte noch den Schweißfilm auf meiner Stirn spüren. Doch dann strich ich gedankenverloren mit meinen Fingern über meine leicht geschwollenen Lippen, und die süße Erinnerung an unseren Kuss war wieder zurück. Die Intensität und das Feuer, die ich gestern verspürt hatte, waren auch heute noch da, und ich fragte mich, ob es ihm genauso ging.

Musste er auch an mich denken? War er jetzt ebenfalls in seinem Zimmer und überlegte sich, ob er zu mir kommen sollte?

Meine Neugierde und die Ungewissheit brachten mich fast um den Verstand. Nicht zu wissen, was nun zwischen uns war, was er dachte oder wie es weitergehen sollte, war die reine Folter. Hatte er alles ernst gemeint, was er gestern gesagt hatte? War er wirklich in mich verliebt?

Was mich aber am meisten an diesem Morgen irritierte, war, dass ich mir keine Gedanken über meine Angst vor psychopathischen Verfolgern oder über meine Sicherheit machte. Nein, ich dachte vielmehr darüber nach, ob ein Kerl mich auch mochte. *Klasse, Vic!*

Seufzend setzte ich mich auf und streckte meine müden Glieder, als ich ein Klirren vor meiner Tür hörte. Mit einem Ruck war ich hellwach. Ich wartete einen Moment, dann rief ich vorsichtig: „Hallo?"

Doch niemand antwortete. Verdutzt stieg ich aus dem Bett und warf mir den Morgenmantel über, bevor ich die Tür einen Spalt weit öffnete. Vielleicht war es ja Rafael, und er brauchte mich nicht unbedingt ungewaschen und mit verschlafenem Gesicht am Morgen zu sehen; besonders nicht mit meinem ‚Hello Kitty'-Schlafanzug. Aber es war keine Menschenseele zu sehen, ich war wie gewöhnlich alleine.

Doch dafür stand vor meiner Tür ein Tablett, gefüllt mit einem Croissant, Brot, Marmelade, Honig, Butter, Orangensaft sowie einer Tasse Kaffee. Noch dazu war darauf eine Vase mit einer roten Rose und einem kleinen Kuvert, auf dem „Für Princesa" stand. Rasch bückte ich mich und ging mit dem Tablett zurück in das Zimmer, um es vorsichtig auf dem Schminktisch abzustellen. Logischerweise riss ich als Erstes den Umschlag ungeduldig auf, um den Inhalt zu lesen:

Guten Morgen, Princesa,
ich hoffe, du hast gut geschlafen und, trotz deiner wilden Raufattacke, hauptsächlich von mir geträumt. Ich muss leider noch etwas erledigen, werde aber, sobald ich kann, zu dir kommen, falls du es möchtest. Deshalb würde ich dich bitten, einfach deine Tür ein Stück weit zu öffnen, damit ich weiß, ob ich reinkommen darf. Ansonsten lass sie geschlossen, dann weiß ich Bescheid. (Obwohl ich sehr hoffe, dass sie offen stehen wird) :-)
Genieße in der Zwischenzeit das Frühstück.
Bis später, denke an dich.
Rafael

Mein Herz klopfte wie wild, und ich war hin- und hergerissen zwischen totaler Vorfreude und unbändiger Nervosität. Was ich auf alle Fälle zuerst tun musste, war, mich umzuziehen, für den Fall, dass er früher als erwartet zurückkam. Ich flitzte ins Bad, gönnte mir eine heiße Dusche, cremte mich mit meiner wohlduftenden Vanillelotion ein und trug ein dezentes Make-up auf. Zurück im Zimmer entschied ich mich für eine enge Röhrenjeans und ein schwarzes T-Shirt mit dem Bandlogo meiner Lieblingsband ‚Lifehouse'.

Dann schaute ich mir das Frühstück an. Obwohl ich noch nichts angerührt hatte, war mein Magen bereits bis zum Rand hin gefüllt – nur nicht mit Essen, sondern mit flatternden Schmetterlingen.

Trotzdem bemühte ich mich, ein Stück des Croissants zu essen und trank den Kaffee und ein Glas Orangensaft. Er hatte sich so bemüht, und ich wollte ihn nicht kränken, indem ich das Frühstück unberührt ließ.

Nachdem ich es beendet hatte und auf das halbleere Tablett vor mir starrte, war ich unschlüssig, was ich als Nächstes tun sollte. Immerhin wollte ich da sein, wenn er zurückkommen würde. Aber andererseits kam ich mir dumm vor, wenn ich einfach nur rumstand und nichts machte.

Mit dem Handy bewaffnet, setzte ich mich auf das Bett und rief meinen Dad an, der irgendwo in Europa unterwegs war. Beim zweiten Klingeln hob er ab, und ich erkannte sofort, wie genervt und gestresst er war.

„Hallo, was hast du angestellt? Brauchst du Geld, oder steckst du in Schwierigkeiten?"

Was war das denn für eine Gemeinheit? Sicher rief ich ihn nicht oft an und meist brauchte ich dann wirklich etwas von ihm, aber trotzdem wäre ein verdammtes „Wie gehts dir?" oder „Schön, deine Stimme zu hören" nett gewesen. War das denn so schwer?

Auch wenn ich gerne mit ihm gestritten hätte, versuchte ich mich zusammenzureißen und gute Miene zum bösen Spiel zu machen. Immerhin musste ich ihm etwas Wichtiges sagen, und ich war mir sicher, dass es mir danach besser gehen würde. Die ganze Geschichte kam mir schwer über die Lippen, da ich vor ihm nur ungerne meine Verletzlichkeit zugab. Wir redeten immer nur über oberflächliche Dinge wie die Kreditkartenabrechnung oder meine Noten – persönliche Gespräche hatten Seltenheitswert. Bisher hatte dieser Zustand zwischen uns gut funktioniert, doch heute wollte ich etwas Neues probieren. Vielleicht brachte uns das ja auch näher?

Als ich fertig gesprochen hatte, antwortete er mir trocken und fegte damit alle meine Hoffnungen fort.

„Willst du meine ehrliche Meinung? Ich denke, du hast dir vielleicht etwas zu viel zusammengesponnen. Ich möchte dich nicht verletzen, aber kann es nicht sein, dass du gestern unterwegs warst, getrunken oder dir in einer Disco einen Typen aufgerissen hast, der dich danach nicht mehr interessiert hat!?"

Er räusperte sich, und ich hörte, wie er im Hintergrund mit Papieren raschelte. Wahrscheinlich las er nebenbei Arbeitsberichte und hatte nur mit halbem Ohr zugehört.

„Es tut mir leid, das zu sagen, aber ich denke, du interpretierst zu viel rein. Du warst schon immer sehr fantasievoll – wie deine Mutter. Du solltest es dabei belassen. Dir geht es doch gut, oder bist du verletzt?"

Mir blieb die Spucke weg. Auf einmal war mein Mund staubtrocken, und ich glaubte, an seinen Worten zu ersticken. Wie konnte er so etwas sagen und mir keinen Glauben schenken? Ich würde doch noch Realität und Gehirngespinste auseinanderhalten können. Zutiefst verletzt fragte ich ihn: „Du denkst also, das ist nur Einbildung gewesen? Und warum habe ich überall blaue Flecken und eine Schürfwunde am Knie?"

Okay, das war vielleicht ein bisschen übertrieben, denn die blauen Flecke hatte Rafael und nicht ich, aber das musste er nicht wissen.

„Ich glaube nicht, dass du dir alles zusammengesponnen hast. Es ist gut möglich, dass dich so ein Kerl angegriffen hat. Immerhin wohnen wir in einer großen Stadt, und da gibt es genug Verrückte. Aber ich bin mir nicht sicher mit dem Teil, wie es dazu gekommen ist …"

Nach einer Pause, in der er tief einzuatmen schien, sprach er weiter.

„Hör zu. Ich habe leider wenig Zeit und gerade keinen Kopf dafür. Gleich habe ich eine wichtige Besprechung, und ich muss mich noch vorbereiten. Weißt du was? Ich komme morgen nach Hause und werde dann mit Chief Murdoch reden. Er ist ein Freund, und ich bin mir sicher, dass er der Sache höchste Priorität gibt, wenn ich ihn darum bitte. Einverstanden?"

Das Gespräch war zwar nicht so verlaufen, wie ich es mir erhofft hatte, aber wenigstens etwas, das mich aufatmen ließ. Trotz seines Vorwurfes wollte er doch helfen und mich in meiner Suche nach Gerechtigkeit unterstützen. Außerdem war mit seiner Hilfe bei der hiesigen Polizei viel mehr zu erreichen als alleine, da die ganze Station noch immer nach dem Frauenmörder suchte. Wer würde da Zeit finden, einen Stalker zu suchen, der einem unwichtigen Mädchen aufgelauert hatte. Aber meinem Dad würden sie zuhören oder zumindest Chief Murdoch würde das. Vetternwirtschaft hatte also doch manchmal seine Vorzüge, obwohl mir das ansonsten zuwider war.

Daher schluckte ich meinen Ärger und Kummer hinunter und antwortete knapp: „Okay, machen wir es so. Danke. Bis morgen und alles Gute für die Besprechung."

Ohne seine Antwort abzuwarten, legte ich auf und warf mich

rücklings auf das Bett. Einzelne Wortfetzten hallten noch durch meinen Kopf und brachten einen bitteren Nachgeschmack, aber ich schob die Gedanken beiseite. Mein Vater war noch nie ein herzlicher Mensch gewesen, der Gefühle und Emotionen zeigte, sondern immer nur ein Taktiker, ein Geschäftsmann, der sich mit Fakten zu beschäftigen wusste.

Wollte ich getröstet werden oder nette Worte hören, wusste ich, dass ich bei ihm an der falschen Adresse war. Trotzdem versuchte das Kind in mir es immer noch hin und wieder.

Zerknirscht wegen des Telefonats mit meinem Vater, rief ich Tante Shona an, denn bei ihr wusste ich, dass sie sich sorgen und mich trösten würde. Und nach diesen seelischen Streicheleinheiten dürstete ich nun.

Daher erzählte ich ihr haargenau, was gestern Abend passiert war und wie ich mich gefühlt hatte. Von ihr erhielt ich die Reaktion, die ich mir erhofft hatte. Zuerst war sie außer sich, brüllte wütend um sich und beschimpfte die Männerwelt im Allgemeinen mit „solche Mistkerle", „dieses Schwein", „nirgendwo ist man mehr sicher" und so weiter. Shona wollte sogar alles zusammenpacken, um nach Glasgow zu kommen.

„Ich fahre auf der Stelle zu dir. Ich sage nur schnell Keith Bescheid. Ich muss mich persönlich überzeugen, dass mit dir alles in Ordnung ist."

Aber ich hielt sie schnell davon ab, ihre Familie nur wegen mir alleine zu lassen.

„Nein, Shona. Danke. Aber beruhige dich, das ist nicht nötig. Wie soll denn Keith alleine mit Russel zurechtkommen? Sie brauchen dich – beide."

Ich meinte es ernst. Es reichte mir vollkommen, wie sie sich gerade verhalten und ihre Emotionen gezeigt hatte, die ein Wechselspiel von zutiefst wütend, bestürzt, dann beschützend und fürsorglich waren. So, wie sich ein Elternteil verhalten sollte, zumindest laut der Fernsehserien und meiner Vorstellung – nicht so emotionslos und distanziert wie mein Vater.

Nachdem ich ihr hundertmal beteuert hatte, dass wirklich alles in Ordnung sei, beendeten wir das Telefonat, aber erst, nachdem ich ihr versprochen hatte, sobald wie möglich zu ihnen nach Inverness zu kommen. Möglicherweise würde mir ein kurzer Ortswechsel ganz guttun und vielleicht wäre auch Rafael bei dem Besuch dabei.

Bei dem Gedanken an ihn meldeten sich meine Schmetterlinge zurück, und sie waren es noch immer nicht leid, wild in meinem Bauch herumzuflattern und dabei eine ausgelassene Party zu feiern.

Als Nächstes machte ich mich daran, Aimee und Stew Bescheid zu geben. Ich erzählte ihnen zwar noch nichts von dem Überfall, da ich das lieber persönlich machen wollte, aber machte für heute Abend ein Treffen mit ihnen aus. Es war Zeit, ihnen endlich *alles* zu erzählen, auch wenn es schwer werden würde, mich so zu öffnen.

Nach den Telefonaten ging ich zur Tür – zum geschätzten achten Mal – um zu kontrollieren, ob sie auch wirklich deutlich offen stand. Dann schnappte ich mir einen Black Dagger Band, schmiss mich auf das Bett und bemühte mich, etwas von dem Gelesenen mitzubekommen, während ich wartete. Dabei fühlte ich mich wie ein kleines Kind, das es nicht erwarten konnte, dass endlich Weihnachten war.

Eine geschlagene halbe Stunde später klopfte es sachte an der Tür, und mein Kopf schnellte hoch. Es verunsicherte mich, dass er nicht einfach reinkam, besonders nach dem, was gestern zwischen uns gewesen war. Sofort ließ ich ihn wissen, dass er reinkommen konnte, und legte das Buch mit fahrigen Fingern zur Seite. Schnell strich ich durch meine Haare, dann steckte Rafael auch schon den Kopf durch den Türspalt.

„Hallo. Wie gehts dir? Konntest du schlafen?"

„Hi, danke, gut. Komm rein."

Er trat etwas unsicher durch die Tür und trug einen Korb mit frischer Wäsche vor sich, der fast wie ein Alibi wirkte. Diesen stellte er auf den Hocker neben meinen Schminktisch, auf dem noch das Tablett stand. Rafael lehnte sich an der Tischkante an, steckte seine Hände in die Hosentaschen und kreuzte die Beine voreinander.

Er trug eine Jeans, ein körperbetontes hellgraues Shirt und ein dunkelblaues Hemd darüber, das vorne offen stand, dessen Ärmel bis zum Ellbogen hochgekrempelt waren und seine starken Unterarme freilegte. In den Klamotten sah er umwerfend aus, und die Farben schmeichelten seiner Haut und dem dunklen Haar. Ich war gebannt von seinem Anblick und seiner lässigen Haltung. Trotzdem machte es mich stutzig, warum er nicht zu mir kam und mir einen Kuss gab, sondern entfernt stehengeblieben war.

Natürlich kam mir auch der Gedanke, dass er mich nicht bedrängen wollte, oder dass er sich die Sache mit uns noch einmal überlegt hatte und daher schon jetzt einen Sicherheitsabstand zu mir einnahm. Vielleicht ließ er mir aber auch die Möglichkeit offen, um mich aus der Affäre zu ziehen, ohne ein Theater daraus zu machen. Doch das würde ich nicht. Aber ich wollte auch nichts sagen, damit er sich nicht gezwungen fühlte, etwas zu tun, was er gar nicht wollte.

Meine Gedanken sprangen wild hin und her, und ich kam zu keiner befriedigenden Lösung. Rafael musterte mich mit einem intensiven Blick, während sein Kopf zur Seite geneigt war. Eine Angewohnheit, wie mir aufgefallen war, die er hatte, wenn er über etwas nachdachte oder versuchte, aus anderen schlau zu werden. Doch nun trat Belustigung in seine Augen, und auch seine Mundwinkel zuckten sachte, als ob er ein Lachen zurückhalten musste. Endlich erlöste er mich aus meiner Anspannung.

„Schaust du immer so gequält und bist sprachlos, wenn ein Typ in deinem Zimmer steht? Oder ist das nur eine Angewohnheit, wenn ich derjenige bin?"

Ich verzog meine Lippen. „Ich schau überhaupt nicht gequält."

„Deine in Falten gelegte Stirn spricht aber eine ganz andere Sprache. Ehrlich. Du siehst aus, als ob du über einer Mathearbeit brütest."

„Über etwas grüble ich wirklich nach ... und das hat nichts mit Mathe zu tun", gab ich zu und hätte am liebsten mein Gesicht in meinen Händen vergraben. Aber ich konnte meine Augen nicht von ihm abwenden. Sein Gesicht wurde wieder ernst, geprägt von einem Ausdruck der Besorgnis.

„Dein Verfolger? Wir können gerne sofort zur Polizei gehen, wenn du dich dann sicherer fühlst?"

Er fing an, wild mit seinen Armen in der Luft zu gestikulieren, sichtlich bemüht, alles auf die Reihe zu bekommen und seinen Gedanken freien Lauf zu lassen.

„Wir könnten direkt zu Chief Murdoch gehen. Dein Dad kennt doch seine Familie, oder? Ich bin mir sicher, dass sie sich gleich darum kümmern werden und dieser Mistkerl eingesperrt wird. Ein wenig konnte ich ja von ihm erkennen, aber leider nichts Genaues, aber das wird vielleicht reichen. Und wir könnten dir ein Spray besorgen, du weißt schon ... Pfefferspray. Und wenn du willst, kann ich dir auch Selbstverteidigung beibringen. Obwohl, so wie ich dich kenne, würde dich das nur auf dumme Gedanken bringen und *ermutigen*. Das will ich in Zukunft eher vermeiden."

Rafael plapperte vor sich hin, wie ich es sonst bei ihm tat – versunken in seinem Grübeln und sah dabei großartig aus. Aber nicht das erweichte mein Herz und berührte mich, sondern seine Anteilnahme und echte Besorgnis. Wir waren nicht einmal richtig zusammen und trotzdem wollte er alles tun, um mich zu beschützen. Und ich hatte das Gefühl, dass er noch viel mehr für mich tun würde, um mich in Sicherheit zu wissen. Mit den Beinen rutschte ich über die Bettkannte, blieb aber, wo ich war, und stoppte seinen Monolog, um ihm die Wahrheit über meine Gedanken zu verraten.

„Danke, Rafael. Ich bin dir wahnsinnig dankbar und weiß es zu schätzen, dass du dir solche Sorgen um mich machst. Aber – um ehrlich zu sein, habe ich vorhin nicht über meine Sicherheit nachgedacht, sondern über etwas ganz anderes. Obwohl ich das eher tun sollte ..."

Unruhig kaute ich an meiner Unterlippe. Würde ich klar denken können – was nicht der Fall war, wenn Rafael im Spiel war – hätte ich mich ängstigen oder mir über meine Sicherheit den Kopf zerbrechen müssen und nicht darüber, wie es nun mit uns weiterging. Aus dem Konzept gebracht von meinen Worten, starrte er mich verwirrt an.

„Was heißt das? Über was hast du dann nachgedacht?"

Müssen Männer manchmal wirklich so schwer von Begriff sein? Innerlich verwünschte ich die zeitweilige Kurzsichtigkeit der männlichen Vertreter der Spezies Mensch und antwortete: „Nun ja ... es klingt vielleicht blöd und ich hab wirklich ernsthaftere Probleme. Aber ich frage mich, nachdem was gestern zwischen *uns* passiert ist, wie es nun weitergeht? Und warum du dort drüben stehst?", dabei zeigte ich auf den Tisch, bevor ich weitersprach: „Und nicht hier bei mir bist?"

Ein Lächeln huschte über seine Lippen, und er streckte seine Arme nach mir aus. Eine Einladung, die ich mir nicht zweimal geben ließ. Ich sprang aus dem Bett und lief auf ihn zu, nur, um kurz vor ihm zum Stehen zu kommen. Wir mussten beide grinsen, doch meiner Einschätzung nach aus unterschiedlichen Gründen. Ich lächelte verlegen, weil ich peinlich berührt war, und er, weil es ihn zu erheitern schien, dass ich mich wie der erste Mensch benahm. Mir kam es vor, als ob wir trotz unserer ganzen Erfahrungen wieder auf Neuland waren. Bei mir kannte ich den Grund, da mir bis jetzt die Jungs noch nie etwas bedeutet hatten, doch bei ihm hatte ich keinen Schimmer. Er zog mich sanft in seine Arme, und ich legte seufzend den Kopf an seine Brust, wobei ich tief seinen Duft einatmete, der mich wohlig einhüllte. Er senkte die Wange an meinen Kopf und umarmte mich noch fester. Es fühlte sich angenehm an, so richtig und sicher, wie schon lange nicht mehr.

Ich weiß nicht, wie lange wir dort standen, aber irgendwann begann er, langsam mit der Hand an meinem Rücken auf und ab zu streichen, und ich konnte ein wohliges Seufzen nicht unterdrücken. Wie eine Katze, die zu schnurren anfing, wenn man sie streichelte. Er lachte leise, und ich funkelte ihn an.

„Lach mich nicht aus. Ich stell mich sonst eigentlich nicht so idiotisch an. Ich weiß auch nicht, was mit mir los ist, wenn du bei mir bist."

„Ach, Princesa, ich finde dich total süß. Ich würde es nicht anders haben wollen."

Großartig – *süß* war genau das Wort, das ich hören wollte. Doch dann nahm er mich wieder fester in die Arme, drückte sachte meinen Kopf an seine Schulter und seine Wange an mein Haar, und seine Wärme lullte meinen Körper und meinen Missmut ein. Die letzten Male hatte es mich überhaupt nicht mehr aufgeregt, dass er mich auf Spanisch ‚Prinzessin' genannt hatte. Nicht, weil ich das Wort plötzlich mochte, sondern, weil er es anders ausgesprochen hatte. Nicht als Beleidigung oder um mich zu ärgern, sondern liebevoll und zärtlich wie einen besonderen Kosenamen.

Ich genoss kurz den Moment, doch meine Neugierde wurde stärker, und ich wollte eine Frage beantwortet wissen, die mir schon länger unter den Nägeln brannte.

„Kann ich dich etwas fragen, was mich schon länger interessiert? Und dieses Mal auch eine Antwort darauf bekommen – ohne eine Gegenfrage?"

„Kommt drauf an."

„Auf was?" Ich sah entrüstet zu ihm hoch, weil er schon wieder mit diesem Spiel anfing.

„Ob ich sie beantworten möchte."

Es war zwar ein Lächeln auf seinen Lippen, aber etwas lag in seinen Augen, das er zu unterdrücken versuchte – Reue? Schlechtes Gewissen? Etwas aus dem Takt gebracht, hob ich eine Augenbraue.

„Weißt du, dass das eine Unverschämtheit ist? Du bist manchmal wirklich *nicht* einfach."

Auch wenn etwas Spielerisches in meiner Stimme lag, ein Funke Wahrheit schwang darin mit. Doch er antwortete mir ungeniert: „Ich weiß. Dito."

Womit er auch recht hat.

„Tja, ich weiß es ebenfalls", seufzte ich.

„Wo wir beim Thema wären. Ich hab dich doch gefragt, warum du dich noch mit mir abgibst und denkst, dass ich anders bin. Warum hast du mich nicht links liegen gelassen, obwohl ich fies zu dir war und mich wie ein eiskalter Klotz aufgeführt habe?"

Genervt zog ich eine Grimasse, da ich Offenkundiges noch aussprechen musste. Aber er hörte mir gespannt zu, und ich erhoffte mir endlich eine Antwort.

„Da muss ich dir widersprechen: Ich finde nämlich, du hast sehr viel Wärme, Liebe und Gefühl in dir, mehr, als du selbst weißt oder zugeben möchtest. Und manchmal bricht es aus dir heraus, und dann lässt du es auch andere Menschen sehen, nur eben selten."

„DA! Das meine ich. Die meiste Zeit war ich ekelhaft und gemein zu dir, und trotzdem sagst du das alles mit so einer Überzeugung! Warum glaubst du, dass ich es wert bin? Das war es doch, was du im Park gesagt hast."

Ich ließ den Kopf und die Schultern sinken und wartete ab, wobei es mich fast verrückt machte. Als ich wollte, dass er seinen Mund hielt, hatte er ständig gequasselt, und nun musste ich ihm jedes Wort aus der Nase ziehen. Ich wusste nicht genau, warum mir dieses Thema so wichtig war und mich nicht losließ, aber ich hatte ein mulmiges Gefühl bei der Frage und wollte eine Antwort, um meine Unsicherheit damit vertreiben zu können.

„Vale, ich weiß, was du wissen willst." Dabei löste er sich etwas von mir, und ich blickte hoch, um ihm in die Augen zu sehen. Mit dieser Reaktion hatte ich nicht gerechnet.

„Also?"

„Wenn ich es dir verrate, darfst du nicht sauer werden. Versprochen? Oder zumindest nicht besonders *lange*?"

Egal, ob es hundertprozentig stimmte oder nicht, ich wollte es nun endlich wissen, also nickte ich.

„Okay, ich werde nicht lange böse sein. Aber jetzt spuck es schon aus."

Doch anstatt es mir zu sagen, löste er sich ganz aus unserer Umarmung. Dann nahm er mich an der Hand, zog mich mit sich – und ging mit sicheren Schritten auf die Tür meiner Lesekammer zu. Wie selbstverständlich öffnete er sie und trat in ‚*meinen* geheimen Bereich' ein, als ob er dies schon hundertmal vorher getan hatte. Mir stockte der Atem, denn *das* konnte nicht wahr sein.

Rafael musste meine Anspannung sofort gespürt haben, denn er schloss vorsichtig die Tür hinter uns, drehte sich zu mir um und sah mich wie ein Welpe mit flehenden Augen an, die mich in jeder anderen Situation vom Hocker geworfen hätten – aber nicht in dieser. Meine Hände waren so fest zu Fäusten geballt, dass ich meine Nägel schmerzhaft spürte, und meine Atmung beschleunigte sich. Ich fühlte mich betrogen.

Dieses Reich hier war nicht nur ein Schreib- oder Lesezimmer, das alles hier drinnen war – *ich*. Meine Gefühle, mein Ventil, meine Hoffnungen, meine Träume, meine Trauer – und niemand hatte hier etwas verloren. Die Dinge, Zettel, Gedanken hier drinnen waren meine Geheimnisse, doch er war darin eingedrungen wie ein Dieb. Genauso gut hätte er mein Tagebuch lesen können.

Als er den Ausdruck in meinem Gesicht sah, nahm er beschwichtigend die Arme hoch und sah mich eindringlich an.

„Es tut mir so leid, Vic! Du kannst dir nicht vorstellen, wie leid es mir tut. Ich weiß, dass es gegen alle Gesetze der Privatsphäre verstößt, aber ich schwöre dir, dass es keine Absicht war, sondern ein komplettes Versehen! Ich habe im Haus gearbeitet und, nachdem ich die frische Wäsche hier heraufgetragen hatte, habe ich gedankenverloren diese Tür geöffnet …"

Rafael blickte durch den Raum, und seine Arme schrieben einen umfassenden Kreis in die Luft – um mein ganzes Reich.

„Ich wusste nicht, dass hier noch ein weiteres Zimmer ist. Ich habe den Schreibtisch gesehen, mit den ganzen Zetteln darauf verstreut, und wusste nicht, ob es auch zu den Aufgaben gehört, da aufzuräumen. Meine mamá hatte mir nichts davon gesagt. Deshalb bin ich näher gekommen, um einen Blick darauf zu werfen …"

Er atmete tief ein und sprach mit sichtlich schlechtem Gewissen so schnell weiter, dass ich mich konzentrieren musste, um seinen Worten zu folgen.

„Dabei ist mir der Name *Living through Poem* ins Auge gesprungen, und das hat mich total verwirrt. Weißt du, ich lese gerne die Schülerzeitung, besonders seitdem die Gedichte und Geschichten von diesem Unbekannten abgedruckt werden. Als ich das hier gefunden habe, ist mir klar geworden, dass du es bist … dass du all diese wunderschönen Worte und Gedanken geschrieben hast. Damit hast du dich mir in einem ganz neuen Licht gezeigt, und zum ersten Mal habe ich dich richtig gesehen – jemanden, der mich fasziniert hat."

Meine Antwort war nur ein Krächzen: „Wann war das?"

Nun wurde er rot, aber er antwortete mir trotzdem.

„Eine Woche, bevor du mich im Zimmer über den Haufen gerannt hast. Es tut mir leid, dass ich vorher keinen Kontakt gesucht habe, aber ich habe gedacht, du seist wie all die anderen: arrogant, gefühlskalt und verwöhnt, jemand der sich nur über Geld und Betrinken Gedanken macht. Ich habe mich von Vorurteilen leiten lassen. Es tut mir leid. Du bist nicht dieser Mensch aus Stein, dem die anderen egal sind. Du hast Güte, Gefühle und die Gabe, diese Gedanken, Liebe und Hoffnung auf Papier zu bringen. Du bist bezaubernd und fesselnd, und ich habe mich in dein Schreiben und später in dich verliebt."

Vorsichtig kam er einen Schritt näher, berührte mich aber nicht.

„Deshalb habe ich gesagt ‚ich kenne dich', weil ich es zum Teil tue, und ich deswegen durch deine Fassade blicken kann, ob du es willst oder nicht."

Mir wurde schwindelig während seiner Geständnisse, da ich irgendwann aufgehört haben musste, zu atmen. Ich musste mich setzen und ging wie in Trance zur Couch. Besorgt folgte er mir und setzte sich, so weit wie möglich entfernt, ebenfalls hin. In seinen Augen spielte sich das gleiche Gefühlschaos ab wie tief in mir drinnen, das drohte, mich zu zerreißen.

Wie hatte er mich die ganze Zeit über anlügen können? Und was wäre gewesen, wenn er das hier nicht gefunden hätte? Wären wir nie Freunde geworden, hätten wir weiterhin kein Wort miteinander gesprochen? Und hatte er sich nur wegen meines Schreibens in mich verliebt? Liebte er nun mich oder mein Geschriebenes?

Ich war enttäuscht und verwirrt, fragte mich aber gleichzeitig, ob ich noch mit ihm geredet hätte, wenn er mir die Sache von Anfang an gestanden hätte. Ich war so aufgewühlt, dass ich fast keine Luft bekam, aber auch so gerührt von seinen Worten, dass es mir ebenfalls die Kehle zuschnürte.

Rafael sah mich zaghaft an und traute sich nur langsam, etwas näher zu rücken. Dabei hob er eine Hand, um mich zu berühren, ließ sie aber wieder fallen.

„Es tut mir so leid. Bitte, verzeih mir, Vic."

Sein Flehen und Bitten waren furchtbar, und zerrissen mich beinahe innerlich so sehr wie der Verrat. Ich wollte ihn nicht ansehen, ihm nicht mehr zuhören und ihn wieder aus meinem Leben löschen – so leicht wie mit der ‚Entfernen'-Taste auf der Computertastatur. Aber ich konnte nicht. Ich war nicht einmal dazu fähig, ihn anzuschreien oder ihn zu verabscheuen, denn meine Gefühle sprachen noch immer eine gegenteilige Sprache und drückten mein Herz zusammen.

Wenn ich gekonnt hätte, hätte ich zu weinen begonnen, so, wie andere bei starken Empfindungen zu weinen beginnen. Aber ich war unfähig dazu. Etwas funktionierte seit dem Tod meiner Mutter nicht mehr richtig mit mir – und daher hatte ich bereits seit Jahren nicht mehr geweint. Vielleicht lag es auch daran, wie mein Dad mich vor der Beerdigung darum gebeten und mir weisgemacht hatte, dass meine Mum auf mich stolz wäre, wenn ich nicht wie ein kleines Mädchen weinen würde.

Verdammt noch mal – ich war damals aber noch ein kleines Mädchen! Und seitdem war ich verkorkst und unfähig zu weinen.

Während ich überlegte, wie ich mich am besten wieder in den Griff bekommen konnte, rückte er noch ein Stück näher.

„Bitte, es tut mir leid. Ich werde gehen, wenn du das willst. Du musst nicht weinen."

Jetzt sah ich ihn doch an, gepackt von Überraschung über seine Worte.

„Was hast du gesagt?"

„Dass du nicht weinen sollst."

Geschockt antwortete ich: „Das kann nicht sein. Ich weine *nie*. Seit Jahren nicht."

Daraufhin hob er die Hand, und dieses Mal berührte er mich. Mit dem Daumen strich er mir behutsam über die Wange und zeigte ihn mir – tatsächlich, er war nass.

Rafael kannte jetzt nicht nur meine innersten Gedanken, sondern sah mich nun auch so, wie ich mich selbst seit Jahren nicht mehr gesehen hatte: mit Tränen.

9. Veränderung

Fürchte dich nicht vor dem langsamen Vorwärtsgehen,
fürchte dich nur vor dem Stehenbleiben.
(Zitat aus China)

In dem Moment fühlte ich mich wie eine Zwiebel, die Rafael Schicht für Schicht öffnete. Zuerst meine Distanziertheit, dann meine bockige Art, bis er sich zu meinen Gefühlen vorgearbeitet hatte, um schließlich meinen letzten Schutzwall aufzubrechen. Ich hatte keine Ahnung, wie er das alles geschafft hatte, nach all den Jahren, in denen ich mich von jeglichen tieferen Bindungen abgeschottet hatte – aus Angst, wieder verlassen oder enttäuscht zu werden. Aber er tat es einfach – bedingungslos.

Meine Fassade bröckelte, die Wände stürzten ein, meine Schutzmauer war endgültig zerstört – und in diesem Moment tat er das einzig Richtige. Er sagte nichts, sondern nahm mich fest in den Arm, strich mir über die Haare und den Rücken und schaukelte mich sanft. Danach war es um mich geschehen, und die Tränen flossen nun ungehindert. Sie stürzten herab wie Wasserfälle, wie unaufhörlicher Regen im Monsun – die Tränen, die ich die letzten Jahre zurückgehalten hatte, aus Angst, ich könnte nicht mehr aufhören, wenn ich einmal angefangen hatte. Und zum Teil war es nun auch genauso.

Die Zeit verging, ohne dass sie mir bewusst war. Das Einzige, was ich tat, war, mich dem Gefühl der Trauer und Reue hinzugeben. Ich weinte über den Tod meiner Mutter, über das schlechte Verhältnis zu meinem Vater, meine Unzulänglichkeit, Gefühle und echte Emotionen zu zeigen und mir zu gestatten, sie zu fühlen, und über vieles mehr, das sich in all den Jahren in mir aufgestaut hatte. Ich fühlte mich wie ein Stauwerk, dessen Mauern eingerissen worden waren und aus dem auch noch das letzte Rinnsal nach draußen drängte, von fernem Regen, der bereits vor Jahren vom Himmel gefallen war.

Irgendwann wurden sie weniger, und schließlich versickerten auch die letzten Tränen. Mein Innerstes fühlte sich anders an, befreit und wie leer gefegt, um sich wieder neu zu füllen – dieses Mal hoffentlich mit Liebe, Zuversicht und Vertrauen.

Mit den Tränen waren auch meine Wut und die Verletzung weggespült worden, auch die gegenüber Rafael. Im Nachhinein war ich erleichtert, dass es so gekommen war, denn ich wusste, ansonsten hätte ich es ihm lange nicht erzählt und wir hätten nie diese Nähe erlebt. Als ich meine Gedanken wieder gesammelt hatte, richtete ich mich schwerfällig auf, da meine Gelenke vom langen Sitzen in der gleichen Position wie eingerostet waren. Etwas desorientiert sah ich auf sein Shirt hinab, das, von meinen Tränen dunkel, an seiner Brust klebte. Doch er schien es nicht zu bemerken, stattdessen sah er mich nur mit traurigen Augen an.

„Hey. Kann ich irgendetwas für dich tun, damit du dich besser fühlst?"

Aber das musste er nicht, denn ich fühlte mich bereits wieder viel besser und nicht mehr traurig. Mit meiner letzten Träne war auch die letzte Traurigkeit verschwunden, und ich war einfach nur im Hier und Jetzt – zwar noch etwas benebelt, aber zufrieden.

„Nein, danke. Alles gut. Eigentlich bin ich keine Heulsuse, aber ich muss zugeben, das war richtig schön. Irgendwie befreiend."

Ich lächelte und wischte mir über das Gesicht, um alle Haare wegzustreichen, die mir über die Augen hingen.

„Mhm … das sollte ich öfter tun. Vielleicht muss ich auch ‚Grey's Anatomy' schauen – das soll ganz schön zum Weinen animieren."

Er schien zwar verwirrt, aber er stieg ebenfalls mit scherzendem Tonfall ein, trotz seiner nach wie vor ernsten Augen.

„Freut mich, dass es dir gefallen hat. Trotzdem mag ich es lieber, wenn ich ein Lächeln an dir sehe. Schaut doch ein bisschen freundlicher aus." Dann räusperte er sich und wurde wieder ernst. „Ehrlich jetzt: Bist du sehr sauer auf mich? Soll ich besser gehen, oder gibst du mir noch eine Chance?"

Ich spürte, wie seine Muskeln fast zum Zerreißen angespannt waren, und seine Augen verließen keine Sekunde lang mein Gesicht, als hinge sein Leben von meiner Antwort ab.

„Ich bin nicht mehr sauer. Außerdem hast du mir auch schon eine zweite Chance gegeben. Ich hab das gleiche mit deiner *Folterkammer* getan. Daher tut es mir auch leid. Alles", sagte ich und lächelte ihn an.

Rafael stieß erleichtert die Luft aus: „Das ist gut. Und es ist wirklich alles okay zwischen uns? Ich will nicht, dass etwas zwischen uns steht. Du kannst ehrlich zu mir sein."

Ich senkte den Blick, um in mich zu gehen und genau nach meinen Gefühlen zu suchen, damit ich ihm eine ehrliche Antwort geben konnte. Aber nein, da war kein Groll, keine Wut auf ihn – nichts.

„Zuerst war ich zwar erschrocken und wirklich sauer, aber deine Worte waren so aufrichtig und liebevoll, dass ich dir nicht mehr böse sein kann. Du siehst ja, wie weit sie mich gebracht haben … ich hab mich für die nächsten zehn Jahre ausgeweint."

Doch meine Worte schienen ihn nicht beruhigt zu haben, sondern er schaute nur noch trauriger. Deshalb beeilte ich mich, hinzuzufügen: „Nein, warte! Das ist etwas *Gutes*, glaub mir. Es war an der Zeit, dass das alles einmal ausbricht. Du hast mir geholfen."

Noch immer schien er nicht überzeugt.

„Bist du dir sicher, Princesa? Ich weiß nicht."

Mit meinem Daumen strich ich sanft über seine Stirn hinunter zwischen die dunklen Augen, um die Sorgenfalten zum Verschwinden zu bringen.

„Ja, ich bin mir sicher. Du hast meine Mauern niedergerissen, und jetzt steh ich ungeschützt und wie nackt vor dir."

Mir kam es vor, als sei es eine Ewigkeit her, als ich ihn endlich lächeln sah. Ein Lächeln, das dieses Mal auch wieder seine Augen berührte.

„Wenn das so ist, bin ich auch froh darüber. Nicht, weil du jetzt nackt bist – obwohl, das könnten wir auch einmal ausprobieren. Aber, weil du deine Schutzmauer vor mir abgelegt hast. Das bedeutet mir viel."

Dabei strich er mir mit seinen Fingern sanft die halb getrockneten Tränen von meinen Wangen. Zuversichtlich drückte er mich an seine Brust und gab mir einen Kuss auf die Stirn. Bei dieser kurzen, aber zärtlichen Geste wurde mir schlagartig bewusst, wie nahe wir uns auch körperlich waren. Während meiner Heulattacke hatte er mich irgendwann auf seinen Schoß gezogen, auf dem ich noch immer seitlich in seinen Armen saß. Mir stieg die Hitze ins Gesicht, und mein Herz fing schneller zu schlagen an. Ich wusste nicht, ob es ihm genauso ging oder er meine plötzliche Nervosität spüren konnte. Aber ich bemerkte, dass sich auch seine Atmung beschleunigte. Dann tat er etwas, dass mir noch mehr den Atem nahm. Er umschloss mein Gesicht mit seinen starken und zugleich sanften Händen, kam mir ganz nah, sah mir tief in die Augen und sagte ganz schlicht, so, als müsste er es jetzt sagen, um weiteratmen zu können: „Du hast keine Ahnung, welche Gefühle du in mir auslöst. Ich bin vollkommen verliebt in dich."

Diese Worte berührten etwas ganz tief in mir, legten einen Schalter in mir um. Mit meiner Selbstbeherrschung war es von einem Moment auf den anderen dahin, und ich stürzte mich als Antwort förmlich auf ihn. Tränen und Traurigkeit waren verschwunden, und in mir herrschten nur noch Liebe und Leidenschaft.

Auf seinem Schoss drehte ich mich zu ihm und kniete mit den Beinen neben seinen auf der Couch. Sekunden später berührten sich unsere Lippen. Ich leckte mit der Zunge an seiner Lippe entlang, er stöhnte auf, und dann umschlossen unsere Lippen wild die des anderen, als sich unser Kuss intensivierte. Das Feuer, das wir gestern Abend, mit Adrenalin vollgepumpt, gespürt hatten, hatte nichts an seiner Leuchtkraft verloren, sondern wurde nur noch strahlender.

Mein Puls pochte heftig in meinen Ohren, und Hitze, wie flüssige Lava, durchströmte meinen Körper. Während wir uns küssten, begann ich, ihm das Hemd und schließlich das Shirt auszuziehen. Eine Hand vergrub ich in seinen wundervollen, zerzausten Haaren, und die andere strich behutsam an seinem Hals hinunter bis zum Anfang seiner Brustmuskeln. Dort angelangt, fuhr ich langsam mit einem Finger die Konturen seiner Muskulatur nach, zuerst die Brustmuskeln und weiter nach unten die einzelnen Linien seines Sixpacks. Es war faszinierend und atemberaubend zugleich, sie endlich zu berühren. Das hatte ich mir seit unserem ersten Schwimmunterricht gewünscht.

Auch er konnte seine Hände nicht von mir lassen und ging auf Entdeckungsreise, während unsere Münder einander genauso begierig erkundeten. Zuerst hatte er beide Hände auf meinem Rücken, dann fuhr eine Hand hoch zu meinem Hals, strich zärtlich mit einem Finger die Linie meines Schlüsselbeines nach und bewegte sich wieder abwärts zu meinen Hüften. Rafaels andere Hand strich zuerst den Rücken auf und ab und fand schließlich den Weg unter mein Shirt, wo sie die Wirbelsäule entlang glitt über den Verschluss des BHs, wo sie kurz verharrte – unentschlossen. Als er mir das dritte Mal über diese Stelle gestreichelt hatte, löste ich mich von seinen Lippen, aber nur so lange, um ihm meine Zustimmung entgegenzuhauchen: „Ist okay. Mach ihn auf."

Noch einmal fragte er schwer atmend nach: „Sicher?"

„Bin ich", stöhnte ich beinahe an seinem Mund und konnte es kaum erwarten, seine Hand ungehindert auf meiner nackten Haut zu spüren, ohne störende Schichten von Kleidung. Er küsste mich am Hals und knabberte daran, während er auch die zweite Hand unter mein Shirt schob, um meinen BH zu öffnen. Vor freudiger Erwartung seufzte ich, doch gerade, als er dabei war, den Verschluss zu öffnen, vibrierte etwas in seiner Hosentasche. Er ließ von dem Verschluss ab. An sein Ohr gelehnt, flüsterte ich mit rauer Stimme: „Bin ich wieder so gut, oder ist das jetzt wirklich dein Handy?"

Rafael begann, lauthals zu lachen, fing sich aber schnell wieder und antwortete: „Zugegeben, du bist verdammt sexy. Aber trotzdem ist das gerade wirklich mein Handy."

Ich erhob mich ein Stück, damit er es aus der Hosentasche fischen konnte.

„Mist! Das ist mein Boss! Warte kurz."

Enttäuscht rutschte ich ganz von seinem Schoß und setzte mich auf die andere Seite der Couch, während er das Gespräch entgegennahm. Rafael sprach schnell auf Spanisch, sodass ich kein Wort verstehen konnte, und ging dabei im Raum auf und ab.

Nach dem Telefonat drehte er sich zu mir, und seine Stimme klang genervt: „Das war mein Boss. Ich muss schon früher zur Arbeit. Keine Ahnung, wie lange ich heute Schicht haben werde."

Er gähnte müde, und es war das erste Mal, dass ich seine Erschöpfung, hervorgerufen durch die ganze Belastung in seinem Leben, erkennen konnte.

„Was soll's, mir bleibt nichts anderes übrig. Was ich aber schade finde, ist, dass wir das hier leider beenden müssen."

Er zwinkerte mir zu, und sein Lächeln war wie immer schelmisch und zugleich wunderschön. Er kam auf mich zu, drückte mir einen Kuss auf die Wange und schnappte sich seine Klamotten, die er sich zu meinem Missfallen sofort überstreifte.

„Merke dir, wo wir stehen geblieben sind. Ich komme darauf zurück."

Ich stand auf und nahm seine Hand. „Gerne. Du weißt, wo du mich findest."

Nach einem weiteren kurzen Kuss fragte ich ihn: „Wo arbeitest du sonst noch außer hier im Haus? Wird dir das nicht zu viel mit der Schule, dem Schwimmen, Capoeira und den Vorbereitungen für das Medizinstudium? Du machst dich doch kaputt."

Ich war voll Erstaunen und Respekt, dass ein Mensch so viel auf einmal schaffte und zusätzlich noch einen weiteren Job hatte.

„Es ist okay, aber an manchen Tagen etwas schwieriger als an anderen. So, wie jetzt zum Beispiel", gestand er und lächelte schief. „Aber mit einer guten Organisation geht alles. Ich arbeite als Barkeeper in einer Bar in der Stadt. Es wird gut bezahlt, und wir bekommen viel Trinkgeld, nur dauert es manchmal etwas lange. Aber ich brauche die Kohle, sonst kann ich das Studium vergessen. Ich will noch so viel wie möglich beiseitelegen."

Beruhigend nahm er mich in die Arme.

„Schau nicht so bestürzt. Es geht schon, ehrlich. Ich schaff das schon."

Doch ich war noch immer schockiert und verblüfft zugleich. Daher schlug ich das Erste vor, das mir einfiel, um zu helfen.

„Kann ich dir nicht aushelfen? Du weißt, dass meine Familie viel Geld hat. Ich kann dir etwas geben, dann müsstest du nicht so viel arbeiten und könntest dich aufs Lernen konzentrieren. Es müsste nicht so schwer sein."

Er ließ mich los, und in seinen Augen blitzte eine Mischung aus verletztem Stolz und Kränkung auf.

„Ich brauch kein Geld von dir. Danke. Aber bitte, biete mir das nicht mehr an."

„Wieso? Das versteh ich nicht. Warum willst du keine Hilfe?"

Rafael strich sich über die Augen und sagte schroffer, als ich es von ihm gewohnt war: „Bitte, lassen wir das Thema, vale?"

Nun war ich gekränkt, da ich ihm nur meine Hilfe angeboten hatte und nicht verstand, warum er so eingeschnappt reagierte. Ich verschränkte die Arme vor der Brust und grummelte ein „Na gut".

Mein Schmollen schien ihn zu besänftigen, oder vielleicht fand er es auch einfach nur lustig. Seine Augen wurden weich und seine Worte ebenfalls.

„Weißt du, wie süß du aussiehst, wenn du deine Stirn in Falten legst und versuchst, böse zu schauen? Es tut mir leid, ich wollte dich nicht anfahren."

Rafael nahm mich in die Arme, und ich ließ ihn gewähren, obwohl meine Arme noch immer verschränkt waren.

„Vic, ich möchte dein Geld nicht, weil ich auf eigenen Beinen stehen und niemandem etwas schulden will. Geld macht Freundschaften und Beziehungen kaputt, und das will ich bei uns nicht riskieren. Also bitte, belassen wir es dabei."

Damit hatte er das Richtige gesagt, um mich wieder zu beschwichtigen, trotzdem war ich nicht ganz überzeugt.

„Einverstanden. Ich werde die Sache fürs Erste ruhen lassen. Aber ich werde mir eine Lösung überlegen. Darauf kannst du dich verlassen."

„Ich hab auch gar nichts anderes erwartet", seufzte er und wechselte das Thema: „Hast du heute Abend schon was vor?"

„Nichts Bestimmtes. Wieso?"

Ich wartete neugierig auf seinen Vorschlag.

„Du könntest mich doch im Club besuchen, während ich arbeite?"

„Danke, das würde ich gerne, aber ich muss mich vorher mit Aimee und Stew treffen. Die beiden wissen noch nichts von gestern Abend, und ich möchte es ihnen persönlich erzählen."

Behutsam strich er mir eine Strähne aus dem Gesicht. „Bring sie mit – je mehr, desto besser. So muss ich mir keine Sorgen um dich machen, wenn du durch die Stadt gehst. Abgemacht?"

Mit erwartungsvollem Welpenblick starrte er mich an. *Wer kann da schon Nein sagen?*

Es war halb zehn abends, als ich auf den Treppen vor dem Haus wartete. Es zog ein starker Wind durch den Garten, und es fröstelte mich, was aber nicht nur am Wetter lag, sondern auch an meiner Kleidungswahl. Ich hatte mich – nach viermaligem Umziehen – für ein schwarzes asymmetrisches Kleid mit goldenen Applikationen entschieden. Dazu passten perfekt die schwarzen Pumps mit goldenen Stöckelabsätzen und die goldene Clutch, die ich in den Händen hielt. Meine Haare hatte ich zu einem lockeren Pferdeschwanz auf der linken Seite drapiert, an der meine Schulter freilag. Darüber trug ich einen schwarzen Mantel, der wärmer aussah, als er in Wirklichkeit war.

Endlich kamen die beiden, und ich sprang erfroren und gut gelaunt in den Wagen, dessen Innenraum wohlig warm war. Ich drückte Aimee und Stew einen Kuss auf die Wangen und umarmte sie kurz von der Rückbank aus. Was etwas schwierig und steif ausfiel, da sich beide vor Überraschung verkrampften. In dem Moment wurde mir wieder bewusst, wie sehr ich Berührungen in den letzten Jahren vermieden hatte, sodass sogar meine besten Freunde bei einer flüchtigen Umarmung vor Schreck beinahe zusammenzuckten. Ich nahm mir vor, das zu ändern: Ich musste lernen, wieder Vertrauen in das Leben zu fassen, ohne immer mit der Angst zu leben, diejenigen zu verlieren, denen ich mich öffnete.

„Hey, ihr zwei, alles klar bei euch?", begrüßte ich sie gut gelaunt und hoffte, sie mit meinem Lächeln anzustecken. Sie schauten sich gegenseitig fragend an und dann mich, als wäre ich übergeschnappt. Aber ich konnte es ihnen nicht verübeln, dass sie sich vermutlich wie in einem Paralleluniversum fühlen mussten.

„Was ist los? Ein bisschen bessere Laune, bitte, wenn ihr mich begrüßt."

Doch auch das half nicht. Aimee und Stew wirkten verdattert, bis Aimee ihre Stimme fand.

„Süße, gehts dir gut? Du wirkst so … aufgekratzt. Und naja, einfach anders."

Es war ihr sichtlich unangenehm, aber sie hatte auch Grund für ihre Verwirrung. Meine Antwort kam prompt und mit einem Lächeln wie frisch aus der Zahnpastawerbung: „Klar. Bei mir ist alles bestens. Und bei euch?"

Auch Stew war große Verwunderung ins Gesicht geschrieben.

„Vic, du machst mir Angst. Du grinst wie eine von diesen Cheerleader-Hühnern. Wirkt schon fast so strahlend, als ob du bei einem Reaktorunglück gewesen wärst."

„Toll. Der war gut, Stew", warf ich anerkennend ein.

Tiefere Falten wurden auf seiner Stirn sichtbar. „Was ist los? Hast du erkannt, wie schön das Leben sein kann, oder hat dich dein Stalker erwischt und dir einen Teil deines Gehirns rausgeschnitten, wie in dem Film ‚Einer flog über das Kuckucksnest'?"

Sein Scherz blieb ihm fast im Hals stecken, zum Ende hin wurde seine Stimme immer dünner und seine Augen größer. Was sicher daran lag, dass mein Lächeln verschwunden war, sich aber das Entsetzen und die Panik auf meinem Gesicht widerspiegeln mussten. Ich konnte nicht glauben, dass das alles erst vor vierundzwanzig Stunden passiert war. Die gemeinsame Zeit mit Rafael und unsere Geständnisse hatten den Angriff komplett in den Hintergrund geschoben, und nun kam alles mit einem Schlag zurück an die Oberfläche.

„Vic. Du bist kreideweiß! Verdammter Mist … nein! Sag nicht, dass wirklich …"

Stew und Aimee waren nun mindestens so blass, wie ich mich fühlte. Mit hängenden Schultern und zittrigen Knien ließ ich mich im Sitz zurückfallen.

„Macht es euch bequem. Ich muss euch etwas erzählen."

Als ich ihnen alles gesagt hatte, war meine Kehle ganz trocken, meine Stimme heiser, und ich sah in zwei schockierte grüne Augenpaare. Dass sie bis jetzt kein Wort gesagt hatten, machte mich noch unruhiger.

„Ich bin fertig. Ihr könnt jetzt etwas sagen", ermutigte ich sie.

Diese Aufforderung hätte ich ihnen gar nicht geben müssen, denn eine Sekunde später ging es los. Zuerst Stew mit: „Wieso hast du am Telefon nichts gesagt, als wir telefoniert haben?"

Und Aimee wollte wissen: „Und warum konnte ich dich gestern nicht erreichen? Am Nachmittag waren wir unterwegs, und ich hatte das Handy ausgeschaltet, aber ab acht habe ich ständig versucht, dich zu erreichen! Durchgehend."

Sie holte kurz Luft, und dann ging es gleich weiter: „Und wie kannst du nur jetzt mit diesem Typen zusammen sein? Wie kannst du ihm vertrauen?"

Stew schaltete sich wieder ein, dieses Mal gekränkt: „Was war das mit deinem Lesezimmer und dem Schreiben? Ich dachte, wir wären

Freunde? Solche Dinge verschweigt man sich nicht."

Er schüttelte den Kopf und fuhr sich über das Gesicht, bevor er weiterredete: „Ist im Moment auch egal. Viel schlimmer finde ich Caileans Verhalten. Was denkt er sich? Dass du sein Eigentum bist? Wenn ich den das nächste Mal sehe, dann …"

Auch wenn ich selbst noch keine Antworten auf all ihre Fragen hatte, unterbrach ich ihn schnell: „Stew, bitte! Du hältst dich raus aus der Sache mit mir und Cailean. Ich bekomme das schon selber hin. Und wenn nicht, hab ich noch meinen Dad oder Rafael."

Nur bei der Erwähnung von Rafael fühlte sich alles schon leichter an, und ich spürte Zuversicht.

„Gestern war der Akku leer, und ich habe es euch nicht am Telefon gesagt, weil ich es besser fand, es euch persönlich zu erzählen."

Ich holte noch einmal Luft. „Nun zu Rafael. Ihr müsst euch keine Sorgen machen. Er ist toll, ich vertraue ihm hundertprozentig. Er kennt mich. Und ich … ich denke, ich bin dabei, mich ernsthaft zu verlieben."

Nachdem sie mich nun wieder schweigend anglotzten, wurde ich doch leicht genervt von dem ganzen Gestarre heute.

„Bitte, hört damit auf, euch wie im Museum aufzuführen und mich als Ausstellungsstück zu betrachten! Es nervt langsam, angeglotzt zu werden, als sei ich ein Alien."

Ohne auf meine Worte einzugehen, sprach nun Aimee: „Was ist mit den Gedichten und Geschichten? Warum hast du uns nichts gesagt? Warum ihm?"

Ich wusste, dass ich sie verletzt hatte, aber ich konnte ihnen keine wirkliche Erklärung geben, da ich mich selbst nicht immer ganz verstand. Reue und schlechtes Gewissen nagten in meiner Magengrube, und ich versuchte, es so gut wie möglich zu erklären.

„Es tut mir furchtbar leid. Ihr seid meine besten Freunde, und ich weiß, ihr hättet verdient, es zu erfahren, aber ich kann manchmal nicht aus meiner eigenen Haut. Das Schreiben ist … war mein Ventil und mein Geheimnis, das ich schützen wollte, um nicht verletzt zu werden. Aber ich weiß, dass es dumm war – besonders vor euch. Das mit Rafael war reiner Zufall, worüber ich im Nachhinein froh bin. Bitte, verzeiht mir! Ich bin nicht einfach. Es tut mir leid."

Ich lächelte schief und bettelte mit meinen Augen um Begnadigung, bis Aimee den Kopf schüttelte, aber gutmütig lächelte.

„Mit dir ist es wie mit einem kleinen Kind. Wenn es etwas anstellt, kann man nicht lange böse sein."

Sie beugte sich mit einem Zwinkern nach hinten und drückte kurz meine Hand. Damit wusste ich, dass mit uns wieder alles in Ordnung war. Danach guckte ich zu Stew und fragte besorgt: „Ist mit uns alles klar?"

Er drehte sich mit dem Gesicht nach vorne, und mir blieb fast das Herz stehen. Doch dann sah ich seine lächelnden Augen im Rückspiegel, und, als er sprach, wusste ich, dass er mir auch verziehen hatte.

„Wir fahren jetzt besser und begutachten unseren zukünftigen Schwiegersohn, bevor wir unseren Segen dazugeben. Anschnallen und brav sein!"

Das tat ich, und, während wir losfuhren, schwappte eine Welle der Erleichterung über mich.

10. Neue Bekanntschaften

Es geht uns mit Büchern wie mit Menschen.
Wir machen zwar viele Bekanntschaften,
aber nur wenige erwählen wir zu unseren Freunden.
(Ludwig Feuerbach)

Im Club angekommen, bahnten wir uns einen Weg durch die vielen Menschen hin zur Bar. Im gesamten Club war es stickig, und eine Maschine erzeugte Nebel, der durch das bunte Licht der Deckenlampen magisch schimmerte.

Die Bar befand sich an der hinteren Wand des größten Raumes, der auch die Tanzfläche beherbergte. Meine Augen suchten die Bar ab, bis sie an einer Person hängen blieben. Bei Rafaels Anblick, der gerade einen Cocktail mixte, erhöhte sich mein Puls. Er strahlte Selbstsicherheit aus, und die Arbeitskleidung – schwarze Hose, schwarze Weste über einem weißen, eng anliegenden Hemd – stand ihm. Die Ärmel hatte er bis zum Ellbogen hochgekrempelt.

Da ich mitten auf unserem Weg zur Bar stehen geblieben war und ihn anstarrte, folgten auch Aimee und Stew meinem Blick. Aimee schüttelte den Kopf, und Stew grinste, sichtlich amüsiert über mein Verhalten. Aber das war mir egal, heute konnte nichts meine Laune trüben. Ich bat sie, sich nach einem Platz umzusehen und kämpfte mich zur Bar durch. Als ich es endlich geschafft hatte, lehnte ich mich an den Tresen und wartete, bis Rafael mich entdeckte. Als sich unsere Blicke trafen, strahlte sein Gesicht auf, und er deutete mir an, zum rechten Ende der Bar zu kommen. Bei einer hüfthohen Schwingtür mit der Aufschrift ‚Nur für Angestellte' begrüßte er mich mit einem zärtlichen Kuss, offenbar ohne auch nur einen Gedanken an das Trinkgeld seiner Kundinnen zu verschwenden.

„Schön, dass du da bist. Ich hab mir schon Sorgen gemacht, du hättest es dir anders überlegt."

Wir verschränkten unsere Finger ineinander.

„Mich hätte nichts fernhalten können. Dich bei der Arbeit zu sehen, hat schon seinen Reiz."

Ich strich mit einem Finger von seinem Kinn den Hals hinunter und fuhr zwischen den oberen zwei Knöpfen entlang zum Ansatz seiner Brustmuskeln, bis der Stoff seines Hemdes im Weg war. Dann blickte ich ihm wieder in die Augen.

„Das würde ich mir nicht entgehen lassen. Außerdem hab ich dich vermisst", gestand ich ihm.

Was Rafael betraf, fühlte ich mich wie eine Abhängige – ich wollte ständig bei ihm sein und konnte nicht genug von ihm bekommen. Ich war froh, da es ihm wohl gleich erging.

„Ich dich auch, obwohl wir uns erst vor ein paar Stunden gesehen haben. Ist schon verrückt, wie schnell das passiert ist, aber ich bin froh darüber."

Als wir redeten oder uns nur in die Augen starrten, hielten wir uns ständig an einer Hand fest, während er mich ohne Pause mit seiner freien Hand berührte, wie selbstverständlich. Es schien so, als ob er es gar nicht bemerkte und es unbewusst tat. Dabei tippte er mir auf die Nase, fuhr mit seinem Daumen von meiner Wange zum Kinn, berührte mich am Hals, an der Schulter, streichelte meinen Arm oder kringelte eine Haarsträhne um seinen Finger. Obwohl wir in einem Raum voll Menschen waren, laute Musik und ein wildes Lichtspiel um uns herum herrschte, existierte im Moment nichts davon, nur wir zwei.

Solange, bis ihm ein Kollege genervt zurief und uns aus der Träumerei riss: „Rafael, komm schon, wir brauchen dich. Wir gehen in dieser Bude noch unter!"

Er drehte sich um.

„Sí, bin gleich da!", wobei sein Ton nicht minder gereizt klang. Als mich seinen Augen freigaben und ich zurück in die Realität kam, warf ich einen suchenden Blick zu Aimee und Stew. Ich entdeckte sie in einer Ecke, an einem runden Tisch, und ich konnte mir ein Lächeln nicht verkneifen. Beide saßen aufrecht wie Zinnsoldaten, mit verschränkten Armen vor der Brust und musterten uns wie zwei Bodyguards, vor allem Aimee. Sie beäugte Rafael misstrauisch. Als er sich mir zuwandte, sah er sie ebenfalls. Er hob eine Augenbraue, und, obwohl er scherzhaft klingen wollte, konnte ich Nachdenklichkeit in seinem Blick erkennen.

„Wow! Die zwei können mich richtig gut leiden. Was hast du denen über mich erzählt? Dass ich mit Kindern handele oder wehrlosen Jungfrauen auflauere?"

Um ihn aufzubauen, erwiderte ich: „Ach Blödsinn! Keine Angst, die kriegen sich schon ein. Sie müssen dich erst kennenlernen, und dann werden sie dich auch lieben."

Er spitzte die Ohren, und sein Blick durchbohrte mich.

„Mich *auch* lieben?", fragte er nach und sah mich mit einem erwartungsvollen Lächeln an. Gerade, als ich nach einer Antwort rang, rief sein Kollege ein weiteres Mal nach ihm, und seine Laune war noch schlechter als zuvor: „Rafael, verdammt! Jetzt komm endlich!"

Ich strich über seinen Handrücken und ließ ihn los.

„Entschuldige. Ich wollte dich nicht von der Arbeit abhalten. Ich geh zu den anderen. Wir sehen uns später?"

„Nein, mir tut es leid. Keine Ahnung, warum heute so viel los ist. Wenn ich Pause hab, komme ich zu euch."

Er trat einen Schritt zurück und hob seinen Zeigefinger in die Luft: „Warte bitte kurz. Ich bring euch etwas zu trinken."

Damit verschwand er zu den Getränkeflaschen und mixte drei Cocktails. Mit den fertigen Getränken kam er zurück und stellte sie auf ein Tablett.

„Bitte schön! Zwei fruchtig-cremige *Swimmingpools* für euch Mädels, und der hier ist alkoholfrei. Stew ist der Fahrer, oder?"

„Danke! Ja, stimmt. Wie viel bekommst du?"

Als ich meine Clutch öffnete, um nach meiner Börse zu kramen, nahm er sie mir ab, schloss sie wieder und drückte sie mir in die Hand.

„Kommt gar nicht infrage. Ich lade euch ein – keine Widerrede."

Wenig begeistert nahm ich es an, da ich nicht mit ihm streiten wollte, obwohl ich ein ungutes Gefühl dabei hatte. Mir kam es nicht richtig vor, dass er Geld für mich ausgab, das er hier sauer verdienen musste. Aber er war wohl von der alten Schule, und sein Tonfall ließ erkennen, dass er nicht diskutieren würde. Zum Dank gab ich ihm also nur einen Kuss, danach löste ich mich von ihm.

„Na schön, dieses eine Mal. Danke! Aber glaub ja nicht, dass das kein Nachspiel hat. Ich werde mir etwas einfallen lassen."

Er grinste, und bei diesem Anblick ließ ich beinahe das Tablett mit den Cocktails fallen.

„Ich bin mir sicher, dir fällt was ein! Übrigens, du siehst atemberaubend aus." Womit er mir einen Kuss auf die Wange drückte und verschwand.

Mit flatterndem Herzen und einem vermutlich idiotischen Grinsen ging ich durch die Menge zu Aimee und Stew, die noch in derselben Position verharrten. Die Nische befand sich seitlich der Bar auf einer kleinen Erhöhung. Ich nahm auf der dunklen Lederbank Platz und stellte die Getränke auf dem runden Holztisch ab.

„Hier! Die sind für euch."

Die beiden bedankten sich im Chor, wir stießen an und probierten einen Schluck. Stews Geschmack war getroffen, das verriet mir sein Nicken während des Schlürfens aus dem Strohhalm. „Mhm, den hast du gut ausgesucht. Danke."

„Die hat Rafael für euch gemacht, und er hat uns alle eingeladen. Ihr könnt euch später bei ihm bedanken."

Aimee hob eine Augenbraue und beäugte misstrauisch ihr Getränk. „Die sind von Rafael? Das ist aber *nett* von ihm."

Obwohl es nicht so klang, wie sie es betonte. Bevor ich antworten konnte, ging Stew dazwischen: „Aimee. Sei nicht immer so skeptisch. Mich hat er überzeugt. Meinen Segen habt ihr – gehet hin in Frieden – oder wie das heißt."

Er gönnte sich einen weiteren Schluck, während Aimee ihn böse ansah. „Warum? Weil er uns auf einen Cocktail eingeladen hat?"

Stew streckte die Beine aus, verschränkte die Arme hinter dem Kopf und lehnte sich auf seinem Platz zurück.

„Hier geht es nicht um die Getränke. Hast du nicht gesehen, wie er sie die ganze Zeit angeschaut und berührt hat? Das war Hingabe und Zärtlichkeit pur. Vertrau mir, ich kann sehen, wenn jemand verknallt ist. So, wie du in Bradley. Obwohl, *das* kann wohl jeder sehen."

Aimees Mund stand für einen Moment offen, bevor sie sich wieder zusammenriss und mir unter dem Tisch einen Tritt verpasste.

„Aua! Mist. Ich hab ihm überhaupt nichts erzählt!"

Stew nickte und konnte sich ein schiefes Grinsen nicht verkneifen.

„Das stimmt. Das musste Vic auch nicht – das ist nämlich nicht schwer zu erkennen."

Aimee wurde rot, nuckelte kurz an ihrem Cocktail und entschuldigte sich beschämt: „Sorry, Süße. Es tut mir leid. Ich bin deswegen total fertig."

Nach einer Pause, in der sie zu überlegen schien, sprach sie mit gesenktem Blick weiter: „Meint ihr, dass er es auch weiß?"

Meine Augenbrauen schossen nach oben, und ich wechselte einen Blick mit Stew. Es war das erste Mal, dass sie zugab, etwas für Bradley zu empfinden. So skeptisch, wie sie gegenüber allen Männern war, bedeutete das viel. Erfreut und verblüfft zugleich musste ich trotzdem nachhaken: „Also gibst du zu, dass du verknallt in ihn bist?"

Ich wartete kurz ab, aber weder wedelte sie panisch mit den Armen noch verneinte sie vehement meine Frage.

„Wenn ja, dann zeig es ihm und gib euch beiden eine Chance."

Ich zwinkerte ihr aufmunternd zu.

„Ich denke schon, dass ich ihn mag. Aber ich bin mir nicht sicher, was er von mir hält. Immer, wenn er bei uns ist, schließt er sich mit Stew in dessen Zimmer ein. Das finde ich komisch, und ich würde vorher gerne wissen, wo er steht."

Beide sahen wir in Stews Richtung, doch der hatte die Augen geschlossen und grinste nur süffisant. Aimee stieß ihm die Ellbogen in die Rippen.

„Du weißt doch was! Sag schon!"

Er riss die Augen auf und krümmte sich.

„Au! Mensch, du hast ein Gefühl wie ein Holzhacker! Wenn du etwas wissen willst, rede mit *ihm*. Ihr seid beide so schüchtern, dass es ein Drama ist. Ich habe versprochen, nichts zu sagen."

Stew rieb sich mit der Handfläche an der schmerzenden Stelle und sah Aimee böse an, die zwar blass wurde, sich aber mit seiner Antwort nicht zufriedengab.

„Tut mir leid wegen des Ellbogens. Also gut, ich werde mit ihm sprechen ... Vielleicht. Aber ... das bedeutet doch, dass ihr über mich geredet habt."

In dem Augenblick, in dem die beiden herumalberten, wie es nur Geschwister konnten, beobachtete ich, wie eine göttinnengleiche Schönheit am anderen Ende des Raumes auftauchte. Sie schlängelte sich mit Anmut durch die wild feiernden Gäste und ließ sich auf ihrem Weg nicht beirren. Sie war groß, sehr schlank, aber nicht ausgehungert, sondern sportlich. Die Frau trug ein eng anliegendes, rotes Bustierkleid, das bei allen anderen einen kleinen Busen zur Folge gehabt hätte, bei ihr aber das Gegenteil bewirkte. Dazu schwarze High Heels, schwarzer Schmuck, wobei die Halskette geschickt als Blickfang in ihrem Dekolleté endete. Ihre Haut war braun gebrannt, die Augen wirkten vermutlich schon ohne Make-up katzenförmig, und ihre schwarzbraunen Haare hingen in wallenden Locken über ihren Rücken.

Viele Blicke folgten ihr, so wie der meine, und das ungute Gefühl von Neid meldete sich wohl bei uns allen. Natürlich konnte Stew seinen Mund nicht halten und musste, ohne nachzudenken, noch in der Wunde bohren.

„Woah! Das ist mal eine Frau! Die würde ich zu gerne kennenlernen."

Zielsicher steuerte sie auf die Bar zu und blieb zu allem Überfluss nicht dort stehen wie jede andere, sondern ging durch die Schwingtür. Als sie hinter der Bar war, begrüßte sie Rafael, indem sie ihm mit ihren roten Lippen links und rechts einen Kuss auf die Wange gab. Mir fiel dabei auf, dass ihre Hand länger an seinem Arm verweilte, als unbedingt nötig.

Da mir das Gefühl von Eifersucht bisher fremd gewesen war, fühlte sich der unerwartet heftige Stich in meiner Brust doppelt so schlimm an. Außerdem konnte ich bereits die fragenden Blicke von Aimee und Stew auf mir spüren, noch bevor er mich neugierig fragte: „Rafael kennt die?"

Meine Antwort fiel bescheiden aus: „Sieht so aus."

Dann ließ ich meinen Kopf in die Hände sinken. „Oh Mann!"

Nach einer Stunde, die mir wie der ganze Abend vorkam, stand Rafael mit einem Lächeln vor uns und hatte wieder ein Tablett mit Getränken bei sich. Als er sie abstellte, begrüßte er uns freundlich.

„Hallo, Aimee. Schön, dich wiederzusehen. Hallo, Stew."

Mit festem Handschlag begrüßten sich die beiden.

„Keine Sorge wegen der Cocktails, die sind alkoholfrei. Vic hat mir erzählt, dass du der Chauffeur bist."

Rafael setzte sich neben mich, und während wir plauderten, legte er einen Arm um meine Hüfte. Stew kam rasch und ohne Umschweife auf das Thema, das ihn, und vielleicht auch mich, am brennendsten interessierte.

„Was ich dich fragen wollte: Wer ist denn dieser heiße Feger im roten Hingucker, die dich hinter der Bar abgeknutscht hat?"

Ich verpasste ihm, wie vorhin Aimee mir, einen Tritt unter dem Tisch. „Stew!"

Er schmollte einen Moment, bevor er seine Stimme wiederfand: „Mensch, warum wird man bei euch immer verprügelt?"

Aimee verschränkte die Arme vor der Brust und sah ihn mit erhobenen Augenbrauen an.

„Denk einmal darüber nach. Es könnte vielleicht einen gemeinsamen Nenner geben."

Außer, ihr die Zunge wie ein Fünfjähriger hinauszustrecken, enthielt er sich einer Antwort, da seine Aufmerksamkeit bereits auf Rafael gerichtet war, während seine Augen erwartungsvoll leuchteten.

„Gut, andere Formulierung: Wer ist die adrette Brünette im roten Kleid?"

Rafael schmunzelte, gab ihm aber Auskunft. „Das ist Selena. Sie ist die Geschäftsführerin von dem Laden und mein Boss."

„Ihr scheint euch gut zu verstehen. Hat so ausgesehen, als ob sie dich sehr gut leiden könnte", mischte sich nun auch Aimee ein.

Mir gefiel zwar nicht, was sie Rafael damit unterschwellig vorwarf, aber ich rief mir in Erinnerung, dass sie nur auf mich aufpassen wollte. Doch Rafael ließ sich nicht nervös machen, lächelte und schüttelte den Kopf.

„Ach, Selena ist eine von diesen Menschen, die jeden umarmen müssen. Das hat nichts zu bedeuten, Aimee. Außerdem bin ich vergeben, und sie ist auch seit Längerem in einer Beziehung. Wir waren immer nur gut befreundet."

Doch Stew hatte noch nicht genug. „Wieso? Sie ist doch eine Traumfrau!"

Am liebsten hätte ich Stew noch einmal gegen das Schienbein getreten oder ihn gefragt, ob er sich heute irgendwo den Kopf angeschlagen hatte. Aber ich wollte nicht zu sehr die eifersüchtige Freundin spielen, also knirschte ich leise mit den Zähnen und funkelte Stew über den Tisch hinweg an. Zu meiner Erleichterung zuckte Rafael unbeeindruckt mit den Schultern.

„Ich denke, jeder hat eine andere Vorstellung von seiner Traumfrau."

Bei den Worten entspannte ich mich sogleich, und wohlige Wärme breitete sich in meiner Bauchgegend aus, als sein Griff um mich besitzergreifend fester wurde.

„Stimmt wohl", sagte Stew gedankenverloren und hob sein Glas.

Aimee beäugte Rafael noch einmal skeptisch, dann blickte sie zu Stew hinüber, der nun aber nichts mehr zu dem Thema sagte. Gerade, als sie ebenfalls nach ihrem Getränk griff, sprach Rafael weiter.

„Jedenfalls kenne ich Selena schon ewig. Sie hat mir einfach alles beigebracht."

Das ist mal eine Ansage, aber eine, die ich gar nicht hören wollte.

Klappernd stellte Aimee das Glas zurück auf den Tisch, und Stew verschluckte sich heftig, weshalb er erst nach einigen Sekunden hustend nachfragen konnte. „Wie bitte?"

Alle starrten wir Rafael an. Ich hatte aufgehört zu atmen, wobei es mir auch gar nicht möglich gewesen wäre, Luft in meine Lungenflügel zu pumpen, wenn ich es wirklich gewollt hätte. Ich war wie erstarrt und konnte nur geradeaus blicken, in Rafaels Gesicht, auf dem sich ein immer größeres Grinsen breitmachte.

„Es tut mir leid, aber *so* habe ich das nicht gemeint", lachte er nun und musste sich sichtlich bemühen, nicht vor Lachen loszubrüllen.

„Wie verdorben seid ihr eigentlich?", fragte er in unsere Runde, ohne wirklich eine Antwort darauf zu erwarten. „Sie hat mir Englisch beigebracht, mir gezeigt, wo man hier abhängt oder wie man mit dem Auto fährt. Aber nicht entjungfert. Selena ist wie eine große Schwester, immerzu besorgt und ein wenig wie eine Glucke, aber nicht so, wie ihr das glaubt. Ehrlich."

Endlich, ich konnte wieder atmen. Mir war gar nicht aufgefallen, wie lange ich die Luft angehalten hatte. Auch Aimee und Stew entspannten sich merklich und rutschen etwas tiefer, um es sich bequemer zu machen.

„Gut zu wissen", antwortete Stew und war mit Gott und der Welt wieder im Reinen.

Nachdem die Anspannung von mir abgefallen war, konnte ich ein Kichern nicht zurückhalten, als ich an Rafaels unschuldige Worte und unsere Reaktion darauf dachte. Als mich die anderen beiden verwirrt ansahen, musste ich laut lachen, und auch Rafael grinste mich von der Seite an.

„Stimmt doch, was Rafael sagt: Wir sind echt verdorben. Wir haben sofort zweideutig gedacht. Alle drei."

Stew blieb unbeeindruckt und verschränkte lässig die Arme vor der Brust. „Ich bin ein Mann und in der Blüte meines Lebens. Ich kann gar nicht anders, als an *das* zu denken. Was ist eure Entschuldigung, Mädels?"

Ich musste über Stews Antwort schmunzeln und kuschelte mich noch enger an Rafael, während Aimee übertrieben entrüstet Stew anfunkelte und sein Ohrläppchen schnippte.

„Wir Frauen brauchen nie eine Entschuldigung. Merk dir das, wenn du deine Blüte, oder was auch immer, ausleben willst."

Sofort begannen sie wieder, oberflächlich miteinander zu streiten und sich gegenseitig auf den Arm zu nehmen, so, wie es immer war und bleiben würde. Die beiden erinnerten mich oft an ein Kabarettstück, bei dem ich mich zurücklehnen und die Show genießen konnte. Dieses Mal tat ich es gemeinsam mit Rafael, während ich seine Wärme und die Streicheleinheiten aufsog wie ein trockener Schwamm. Dabei lachten wir immer an denselben Stellen, und in diesem Moment fühlte sich alles vollkommen an, hier mit ihm und meinen Freunden.

Nach einigen Minuten sahen wir, dass uns Rafaels Kollege mit überfordertem Gesichtsausdruck zuwinkte, und das bedeutete für uns wohl, wieder Abschied zu nehmen.

„Ich muss wieder meinen Pflichten nachgehen. Ich habe sicher noch zwei, drei Stunden zu arbeiten. Wie lange bleibt ihr?"

„Nicht lange. Ich bin ziemlich geschlaucht von allem, was in den letzten Tage passiert ist. Wollt ihr noch bleiben?", fragte ich Stew und Aimee. Stew war der gleichen Meinung.

„Wir sind auch müde. Also können wir los."

An Rafael gerichtet, sagte er: „Dir noch frohes Schaffen und danke für die Drinks. Bis Montag in der Schule?"

Rafael nickte, und die Jungs klatschten ab. „Bitte schön! Bis Montag. Schätze, von nun an werden wir uns öfter sehen."

Damit beugte sich Rafael zu mir hinunter, gab mir einen Kuss auf die Wange und flüsterte mir ins Ohr: „Wir sehen uns morgen. Komm gut nach Hause und schlaf gut, Princesa."

Ich streichelte ihm über die Wange und wünschte ihm ebenfalls eine gute Nacht, ehe er in der Menschenmenge verschwand.

Bevor wir uns auf den Weg machten, musste ich noch zur Damentoilette. Auf meinem Rückweg schnappte mich plötzlich jemand von der Seite und zog mich in eine dunkle Nische abseits des Trubels. Ruckartig wirbelte ich herum und wollte bereits um mich schlagen, als ich in Caileans Gesicht blickte. In seinem Blick lag etwas, das mir nicht behagte. Auch wollte ich nicht mit ihm alleine sein, egal, wie viele Menschen um uns standen. Bei dem Gedanken an unsere letzte Begegnung stellten sich mir mit einem Schauer alle Härchen auf.

„Na, Schätzchen, habe ich dich erschreckt? Das ist mir aber unangenehm. Wie geht es denn so? Amüsierst du dich gut mit deinem Möchtegern-Freund?"

Ich verstärkte den Griff um meine Handtasche und hob provozierend eine Augenbraue, um nicht eingeschüchtert zu wirken, obwohl Panik meinen Puls beschleunigte, und das, obwohl er mich schon längst wieder losgelassen hatte. Aber mittlerweile reichte seine bloße Nähe aus, um mich unwohl zu fühlen. Doch ich bemühte mich, mir nichts anmerken zu lassen.

„Was willst du? Mir drohen und damit auf die Nerven gehen?"

Meine Stimme klang viel selbstsicherer, als ich mich fühlte, doch er lächelte mich trotzdem siegessicher an, sodass mir fast das Blut in den Adern gefror.

„Ich will dich nicht ärgern, wo denkst du hin? Deine Gemeinheit tut mir im Herzen weh."

Mit seiner Hand fuhr er zu seiner Brust, wo sein kleines, verschrumpeltes Herz klopfen musste, und verzog theatralisch sein Gesicht.

„Nein. Ich bin hier, um dich zu beschützen."

Ich machte einen Schritt rückwärts, weg von Cailean.

„Mich würde interessieren, wovor gerade *du* mich beschützen möchtest. Vielleicht vor deinem ‚zweiten Ich'?"

Ich wusste, dass ich mich umdrehen und gehen sollte, aber ein kleiner Funke Neugierde hielt mich zurück, da ich wissen musste, was für ein Spiel er trieb.

„Witzig. Aber um ehrlich zu sein, bin ich hier, um dich vor deinem ‚Pseudo-Freund' zu warnen. Siehst du nicht, dass er dich nur umgarnt, um an dein Geld zu kommen?"

Gelangweilt sah ich ihn an.

„Originell, Cailean. Sogar dir hätte ich mehr Kreativität zugetraut. Geld ist bei uns kein Thema, also verschwinde!"

Besänftigend hob er die Arme. „Ganz ruhig. Bist du dir da so sicher, oder gibt es einen anderen Grund, warum du so laut wirst?"

Eine Stimme in meinen Kopf riet mir, kein weiteres Wort zu sagen, aber ich konnte ihn nicht derart über meine Beziehung mit Rafael herziehen lassen. Daher verplapperte ich mich.

„Tut mir leid, deine Theorie widerlegen zu müssen, aber er will kein Geld von mir."

Caileans Augen blitzen kurz auf, dann rieb er sich nachdenklich das Kinn.

„Sehr intelligentes Bürschchen, das muss ich ihm lassen – raffiniert. Tolle Taktik, um später mehr zu bekommen. Dann, wenn er dich um den Finger gewickelt und dein volles Vertrauen hat. Ich hätte nicht gedacht, dass du so naiv bist. Du, die Tochter vom großen Alistair McKanzie. Aber du wirst noch darauf kommen – und weißt du, warum ich mir so sicher bin?"

Ich wollte es eigentlich gar nicht wissen, aber trotzdem blieb ich stehen und rührte mich nicht. Er machte eine Pause, sah über meine Schulter zur Bar und lächelte dann selbstgefällig, sodass ich gezwungen war, seinem Blick zu folgen. Was ich sah, drehte mir fast den Magen um. Auch wenn Rafael beteuert hatte, dass zwischen Selena und ihm nur Freundschaft bestand, erfassten mich schmerzhafte Bedenken, als ich die beiden jetzt sah. So vertraut miteinander, so eng … Sie waren in ein Gespräch vertieft, dabei beugte sich Selena zu Rafaels Ohr und hatte dabei eine Hand auf seine Schulter gelegt.

Hinter mir spürte ich Caileans Atem, als er mir ins Ohr flüsterte: „Denkst du wirklich, du würdest ihm so viel mehr als diese *richtige Frau* bedeuten, wenn du nicht einen Haufen Kohle hättest? Glaubst du, er würde dich dann noch ansehen?"

In meinem Hals hatte sich ein Kloß gebildet, der mir die Luft zum Atmen und jegliche Möglichkeit zu einer Antwort nahm. Alle Worte, Beschimpfungen oder Beleidigungen erstarben in meinem Mund – ich konnte nur hart schlucken und versuchen, den Boden unter den Füßen nicht zu verlieren.

11. Vergangenheit

Wer in der Zukunft lesen will, muss in der Vergangenheit blättern.
(André Malraux)

Zusammengekauert und an schwere Eisenfesseln gekettet, liege ich in einem dunklen Kellerverlies. Außer dem Plätschern einzelner Tropfen von der Decke und einem erbärmlichen Wimmern ist nichts zu hören. Ich will mich zu der dünnen Stimme umdrehen, bis ich bemerke, dass ich die Verursacherin dieser angstverzerrten Laute bin. Abrupt halte ich inne und versuche, mich mit steifen Gliedern aufzusetzen, wobei die Ketten klirren und mir wenig Bewegungsfreiheit lassen.

Im nächsten Moment höre ich Schritte aus dem Dunkeln auf mich zukommen. Als ich aufsehe, tanzt bereits ein Kerzenlicht entlang der Mauer, die zu meinem Verlies führt, in dem ich hinter einer Eisengittertür eingesperrt bin. Es quietscht, und die Eisenkonstruktion öffnet sich. Eine dunkle Gestalt steht in der Tür, doch durch das schwache Kerzenlicht kann ich nicht viel mehr als eine behandschuhte Hand erkennen. Erst, als sie vor mir steht, sehe ich eine dunkle, blutrote Kutte. Eine tiefgezogene Kapuze verbirgt das Gesicht. Die Kette, mit denen meine Fesseln an der Wand befestigt sind, werden abgenommen, und die Gestalt zieht mich wortlos in den dunklen Gang.

Ich bin barfuß, meine Hände blutig zerschunden, und ich trage nur ein langes, weißes Nachthemd. Ich werde so barsch weitergezogen, dass ich immer wieder stolpere und meine Knie auf dem harten Felsboden aufschlage; zu müde und zu verängstigt, um mich lange auf den Beinen zu halten.

Im schwachen Licht der flackernden Kerze kann ich erkennen, dass der Tunnel in einer großen Höhle endet. In der Ferne sehe ich ein Licht heller werden und näher kommen. Zu unseren Schritten gesellen sich auch andere Geräusche: ein Gesang von männlichen Stimmen. Es gleicht einer Art Singsang in einer mir unbekannten Sprache, mit fremdartigen Silben und gleichbleibender Tonlage. Ich erschaudere, obwohl es mit jedem Schritt wärmer wird, sogar richtig heiß ... Wir bewegen uns auf eine Gruppe zu, die um ein loderndes Feuer steht – und auf ein lautloses Kommando hin drehen sich plötzlich alle verhüllten Gestalten zu mir um.

Schreiend erwachte ich aus dem Traum und musste mich erst orientieren, um mit Erleichterung zu erkennen, dass ich in meinem Bett lag und der Morgen angebrochen war. Es war fast Mittag, bis ich die letzten Reste des Albtraumes abgeschüttelt hatte und mich wieder wie ein Mensch fühlte. Nach dem Duschen hatte ich mich in schwarze Leggings und ein schwarz-violettes Shirt geworfen, das mir an einer Schulter locker hinunterrutschte. Auf dem Weg in die Küche stieg mir ein appetitlicher Duft entgegen, der meinen Magen zum Knurren brachte. In der Küche war Rafaels Mutter bereits eifrig am Werken, und in einem Topf köchelte etwas Leckeres vor sich hin.

„Guten Morgen. Endlich bist du wach. Ich habe mir Sorgen gemacht, dass du den ganzen Tag verschläfst."

Sie sah mich mit großen Augen, welche die gleiche Farbe hatten wie Rafaels, freundlich an. Ich begrüßte sie ebenfalls. „Guten Morgen, Mrs Rodriguez."

Sie musterte mich skeptisch, aber, da ich sonst nichts sagte, sprach sie akzentreich weiter: „Du bist am Freitag so schnell verschwunden, ohne, dass ich etwas erklären konnte. Aber Rafael hat gemeint, er hätte die Sache aufgeklärt."

Es bildeten sich Falten zwischen ihren Augen, und sie klang besorgt.

„Meinst du, dass dein Vater deswegen böse wird? Wir können alles sofort entfernen, wenn er das möchte. Es tut uns leid, aber wir wussten nicht, wo Rafael sonst experimentieren sollte. Und das Kämmerchen hat sich so gut dafür angeboten."

Wie sie so vor mir stand, diese kleine Frau, ihre rundliche Figur, das freundliche Gesicht mit den großen Augen, die dunklen Haare, die schon einzelne graue Strähnen aufwiesen, nach oben gesteckt, und mit diesem schlechten Gewissen, tat sie mir unendlich leid, sodass ich spontan zu ihr ging und sie kurz umarmte. Gut, es war zwar nicht perfekt und auch keine vollständige Umarmung – ich legte ihr nur die Hand um eine Schulter, aber immerhin, ein erster Anfang. Als ich einen Schritt zurückmachte, guckte sie zwar verwirrt, lächelte aber.

„Mrs Rodriguez, Sie müssen sich keine Gedanken machen. Für mich ist es okay, und um meinen Dad werde ich mich kümmern."

Mein Magen knurrte erneut, und ich deutete auf den Kochtopf. „Was duftet da so gut?"

„Hühnerrisotto mit Gemüse und Champignons – so, wie dein Vater es gerne mag. Und da er heute am Telefon angekündigt hat, dass er am Abend zurückkommen wird, wollte ich ihm eine Freude machen. Du solltest auch was essen. Ihr jungen Mädchen heutzutage seit viel zu dünn für eure Größe", tadelte sie mich.

Ich grinste zwar, weil ich ganz zufrieden mit meinem Körper war, nahm das Angebot aber dankend an. Als ich mich an den Tisch in der Küche setzte und zu essen begann, fragte ich möglichst beiläufig: „Ist Rafael auch auf, oder schläft er noch? Vielleicht wissen Sie, dass ich ihn gestern im Club getroffen habe?"

Ich wollte nicht auf Rafael und mich eingehen, da ich nicht wusste, wie viel er ihr erzählt hatte, aber ich war neugierig, ob er schon munter war und wie lange er arbeiten musste. Aber Mrs Rodriguez lachte nur.

„Ach! Der war heute schon eine Runde laufen und hat mir bei der Arbeit geholfen." Dabei zwinkerte sie mir vertraulich zu. „Bitte, sag das nicht deinem Vater, aber ich glaube, ich werde langsam zu alt für alles."

Dann strich sie sich mit einem Tuch über die Stirn und lächelte mich entschuldigend an.

„Aber jetzt sitzt er in seinem Zimmer und lernt für irgendein Fach. Frag mich nicht, ich kenn mich da nicht aus. Er hat mir erzählt, dass du mit deinen Freunden dort warst. Ich bin froh, dass ihr Kinder euch nun besser versteht und Freunde geworden seid."

Ich verschluckte mich bei ihren Worten fast am Risotto. Zum einen, weil ihr letzter Satz nicht ehrlich klang, was mich verletzte und gleichzeitig auch überraschte.

Warum soll sie nicht wollen, dass wir befreundet sind?

Zum anderen waren ihre Worte die Untertreibung des Jahres – und das in zweierlei Hinsicht. Wie konnte man zu fast 20-jährigen Jugendlichen noch Kinder sagen? Und Rafael und mich als Freunde zu bezeichnen, passte ebenfalls so gar nicht. Aber, da sie von Rafael offenbar noch nicht wusste, dass wir zusammen waren, würde sie auch von mir nichts erfahren.

„Ja, wir haben uns zusammengerauft. Wie gesagt, zu meinem Vater sag ich kein Wort, versprochen!"

Nach dem Essen informierte mich Mrs Rodriguez, dass sie für Besorgungen in die Stadt müsse. Ich bemühte mich, nicht zu überschwänglich zu klingen, als sie schließlich ging und ihr viel Spaß wünschte.

Mit Vorfreude eilte ich zum Zähneputzen nach oben. Sobald ich die Haustüre einrasten hörte und Mrs Rodriguez weg war, lief ich die Treppen hinunter, warf mir eine Weste über und schlich über den Rasen zum kleinen Häuschen. Zwar saß mir noch das seltsame Bild mit Rafael und Selena in den Knochen, aber ich vermisste ihn dennoch und wollte die Sache mit ihm klären.

Da wieder niemand auf mein Klopfen antwortete, trat ich ein und ging zu seinem Zimmer. Auch an seiner Tür bekam ich keine Antwort, und eine Welle der Enttäuschung erfasste mich. Vielleicht hatte sich seine Mutter geirrt und er war doch nicht zu Hause? Trotzdem versuchte ich mein Glück, öffnete die Tür und seufzte erleichtert. Rafael saß am Schreibtisch. Er drehte sich nicht um, als ich eintrat, und beim Näherkommen sah ich, dass er über Büchern brütete und ein MP3-Player auf dem Tisch lag, dessen Kopfhörer er ins Ohr gesteckt hatte. Weil ich nicht so albern herumstehen wollte, setzte ich mich auf das Bett und wartete – mit einem baumelnden Fuß und einem verschmitzten Lächeln.

Als er mich nach einer langen Minute bemerkte, wurden seine Augen groß, und er riss sich die Stöpsel aus dem Ohr. Von einer Sekunde auf die andere wich seine Verblüffung ehrlicher Freude.

„Hey, ich hab dich nicht gehört. Wie lange bist du schon wach – und seit wann bist du hier?"

„Das sollte ich lieber dich fragen! Wie ich gehört hab, warst du heute schon sehr produktiv, während ich noch gepennt habe."

Fragend hob sich eine seiner Augenbrauen. „Was hat sie gesagt?"

„Ich glaube, deine Mum hat mir fast alles erzählt." Ich grinste. Doch dann sah ich auf seinen Schreibtisch und wurde wieder ernst: „Bist du nicht müde? Wie lange lernst du schon?"

Er schüttelte den Kopf.

„Ich muss noch einmal die Muskeln der unteren Extremitäten durchgehen. Einige davon sind ziemlich knifflig, und die merke ich mir schwerer als den Rest."

Schlechtes Gewissen erfasste mich, da ich uneingeladen in sein Zimmer geplatzt war, während er zu lernen hatte. Meine Fragen bezüglich Selena konnte ich ihm auch morgen stellen, das Lernen war wichtiger. Daher stand ich wieder auf.

„Ich habe davon leider auch keine Ahnung und kann dir nicht weiterhelfen. Ich haue ab, damit ich dich nicht vom Lernen abhalte. Entschuldige, dass ich einfach so hereingeplatzt bin."

Er sah mich verdutzt an, bevor er aufsprang.

„Warte! Wo willst du hin?"

Verwirrt hielt ich inne. „Ähm, gehen ... Ich stör dich nur."

„Nein, überhaupt nicht!", sagte er schnell, doch dann wurde er einen Moment still, sah mich mit dunklen Augen an, die amüsiert funkelten, bevor er die Hand durch seine Haare gleiten ließ.

„Vale ... vielleicht ein wenig. Aber jetzt kann ich sowieso keinen klaren Gedanken mehr fassen."

Neugierde meldete sich und brachte mich dazu, mich dumm zu stellen: „Warum das denn?"

„Du hast ja keine Ahnung, was es mit mir anstellt, wenn du in meinem Zimmer bist ..."

Das gefiel mir, sehr sogar. Ich setzte mich wieder auf sein Bett und hob herausfordernd eine Augenbraue.

„Und wie ist es, wenn ich auf deinem Bett sitze?"

„Noch schlimmer."

Erfreut lächelte ich und streckte meine Arme nach ihm aus. Ich hatte genug vom Spielen.

„Komm her! Ich habe noch gar keinen Gutenmorgenkuss bekommen."

Mit zwei großen Schritten war er bei mir, setzte sich neben mich und drückte mir einen Kuss auf die Wange. Mit der Hand streichelte er mir über die andere Wange.

„Wie hast du geschlafen?"

„Danke. Gut und vor allem länger als du", dabei streckte ich meine Arme und gähnte herzhaft. Als ich ihn ansah, schaute er skeptisch und strich mit dem Zeigefinger unter meinem Auge entlang.

„Du siehst aber nicht so aus. Du hast Augenringe, als würdest du noch immer nicht richtig schlafen."

Damit war meine soeben noch blendende Laune dahin, da ich mich schlagartig wieder an die Angst aus meinem Traum erinnerte, die ich zu gerne verdrängt hätte. Ich versuchte, locker zu bleiben und an der scherzenden Spielerei festzuhalten, auch wenn mein Körper angespannt war.

„Ist das jetzt immer so, dass du alles wissen musst? Darf eine Frau keine Geheimnisse haben, um mysteriös und interessant zu bleiben?"

„Princesa, du wirst für mich auch noch interessant sein, wenn ich dich bereits seit Jahren in- und auswendig kenne. Daher, ja – ich will immer alles wissen. Oder möchtest du mir nicht alles erzählen?"

Ich schüttelte den Kopf. Seit ich ihn kannte, wollte ich alles von ihm wissen, genauso, wie ich ihm auch von mir erzählen wollte. Es entwickelte sich immer mehr zu einem Grundbedürfnis, auch wenn es neu für mich war. Aber dennoch bekam ich ein beklemmendes Gefühl, wenn ich daran dachte, dass er alle meine Fehler und Ängste kannte. So offen und nackt, als wenn ich ohne Klamotten vor ihm stehen würde. Was, wenn er mich doch nicht mehr wollte, sobald er mich ängstlich und so schwach sah? Aber, genau betrachtet, hatte er mich bereits gestern in meiner schwächsten Stunde gesehen und war nicht vor mir zurückgewichen. Es hatte uns sogar noch weiter zusammengeschweißt.

„Nein, natürlich nicht. Aber für mich ist es neu, ständig über meine Gefühle zu reden, und nicht angenehm, wenn ich über die Albträume spreche. Es quält mich ständig der gleiche Traum. Manchmal verändert er sich und wird noch schlimmer."

Ein Zittern durchlief mich, doch dann nahm Rafael meine Hände und küsste die Finger. Nach einem Blick auf sein besorgtes Gesicht fügte ich schnell hinzu: „Es ist nicht so schlimm. Es ist sicher nur diese Sache mit meinem Verfolger … und da ist es klar, dass ich schlecht träume, oder?"

Ein Schatten huschte über seine Miene und er drückte mir fest die Hand. Der Schock steckte anscheinend auch ihm noch in den Knochen.

„Morgen ist Montag, dann könnten wir nach der Schule zur Polizei gehen und eine Anzeige machen. Das Dumme ist nur, dass ich ihn nur schlecht gesehen habe – und an mehr als an ein Allerweltsgesicht und helle Haare kann ich mich nicht erinnern. Es ging alles zu schnell …"

Er schüttelte den Kopf und ließ ihn hängen, sichtlich unzufrieden mit sich selbst.

„Danke, aber das ist nicht nötig. Mein Dad will mit Chief Murdoch reden, wenn er zurück ist, weil sie sich ja kennen. Danach sehen wir weiter. Außerdem will ich jetzt nicht darüber reden. Eigentlich wollte ich dich etwas anderes fragen ..."

Ich kaute auf meiner Unterlippe, weil ich nicht recht wusste, wie ich anfangen sollte.

„Es ist deine Entscheidung, Vic. Und du kannst mich immer fragen, was du willst."

Ich raffte meinen Mut zusammen und plapperte einfach los, schnell und zügig, wie wenn man ein Pflaster abriss, um den Schmerz kurz zu halten.

„Also – es ist so, ich hab dich gestern, bevor wir gefahren sind, mit Selena gesehen, und es hat einen *sehr* vertrauten Eindruck auf mich gemacht. Ich will nicht irgendwie, ähm, klammern oder eifersüchtig sein ..."

Richtig, genau so hört sich eine ‚nicht-eifersüchtige' Freundin an.

Aber, auch wenn es schwierig war, musste ich zu meinen Gefühlen stehen, wenn ich wollte, dass das hier funktionierte.

„Gut, streich das. Ich geb es zu, ich bin eifersüchtig und würde gerne die Wahrheit erfahren. Ich weiß, wir haben noch nicht ... ähm ... definiert, was wir nun sind, oder ob wir auch mit anderen ausgehen oder nicht ... und solche Sachen. Aber ich möchte, dass wir ehrlich sind, und deshalb würde ich gerne wissen, wie es mit uns aussieht?"

Ich holte tief Luft, das Blut rauschte mir in den Ohren und erhitzte meine Wangen. Wohingegen Rafael etwas verdattert wirkte und einige Sekunden brauchte, um mir zu antworten.

„Für mich ist klar, dass wir zusammen sind. Also richtig und exklusiv, ohne irgendwelche anderen, mit denen wir uns treffen. Siehst du das anders?"

Ich bemerkte, dass nun auch ihm das Atmen schwerer viel und er sich neben mir verspannte. Auch wenn seine Antwort genau das war, was ich hören wollte, musste ich noch weiter fragen. Immerhin hatte ich ihn in einer widersprüchlichen Situation beobachtet und wollte Klarheit haben.

„Natürlich möchte ich mit dir zusammen sein, nur mit dir. Aber ich war mir nicht sicher wegen Selena. Und das bin ich immer noch nicht. Was ist da zwischen euch?"

„Wir sind nur Freunde."

Doch diese Antwort reichte mir nicht.

„Was war das in der Bar? Um was ging es dabei, und warum wart ihr so tief in das Gespräch vertieft?"

Erneut fuhr er sich durch das widerspenstige Haar.

„Es tut mir leid, aber das kann ich dir leider nicht sagen. Ich habe es versprochen. Bitte, zwing mich nicht dazu, es zu verraten und ihr Vertrauen zu missbrauchen."

Enttäuscht ließ ich den Kopf sinken, blickte in meinem Schoß und auf unsere verschränkten Finger. Ich wusste nicht, ob ich sie weiterhin halten oder loslassen sollte. Konnte ich über meinen Schatten springen und ihm bedingungslos vertrauen, dass er mir treu sein würde, obwohl er Geheimnisse einer anderen Frau hütete? Oder hatte er gerade deswegen mein Vertrauen verdient, da Sorgen und Geheimnisse bei ihm gut aufgehoben waren?

Während meiner Überlegungen spürte ich seinen Blick auf mir ruhen, doch, bevor ich eine Antwort geben konnte, nahm er mein Kinn in die Hand und zwang mich, ihm in die Augen zu schauen.

„Vic, ich kann nicht viel sagen, aber ich will nicht, dass Selena oder sonst jemand zwischen uns steht. Sie hat mir Dinge über Ramiro und sich erzählt. Einer meiner Freunde, die mit mir im Park trainiert haben. Er ist einer meiner ältesten Freunde, und er ist mit Selena zusammen. Sie machen sich Sorgen um Ramiros kleinen Bruder José, der sich in eine blöde Situation gebracht hat. Mehr kann ich dir nicht erzählen."

Dann ließ er mein Kinn los und legte seine Stirn an meine. „Ich will keine andere als dich. Glaubst du mir das?"

Ich versuchte, an seine Stirn gelehnt, zu nicken, und mit meinem leisen „Okay" spürte ich die letzte Anspannung aus seinem Körper fließen.

„Gut. Das gilt aber für uns beide. Kein Cailean, keine Selena oder sonst jemand. Nur uns beide. Einverstanden?"

Bei der Erwähnung von Caileans Namen hätte ich fast zu lächeln begonnen, aus purer Erleichterung, dass auch er sich seine Gedanken gemacht hatte und ich nicht alleine eifersüchtig war.

„Versprochen. Nur wir beide und sonst niemand."

Er wirkte genauso erleichtert wie ich und gab mir einen Kuss auf die

Stirn.

„Gute Antwort, Princesa. Aber nun haben wir genug über andere gesprochen. Wie wär es, wenn wir das Thema wechseln?"

„Gerne. Erzähl mir bitte etwas von dir, von früher", bettelte ich, da es noch so viel gab, dass ich nicht von ihm wusste. Rafael deutete mit dem Kinn auf die linke Seite seines Bettes.

„Vale, aber rutsch ein Stück rüber. Zum Geschichtenerzählen muss man es bequem haben."

Folgsam schwang ich meine Beine hoch, rückte auf die linke Seite und lehnte mich mit angewinkelten Beinen an die Wand, während er sich auf die rechte Seite setzte und sich nach hinten fallen ließ. Unbeholfen sah ich auf ihn hinab und kam mir blöd vor, so verkrampft neben ihm zu sitzen, während er gemütlich vor sich hinlümmelte. Deshalb schluckte ich die nervöse Anspannung runter und kuschelte mich ebenfalls ins Bett, sodass mein Kopf auf seiner Brust zum Liegen kam. Jetzt konnte ich seinen Atem spüren, das Heben und Senken seines Brustkorbes und sein Herz fühlen, das unter meiner Hand pochte.

Ich war genau dort, wo ich sein wollte, und hätte diesen Moment um nichts im Leben eingetauscht – ich fühlte mich glücklich, vom Kopf bis zum Zeh. Seufzend kuschelte ich mich noch näher an ihn, und mein Lächeln dabei wollte einfach nicht verblassen.

Als Rafael zu reden anfing, erzählte er mir von seiner Kindheit und seiner Familie, als sie noch in Spanien lebten. Später von seinem Vater, der bei einem Minenunglück getötet wurde und den er noch jeden Tag vermisste. Außerdem erklärte er mir, dass sie wegen Freunden nach dem Tod seines Vaters nach Glasgow gezogen und dass sie bisher immer gut über die Runden gekommen waren. Und dass sie das Schulgeld mithilfe der Lebensversicherung seines Vaters aufbringen konnten.

Schließlich sprach er über seine Freunde in Spanien oder über jene in Glasgow, auch über unsere Schule und warum er von den reichen Kids dort bisher nichts gehalten hatte. Ich erfuhr, dass er sich nicht mit ihnen anfreunden wollte, aber nun seine Meinung geändert hatte, und dass er sich vorgenommen hatte, in Zukunft nicht mehr voreingenommen zu sein.

Rafael erzählte mir so viel und gestand mir auch seine Wünsche und Träume. Die ganze Zeit über konnte ich nichts anderes tun, als ihm gespannt zuzuhören und in dem Moment der Glückseligkeit zu baden, die mich durchströmte, weil er sich mir derart öffnete.

Als er eine Pause von seinen Erzählungen einlegte, fragte er: „Bist du noch wach?"

Nie im Leben hätte ich das verpassen wollen.

„Auf alle Fälle! Ich höre die ganze Zeit aufmerksam zu. Ich bin froh, dass du mir das alles erzählst."

„Sehr gut", antwortete er schnell. „Denn jetzt möchte ich etwas über dich wissen. Was Lustiges, was sonst keiner von dir weiß."

Die Frage brachte mich zum Innehalten, und ich überlegte, was witzig war und keiner von mir wusste. Meine Monk-Macken kannten einige Leute, zumindest den Tick, dass ich nicht auf Linien oder zwei Pflastersteine gleichzeitig trat. Aber die andere Geschichte wussten nicht alle, und ich fand es witzig, zumindest jetzt.

„Ich kann dir etwas erzählen, dass aber auch Stew und Aimee wissen, wenn du möchtest?"

Begierig nickte er, und Neugierde blitzte in seinen Augen auf.

„Also schön. Als ich vor ein paar Jahren Monk gesehen habe, diese Serie mit dem psychotischen Detektiv, habe ich angefangen, nicht mehr auf Linien auf der Straße zu treten. Das fanden die beiden so witzig, dass eines Morgens Stew dahergekommen ist und mir eine Packung voll Desinfektionstücher gekauft hat. Die ich natürlich nicht angenommen, sondern Stew wütend zurückgegeben habe."

Rafael grinste ein wenig, aber ganz so lustig fand er es wohl nicht, das konnte ich sehen. Aber ich war auch noch nicht am Ende. Ich hob meinen Arm, um ihn zu stoppen, da er gerade etwas sagen wollte.

„Warte. Du kennst doch Stew, natürlich war es damit für ihn noch nicht erledigt. Jedes Mal, wenn ich jemandem die Hand geschüttelt habe, einen Türgriff aufdrückte oder sonst etwas berührt habe, ist er zur Stelle gewesen und hat mir ein Tuch hingehalten."

Nun lachte er schon breiter, und ein wohliges Gefühl breitete sich bei dem Klang in meiner Brust aus.

„Das ist … speziell", meinte er mit einem Zwinkern.

Ich nickte. „Stimmt. Wie er leibt und lebt."

Nach einer kurzen Pause, in der wir an die Decke starrten, forderte ich ihn auf. „Jetzt bist du an der Reihe. Erzähl mir etwas Witziges."

Mit den Fingerspitzen trommelte er auf seinen Bauch, und ich stellte mich bereits auf eine längere Wartezeit ein, aber da irrte ich mich. Seine tiefe, wohlklingende Stimme drang an mein Ohr.

„Du darfst es aber keinem verraten! Also gut ... ich kenne mich überhaupt nicht mit diesen ganzen Fußballregeln aus. Keine Ahnung, was ein Abseits ist, von dem immer alle reden."

Übertrieben entsetzt riss ich die Augen auf.

„Was? Du bist ein Mann, du bist Spanier und kennst dich nicht mit Fußball aus? Sag jetzt nicht, dass du auch keinen Tee trinkst."

Er schüttelte grinsend den Kopf. „Und – ich habe noch nie einen Bond-Film gesehen oder schaue kein Tennis. Wimbledon ist mir komplett egal."

Also gut, Spaß beiseite, das wurde langsam echt zu viel für mein britisches Herz. Ich lachte.

„Lass mich das zusammenfassen. Du wohnst seit Jahren im Vereinigten Königreich, kennst dich nicht mit Fußball oder Tennis aus, trinkst keinen Tee und magst auch Bond nicht? Sag das keinem, sonst wirst du deswegen noch richtig vermöbelt."

Ungerührt zuckte er mit den Schultern. „Ich kann mich verteidigen, das bekomme ich schon hin. Aber bin ich deswegen nun in deiner Achtung gesunken?"

Gespielt lang tat ich so, als müsste ich seine Worte genau durchdenken, tippte an meine Lippe und schaute angestrengt, bis ich endlich antwortete.

„Nein, sogar gestiegen. Ich mag das alles auch nicht, und was gibt es Besseres, als einen Mann, der bei einem Fußballspiel nicht den ganzen Abend in die Glotze starrt."

Er rückte näher an mich heran. „Ich starre lieber etwas ganz anderes an. Dann bin ich froh, dass wir uns einig sind."

Ich nickte eifrig und ließ mich enger heranziehen, genoss den Moment und die Behaglichkeit, die ich in seiner Nähe spürte. Aber auch das Kribbeln in meinem Bauch oder das Gefühl, als ob meine Haut knistern würde, wenn er mich berührte.

„Es ist schön mit dir. So echt und anders. Weißt du, dass ich noch nie jemanden wie dich getroffen habe?"

„Princesa, das ist auch keine Überraschung. Ein Unikat wie ich muss einzigartig sein", sagte er und grinste dabei unverschämt.

Zur Antwort boxte ich ihm lachend auf die Schulter. „Du bist ein eingebildeter Esel."

„Aber einer, der dich zum Lachen bringt."

Amüsiert streckte ich mich hoch, um ihm einen Kuss auf die Wange zu geben, doch er war schneller und drehte sich so flink in meine Richtung, dass sich unsere Lippen ungebremst trafen. Bevor wir uns aber richtig küssen konnten, unterbrach er und hielt inne. Seine Augen musterten mich und brannten sich in meine, sodass mir das Atmen schwerfiel. Schließlich ließ mich sein Blick wieder los, aber dafür raubte er mir mit seinen nächsten Worten, die er mit heiserer Stimme flüsterte, die Luft.

„Ich weiß, es ist vielleicht zu früh, und ich will nicht, dass du Panik bekommst oder dich zu etwas verpflichtet fühlst. Aber … ich muss es sagen. Ich liebe dich."

Glück durchströmte mich wie eine Flutwelle, und ich war einfach nur sprachlos von Gefühlen, die so tief und innig waren, dass ich sie nicht alle benennen konnte. Bevor ich reagierte, hatte er seine Arme fest um mich geschlungen und drückte mich an sich, um unseren Kuss fortzusetzen und zu intensivieren. Ich konnte mich nicht mehr zurückhalten. Es war wie bei den anderen Malen davor – ich vergaß Zeit und Raum, es gab nur noch Rafael und unseren Kuss, versüßt mit seiner Liebeserklärung, die alles nur noch intensiver machte. In diesem Moment wollte ich so viel mehr von ihm, und ich konnte fühlen, dass es ihm genauso ging.

Ich weiß nicht, ob es an der Tatsache lag, dass wir gestern gestört wurden oder dass wir alleine im Haus waren und auf seinem Bett lagen. Aber die Schwingungen im Raum waren unverkennbar. Kurze Zeit, nachdem sich unsere Lippen aneinandergeschmiegt hatten, begann ich an seinem Shirt zu zerren, ohne Rücksicht auf etwaige Beschädigungen. Zwischen seinen keuchenden Atemzügen stieß er hervor: „Hey, Wildkatze … du zerreißt mir noch mein Lieblingsshirt."

„Ich gehöre wohl nicht zu den geduldigsten Menschen", gab ich entschuldigend zurück.

Seine Antwort klang heiser, aber mit Schalk in der Stimme: „Hab ich bereits bemerkt." Mit einem Lächeln ließ er einen Moment von mir ab, zog sich das Shirt über den Kopf und warf es zielsicher auf den Stuhl.

„Also, wo sind wir gestern stehen geblieben? Ich habe dich gewarnt, ich würde darauf zurückkommen …"

Ich glühte innerlich, und es war eine Wohltat, als ich die Weste und das Shirt auszog und probierte, meine Klamotten ebenso elegant auf den Stuhl zu werfen wie er. Nur landeten sie einen halben Meter entfernt auf dem Boden. Ich verzog kurz meinen Mund, aber ließ mich nicht weiter davon irritieren, sondern konzentrierte mich wieder auf Rafael und begann mit den Fingern, die Konturen seiner Brustmuskeln zu erforschen. Bevor ich mit meiner Erkundigung fertig war, zog er mich an sich und legte die Arme um mich. Zuerst waren die Küsse von spielerischer Natur, neckend, indem er an meinen Lippen zog oder sie zart biss, aber bald ließ er davon ab und wir versanken in hitziger Leidenschaft. Die Luft um uns herum knisterte, und wie eine Feuerspur brannte es an den Hautstellen, an denen er entlangstrich. Rafael verstrubbelte meine Haare, genauso, wie ich mich in seinem Haarschopf vergrub. Dabei lag er halb auf mir, und bei jeder seiner Bewegungen konnte ich seine harten Muskeln auf dem Bauch spüren, was mich ganz kribbelig machte.

Wir hatten längst alles andere vergessen, während wir in den Armen des anderen lagen und die Leidenschaft genossen, als plötzlich ein überraschter Aufschrei zu hören war. Beide drehten wir uns um und sahen Rafaels Mutter in der Tür stehen, mit einem Ausdruck in den Augen, der nicht nur Überraschung zeigte, sondern auch Schock. Während ich versteinert dalag und mir Farbe ins Gesicht schoss, war Rafael so geistesgegenwärtig, mich mit seinem Oberkörper vor den Augen seiner Mutter zu verdecken, während er über die Schulter rief: „Mamá! Könntest du bitte die Tür von *draußen* schließen."

Seine Stimme wurde nicht laut, aber in ihr lag genug Autorität, dass sie sich folgsam aus dem Zimmer verkrümelte. Hastig sprang er vom Bett und reichte mir das Shirt, bevor er sich seines überstreifte. Nachdem ich mich wieder bekleidet hatte, setzte er sich zu mir auf das Bett und entschuldigte sich: „Tut mir leid wegen meiner mamá. Aber ich habe total vergessen, dass sie bald wiederkommen wollte."

Ich winkte mit der Hand ab. „Hör auf! Du musst dich für nichts entschuldigen. Immerhin war ich diejenige, die in dein Zimmer gestürmt ist, als du lernen wolltest. Und deine Mum hast nicht nur du vergessen."

Während ich mir notdürftig die Haare zurechtstrich, lächelte ich ihn aufmunternd an, um nicht das Gefühl aufkommen zu lassen, wir hätten etwas verbrochen. Schließlich hatten wir uns nur geküsst, wir waren beide erwachsen und wussten, was wir taten. Trotzdem musste ich zur Bestätigung nachfragen: „Meinst du, sie wird böse sein?"

Rafael reichte mir die Hand, um mir vom Bett hoch zu helfen und antwortete gedämpft: „Ich denke nicht, dass sie ein Problem damit hat. Wir haben sie einfach nur überrumpelt. Sie muss sich erst daran gewöhnen, das ist alles."

Von seinen Worten schien er total überzeugt zu sein, was mich wiederum entspannte und es mir nach dieser peinlichen Situation leichter machte, vor die Tür zu treten und vielleicht Mrs Rodriguez gegenüberzustehen. Nach einer flüchtigen Verabschiedung öffnete ich die Tür in der Erwartung, auf seine Mutter zu stoßen, nur um festzustellen, dass der Gang leer war. Nur polternder Lärm drang aus der Küche, als würden Töpfe hastig hin und her geräumt.

Flink durchquerte ich den Gang und schlüpfte aus dem Haus, doch nach dem ersten Schritt bemerkte ich durch den kalten Wind, dass ich meine Weste vergessen hatte. Widerwillig drehte ich mich um und öffnete vorsichtig die Tür. Durch den Gang entlang hallte Stimmengewirr zu mir herüber. Obwohl sie auf Spanisch redeten, war es dennoch nicht zu überhören, dass ein hitziger Streit vor sich ging. Zwei Parteien mit unterschiedlichen Standpunkten, und, was mich am meisten irritierte, waren vereinzelte Wörter, die ich verstehen konnte und die Mrs Rodriguez mehrmals brüllte: „Victoria? Por qué?", und „No! No!"

Als ich zurück in unserem Haus in mein Zimmer eilen wollte, hörte ich die Stimme meines Vaters. Ich entschloss mich, gleich jetzt mit ihm zu reden, aber, als ich mich dem Arbeitszimmer näherte, drang sein gereizter Tonfall nach draußen, der mich aufhielt. Neugierig schlich ich näher und lauschte.

„Welchen Teil von ‚gekündigt' verstehen Sie nicht?", fragte mein

Vater verächtlich, bevor er ansetzte und noch lauter wurde: „Sie haben nicht aufgepasst und wurden erwischt. Daher bekommen Sie kein weiteres Geld von mir. Rufen Sie nicht mehr an, Sie Idiot."

Doch kein guter Zeitpunkt, nun mit ihm zu reden, dachte ich und ging leise zurück in mein Zimmer, bevor er noch aus dem Zimmer gestürmt kam und mich als Nächste fertigmachte.

Den ganzen Tag verbrachte ich alleine in meinem Zimmer und hatte genug damit zu tun, mir über die unverständliche Ablehnung durch Mrs Rodriguez Gedanken zu machen, als es an meiner Tür klopfte. In freudiger Erwartung auf Rafael eilte ich zur Tür. Doch, als ich sie öffnete, stand mein Vater mit grimmiger Miene vor mir. Seine Laune hatte sich anscheinend noch nicht gebessert.

„Hallo, Victoria, kann ich kurz reinkommen?"

„Hey, Dad. Klar, ich lerne nur", antwortete ich und öffnete die Tür noch weiter. Was zwar nicht ganz stimmte, aber eine Notlüge war mir lieber, als eine Diskussion mit ihm, besonders, wenn er so ein Gesicht machte.

„Wirklich?"

Er hob skeptisch eine Augenbraue, als wüsste er, dass es nicht stimmte und mir die Chance geben wollte, mich noch einmal zu verbessern. Was ich natürlich nicht tat. Stattdessen machte ich einen Schritt zur Seite, um ihn hereinzulassen. Bevor er durch die Tür kam, war ich bereits zum Bett zurückgegangen, setzte mich im Schneidersitz an die Bettkante und wartete auf seinen nächsten Zug. Besser, es kurz und schmerzlos durchstehen, als das Unvermeidliche in die Länge ziehen.

„Um was gehts? Du machst den Eindruck, als ob du mir was zu sagen hättest?"

„In der Tat. Ein Problem, das ich gerne aus der Welt schaffen würde."

Er trat von der Tür weg, während ich ihn in seinem schwarzen Nadelstreifenanzug aufmerksam musterte. Er hatte wohl noch immer keine Zeit gefunden, sich umzuziehen. Seine Haare waren säuberlich gestylt, und er trug noch das Aroma von Verkehr, Wartehallen und Menschenmassen an sich.

„Ich will, dass du deine Spielerei mit unserem Hausangestellten lässt. Dir mag es für einige Zeit interessant vorkommen, aber du weißt, dass es unpassend ist."

In meiner ersten Reaktion klappte mir das Kinn hinunter. Zum einem, da es ein Schock war, dass er mir so etwas sagen konnte, und zum anderen, weil er überhaupt davon wusste. Kannte dieser Mensch denn immer alle Geheimnisse? Seine Augen wurden schmal.

„Verstehst du mich, Victoria? Ich möchte, dass du das mit diesem Jungen beendest. Ich will nicht, dass die Leute über uns reden."

Natürlich ging es ihm wieder nur um die anderen. Wut kochte in mir hoch, wie in einem Druckkochtopf, der sich entladen wollte.

„Was soll das? Es geht dich nichts an, was ich tue oder lasse. Oder mit wem!"

„Du wohnst unter meinem Dach … du bist meine Tochter – das geht mich sehr wohl etwas an!"

Erbost sprang ich vom Bett, und meine Stimme wurde lauter.

„Nur weil ich hier wohne, kannst du mir nicht vorschreiben, mit wem ich zusammen sein möchte! Arrangierte Ehen gibt es nicht mehr. Falls du das nicht weißt, die wurden abgeschafft!"

„Ich kann dir aber vorschreiben, mit wem du *nicht* zusammen sein kannst. Und ich sage ‚Nein' zu dieser unwürdigen Verbindung! Das ist doch lächerlich!"

Obwohl es in mir brodelte, versuchte ich, einen klaren Kopf zu behalten. Mit diesem Geschrei würde ich nicht weiterkommen, also versuchte ich, vernünftig mit ihm zu reden.

„Dad bitte! Du kennst ihn ja nicht einmal, vielleicht magst du ihn sogar? Rafael ist intelligent, sportlich und witzig. Er ist mir wichtig, und ich werde ihn nicht einfach aufgeben."

Wütend verschränkte er die Arme, fixierte mich von oben bis unten, als ob er seinen nächsten Schritt planen würde, um meinen wunden Punkt zu finden.

„Was denkst du, wohin das führen wird? Glaubst du, ihr habt eine Zukunft miteinander?"

Ohne nachzudenken, antwortete ich mit einem klaren: „Ja!"

Mein Vater ließ die Hände sinken und strich dabei seine Anzugsjacke glatt.

„Dann bist du naiver, als ich gedacht habe."

„Aber ..."

Barsch fiel er mir ins Wort: „Kein aber! Bist du wirklich so dumm? Erkennst du nicht, dass dich dieser Junge ausnutzen will, dass er nur auf unser Geld aus ist? Glaubst du denn, ihm liegt wirklich etwas an dir?"

Er schüttelte den Kopf und sprach sanfter weiter. „Mir bist du wichtig, ich bin dein Vater. Aber es gibt hier unzählige Blondinen — warum solltest gerade du für ihn so besonders sein, wenn es nicht wegen des Geldes wäre?"

Auch wenn ich wusste, dass es nicht stimmte, rührten seine Worte etwas in meinem Inneren, etwas Schmerzhaftes. Eine klitzekleine Unsicherheit, die wie ein Blumensamen reifen und wachsen konnte, bevor man wusste, was passiert war. Doch trotz meiner steigenden Übelkeit und Wut, die weiter in mir hochkroch, blickte ich ihm kühl in die Augen.

„Du hast keine Ahnung! Du kennst ihn nicht und mich genauso wenig!"

Nach seinem gescheiterten Versuch, mich vom Weg abzubringen, schaltete er wieder in den Brüllmodus um.

„Verdammt, Victoria! Beende die Sache mit ihm! Das ist mein letztes Wort."

Ungerührt schrie ich zurück: „Auf keinen Fall!"

Ich dachte, es würde noch Stunden so weitergehen mit Gebrüll und Streiterei. Doch er versuchte es mit einer anderen Taktik.

„Wie du willst, aber gib mir nicht die Schuld, wenn dein geliebter Junge mit seiner Mutter von der Bildfläche verschwindet."

Nun hatte er meine ganze Aufmerksamkeit.

„Was zum Teufel? Was soll das heißen?"

Er lächelte kurz, den Sieg vor seiner Nase witternd.

„Ach, hat dir das dein Goldjunge nicht erzählt? Glaubst du, ich wüsste nicht, warum seine Mutter aus Spanien geflüchtet ist, nachdem sie das Geld aus der Lebensversicherung ihres Mannes kassiert hat? Wie ich gehört habe, soll so ein Lebensversicherungsbetrug etliche Jahre hinter Gittern garantieren ... Und die spanischen Behörden würden sich sicherlich über einen Tipp freuen."

Meine Augen wurden groß, und ich konnte nur ein erschüttertes

„Nein" hauchen.

„Er hat dir doch nicht so etwas Wichtiges verschwiegen?"

Einen Moment lächelten seine Augen, dann fuhr er fort: „Mach Schluss, sonst schwöre ich dir, rufe ich ein paar Bekannte an. Hast du verstanden?"

Ist ja auch nicht misszuverstehen, dachte ich.

Mir war klar, was er hören wollte. Mit hochgerecktem Kopf ging ich auf ihn zu und sah in seine hellblauen Augen, die mir immer fremder wurden. Meine Stimme war so eisig, wie ich mich fühlte.

„Na schön. Ich werde mit ihm reden. Aber dafür versprichst du mir, nichts gegen seine Familie zu unternehmen."

„Kluges Kind. Einverstanden."

„Wenn das alles ist, würdest du jetzt bitte mein Zimmer verlassen, Dad? Ich kann dich momentan nicht ansehen."

Er drehte sich um und verschwand ohne ein Wort; jetzt, wo er erreicht hatte, wofür er gekommen war. Ich stürmte nach einem kurzen Moment zur Tür hinaus und wollte ihm noch einen letzten bösen Blick zuwerfen, weil ich so aufgebracht war. Wütend darüber, dass mir Rafael kein Wort von diesen Anschuldigungen erzählt hatte, wütend, dass mir mein eigener Vater solch ein Ultimatum gestellt hatte, und wütend auf mich, weil ich mich nicht besser hatte wehren können.

Aber mein Vater hatte sich bereits in sein Zimmer am Ende des Ganges verzogen. Als ich mich umdrehte, konnte ich Schritte von der Treppe hören. Leise schlich ich hinüber und sah im letzten Augenblick noch einen schwarzen Haarschopf verschwinden.

12. Geheime Liebe

*Die geheimsten Wünsche einer Frau
muss man ihr von den geschlossenen Augen ablesen.*
(Jean-Paul Belmondo)

In meiner täglichen Routine nahm ich auch am kommenden Montagmorgen einen Teil der Zeitung mit auf den Schulweg, steckte sie aber in meine Tasche, um sie später zu lesen. Durch die Straße zog ein dichter Nebel, kühler Wind spielte mit den abgefallenen Blättern, und einzelne Regentropfen fielen vom Himmel.

Ich schob die Fellkapuze meiner dunkelblauen Jacke über den Kopf und vergrub die Hände tief in den kuscheligen Jackentaschen. Auf halben Weg packte mich jemand am Oberarm und zog mich in einen Spalt zwischen zwei hohe Büsche. Überempfindlich, wie ich noch immer war, schlug ich reflexartig um mich. Zeitgleich hörte ich einen Fluch und hielt inne, weil ich die Stimme sofort erkannt hatte. Ich erblickte Rafael, der sich die Schulter rieb.

„Entschuldige, ich Idiot hab nicht nachgedacht."

Eigentlich hätte ich mir denken können, dass er es war, aber meine Nerven lagen blank.

„Nein, mir tut's leid, dass ich dich geschlagen habe."

Egal, was auch zwischen seiner Mutter und meinem Vater passiert war oder ob sie unsere Beziehung guthießen, ich konnte nicht anders, als mich in seine Arme fallen zu lassen und mich in seine Wärme zu kuscheln. Zuerst blieb er etwas verhalten, doch schon nach wenigen Sekunden umarmte er mich fest, legte die Wange an meinen Kopf und seufzte: „Ich wollte dich nicht erschrecken. Alles klar?"

An seine dunkelgraue Daunenjacke gebettet, nuschelte ich: „Mhm, jetzt ist wieder alles bestens. Bei dir? Was machst du hier, warum versteckst du dich zwischen den Büschen?"

Er räusperte sich und wirkte zerknirscht.

„Eigentlich wollte ich alleine zur Schule fahren, aber auf halben Weg konnte ich es nicht und habe auf dich gewartet. Ich hab gestern den

Streit mit deinem Dad gehört."

Ich war froh über seine Ehrlichkeit und steckte die Finger zum Wärmen in seine hinteren Hosentaschen.

„Ich weiß. Ich hab dich noch gesehen. Aber ich habe auch dich unabsichtlich mit deiner Mum gehört."

Rafael rückte ein Stück von mir ab, um mir ins Gesicht zu blicken, hielt mich aber weiterhin fest.

„Ich wollte auch nicht lauschen, aber ich war auf dem Weg zu dir und habe euch von der Treppe aus gehört. Da konnte ich mich nicht mehr beherrschen."

In seinem Gesicht war zu lesen, wie unangenehm es ihm war. Ebenso wie mir, aber jetzt war es geschehen und nicht mehr rückgängig zu machen, also warum sich um etwas grämen, das man nicht mehr ändern konnte?

„Es ist okay, wirklich", beruhigte ich ihn.

Rafael nickte kurz und senkte dann seinen Blick. „Und … glaubst du ihm?"

„Das mit der Lebensversicherung?"

Er nickte ein weiteres Mal.

„Ich schwöre dir, es war nicht so, wie die Leute es erzählen. Sie glauben, mein Dad hätte absichtlich eine Explosion ausgelöst und Selbstmord begangen. Er hatte Lungenkrebs, und es wurde gemunkelt, er hätte uns mit der Lebensversicherung finanziell absichern wollen."

Mit geballten Fäusten drehte er sich um und blickte die Straße hinunter.

„Aber das ist totaler Schwachsinn. Mein Dad hätte das nie getan, egal, wie krank er gewesen ist, das weiß ich. Er war dabei, wieder gesund zu werden."

So hatte ich ihn noch nie gesehen; er war derart außer sich, dass sich seine Brust schnell hob und senkte. Er tat mir unendlich leid – ich spürte, seine Wunden waren noch lange nicht verheilt, genauso wenig wie meine. Ich trat näher, legte die Hand auf seine Schulter und die Stirn an seinen Rücken.

„Rafael, ich glaube dir. Er war ein Kämpfer, so wie du."

Traurigkeit stand in seinen Augen, als er sich umdrehte, aber auch Distanz war darin zu lesen, wodurch es mir den Magen unangenehm zusammenzog.

„Was ist mit der anderen Sache, die dein Vater über mich behauptet hat?" Seine Stimme wurde einige Nuancen kälter. „Dass ich nur wegen des Geldes mit dir zusammen bin? Glaubst du das?"

Statt seine Frage zu beantworten, hielt ich einen Gegenschlag parat und ließ die Ängste hinaus, die mich genauso sehr plagten wie ihn.

„Was ist mit dir – denkst du, ich will nur meinen Spaß mit dir und sehe keine ernsthafte Zukunft für uns? Ist es nicht das, was deine Mutter gesagt hat?"

Oder auch mein Dad. Seine Züge wurden weicher, und die Wärme in seinen Augen nahm mich gefangen, wie schon so oft, wenn ich glaubte, mich darin zu verlieren. Er nahm mein Gesicht in seine zärtlichen Hände.

„Ich vertraue dir. Und ich hoffe, du mir auch. Du musst mir glauben, dass nur du für mich zählst, nicht das Geld deines Vaters."

„Das tue ich. Und ich würde nie mit dir spielen. Du bedeutest mir viel zu viel."

Das berühmte ‚Ich liebe dich' hätte an dieser Stelle besser gepasst, aber ich konnte nicht; es wollte mir noch nicht über die Lippen kommen. Aber ihm schien es zu genügen, denn er wollte sich gerade nach vorne beugen, um mich zu küssen. Doch es war noch nicht alles geklärt.

„Warte! Was machen wir wegen meines Dads? Du hast gehört, was er angedroht hat, wenn wir weiterhin zusammenbleiben."

Verzweiflung schlich sich unterschwellig in meine Stimme, während ich mich an seine Unterarme klammerte.

„Wir werden gemeinsam für uns kämpfen", war seine schlichte, aber entschiedene Antwort. Kurz berührten seine weichen, warmen Lippen meinen Mund, dann richtete er sich wieder auf.

„Was ich dir noch sagen wollte. Das mit meiner Mutter hat nichts mit dir zu tun, sondern das war alles dein Vater. Sie mag dich, wirklich."

Ich senkte den Blick, um die Kränkung darin zu verbergen, die die Ablehnung seiner Mutter in mir ausgelöst hatte. Doch er zwang mich, wieder zu ihm hochzublicken.

„Ich meine es ernst. Sie hat mir erzählt, dass dein Vater ihr damals die Stelle nur gegeben hat, nachdem sie auch versprach, uns Kinder voneinander fernzuhalten. Deswegen durften wir auch nie miteinander spielen, als wir klein waren. Er hat ihr zwar damals bei den Papieren zur Einwanderung geholfen, aber immer wieder angedeutet, dass er ihr alles wieder wegnehmen kann, wenn er will. Sie hat Angst um uns, dass wir nach Spanien zurück müssen. Aber sie mag dich. Es ist nur dein Vater."

Der Knoten in meinem Magen verhärtete sich immer weiter bei seinen Worten. Auch wenn mich seine Mutter doch mochte und einfach nur aus Angst nicht wollte, dass wir beisammen waren, wusste ich nicht, was ich über meinen Vater denken sollte.

Wie konnte jemand so berechnend und gemein sein? Stimmte es, was Rafaels Mutter hier behauptete, oder hatte sie übertrieben?

Mein Vater war schwierig und gestern sogar ein richtiges Arschloch gewesen, aber traute ich ihm wirklich diese Kaltblütigkeit zu? Ich wusste es nicht und wurde nicht schlau aus dieser ganzen Sache. Mein Kopf hämmerte, und mein Nacken verspannte sich mit jeder weiteren Minute.

Doch die Gedanken an meinen Vater schob ich jetzt zur Seite, nun kamen Rafael und seine Mutter.

„Was ist, wenn er dich und deine Mum wirklich feuert oder fortschickt?", fragte ich und konnte mir beim besten Willen nicht vorstellen, wie es sein würde, wäre er nicht mehr hier.

Allein der Gedanke tat mir unvorstellbar weh im Herzen, und eine Träne zog langsam ihren Weg über meine Wange.

Sanft strich Rafael sie mit dem Daumen fort und flüsterte: „Ich verspreche dir, dass wir eine Lösung finden. Bis dahin werden wir das mit uns geheim halten."

Bei ihm klang alles so einfach. Ich zwang mich zu einem Lächeln, auch wenn es mir schwerfiel, seinen Worten zu glauben. Doch er vertrieb meine trüben Gedanken, als er sich hinunterbeugte, mich küsste und sich unsere Lippen langsam, aber fordernd gemeinsam bewegten.

Wir trennten uns kurz vor der Haltestelle, um keine Aufmerksamkeit auf uns zu ziehen. Als ich alleine war, schlug ich die Zeitung auf und musste schlucken, als ich die heutige Schlagzeile las, die mir wie immer bis ins Mark ging:

„Weiteres Rätselraten im Fall der Frauenleichen!
Will die Glasgower Polizei die Schuldigen nicht finden, und sind sie unfähig, ihre Bewohner zu schützen?

Nach wochenlanger Untersuchung war es den Beamten der örtlichen Polizei nun möglich, die Identität der ermordeten Frau, welche vor einigen Tagen in einem Container der Müllfabrik gefunden wurde, herauszufinden. Ihr Name wird zum Schutz ihrer Familie nicht genannt, aber es konnte geklärt werden, dass sie bereits vier Tage, bevor sie tot aufgefunden wurde, im familiären Umfeld als vermisst galt. Warum sich niemand von ihren Angehörigen bei der Polizei gemeldet hat, was die Identitätsfindung maßgeblich beschleunigt hätte, ist bis dato unbekannt und wird weitere Ermittlungen im Kreise ihrer Verwandten nach sich ziehen. Nach wie vor hat die Polizei keinen Verdächtigen gefunden, weder für den Mord an diesem Opfer noch an der Frau, die einen Monat zuvor am Rande des Clyde Rivers entdeckt wurde. Es scheint, als ob die Beamten weiterhin im Dunkeln tappen, und die Stimmen werden lauter, ob mit allen verfügbaren Mitteln und größtmöglichem Einsatz nach dem Mörder oder den Mördern gesucht wird.

Chief Murdoch, der Bruder des hiesigen angesehenen Anwalts Dr. Charles Murdoch, Gründer und Firmeninhaber der Murdoch Counsel Group, wird vorgeworfen, zu lasch in besagten Fällen vorzugehen. Bürgerforen gehen sogar so weit, sich zukünftig selbst zu organisieren und eigene Patrouillen durch die Stadt zu schicken, um die Bewohner von Glasgow zu schützen und um ihnen wieder Sicherheit zu geben, weil sie der Meinung sind, dass die derzeitige Führung der Polizei dazu nicht in der Lage ist."

Auch dieser Zeitungsbericht zu den Morden ließ mich nicht kalt. Während des Schultages konnte ich die Gedanken daran wie auch an meinen Vater und die Kälte, die damit einherging, nicht abschütteln. Es half auch nichts – *na schön, ein wenig doch* – dass Rafael und ich in der Mittagspause mit Aimee und Stew an einem Tisch saßen. Bis es Stew augenscheinlich zu viel wurde und er uns darauf ansprach: „Hattet ihr zwei Streit, oder ist sonst etwas passiert? Irgendwie seid ihr heute

Stimmungstöter."

Kopfschüttelnd rang ich um die richtigen Worte, fand sie aber nicht.

„Nein, alles klar. Naja, ich weiß auch nicht."

Angewidert schob ich meinen Apfelsaft beiseite, da ich vor meinem geistigen Auge die toten Frauen sah, obwohl in der Zeitung nicht mal ein Bild abgedruckt gewesen war. Rafael legte den Arm um meine Schulter und drückte sie.

„Wäre auch kein Wunder, nach allem, was die letzten Tage passiert ist."

Stew zog schuldbewusst den Kopf ein.

„Entschuldige, daran hätte ich selber denken können, bevor ich blöd daherrede."

Daraufhin schaltete sich Aimee in das Gespräch ein: „Warst du schon bei der Polizei, Süße? Was haben sie gesagt?"

„Ehrlich gesagt, wollten wir hingehen", sagte ich und blickte zu Rafael, bevor ich mich wieder den beiden Geschwistern zuwandte. „Aber mein Dad hat gemeint, er wird es mit Chief Murdoch klären, weil sie sich kennen."

„Aber du bist davon nicht überzeugt?", fragte Stew.

Er kannte mich einfach zu gut. Ich rutschte auf dem Sessel herum.

„Ich denke, dass die Polizei momentan keine Nerven haben wird, um einen kranken Perversen zu suchen. Jetzt, wo sie alle Hände damit zu tun haben, diesen Frauenmörder zu finden."

Zur Unterstreichung meines Standpunktes legte ich die Zeitung in die Tischmitte. Alle Augen schwebten zur Schlagzeile, die in dicken Buchstaben oben in der Mitte prangte. Auch Aimee wurde sofort kreidebleich. „Oh, das ..."

Sie legte ihr Essen zur Seite, ohne es noch einmal anzurühren. Auch Stews Augenbrauen zogen sich zusammen, und er wirkte ebenfalls ratlos.

„Da könntest du recht haben. So traurig es ist, aber unsere Polizei war schon mal besser organisiert."

Rafael regte sich neben mir, und ich drehte mich zu ihm.

„Schluss jetzt! Ihr steckt mich mit der Angst an, und das macht mich fertig. Noch heute wird ein Pfefferspray besorgt!"

Er legte mir die Hand auf den Rücken und begann, mit den Fingern

Kreise zu malen, während es in seinem Kopf offensichtlich arbeitete.

„Ich hab heute Abend Training mit den Jungs bei Ramiro zu Hause. Eigentlich wollten wir Taekwondo machen, aber ich könnte euch verschiedene Verteidigungstechniken zeigen, wenn ihr möchtet? Ich würde mich wohler fühlen, wenn ich weiß, dass ihr euch im schlimmsten Fall etwas verteidigen könntet."

Stew nickte zustimmend, doch Aimee zeigte sich von der Idee genauso wenig begeistert wie ich. Mit seiner flehenden Stimme hätte er mich zwar fast so weit gebracht, das Angebot anzunehmen, aber ich kannte mich und meine koordinative Unfähigkeit. Außerdem hatte ich keine starken Arme, ich war zu dünn für harte Schläge oder Tritte, und ich fühlte mich schon bei dem Gedanken besser, dass ich bald ein Pfefferspray haben würde. Sanft streichelte ich über seine Wange.

„Danke für das Angebot. Aber warten wir damit. Ich fühl mich schon mit dem Spray sicherer. Ich denke, dieses ‚Kung-Fu' und ‚Fighter-Ding' ist nichts für mich. Aber ich behalte es im Hinterkopf. Okay?"

Zustimmend nickte Aimee neben mir. „Sehe ich genauso, aber danke!"

Bevor Rafael uns eine Antwort geben konnte, hielt ich in meiner Bewegung inne, da etwas anderes meine Aufmerksamkeit erregte. Cailean stand mit fünf Typen beim Eingang der Mensa, sein Blick glühte wie Feuer, und seine Hände waren zu Fäusten geballt. Anscheinend hatte er nach seinem Auftritt in der Disco nicht damit gerechnet, mich und Rafael noch immer gemeinsam zu sehen. Doch anstatt mich zu freuen, dass ich ihm die Stirn bot, überzog eine Gänsehaut meine Arme bei Caileans Anblick und der bitterbösen Wut in seinen Augen. Er knurrte irgendetwas zu den Kerlen neben ihm, woraufhin alle zusammen die Kantine verließen.

Stew verzog argwöhnisch den Mund.

„Das passt Cailean wohl überhaupt nicht, dass du nun deine andere Hälfte gefunden hast – und er nicht der Auserwählte ist."

Auch Rafael war die Szene nicht entgangen, und ich spürte, wie sich sein Körper unter den Klamotten anspannte.

„Wenn er dich noch mal so ansieht oder dir zu nahe kommt, werde ich etwas unternehmen", war sein wütender Kommentar dazu, und ich konnte mir bei seiner eisigen Stimme bildlich vorstellen, dass es dann nicht bei einem netten Plausch bleiben würde. Doch das durfte nicht passieren, das konnte ich nicht zulassen. Cailean war gefährlich, und er hatte Freunde – mächtige Freunde.

„Bitte, Rafael, tu nichts. Ich werde mit ihm reden, wenn er sich unpassend verhält, aber misch dich nicht in die Sache ein. Ich komme schon klar mit ihm."

Meine Worte schienen ihn nicht wirklich zu beruhigen. Ich spürte noch immer seine Anspannung und hörte nur das schnelle Atmen, als er versuchte, sich zurückzuhalten. Zur Beruhigung legte ich ihm eine Hand auf das Knie und sah ihm eindringlich in die Augen.

„Bitte, versprich mir das."

Widerwillig gab er nach und nickte. „Okaaaay, aber …"

Weiter kam er nicht, da Beth, die Leiterin der Schülerzeitung, plötzlich neben mir auftauchte und nervös an den Unterlagen vor ihrer Brust zupfte.

„Hi, Vic. Hättest du kurz Zeit? Ich würde gerne etwas besprechen."

Sie bedeutete mir mitzukommen, so, wie es immer gewesen war, wenn wir heimlich über die Schülerzeitung gesprochen hatten. Aber nun blickte ich mich in der Runde um und hatte kein Problem mehr damit, vor ihnen weiterzureden. Mit dem Kinn deutete ich auf den freien Platz an unserem Tisch.

„Du kannst dich gerne zu uns setzen, Beth."

Sie schaute mich einen Moment mit ihren braun-grünen Augen verwirrt an, setzte sich aber schließlich doch. Beth begrüßte die anderen und wandte sich dann an mich, während sie versuchte, nicht all zu oft auf die verschränkten Finger von Rafael und mir zu blicken.

„Ich wollte wissen, ob du neue Geschichten für die Schülerzeitung hast? Oder ob du noch ein paar Gedichte schreiben könntest? Mir sind gerade zwei Schüler abgesprungen, und ich brauche noch Material, um die Zeitung für diesen Monat zu füllen."

Ich seufzte kurz, da sich schlechtes Gewissen anbahnte, weil ich schon seit einer gefühlten Ewigkeit nichts mehr fertiggestellt hatte, das halbwegs brauchbar war. Langsam schüttelte ich den Kopf.

„Leider bin ich in den letzten Tagen nicht dazu gekommen, etwas Neues zu schreiben, aber ich könnte dir ältere Sachen zum Durchsehen mitbringen, wenn du möchtest. Wäre das okay für dich?"

„Ja, das klingt großartig. Danke!"

Dann sprudelte es weiter aus Beth heraus: „Du könntest auch heute nach der Schule zum Treffen der Schülerzeitung kommen und …"

Augenblicklich erinnerte sie sich wohl wieder daran, dass ich bisher alles getan hatte, um mein Schreiben anonym zu halten.

„Oh, tut mir leid, dass ich damit angefangen habe. Jedenfalls wäre es toll, wenn du mir diese Woche etwas mitgeben könntest. Danke."

Sie wollte bereits aufstehen, doch ich hielt sie zurück.

Ich wollte mit einem Mal meine Leidenschaft nicht länger geheim halten. Für andere war diese Entscheidung vielleicht nur ein kleiner, unbedeutender Schritt, für mich erschien es in dem Moment monumental. Ich hatte es satt, immer alles zu verstecken, mich selbst zu verleugnen. In diesem Augenblick spürte ich deutlich, wie viel sich durch meine Beziehung mit Rafael bereits verändert hatte – ich hatte gelernt, ich selbst zu sein und mein Leben in die Hand zu nehmen. Das war ein weiterer Schritt in diese Richtung.

Daher schlug ich schnell vor, bevor mich doch wieder der Mut verließ: „Warte, Beth! Wenn du willst, kann ich heute vorbeikommen. Leider habe ich nichts dabei, aber ich könnte mir anhören, welche Themen noch offen sind und das mit euch ausarbeiten? Oder neue Ideen finden und Brainstorming machen?"

Beth blieb mit geöffnetem Mund wie versteinert stehen, als wäre sie ein Spielzeug, dem man den Stecker gezogen hätte. Schließlich fing sie sich wieder und lächelte überrascht.

„Ähm, ja. Das … das wäre toll! Ich freue mich. Wir treffen uns nach Unterrichtsende im ersten Stock, gleich neben der Bibliothek. Bis später, Vic."

Nachdem sie verschwunden war, wendete ich mich meinen Freunden zu, die mich allesamt angrinsten.

„Was haltet ihr von der Idee, öffentlich meine Sachen zu zeigen? Oder in der Schülerzeitung direkt mitzuwirken?"

Aimee antwortete mit neuem Enthusiasmus: „Ich finde es klasse. Und weißt du was, ich glaube, ich werde heute mal Bradley fragen, ob er mit mir einen Kaffee trinken gehen möchte."

„Ehrlich, das ist toll!", rief ich begeistert und musterte sie genau. „Aber woher kommt der plötzliche Sinneswandel?"

Aimee zuckte mit den Schultern.

„Nun ja, ich dachte, ich sollte es dir gleichtun und über meinen Schatten springen. Vielleicht kommt ja auch was Gutes dabei heraus", antwortete sie lächelnd und blickte kurz zwischen mir und Rafael hin und her, was mir die letzte Bestätigung gab, dass sie unsere Beziehung nun doch endlich voll und ganz guthieß.

Mein Herz wurde leichter. Und auch Stew schien erfreut über Aimees Vorhaben, als er eine Hand auf ihre Schulter legte und sie angrinste. Dann wandte er sich an mich und zwinkerte zustimmend.

„Ich finde es großartig! Wir stehen hinter euch. Zeitung und Kaffee – klingt für mich beides fantastisch."

Rafael nickte. Seine zustimmende Antwort äußerte sich durch ein breites Lächeln und einen zärtlichen Kuss.

Als die letzte Stunde vorüber war, verabschiedete ich mich von den Geschwistern und Rafael, der in der Stadt die Pfeffersprays besorgen und danach bei Ramiro vorbeischauen wollte. Ich rannte in den ersten Stock hinauf und kam gerade rechtzeitig an. Beth schloss die Tür hinter mir, und die Besprechung begann.

Es war angenehmer und interessanter, als ich es mir vorgestellt hatte. Die Stimmung der Gruppe war motiviert, es gab Kaffee, und alle brachten Ideen ein oder berichteten über ihre derzeitigen Projekte, die sie für die nächste Zeitung recherchieren und schreiben wollten. Es war ein informationsreicher Nachmittag, und, auch wenn ein oder zwei Skeptiker unter den anderen Schülern waren, die mich kritisch betrachteten, wurde ich allgemein gut aufgenommen und in die Gruppe integriert. Meine Finger prickelten euphorisch, und ich konnte es kaum erwarten, endlich mit den neuen Ideen anzufangen und sie niederzuschreiben – am besten alle zusammen und gleichzeitig.

Nach dem Treffen waren die anderen schnell verschwunden, und ich wollte – müde, wie ich mittlerweile war – direkt nach Hause fahren. Das Gebäude war wie ausgestorben zu der späten Stunde, und es war ein eigenartiges Gefühl, ganz alleine durch die schülerlosen Gänge zu huschen. Lieber wäre es mir gewesen, auch noch andere Schüler vorzufinden. Doch kaum hatte ich diesen Gedanken gedacht, bereute ich ihn, da plötzlich Cailean vor mir stand – sofort hätte ich nichts mehr gegen vollkommen leere Gänge gehabt. Wäre ich nicht abrupt stehen geblieben, wäre ich direkt in ihn hineingelaufen, aber zum Glück blieb mir das erspart.

Grimmig blickte ich ihn an und brummte schlecht gelaunt, um mein Unwohlsein zu überspielen: „Was willst du schon wieder, Cailean?"

Ein Zucken um seine Lippen verriet mir, dass ihm mein Tonfall nicht gefiel. *Sein Pech.* Dann hörte ich ein Geräusch hinter mir, und ich blickte über die Schulter, um seine fünf Freunde zu sehen, die auch schon in der Kantine an seinem Rockzipfel gehangen hatten.

Was soll das jetzt werden? Mein mulmiges Gefühl verstärkte sich, und mein Puls schlug schneller, ohne dass ich es beeinflussen konnte.

„Plötzlich so still?", neckte er mich, jetzt wieder besser gelaunt.

Obwohl mir bei der Sache hier immer unwohler wurde, verschränkte ich die Arme vor der Brust und blickte ihn herausfordernd an.

„Seit wann hast du eine Gang? Kommst du alleine nicht mehr zurecht, oder ist dir deine Gesellschaft schon zuwider?"

Das war wohl zu viel für seine Nerven, denn er packte mich am Arm und trat so nahe heran, dass sich sein grimmiges Gesicht nur Zentimeter vor meinem befand.

„Pass auf mit deinem Tonfall, Vic! Du spielst mit dem Feuer. Es passt mir nicht, wie du mit mir redest oder, dass du noch immer mit diesem Typen zusammen bist."

Damit stieß er mich einen Schritt nach hinten und funkelte mich verächtlich an. Ich stolperte, konnte mich aber rechtzeitig fangen, bevor ich zu Boden ging oder gegen einen der anderen Kerle stieß. Seine Worte erinnerten mich an die Drohung meines Vaters, und Alarmglocken schrillten in meinen Ohren.

Als hätte er meine Gedanken gelesen, sprach er weiter.

„Ich weiß von der Warnung deines Vaters. Glaubst du, er redet nicht mit meinen Eltern? Wenn du willst, dass deinem hübschen Freund oder seiner Mum nichts passiert, dann lass gefälligst die Finger von ihm! Ist das denn so schwer zu kapieren?"

Ich straffte den Rücken, schluckte die Angst hinunter. Heiße Wut schoss in mir hoch, da sich alle gegen uns stellten und sich in Angelegenheiten einmischten, die sie nichts angingen.

„Wage es nicht, mir zu drohen!"

„Das war keine Drohung, Schätzchen! Sondern eine Warnung, weil wir Freunde sind. Es liegt an dir, ob du sie beachtest. Mir ist das gleich. Aber, falls wir euch wieder miteinander sehen, wird das kein schönes Ende für ihn nehmen."

Ruckartig drehte sich Cailean um, schnippte mit den Fingern und ging, gefolgt von seinen Anhängern, davon.

Als die Truppe verschwunden war, verflog meine Willensstärke mit einem Wimpernschlag, und ich fühlte mich ausgelaugt, verängstigt und hoffnungslos. Mit dröhnendem Kopf und weichen Knien lehnte ich mich an die Wand hinter mir, atmete tief ein und versuchte, mein unkontrolliertes Zittern unter Kontrolle zu bekommen.

Wie konnte es sein, dass alle gegen unsere Verbindung waren? Niemand hatte je Interesse an meinem Liebesleben gehabt, und jetzt wollten sie uns Vorschriften machen? Was sollte ich tun? Nichts darauf geben und mich nicht einschüchtern lassen – oder mich von Rafael fernhalten?

Doch allein bei diesem Gedanken sträubten sich alle Zellen in meinem Körper dagegen. Nein, das könnte ich auf keinen Fall tun – er war mein strahlendes Licht, das nach einer Ewigkeit mein dunkles Leben erhellte, und daran würde ich festhalten, koste es, was es wolle.

Das wäre das gleiche, als verlangte jemand von mir, nie wieder die Sonne zu sehen. Nur seine Anwesenheit gab mir Kraft, bei ihm fühlte ich mich stark und besonders – für ihn wollte ich mich verändern und besser werden.

Ich weiß nicht, wie lange ich an die Wand gelehnt mit hängendem Kopf dastand und auf den Boden starrte, aber je mehr Zeit verging, desto entschlossener wurde ich. Ich war es leid, hin und her geschubst zu werden und den Willen anderer aufgezwungen zu bekommen. Doch damit war jetzt Schluss – ich würde nicht tatenlos zusehen, wie sie uns die Chance einer gemeinsamen Zukunft vor der Nase wegschnappten.

Mit neuem Mut stieß ich mich entschlossen von der Wand ab und trat mit solchem Zorn im Bauch gegen einen Spind, dass mir ein stechender Schmerz die Glieder hinaufschoss, der mir aber half, wieder klar zu denken. Ich durfte noch nicht tun, was ich wollte, denn jetzt etwas zu überstürzen, wäre nicht klug gewesen. Daher dachte ich noch einen Moment nach, bevor ich die Schule verließ.

13. Überwachung

Wo der Bürger keine Stimme hat, haben die Wände Ohren.
(Jeannine Luczak)

Ich musste nicht lange alleine durch die dunklen Gassen schleichen, die mir nach wie vor eine Gänsehaut bereiteten, denn Rafael kam mir auf der Hälfte des Weges entgegen. Er hatte Sportklamotten an und trug nur eine dünne Jacke darüber. Seine Wangen waren gerötet, als er auf mich zugelaufen kam und mich an sich drückte.

„Hallo, Princesa, was ist passiert? Warum hast du deine Meinung geändert, doch noch zu kommen? Und sag mir nicht, es gibt keinen Grund."

Das musste ich ihm lassen – für die kurze Zeit, die wir zusammen waren, kannte er mich schon verdammt gut. Seufzend hakte ich mich bei ihm unter und wählte jedes Wort mit Bedacht, um keine Kurzschlussreaktion bei ihm auszulösen.

„Bitte, raste jetzt nicht aus! Okay?"

Ich blickte ihm ins Gesicht, und, obwohl er nickte und sein Blick auf den Weg vor uns gerichtet war, bemerkte ich, dass sich sein Kiefer anspannte, als wüsste er schon, was jetzt kommen würde.

„Cailean ist mir in der Schule begegnet und hat mir gedroht. Also … eigentlich nicht mir, sondern dir und deiner Mum. Er hat gesagt, dass er dir was antun will, wenn wir weiterhin zusammen sind."

Er ging weiter, fuchtelte dabei aber mit der freien Hand herum und schimpfte vor sich hin. Ich verstand kein Wort, aber es war sicher nicht sehr nett gemeint, da er die Wörter beinahe ausspuckte. Eines davon hörte ich mehrmals, und zwar ‚Gilipollas!', dessen Bedeutung mein mickriger spanischer Wortschatz erkannte – ‚Arschloch!'. Nachdem er sich etwas beruhigt hatte, sprach er auf Englisch weiter, obwohl seine Stimme immer noch einem zornigen Knurren glich.

„Wenn ich diesem Typen das nächste Mal begegne, kann ich für nichts garantieren. Wie kann dieser Arsch uns drohen?"

Mir zog es den Magen zusammen, aber ich hatte keine Angst um mich, sondern machte mir viel größere Sorgen um Rafael, auch wenn er das nicht sehen wollte. Hastig unterbrach ich ihn: „Bitte, lass es gut sein! Leg dich nicht mit ihm an."

„Warum? Hast du Angst, ich hätte keine Chance gegen ihn?", fragte er leicht gekränkt.

Doch darüber machte ich mir keine Sorgen. Ich war mir sogar sicher, dass Rafael körperlich die Oberhand haben würde, wenn es zu einem fairen Streit kommen würde – sei es nun bei einer verbalen Konfrontation oder einem Kampf mit Fäusten. Die Frage war aber, ob Cailean fair spielen würde, was ich stark bezweifelte.

„Natürlich nicht. Aber du kennst ihn nicht, so wie ich. Er kann echt fies sein, manipulativ und gefährlich, auch wenn er nicht seine Fäuste benutzt. Außerdem hat er viele Freunde, die mächtig sind und sich nicht um die Regeln scheren."

Flehend versuchte ich, ihn weiter zu überzeugen.

„Es hat keinen Sinn, Rafael. Versprich mir, dass du nichts gegen ihn unternehmen wirst. Wir sollten nichts riskieren. Bitte! Für uns. Für deine Mum."

Anscheinend drang mein Flehen langsam zu ihm durch und blies seinen aufgebauten Zorn davon. Er strich sich seine vom Nebel feuchten Haare aus der Stirn und schenkte mir ein schiefes Lächeln.

„Na schön, Princesa. Aber dir ist schon klar, dass du nicht mit fairen Mitteln kämpfst?"

Verwirrt hob ich eine Augenbraue. „Inwiefern?"

Zur Antwort umarmte er mich so, dass ich sprichwörtlich den Boden unter den Füßen verlor, während er dicht an meinem Ohr flüsterte: „Wie soll ich dir etwas abschlagen, wenn du mich mit deinen großen, braunen Augen so anbettelst? Das ist, als würde ich verzaubert werden."

„Bist du denn so leicht zu überreden? Große, flehende Augen und voilà?", neckte ich ihn.

Spielerisch lächelnd gab er mir einen Kuss auf die Stirn. „Ich weiß, es ist armselig."

Obwohl mein Herz bei unserem Herumalbern Luftsprünge machte, wurde ich wieder ernst und hakte nach.

„Also versprochen, du hältst dich raus?"

„Sí, solange ich es für angemessen halte."

Fürs Erste besser als nichts. „Einverstanden."

Rafael ließ mich runter, und wir gingen Hand in Hand die Straße entlang.

„Was machen wir dann jetzt, wenn ich mich nicht einmischen darf? Hast du einen Plan?"

„Einen Plan direkt nicht, aber ich habe mir gedacht, dass wir ihnen einfach vorspielen, uns getrennt zu haben, damit sie uns in Ruhe lassen."

Seine Augen wurden dunkler, und ich konnte sehen, dass ihn mein Vorschlag nicht begeisterte. Mir gefiel er auch nicht, aber es war die einzige Lösung, die mir einfiel, um nicht weiter die Zielscheibe auf unsere Rücken gemalt zu haben.

„Das heißt, wir gehen uns in der Schule aus dem Weg?", fragte er missmutig.

„Ja, aber nur eine Zeit lang. Bis wir eine bessere Lösung gefunden haben."

Ich zupfte an meinem Jackenärmel herum und konnte nicht sofort hochblicken, aus Angst, die gleiche Wut und den Schmerz in seinen Augen zu sehen, die ich selbst fühlte.

„Also … bedeutet das, wir dürfen uns in der Schule nicht sehen wegen Cailean, und zu Hause auch nicht wegen meiner Mutter oder, weil sonst dein Vater etwas bemerkt!?"

Rafael seufzte, und ich kaute nachdenklich an meiner Unterlippe, während ich nach einem anderen Ausweg suchte.

„Ich weiß, das klingt schlimm. Aber mein Dad ist fast nie zu Hause. Entweder er kommt spät abends von der Arbeit oder er ist auf Reisen. Wir müssen nur ein wenig besser aufpassen."

Das kann funktionieren – es muss einfach klappen! Zuversichtlich blickte ich zu ihm hoch, doch seinem Mienenspiel nach zu urteilen, hielt er nicht viel von meinem Vorschlag.

„Was ist los, Rafael?"

Unruhig rieb er sich über die Stirn, bevor er mir eine Antwort gab.

„Auch … wenn dein Dad nicht da ist, wird er uns auf die Schliche kommen. Wir können uns nie so gut vor ihm verstecken, wenn er das ganze Haus unter Beobachtung hat."

Mein Atem stockte, und mir wurde schlagartig eiskalt.

„Wie meinst du das?"

Aus dem Konzept gebracht, starrte mich Rafael irritiert an.

„Na, wegen der ganzen Kameras im Haus."

Ein Schauer überfiel mich, der nichts mit der Temperatur zu tun hatte.

Verständnislos fragte ich: „Welche Kameras?"

Ich war mir instinktiv sicher, dass er nicht von den Kameras sprach, die sich beim Eingang vorne und hinter unserem Haus befanden, um uns vor Einbrechern zu schützen. Trotzdem musste ich es genau wissen.

„Meinst du die Kameras bei den Eingangstüren?"

Vor Überraschung wurden seine Augen groß, und er schüttelte den Kopf.

„Nein, es gibt nicht nur diese Kameras. Es sind mindestens sieben oder acht Kameras im ganzen Haus. Im Flur, der Küche, dem Esszimmer oder dem Wohnzimmer. Kann sein, dass auch eine im Gästezimmer ist, aber ... auf einem der Bildschirme war ein Video zu sehen, das auf einer Kassette aufgenommen sein muss."

Nach einer Pause, in der sich Rafael über die Augenbraue strich und unsicher wirkte, sprach er weiter.

„Eine davon ist sogar in deinem Zimmer. Hast du nichts davon gewusst?"

Seine Worte hallten wie Schlagbohrer in meinem Kopf wider – ein lautes, wiederkehrendes Echo, das Übelkeit in mir aufsteigen ließ.

„Nein, natürlich nicht! Was ist von meinem Zimmer alles zu sehen?"

Bitte nicht das Bett ..., schoss es mir flehend durch den Kopf.

Er antwortete reichlich langsam und in beruhigender Tonlage, als könnte er meine aufkommende Panik spüren.

„Sie zeigt die Tür bis zum Anfang des Schminktisches und des Bettes. Aber das gesamte Bett, der Schminktisch oder die Tür zur Lesekammer sind nicht zu sehen."

Mir fehlten die Worte – mein eigener Vater ließ mich überwachen! Wie sollte ich ihm jemals wieder vertrauen? Jetzt verstand ich auch, wie mein Vater über alles Bescheid wissen konnte, oder warum Rafael vergangenen Samstagmorgen nicht zum Bett gekommen war, sondern sich zum Schminktisch gelehnt hatte. Er hatte die ganze Zeit Bescheid gewusst, ich aber nicht. In dem Moment hätte ich sauer auf ihn sein müssen, dass er mir das nicht früher erzählt hatte. Aber wie Rafael dreinblickte, war er genauso verblüfft, dass ich nichts davon wusste, wie ich schockiert war, dass es Kameras gab. Wenn es eine Person gab, auf die ich meine Wut richten musste, dann war das ganz allein mein Vater. Außerdem irritierte mich eine weitere Aussage von Rafael.

„Was hast du vorhin gemeint, als du von einer Kassette gesprochen hast?"

Vorsichtig antwortete er, sichtlich besorgt, dass ich nun doch bald austicken würde – und er hatte recht damit. Ich war knapp davor.

„Auf einem der Bildschirme war ein Standbild eingestellt."

„Wieso weißt du das? Was hast du darauf gesehen?"

„Uns beide", sagte er kurz und schlicht, trotzdem fühlte ich mich schwindelig.

Fragend sah ich ihn an und hatte dabei das Gefühl, dass mir fast die Augen aus dem Kopf fielen, obwohl ich mir die genaue Antwort bereits denken konnte.

„Es war der Tag, an dem du im Badetuch in mich hineingelaufen bist. Es zeigt dich bei der Tür, und ich stehe vor dir. Als ich das gesehen habe, war mir klar, woher er alles wusste."

„Und warum hast du mir das nicht *früher* gesagt?", blaffte ich ihn an, obwohl ich es zugleich bereute. *Er kann nichts dafür, sondern nur mein Vater,* rief ich mir vehement in Erinnerung.

„Ich habe gedacht, du wüsstest von den Kameras!"

„Woher denn? Aber wieso weißt *du* es?", fragte ich schnell, da ich mich mit dem Rest jetzt nicht beschäftigen konnte – nicht wollte, da ich sonst zu schreien anfangen würde. Wie konnte mein Dad so etwas tun und mir nichts davon sagen? Und warum tat er das?

Rafael kratzte sich unbehaglich am Kopf, als hätte er die Frage lieber umgehen wollen.

„Nun, es war so … ich habe im Erdgeschoß gerade sauber gemacht, als jemand an der Tür geklingelt hat. Es war ein Techniker, der irgendwas von einem kaputten Monitor geschwafelt hat. Ich habe ihn ins Haus gelassen, da er so einen Wisch – eine Vollmacht – von deinem Dad hatte. Aber als er schnurstracks in das Arbeitszimmer deines Dads gegangen ist, wurde ich stutzig, da ich wusste, dass dort kein Monitor ist. Zumindest hatte ich noch nie einen dort gesehen."

Er räusperte sich kurz, als wäre ihm das Nächste, was nun kam, noch unangenehmer.

„Jedenfalls habe ich mich, nachdem der Typ weg war, ein wenig im Arbeitszimmer umgesehen ..."

„Du hast geschnüffelt!", stellte ich fest. Obwohl ich nicht böse auf ihn war, wollte ich trotzdem alles genau wissen.

Er nickte. „Nachdem ich im Arbeitszimmer selbst nichts gefunden habe, naja ... hab ich die kleine Tür im Zimmer geknackt. Dahinter ist ein dunkler Raum, auf einer Seite ein Tisch und davor ist die komplette Wand voll Bildschirme. Echt gruselig!"

Rafael hatte seinen Blick gesenkt, während er sprach, aber nun richtete er sich wieder zu seiner vollen Größe auf.

„Ich wollte einen flüchtigen Blick auf die Bildschirme werfen, aber dann habe ich uns entdeckt. Er muss meine mamá angeschnauzt haben, nachdem er es angesehen hatte. Plötzlich war mir alles klar, und kurz darauf haben wir wieder miteinander geredet. Es tut mir leid."

Ich seufzte und rieb mir über das Gesicht, um das alles zu vertreiben, aber es funktionierte nicht.

„Macht nichts. Aber es ist schon komisch, dass du immer auf unsere Geheimnisse stößt und Dinge weißt, die sonst keiner kennt."

Ich war wegen des unerklärlichen Verhaltens meines Vaters so gekränkt, verwirrt und hatte eine solche Wut in meinem Bauch, dass ich nicht mehr klar denken konnte. Mir schwirrte der Kopf, und ich wusste nicht mehr weiter.

Als könnte er meine Gefühle und Gedanken lesen, ging Rafael nicht auf meinen kleinen Vorwurf ein, sondern antwortete im Halbscherz, im Versuch, die angespannte Stimmung zu kippen.

„Die einen würden es als Segen, die anderen als Fluch bezeichnen. Aber irgendwie ziehe ich Geheimnisse einfach an."

Froh darüber, dass er nicht auf meine gereizte Stimmung eingegangen war und sie von einer Sekunde auf die andere wieder verschwunden war, rempelte ich ihn spielerisch mit der Schulter an.

„Jeder hat seine Talente", sagte ich und wurde gleich darauf wieder ernst. „Entschuldige wegen vorhin. Ich bin eigentlich sauer auf meinen Dad."

Auf meine Worte lächelte er und drückte unterstützend meine Hand.

„Macht nichts, ich weiß. Was machen wir jetzt?"

„Bis wir eine Lösung gefunden haben, werden wir uns woanders treffen, wo sie uns nicht erwischen können. In der Zwischenzeit würde ich mich freuen, wenn du mir bitte doch etwas von diesem Kung-Fu-Zeug beibringen könntest."

„Gerne doch", antwortete er und legte den Arm um meine Schultern, um mich zu wärmen und näher heranzuziehen. Mit einem Mal durchdrang mich wieder eine Welle der Zuversicht – es würde alles gut werden, es musste.

Bei Ramiro und Selena angekommen, klopfte Rafael an die Tür, während ich von einem Bein auf das andere trat. Ich war nicht unsicher, weil ich Rafaels Gefühle mir gegenüber bezweifelte, sondern aus dem simplen Grund, dass ich auf Selenas Aussehen und ihre Ausstrahlung eifersüchtig war, die jeden in seinen Bann ziehen konnten. Zugegeben, ich war auch hübsch, aber sie war eine wahre Erscheinung.

Die Tür schwang auf, und Selena stand mit bequemer Yogahose und einem fliederfarbenen, dünnen Langarmshirt vor uns. Ihre Haare waren zu einem lockeren Dutt auf dem Kopf getürmt, aus dem einzelne Strähnchen hingen.

„Da bist du ja endlich wieder."

Bei dem Wort zuckte ich zwar innerlich zusammen, aber ich versuchte, mir nichts anmerken zu lassen. Sie ließ uns herein, lächelte breit, was ganz eindeutig nur Rafael galt, und, erst als er mich vorstellte, registrierte sie auch meine Anwesenheit mit einem kurzen Nicken. Nach einer Begrüßung, in der sie mich von oben bis unten musterte und mir bewusst wurde, wie lächerlich ich in meiner Schuluniform aussehen musste, gingen wir in die Wohnung.

Diese war nicht traditionell spanisch eingerichtet. Die Wände waren beige, dunkle Holzstühle und eine weiße Couch standen im Wohnraum. Vereinzelt sah ich typisch spanische Dekorteller oder -schüsseln. Eine Steinmauer wand sich entlang der Wohnzimmerwand, und alles wirkte modern und freundlich. Es war penibel aufgeräumt, und mir kam es vor, als traute sich nicht einmal ein einzelnes Staubpartikelchen, hier herumzulungern.

Am Ende eines Flurs kamen wir zu einer Tür, durch die man über eine Treppe in den Keller gelangte. Nur war es kein gewöhnlicher Keller – kalt und modrig –, sondern vor mir lag ein riesiger Raum, der zu einem Party- und Trainingsraum aufgemöbelt worden war. Der Geruch war angenehm, weder Keller- noch Männergeruch, den ich erwartet hatte, da hier trainiert wurde, sondern die Luft angenehm frisch und roch dezent nach einer Blumenwiese. Genau wie im Wohnzimmer bestand eine Seite der Wände aus einer hellen Steinwand, an deren oberen Hälfte sich ein grüner Efeu schlängelte.

Ich war so verblüfft, wie heimelig und angenehm die Wohnung und der Keller eingerichtet waren, dass ich Rafaels Freunde zuerst überhaupt nicht wahrnahm. Erst, als sich einer, der größere von ihnen, mit ausgestreckter Hand vor mich stellte und sich räusperte, um meine Aufmerksamkeit zu bekommen, wurde ich aus meinem ungenierten Staunen gerissen. Mit rotem Kopf stellte ich mich vor.

„Entschuldige. Hallo, ich bin Vic. Schön, dich kennenzulernen. Ich war so abgelenkt von diesem tollen Keller. Wirklich toll."

„Danke. Aber das ist Selenas Werk, und sie ist so gnädig, uns in der ‚Grotte' trainieren zu lassen, wenn es zu kalt draußen ist. Ich bin Ramiro."

Er schenkte mir ein freundliches Lächeln. Sein Gesicht wies Bartstoppeln auf und hatte ein spitzes Kinn, was ihm ein wildes Aussehen verlieh. Ramiro war sichtlich älter als wir, und die schwarzen Haare hatte er wieder zu einem Pferdeschwanz gebunden. Ohne schüchtern zu sein, redete Ramiro drauf los, war nett und hatte kein Problem damit, dass ich irgendwie aus einer anderen Welt stammte. Obwohl er so alt wie Selena sein musste, wirkte er viel jugendlicher und vor allem offener als sie.

Das gleiche konnte ich von Selena oder seinem jüngeren Bruder, der damals ebenfalls im Park gewesen war, nicht behaupten. Er hieß José und war zwei Jahre jünger als ich und eine kleinere Ausgabe von Ramiro, nur dass er seine Haare fast geschoren trug und nicht viel redete. Ich konnte spüren, wie unangenehm es ihm war, dass ich hier war, und er machte auch keine Anstalten, seine Abneigung mir gegenüber zu verbergen.

Nach dem Aufeinandertreffen mit seinen Freunden überließen wir den mittleren Teil des Raumes mit der Trainingsmatte wieder Ramiro und José, die sich in einen freundschaftlichen Kampf einließen. Ich bewunderte die geschmeidigen Bewegungen und Schläge. Dabei fiel mir etwas ein.

„Verdammt! Ich bin so schnell hierhergekommen, dass ich keine Sportsachen geholt habe." Ich sah mich um und kaute auf der Unterlippe. „Ich schätze, mit der Schuluniform werde ich nicht viel anfangen können – das war's für heute."

Wie aufs Stichwort stürmte in diesem Moment Selena in den Raum, legte ein Bündel auf einen Tisch und ging wieder hinaus, ohne aufzublicken. Von der Treppe aus brüllte sie etwas, das ich nicht verstand, aber Rafael schrie dankend zurück. Sie hatte mir Sportklamotten gebracht. Nicht, dass ich undankbar sein wollte, aber nun hatte sie mich als Fremde in ihr Haus gelassen und jetzt sollte ich auch noch ihre Klamotten anziehen? Ich fühlte mich zwar unbehaglich, aber ich wollte nicht zickig wirken, also rief ich ein ‚Danke' hinterher, schnappte mir die Sachen und zog mich hinter dem Raumteiler um.

Als ich, angezogen mit enger Sporthose und einem türkisen, ärmellosen Shirt zu Rafael trat, konnte ich in seinen Augen lesen, dass er gerade nicht an Training dachte, was meinen Puls drastisch erhöhte. Aber ich riss mich zusammen, ich musste mich zuerst auf das Jetzt konzentrieren und durfte mich nicht von hitzigen Gefühlen ablenken lassen. Wie sonst sollte ich mich endlich selbst wehren können? Das hier war der erste Schritt. Ich band mir einen hohen Pferdeschwanz und stellte mich breitbeinig gegenüber von Rafael hin, die Hände in die Hüfte gestemmt.

„Also schön, fangen wir an. Ich bin ganz Ohr."

Wie auf Kommando konzentrierte er sich wieder, und jeder Funke Spaß verließ seine Augen. Zuerst zeigte er mir Techniken, um mich aus Griffen zu winden, später Schläge und wo ich sie wie am besten einsetzen konnte.

Nach fast zwei Stunden Training war ich komplett erledigt. Wir hatten auch Rollenspiele begonnen, in denen er in Zeitlupe einen Angreifer spielte und ich laut die nächsten Schritte ansagen musste, während ich sie ausführte.

Bei der ganzen Anstrengung hatte ich nicht bemerkt, dass die anderen mittlerweile auf dem Sofa lümmelten und uns zusahen. José wirkte gelangweilt und Ramiro amüsiert.

Leise erkundigte ich mich bei Rafael: „Machen wir noch lange?"

Als Antwort nickte er. „Ein wenig. Willst du nicht mehr?"

„Ehrlich? Es ist keine Frage des Wollens. Ich kann nicht mehr – ich bin total fertig. Außerdem hab ich Hunger, und unsere Eltern werden sich wundern, wenn wir nicht bald nach Hause kommen."

„Willst du denn schon heim? Du weißt, dass wir dort nicht zusammen sein können."

Er klang enttäuscht, und ich hätte ihn zu gerne umarmt, aber ich spürte noch immer den unangenehmen Blick von José. Daher trat ich nur etwas näher heran und flüsterte: „Das gleiche wie vorhin: wollen nicht, aber müssen."

„Stimmt nicht", hielt er dagegen. „Meiner mamá habe ich gesagt, dass ich hier bin, und sie hat mir erzählt, dass dein Dad die nächsten Tage auf Reisen ist. Wir können also tun, was wir wollen."

Als hätte er uns gehört, stand Ramiro auf und kam zu uns geschlendert.

„Wenn ihr möchtet, könnt ihr mit uns essen. Wir haben genug, und du weißt, dass du immer willkommen bist."

Also blieben wir und aßen gemeinsam wie gute Freunde zu Abend, nur dass ich manchmal skeptische Blicke von Selena erntete oder José mich komplett ignorierte, als wäre ich Luft. Nach dem Essen verabschiedeten wir uns und traten hinaus in die herbstlich-kühle Nacht. Es war ein gutes Gefühl, wieder alleine zu sein und über Themen zu sprechen, die sonst keinen etwas angingen und mich belasteten.

„Also ... was machen wir jetzt? Wie wollen wir in den nächsten Tagen Zeit miteinander verbringen, ohne dass es jemand bemerkt?"

Frustriert trat ich einen Stein beiseite, doch Rafael blieb ungerührt.

„Auch wenn es mir nicht gefällt, aber als Erstes gehen wir uns in der Schule aus dem Weg. Zu Hause ebenso. Die restliche Zeit können wir bei Ramiro im Haus bleiben. Er hat gemeint, es wäre kein Problem, und wir wären immer willkommen."

„Das ist nett von ihm, aber ... naja ... du weißt schon."

Er lächelte schief, als ich herumdruckste. „Was?"

„Du weißt, was ich meine! Es mag ja nett sein bei ihnen, aber dort sind wir nie alleine ... um uns auch *anders* näher zu sein."

Übertrieben theatralisch griff er sich ans Herz und setzte eine gespielt-verdatterte Miene auf.

„Princesa, bist du so auf die Fleischeslust fixiert, dass dir meine bloße Anwesenheit nicht genügt?"

Für diese Unterstellung bekam er einen Klaps auf den Oberarm, der ihn nur mit den Mundwinkeln zucken ließ, um ein Lachen zurückzuhalten.

„Natürlich nicht. Aber trotzdem wäre etwas Zweisamkeit schön."

„Mir geht es genauso, ehrlich. Aber die meiste Zeit sind Ramiro und José unterwegs und nur Selena im Haus, sodass wir genug Privatsphäre haben werden. Es wird nicht so schlimm werden, wir brauchen nur etwas Geduld."

Geduld war nicht meine Stärke, aber im Moment blieb uns auch nichts anderes übrig.

Zu Hause stellte ich fest, dass mein Vater wirklich wieder weg war und ich mich erneut vollkommen alleine in dem riesigen Haus befand, in dem ich mich von Tag zu Tag fremder und unwohler fühlte. Vielleicht sollte ich doch zu Tante Shona ziehen? Doch dann müsste ich Rafael, Aimee und Stew zurücklassen, und diesen Preis war ich nicht bereit zu zahlen.

Mit müden Beinen ging ich auf mein Zimmer zu, doch ein Lichtstreif am Ende des Ganges erregte meine Aufmerksamkeit. *Ist doch noch jemand im Haus?*

Verwirrt ging ich zu der Tür, die einen Zentimeter offen stand. Vorsichtig schob ich sie weiter auf. Ich wollte nicht, dass mein Dad glaubte, ich würde spionieren, aber trotzdem wollte ich wissen, warum in seinem Arbeitszimmer Licht brannte oder ob er doch noch hier war.

Das Zimmer stand leer – er hatte nur vergessen, die Lampe auf seinem riesigen Schreibtisch auszuschalten. Als ich sie ausschalten wollte, blieb ich stehen und drehte mich zur Wand auf der linken Seite.

Ohne nachzudenken und aus einem Impuls heraus, ging ich auf die kleine Tür zu, die so unscheinbar in die Wand eingelassen war, dass man sie fast übersehen konnte. Mit zittrigen Fingern ergriff ich die Türklinke und drückte sie hinunter. Aber sie war verschlossen, und egal, wie heftig ich daran rüttelte, sie wollte nicht aufgehen. Ich hatte mich persönlich davon überzeugen und die Bildschirme sehen wollen. Denn glauben konnte ich es noch immer nicht wirklich und noch weniger verstehen, dass mein Vater in unserem Haus den totalen Überwachungsstaat eingerichtet haben sollte. Sobald er zurück sein würde, würde ich ihn darauf ansprechen und eine Erklärung fordern – und ich würde einen Weg hinter diese verdammte Tür finden.

14. Trockentraining

Willst du, dass einer in der Gefahr nicht zittert,
dann trainiere ihn vor der Gefahr.
(Lucius Annaeus Seneca)

Ein dunkles Kellerverlies, Tropfen, die zu Boden plätschern, Schritte in der Ferne, die bedrohlich dumpf klingen und, begleitet von einem Feuerspiel an der Wand, näher kommen. Kälte und Dunkelheit, die zusehends der Hitze und dem hellen Licht einer flackernden Flamme weichen, die in der Mitte einer großen Höhle auflodert. Die verdeckten Gestalten in ihren grässlichen, Furcht einflößenden Kutten singen ein Lied, das mir die Haare zu Berge stehen lässt.

Der Mann vor mir zieht mich an den rauen Ketten weiter, entlang der felsigen Wand, bis wir zu einem Holzzuber kommen, der mit Wasser befüllt ist. Ohne zu warten, zerrt er mich hinein, und warmes Wasser umgibt meinen geschundenen, kraftlosen Körper. Ich kann ihn nicht stoppen, und er beginnt, mich zu waschen. Als ich aus der Wanne gezogen werde und getrocknet bin, bekomme ich ein frisches, weißes Nachthemd aus Seide übergestreift, das sich kühl auf meiner nackten Haut anfühlt. Finger bohren sich in meinen Rücken und schubsen mich nach vorne, gefolgt von einem strengen Befehl: „Dort rüber!"

Ängstlich gehe ich auf den Kreis der Männer zu, und ihr Gesang wird lauter, fordernder. Sie öffnen den Kreis – und mein Blick fällt auf einen steinernen Altar.

Wie am Vortag ging ich, gebeutelt von der kurzen Nacht und den Albträumen, den Weg zur Haltestelle. Auf halbem Weg sah ich Rafael hinter einer Biegung auf mich warten und mir zuwinken. Noch bevor ich richtig bei ihm angekommen war, zog er mich heftig in seine starken Arme, dass mir die Luft wegblieb. Er bedeckte meinen Mund mit begehrenden Küssen, bei denen es mir verdammt schwerfiel, einen klaren Gedanken zu fassen.

„Ich habe dich vermisst", hauchte er an meinem Hals.

„Ich dich auch", gab ich zu und wuschelte ihm durch die dunklen Haare. „Wie konnte ich es nur so lange ohne dich aushalten."

Damit meinte ich nicht nur die letzten Stunden, sondern die

vergangenen Jahre. Ich lehnte mich an ihn, und wir blieben beisammen, bis wir an der Haltestelle bei der Schule ausstiegen. Zu unserem Glück fuhren Cailean oder seine Freunde nicht mit dieser Linie.

Rafael gefiel es nicht, unsere Gefühle zu verleugnen, das konnte ich sehen, aber es war unsere einzige Möglichkeit, überhaupt zusammen sein zu können. Ich war mir sicher – würde Cailean etwas bemerken, würde mein Vater der Erste sein, der davon erfuhr. Und dann könnte es passieren, dass Rafaels Mutter wegen des vermeintlichen Lebensversicherungsbetruges den spanischen Behörden ausgeliefert wurde.

Wir hatten es nicht direkt angesprochen, aber es stand außer Frage, dass Rafael dann ebenfalls nach Spanien zurückgehen würde. Auch wenn das bedeutete, seinen Wunsch, Medizin in London zu studieren, aufzugeben oder mich zu verlassen. Daher ging Rafael ohne Murren davon, wenn er auch sichtlich zerknirscht war.

Kaum war er verschwunden, läutete mein Handy. Es war Shona, die etwas gehetzt, aber erfreut klang, als ich abnahm: „Guten Morgen, Schatz! Schön, dass ich dich erreiche."

„Hey, Shona. Warum rufst du so früh an? Ist etwas passiert?"

Sofort machte ich mir Sorgen, ob mit Shona oder ihrer Familie alles in Ordnung war.

„Nein, nein. Ich wollte dich nur erreichen, bevor du Schule hast. Du weißt doch, dass ich vor Kurzem Geburtstag hatte?"

In ihrer Stimme lag ein Lachen, und ich konnte sie mit ihrem freundlich-strahlenden Gesicht vor mir sehen. Wie ihre schulterlangen Haare hin und her schwangen, während sie dem kleinen Russel nachlief, den ich im Hintergrund lachen hörte. Ich antwortete ebenfalls gut gelaunt: „Jip. Wir haben doch stundenlang telefoniert, und ich kann mich noch gut an dein Geschenk erinnern."

„Ja, ich liebe das Buch von Ilona Andrews, und ich bin jetzt noch kribbelig wegen des romantischen Abends, den du für mich und Keith organisiert hast. Es war so schön, und am besten war diese Partnermassage, und erst danach, als …"

„AAAAAH, Shona, stopp! Bitte, keine Details! Die Bilder bekomme ich nie wieder aus meinem Kopf raus", schnitt ich ihr lachend das Wort ab. So sehr ich sie liebte, das wäre eindeutig zu viel Information. „Du rufst also aus einem bestimmten Grund an?"

„Genau! Du hattest ja keine Zeit, mich zu besuchen, und wir haben uns schon lange nicht mehr gesehen. Diese Woche kommt vielleicht Keiths Mutter, weil sie Russel sehen möchte, und da habe ich mir gedacht, ich nutze die Gunst der Stunde und lasse sie mit Keith und Russel für ein oder zwei Tage alleine, um zu dir nach Glasgow zu kommen", erklärte sie und trällerte am Ende. „Mädchentage!!"

So hatten wir schon seit jeher unsere gemeinsame Zeit genannt, wenn sie nach Glasgow kam oder ich sie in Inverness besuchte, um nur zu zweit Zeit zu verbringen. Obwohl ich lächeln musste, spürte ich mein schlechtes Gewissen – ich hatte ihr die neuesten Geschehnisse noch nicht erzählt. Das mit Rafael, mit Dad, den Kameras. Als ich daher nicht gleich antwortete, fragte Shona nach: „Willst du etwa nicht, dass ich komme?"

Ihre Stimme verlor an Enthusiasmus, und ich konnte beinahe die Falte zwischen ihren braunen Augen sehen.

„Nein … ich meine … ja. Sicher will ich, dass du kommst. Aber es gibt etliches, das du noch nicht weißt."

Vorsichtig begann ich zu erzählen, hielt mich aber kurz und blieb im Freien stehen, außer Hörweite von irgendwelchen Schülern. Wie ich befürchtet hatte, war sie außer sich und wollte meinen Dad anrufen, um ihn so richtig zusammenzustauchen. Aber ich hielt sie davon ab. Genau deswegen hatte ich ihr bisher die Details verschwiegen: Sie hatte schon genug um die Ohren und sollte sich nicht auch noch wegen mir den Kopf zerbrechen. Wir vereinbarten, dass sie sich in den nächsten Tagen wieder bei mir melden würde, wenn sie Genaueres wüsste, wann und ob sie kommen konnte.

Der Schultag verging wie im Schneckentempo. Das einzig Gute war, dass Cailean unsere Show glaubte, denn, als ich an ihm vorbeiging, nickte er siegessicher. Auch wenn es funktionierte, ich hasste jede Minute davon.

Am Abend bei Selena waren wir schnell in der Routine des Trainings und beide äußerst erfreut über meine Lernfähigkeit. Er machte sich Sorgen um mich, das konnte ich spüren, trotzdem plagte mich schlechtes Gewissen, weil ich ihn vom Lernen abhielt.

Schläge, Tritte, Befreiungen und noch mehr Techniken, um sich aus einer brenzligen Situation zu befreien. Nach ausgiebigem Training umfasste er mich erneut von hinten, um eine Befreiung zu üben. Doch statt das Erlernte anzuwenden, schmiegte ich mich an ihn und legte die Arme auf seine, die um meine Taille geschlungen waren.

Amüsiert stellte Rafael fest: „Sieht aus, als hättest du genug vom Training."

Langsam drehte ich mich um und gab ihm einen flüchtigen Kuss.

„Sieht so aus, als würde dich das nicht besonders stören."

„Ich habe mich schon gefragt, wie lange es dauert, bis du mich nicht mehr wegstoßen würdest", gab er lächelnd zurück.

„*Dich* würde ich nie wegstoßen."

Es tat gut, endlich offen zu sein, meine Gefühle zuzulassen und sie auch zu formulieren. Bei Rafael fiel es mir nicht schwer, ich selbst zu sein, und ich musste mich nicht hinter einer Fassade verstecken. Mit ihm war es so einfach, so leicht – fast wie fliegen.

„Ist das dein Ernst? Auch, wenn ich das hier mache?"

Er schob die Hand unter mein Shirt und strich mit seinen Fingern vom Rücken nach vorne über meinen nackten Bauch. Ich hielt gespannt den Atem an. Doch anstatt richtige Zärtlichkeiten auszutauschen, fing er an, mich zu kitzeln. Bevor ich mich versah, krümmte ich mich vor Lachen und stieß ihn zur Seite.

Rafael grinste mich fröhlich an. „Siehst du – sag niemals nie."

Ich ließ mich auf die Armlehne der Couch plumpsen.

„*Das* war fies! Du weißt, wie kitzelig ich bin."

„Nein, wusste ich nicht. Aber jetzt."

Rafael schlenderte zu mir und verschränkte unsere Finger. In seinen Augen lag Traurigkeit, die mir kurz den Atem nahm.

„Ich weiß noch immer viel zu wenig über dich … und, wenn wir uns weiterhin aus dem Weg gehen müssen, wird sich das nicht so bald ändern."

Müde schüttelte ich den Kopf, da ich nicht schon wieder mit ihm darüber streiten wollte.

„Wir haben keine Wahl."

„Doch! Wir können zu uns stehen und zusammenhalten. Es kann nicht sein, dass wir uns von anderen alles vorschreiben lassen!"

„Aber im Moment müssen wir das leider. Wir werden eine Lösung finden, versprochen", sprach ich nicht nur ihm aufmunternd zu, sondern auch mir selbst.

Ich hasse dieses Versteckspiel genauso sehr wie er, doch die Konsequenzen waren zu schwerwiegend, als dass wir nachlässig werden durften. Was sollte ich tun, wenn mein Vater die Drohung wahr machte? Würde ich damit leben können, wenn sie wegen mir plötzlich weg wären? *Niemals*!

Starrköpfig, den Kiefer angespannt, blickte er zu Boden. Wir verabscheuten es beide, aber er hatte eindeutig ein größeres Problem damit. Doch ich wollte unsere kurze gemeinsame Zeit nicht mit einem Streit vergeuden, also legte ich die Arme um seine Schultern und zwang ihn, mich anzusehen.

„Bitte, Rafael, lass uns nicht ständig grübeln, sondern die Zeit genießen, die wir haben."

Seine einzige Antwort war ein Schnauben, stur wie ein Stier. Doch ich gab nicht auf und flüsterte ihm ins Ohr. „Ich hätte eine Idee, wie wir sie besser nützen könnten."

Langsam strich ich mit den Lippen seine Wange entlang, hinunter zu seinem Hals und wieder hoch zu seinem Kiefer.

„Was denkst du?"

Mit den Händen fuhr ich über seine Brust hinunter zur Hüfte, hakte meinen Zeigefinger bei seiner Hose unter und zog ihn heran. Langsam schüttelte er seinen Widerstand ab und seufzte kapitulierend: „Du weißt, dass du nicht mit fairen Mitteln spielst."

Meine Mundwinkel zuckten. „Habe ich auch nie behauptet …"

Bevor ich mich versah, hatte er mich an den Hüften hochgehoben und mich unter sich auf die Couch manövriert. Was danach kam, war ein unfaires Spiel von ihm und raubte mir den Atem und jeglichen zusammenhängenden Gedanken. Seine Küsse waren nicht leicht und zärtlich, sondern verhießen Sehnsucht und Verlangen, die uns in einen rauschenden Fluss aus Lust und Begierde zogen. Seine Hände, die meinen Körper erforschten, waren zärtlich, aber nicht weniger fordernd. Er hielt an manchen Stellen inne und streichelte mich, dass ich vor Hingabe glühte, während sein Oberkörper mich in die Couch presste. Es war fast perfekt.

Solange, bis uns ein verärgertes Räuspern aus unserem Liebesspiel herausriss und uns auf den Boden der Realität zurückholte. *Nicht schon wieder!* Konnten wir nicht einmal ungestört sein?

Zeitgleich drehten wir den Kopf, und ich wäre am liebsten im Boden versunken, als ich in Selenas wütende Augen blickte.

„Tut mir leid, dass ich euch bei eurem … Training störe", sagte sie, wobei sie das Wort Training mit ihren Fingern in Anführungszeichen setzte.

„Aber Ramiro hat angerufen und gefragt, wie lange ihr bleiben werdet?"

Wir waren zwar Erwachsene, aber trotzdem dachte ich, wir würden uns schnell aufsetzen, unsere Klamotten glatt streichen und versuchen, die Situation zu überspielen. Aber nein, weit gefehlt. Rafael war die Selbstsicherheit in Person, blieb unbekümmert auf mir liegen und zeichnete Ringe auf meinem Oberarm, während er antwortete: „Warum? Noch ein wenig, wenn es euch nicht stört?"

Als Selena ihn ansah, kehrte ihr wunderschönes Lächeln zurück.

„Du weißt, dass ich dich gerne hier hab. Nur wird Ramiro nicht alleine kommen. José und sein Freund werden dabei sein."

Ich bemerkte, dass sie ‚José und sein Freund' anders betonte und sich Rafael ebenfalls verspannte. Oder bildete ich mir das nur ein?

„Ich denke, wir sind für heute fertig. Wir machen uns gleich auf den Weg. Danke."

Als sie verschwunden war, versuchte ich mich unter Rafaels Körper herauszuwinden, bis er mich fragend stoppte.

„Was wird das, wenn du fertig bist?"

„Unter dir herauskriechen", keuchte ich, da dieses Unterfangen schwerer war, als gedacht. Köstlich amüsiert leuchteten seine Augen auf.

„Und warum solltest du das wollen?"

Meine Stimmlage wurde höher: „War dir das denn keine Spur peinlich? Ich habe langsam genug davon, ständig erwischt zu werden, wenn wir zwei uns … küssen."

„Wieso? Wir brauchen uns nicht zu schämen. Es ist natürlich, dass wir nicht nur reden wollen …" Bei seinen Worten schenkte er mir ein anzügliches Grinsen und wackelte kurz mit den Augenbrauen. „… außer natürlich vor meiner mamá. Sie mag solche öffentlichen

Zurschaustellungen nicht. Aber Selena ist das egal."

Nun schob ich ihn mit Nachdruck von mir runter und rappelte mich in eine sitzende Position auf.

„Selena hat kein Problem damit? Von wegen. Sie hasst mich!"

Rafael setzte sich ebenfalls auf, doch er konnte seine Finger nach wie vor nicht von mir lassen.

„Blödsinn! Sie mag dich, sie zeigt es nur nicht. Außerdem macht sie sich wohl auch Sorgen um mich. Sie ist wie eine ältere Schwester, die ein Auge auf mich hat. Vale?"

Ich nickte, aber ganz überzeugt war ich nicht.

„Du musst nicht eifersüchtig sein. Die Einzige, mit der ich zusammen sein will, bist du. Ich liebe dich."

Er legte seine Hand auf meine Wange, streichelte sie, und ich schmiegte mich an seine Handfläche. Dabei atmete ich seinen Geruch ein, herb, würzig, männlich, und seufzte zufrieden. Sachte fuhr er mit dem Daumen über meine Lippen, und ich wusste, was er als Nächstes vorhatte, deshalb stoppte ich ihn. Nicht, dass ich nicht wollte, aber wir sollten gehen, wenn ich Selena richtig verstanden hatte.

„Warte. Besser nicht, sonst kommen wir hier nicht mehr weg."

„Na und …"

„Du weißt doch, dass Selena uns gebeten hat zu gehen, weil José mit einem Freund kommt?"

Schlagartig wurde sein verträumter Blick wieder klar, als hätte ihn jemand mit einem Kübel kalten Wassers übergossen.

„Ach, verdammt. Das habe ich wieder komplett vergessen. Du hast keine gute Auswirkung auf meine Konzentration."

Ich kicherte selbstzufrieden. „Ich nehme das als Kompliment."

Mit einer schnellen Bewegung stand er auf und zog mich mit sich hoch. „Kannst du auch."

In der vergangenen Woche hatte sich Routine eingeschlichen, aber ich hatte auch Dinge selbst in die Hand genommen, ohne Rafael etwas davon zu erzählen. Ich wusste, dass er kein Geld von mir annehmen würde, dafür war er zu stolz und von der alten Schule. Aber wir mussten etwas unternehmen, um uns keine Sorgen mehr wegen Cailean oder meinem Dad machen zu müssen. Daher hatte ich über Aimee und Stews

Eltern einen finanzierbaren Anwalt aufgetrieben, der sich mit strafrechtlichen Fällen beschäftigte und auch bar bezahlt werden konnte – eine Seltenheit.

Zuerst wollte ich das Geld beim Automaten abheben und damit alles bezahlen, aber bald war mir klar, dass höhere Summen meinem Dad auffallen würden. Daher fing ich an, Dinge aus meinem privaten Gebrauch in Secondhandläden zu verkaufen, wie Schmuck, einen alten Laptop, Markentaschen oder -schuhe. Dadurch bekam ich schließlich doch die erforderliche Summe zusammen, und der Anwalt arbeitete fleißig an dem Fall, um Rafaels Mutter rechtlich zu schützen, falls im Fall des Falles alles schiefgehen sollte – quasi ein Plan B.

Plan A war, dass er von alleine alle Unterlagen zusammenbekommen würde, die ich dann Rafael und seiner Mutter in die Hand drücken könnte und mithilfe derer sie sich keine Sorgen mehr wegen der Drohungen meines Dads würden machen müssen. Aber, da ich nicht sicher war, ob mein Plan so aufgehen würde, verschwieg ich es Rafael noch, bevor ich ihm verfrüht Hoffnungen machte. Ich wollte ihm zwar nichts verheimlichen, aber hier war sein Wohlergehen wichtiger als mein Bedürfnis, ihm alles zu erzählen.

Ansonsten blieb alles beim Alten – Schule, Training, Schlafen und wieder von vorne. Heute war es acht Tage her seit dem ersten Training, und mir taten, wie fast jeden Tag, alle Muskeln weh. Aimee ging es genauso; sie schaute mittlerweile manchmal mit Stew vorbei und machte mit. Aber sie hatte wenig Zeit dafür, da ihr Kaffeetrinken mit Bradley ein voller Erfolg gewesen war und sie nun des Öfteren Zeit mit ihm verbrachte.

Trotz des ständigen Muskelkaters sehnte ich mich jeden Tag nach dem Läuten in der letzten Stunde. Ich nahm die Muskelschmerzen gerne in Kauf, denn das Training bedeutete auch, dass ich mit Rafael zusammen sein konnte. Wegen Cailean war ich nämlich bereits so paranoid, dass ich mich nicht einmal mehr traute, Rafael verschworene Blicke zuzuwerfen, sondern ihn komplett ignorierte. Komischerweise gelang mir dies unter geringeren Schmerzen, als sich sehnsüchtige Blicke zuzuwerfen, ohne aufeinanderzugehen zu können – denn das war eine noch größere Folter.

Heute war mir schon den ganzen Tag übel, und mein Magen

revoltierte. Vermutlich, weil ich in der Nacht wieder einen bizarren Traum von den ‚feuerspielenden Blutmönchen' gehabt hatte, wie ich sie inzwischen nannte. Nur war dieses Mal nicht ich diejenige gewesen, die auf dem Tisch gelegen hatte, sondern ich war eine Zuschauerin, die alles beobachtet hatte, was noch schlimmer gewesen war. Als die angekettete Frau auf dem Altar den Kopf drehte, schrie ich vor Schreck auf – es war das Gesicht meiner Mutter gewesen. Jedes Mal, wenn ich an dieses erschreckende Bild dachte, bekam ich eine Gänsehaut.

Zusammen mit Aimee und Stew verließ ich gerade das Hauptgebäude unserer Schule, als Aimee mein Schaudern bemerkte.
„Bist du in Ordnung?", fragte sie und legte mir die Hand auf die Schulter. „Du bist ganz blass."
Auch Stew blieb stehen und musterte mich besorgt, da er bisher zu abgelenkt damit gewesen war, von Beth zu reden. Sie saß jetzt jeden Tag bei uns, genauso wie Bradley, sodass unser Tisch immer voller wurde – nur Rafael fehlte. Heute Abend hatten die beiden eine Verabredung zum Kino. Doch nun ließ Stew seine Schwärmerei und runzelte die Stirn.
„Stimmt, du siehst wirklich nicht gut aus."
„Danke, da fühl ich mich doch glatt besser."
Mich quälten die Bilder meiner Träume, und auch die Sache mit meinem Vater und Cailean raubte mir die Kräfte. Stew und Aimee hakten sich bei mir unter.
„So meine ich das nicht, wie das jetzt geklungen hat. Wir machen uns Sorgen um dich."
„Ich weiß, Stew. Die letzte Zeit war *schwierig*. Und ich muss euch etwas erzählen. Es klingt verrückt, aber mich plagen seit Wochen Albträume …"
Zwischen Aimee und Stew positioniert, spazierte ich weiter, während ich ihnen meine Sorgen und Ängste schilderte, vor allem die Panik in den Träumen und die Machtlosigkeit, darin nichts ändern zu können. Das Reden darüber half mir, und, als sich unsere Wege trennten, fühlte ich mich leichter und zugleich geerdeter als zuvor.

15. Entzweiung

*Es hat keinen Sinn, mit Männern zu streiten
– sie haben ja doch immer Unrecht.*
(Zsa Zsa Gabor)

Es herrschte Zwielicht, und der Nebel erschwerte zusätzlich die Sicht im feuchten Glasgow, als ich bei Ramiro ankam. Selena öffnete die Tür, und, nachdem wir uns kurz begrüßt hatten, ging ich in die Grotte, wo Rafael sich bereits aufwärmte. Nach einem Kuss ließ ich mich auf die Couch fallen und konnte ein Gähnen nicht zurückhalten. Rafael setzte sich neben mich.

„Wieder schlecht geträumt?"

Ich schmiegte mich an ihn und vergrub das Gesicht in seiner Halsbeuge.

„Ja. Aber egal. Ich bin nur total müde und würde lieber nicht trainieren. Wärst du damit einverstanden?"

„Bist du sicher? Ich fühle mich besser, wenn ich weiß, dass du dich wehren kannst."

Ich stöhnte und sah mich wieder mit neuen blauen Flecken und mit Muskelkater an Stellen, von denen mir vorher nicht bewusst gewesen war, dass sich dort Muskeln befanden. Müde vergrub ich das Gesicht in den Händen, und Rafael begann, meine Schultern zu massieren, sodass ich schmolz wie Butter in der Sonne.

„Lassen wir es für heute. Du hast mich überredet."

Ich spürte seinen Kuss auf dem Nacken und seine Haare, die mich kitzelten. Bevor ich mich umdrehen konnte, erstarrten wir beide in der Bewegung, da von oben ein Poltern zu hören war, auf das laute spanische Flüche folgten. Wir stürmten nach oben, und Rafael hielt mich dabei hinter sich, als hätte er Angst, ein Einbrecher würde uns auflauern.

In der Küche angekommen, bot sich uns ein Anblick, der uns im ersten Moment erschreckte, aber später erheiterte. Selena stand mit wirren Haaren, wie eine verrückt gewordene Medusa, vor einem Haufen kaputter Eier, die den Boden unter ihr pflasterten und ihre Hausschuhe sowie ihre Hose bespritzt hatten. Man hätte meinen können, ein Ganove hätte sie mit einem Messer bedroht, so laut und hysterisch, wie sie geschrien hatte. Als sie sich umdrehte und unsere amüsierten Mienen sah, verdunkelte sich ihr Gesicht noch weiter, und sie ließ eine zweite Schimpftirade los.

Beschwichtigend hob Rafael die Arme. „Ganz ruhig. Was ist passiert?"

Erbost schüttelte Selena den Kopf. „Da fragst du? Nach was sieht es denn aus, Genie?"

Rafael lächelte, offenbar unberührt von ihrem Unmut.

„Wenn du es wissen willst. Ich tippe auf atomaren Angriff genmanipulierter Riesenhühner oder auf einen missglückten Versuch, eine Eierplantage zu gründen."

Nicht einmal ich konnte mir ein Lachen verkneifen, obwohl ich das in Selenas Nähe lieber gelassen hätte. Aber zu meiner Überraschung fiel sie in unser Gelächter mit ein. Sie war mir noch nie so sympathisch gewesen.

Als Rafael wieder Luft hatte, um zu sprechen, fragte er: „Wenn du willst, kann ich neue holen. Das Geschäft ist nicht weit weg, und wenn du backen wolltest, wirst du mit denen nichts mehr anfangen können."

Selena seufzte sichtlich erleichtert.

„Das wäre fantastisch. Ich wollte Ramiro mit einem Schokokuchen überraschen, und dann passiert mir das …", sagte sie und deutete mit grimmiger Miene auf den besudelten Boden.

„Es wäre wirklich nett, wenn du mir welche besorgen könntest. Dann kann ich sauber machen und gleich nochmal beginnen. Danke, Rafael."

„Das ist das Mindeste dafür, dass wir uns ständig hier rumtreiben."

Sie wedelte mit ihren Händen. „Du gehörst so gut wie zur Familie, und …"

„… ihr habt mich gerne hier. Danke", unterbrach er sie.

Dann drückte er ihr einen Kuss auf die Wange, und ich bekam einen auf die Lippen, bevor er verschwand und uns alleine ließ – *klasse*. Aber sie beachtete mich nicht weiter und fing an, einen Kübel mit Wasser und Reinigungsmittel zu füllen. Ganz nutzlos wollte ich nicht danebenstehen, also ging ich vorsichtig um die Eiermatsche auf dem Boden und Selena herum, schnappte mir einen Lappen, der in der Spüle hing, befeuchtete ihn und wollte mich gerade zum Boden bücken, als mich Selena anfuhr: „Was machst du da?"

Diese Frau ging mir langsam sowas von auf den Keks, also klaute ich ihren vorigen Spruch: „Nach was sieht's denn aus? Ich will mich wohl nicht waschen!"

Doch sie ignorierte meinen Sarkasmus.

„Du musst das nicht tun. Du kannst unten warten, bis Rafael wieder da ist", murrte sie und bückte sich, um mir den Lappen abzunehmen, den ich im letzten Moment gerade noch wegziehen konnte.

„Nein, ich helfe gerne", sagte ich durch zusammengebissene Zähne.

Sie verschränkte die Arme vor der Brust und klopfte mit dem Zeigefinger gegen ihre Ellbogen.

„Ich weiß, du willst nur helfen. Aber ehrlich gesagt will ich deine Hilfe nicht. Es funktioniert auch nicht, wenn du versuchst, dich bei mir einzuschleimen wie bei den Jungs."

Erbost zischte ich zurück: „Wie bitte?!"

Aha, jetzt kommt sie endlich zum Thema. Es musste ja einen Grund geben, warum sie bisher so abweisend zu mir gewesen war.

„Tu nicht so unschuldig mit deinem Dackelblick. Nur, weil du Rafael und Ramiro um deine kleinen, unschuldigen Finger gewickelt hast, bedeutet es nicht, dass du es bei mir genauso leicht hast. Glaubst du, ich kenne Mädchen wie dich nicht?"

Das wird ja immer besser! Innerlich kochte ich bereits vor Wut, da sie so über mich dachte und mir das, ohne mit der Wimper zu zucken, ins Gesicht schleuderte. Ich stützte meine Arme in die Hüften – ich hatte eindeutig die Nase voll von Menschen, die mir vorschreiben wollten, was ich zu tun oder zu lassen hatte, und auch noch behaupteten, mich zu kennen.

„Wenn du schon so gut informiert bist, sag mir doch, was für ein Mädchen ich bin? Darauf bin ich wirklich gespannt. Vorher geh ich nirgendwo hin."

In ihren Augen flackerte Überraschung auf, wohl, weil ich nicht sofort klein beigab.

„Na gut, wenn du es unbedingt wissen willst! Ich habe schon oft gesehen, wie sich eines von euch reichen, weißen Mädchen an einen Kerl von uns rangeschmissen hat, um ihn nach etwas Spaß wieder fallen zu lassen. Das hat keiner verdient, und schon gar nicht Rafael."

Ach, diese alte Leier wieder, dachte ich genervt. Verteidigte mich aber trotzdem.

„Ich spiele nicht – er ist mir wichtig! Es ist viel mehr zwischen uns, als du glaubst, nicht nur Körperliches!"

Sie schnaubte und schüttelte den Kopf.

„*Das* habe ich gesehen."

In dem Moment war ich mir sicher, dass meine Wangen kurz rot glühten. Aber ich ignorierte es, denn ich hatte keine Lust, sie in der Sache gewinnen zu lassen.

„Glaub, was du willst, das ist mir völlig egal. Aber mir ist nicht egal, wie du mich blöd anmachst. Ich denke, wir sollten uns wie zwei Erwachsene verhalten und uns zumindest mit Respekt begegnen."

Sie verzog das Gesicht, als hätte sie in eine saure Zitrone gebissen.

„Wie kommst du drauf, dass ich das tun würde?"

Eindringlich sah ich ihr in die Augen.

„Weil Rafael uns *beiden* wichtig ist, und deshalb sollten wir uns ihm zuliebe zumindest nach außen hin verstehen und uns nicht jeden Moment an die Gurgel gehen."

Obwohl – bei dem Gedanken musste ich lächeln. Als ich sie musterte, bemerkte ich eine Veränderung in ihren Gesichtszügen – sie waren etwas weicher geworden.

„Tz! Na gut. Damit könntest du zur Abwechslung recht haben. Okay, vorerst Friede! Aber glaub ja nicht, dass wir Freundinnen werden!"

Ich stieß die Luft aus, um ein Lachen zu unterdrücken: „Gott! *Das* würde mir im Traum nicht einfallen."

In diesem Moment kam Rafael in die Küche, bestückt mit einer Schachtel Eier, Rotwein und guter Laune. „Hey, bin zurück. Was gibt's?"

„Nichts", gaben wir synchron zu Antwort.

Mein Blick fiel auf Selena, und sie sah mich ebenfalls an. Und ich schwöre, es sah fast so aus, als hätten ihre Mundwinkel nach oben gezuckt. In dem Moment läutete ihr Handy, und sie begann wild gestikulierend zu telefonieren, drehte sich danach zu uns und fragte Rafael mit einem zuckersüßen Tonfall: „José hat angerufen. Er fühlt sich nicht gut und fragt, ob ich für heute Abend eine Vertretung finden kann. Könntest du einspringen? Bitte."

Er strich sich langsam mit den Fingern über das Kinn.

„Wie hat er geklungen? Meinst du, er ist wirklich krank, oder hat er ein anderes Ding am Laufen?"

Sie wechselten einen Blick, und Selena stieß langsam die Luft aus. Zum ersten Mal bemerkte ich ihre Augenringe und wie müde sie war. Dann seufzte sie.

„Ich weiß nicht. Es wird sich schon wieder einrenken ... hoffentlich. Kannst du nun im Club helfen? Du würdest uns einen großen Gefallen tun."

„Klar helfe ich. Ich werde Vic nur schnell nach Hause bringen und mich umziehen."

Am nächsten Morgen kam ich gerade noch rechtzeitig in die Schule, da ich zu lange auf Rafael gewartet hatte. Gestern Abend hatten wir beim Nachhausegehen noch einen Streit gehabt, über die Arbeit in der Bar und darüber, dass er sich von mir finanziell nicht helfen lassen wollte. Heute war er nicht aufgetaucht, und am Handy hatte ich ihn auch nicht erreicht. Obwohl es nichts zu bedeuten haben musste, machte ich mir trotzdem Sorgen und überprüfte ständig mein Handy – aber nichts.

Bis zur Mittagspause hatte ich noch immer nichts von Rafael gehört, und meine Unruhe wuchs mit jeder verdammten Stunde. Da ich keinen Appetit hatte, ging ich mit Handy und Jacke bewaffnet hinaus an die frische Luft. Als sich Rafaels Mobilbox meldete, hörte ich Schritte hinter mir in der dünnen Schneeschicht, die über Nacht gefallen war, knirschen.

„Was machst du denn ganz alleine hier draußen, Schätzchen?"

Genervt drehte ich mich um und schob jeglichen Anflug von Angst beiseite. Ich würde nicht klein beigeben.

„Was willst du, Cailean?"

Er schnalzte mit der Zunge. „Nicht gleich so unhöflich. Sonst glaube ich noch, du magst mich nicht mehr."

Ich stieß verächtlich die Luft aus. „Ich mag dich schon eine ganze

Weile nicht mehr."

Cailean kam näher und hatte ein Lächeln aufgesetzt, das so freundlich wirkte wie das eines Raubtieres.

„Wir hatten doch eine schöne Zeit zusammen. Vermisst du das kein bisschen? Oder hängst du immer noch an diesem zweitklassigen Hilfskellner? Du musst nicht länger allein sein, ich kann dir darüber hinweghelfen."

Bei der Erwähnung von Rafael versteifte ich mich, doch ich versuchte, gelassen zu bleiben.

„Cailean, lass es, das mit uns ist Geschichte. Wir hatten unseren Spaß, aber momentan bin ich lieber solo. Also vergiss es."

Über Caileans Schulter hinweg sah ich Cecilia um die Ecke kommen, und ihre wütenden Augen waren auf mich gerichtet. Ihre Haare waren zerzaust, und ihre Bluse war nicht sorgfältig in den Rock gesteckt. Ich blickte zu Cailean hin und konnte meinen Mund nicht halten: „Wie ich sehe, hast du sowieso einen willigen Ersatz gefunden."

Cailean schaute zurück und zuckte nur mit den Schultern, als ob sie ihn nichts anginge.

„Nur ein netter Zeitvertreib, bis …"

„Bis was?", fragte ich bissig nach, als er nicht weitersprach. Wieder lächelte er in einer so unangenehmen Art, die mir den Magen umdrehte.

„Ach nichts. Du wirst es früh genug erfahren."

Bevor er ging, fügte er hinzu: „Ich freu mich schon auf unsere Zukunft. Es wird interessant werden, dich zu bändigen und zu brechen, wie mein alter Dad so schön sagt. Ich stehe auf Kämpfe, besonders, wenn ich sie gewinne."

Viel zu schockiert, um zu antworten, blieb ich wie angewurzelt stehen und sah ihm hinterher, als er zu Cecilia schlenderte, einen Arm um sie legte und die beiden gemeinsam im Schulgebäude verschwanden. Ein Schauer überlief mich, und ich hätte ihn zu gerne als gestörten Stalker abgeschrieben, der nicht loslassen konnte. Aber etwas in seiner Stimme und wie er es gesagt hatte, bereitete mir eine unheimliche Gänsehaut.

Eine Hand berührte mich an der Schulter, und ich gab einen erschreckten Laut von mir, bevor mich Rafael in die Arme zog. Sofort kam ich wieder zur Ruhe, und an meinem Haar bewegten sich seine

Lippen, als er mich fragte: „Alles okay? Ich habe dich mit Cailean gesehen – und jetzt siehst du aus, als hättest du ein Gespenst gesehen. Was hat er gesagt?"

Ohne es zu sehen, konnte ich spüren, wie er mit den Zähnen knirschte und versuchte, ruhig zu bleiben. Widerwillig löste ich mich von Rafael und schaute über das Gelände, ob uns jemand beobachtet hatte, insbesondere Cailean. Aber wir waren alleine. Mein Blick wanderte wieder zu Rafael. Kurz konnte ich Traurigkeit in seinen Augen lesen, doch dann lächelte er wieder.

„Sorry. Ich weiß – kein Kuss, kein Händchenhalten und keine Umarmungen. Konnte mich wohl nicht beherrschen."

Es tat mir fürchterlich leid, ihn so zu sehen, und ich wollte nichts anderes, als mich an ihn kuscheln, aber wir durften nicht, auch wenn mir das Herz wehtat. Diese heutige Begegnung mit Cailean hatte mir wieder gezeigt, wie gefährlich es war. Wir mussten aufpassen.

„Ich weiß, es ist schwierig. Aber wir könnten heute zu Aimee und Stew gehen. Ihre Eltern sind nicht da. Dort können wir reden, und sie werden uns sicher in Ruhe lassen."

In diesem Moment gähnte Rafael heftig und nuschelte: „Hört sich gut an."

Nun erst fielen mir seine dunklen Augenringe auf.

„Wie lange warst du gestern im Club? Hast du den ganzen Vormittag geschwänzt?"

Er rieb sich die Augen.

„Ich hab nicht absichtlich geschwänzt, sondern verschlafen. Das ist ein Unterschied. Ich war bis vier dort, und, wenn der Wecker eingeschaltet gewesen wäre, hätte ich es auch pünktlich zur Schule geschafft, aber ..."

Ich konnte es nicht fassen – er hatte so lange gearbeitet, obwohl heute Schule war. Er brauchte doch gute Noten, und ich wusste, wie wichtig es für ihn war, Medizin studieren zu können. Deshalb packte mich die Wut gegenüber Selena, da sie sich als seine Freundin betitelte, ihn aber ausnutzte, weil sie seine finanzielle Situation kannte. Doch sie war nicht hier, sondern er, daher ließ ich es ungewollt an ihm aus.

„Wie kannst du so lange arbeiten und einfach die Hälfte des Schultages verschlafen?"

Verblüfft sah er mich an. „Seit wann bist du so ein Streber? Du weißt, dass ich das Geld brauche."

Daraufhin wurde ich noch gereizter, weil wir das Thema schon zu Genüge durchgekaut hatten.

„Wenn du so dringend Geld brauchst, würdest du von mir etwas annehmen und dich nicht in dieser Bude quälen, obwohl du dich eigentlich auf die Schule konzentrieren solltest."

Damit hatte ich seinen wunden Punkt getroffen, und nun ging er vor mir auf und ab und gestikulierte mit den Armen.

„Natürlich brauche ich es! Und du weißt, wie wichtig mir die Ausbildung ist, um was aus mir zu machen und um später eine Familie versorgen zu können."

„Was meinst du denn damit? Mir ist es egal, ob du einmal viel Geld verdienst oder nicht. Mir geht es um dich."

Er lachte bitter.

„Ja klar. Solange du immer genug von deinem Daddy bekommst. Aber ich will mich nicht darauf verlassen oder von ihm abhängig sein. Ich will dir einmal genauso viel bieten können wie andere."

Sein Blick wurde finster und folgte dem Weg, den Cailean genommen hatte. Seine Worte über meinen Vater hatten mir zwar wehgetan – obwohl er damit natürlich nicht ganz unrecht hatte. Aber aus ihm sprach die Eifersucht, die ich selbst kannte. Außerdem hatte er mich gerade eben mit Cailean gesehen, und selbst durfte er mir nicht zu nahe kommen. Das war beschissen, nicht nur für ihn. Also kommentierte ich seine Worte nicht weiter. Doch Rafael hatte noch nicht genug.

„Was wollte er von dir?"

Um Zeit zu schinden, zeichnete ich mit den Schuhspitzen einen Kreis in den Schnee, bevor ich weiterredete: „Es tut mir leid. Cailean wollte mich nur ärgern und mich erinnern, dass er weiterhin ein Auge auf mich hat. Also sollten wir auch weiterhin aufpassen. Lass uns reingehen. Willst du zuerst, oder soll ich vorgehen?"

Den Kiefer angespannt, sah er mich an, dann weg, um mich kurz darauf wieder nachdenklich anzusehen. Erst eine gefühlte Ewigkeit später antwortete er schroffer, als ich es bislang von ihm gewöhnt war.

„Ich pfeife auf den Typen. Ich habe genug davon, dass er dich beobachtet, dir nachstellt und unser Leben diktiert. Ich lass mich nicht mehr davon einschüchtern. Pfeifen wir darauf! Was sagst du – gehen wir wieder öffentlich miteinander?"

Erwartungsvoll blickte er mich an, und mich packte die nackte Angst, um mich, um ihn – um uns.

Ich war nicht bereit, etwas aufgrund einer übereilten Entscheidung aus Frust heraus zu riskieren.

„Rafael, sei vernünftig. Du weißt, dass wir das nicht sollten, und wir wissen nicht, was er tun wird oder mein Vater, wenn er davon erfährt."

„Soll er sich doch trauen! Er kann viel reden, aber wenn es darauf ankommt, wird er den Schwanz einziehen. Bestimmt! Ich habe genug von diesem Versteckspiel."

„Das ist Wunschdenken. Er kann zu meinem Vater gehen oder dir was antun oder wer weiß was. Ich denke nicht, dass es eine gute Idee ist, öffentlich als Paar aufzutreten."

Meine Unruhe wurde immer größer, und ich ließ die Finger knacken, bildete eine Faust und öffnete sie wieder, um das nervöse Zittern zu stoppen.

Rafael schüttelte den Kopf, dann schaute er mich nachdenklich an.

„Ich kann das nicht mehr, Vic. Es macht mich fertig, dich jeden Tag zu sehen, aber dich nicht berühren oder mit dir reden zu können. Und er ...", dabei zeigte er mit ausgestrecktem Arm in die Richtung, in die Cailean verschwunden war, „... quatscht in der Zwischenzeit ständig mit dir und sieht dich an, als wärst du sein Eigentum, sein Besitz. Das ist nicht richtig, das ist einfach nur krank."

Sichtlich frustriert stieß er einen Fluch aus und wischte sich über das Gesicht mit den müden Augen und den hängenden Mundwinkeln, bei dessen Anblick sich alles in mir zusammenzog. Ich wollte nichts lieber, als ihn berühren, um mich zu vergewissern, dass alles in Ordnung mit uns war, aber ich traute mich nicht. Nicht, wenn er so ein zerrissenes Gesicht machte und ich wusste, dass es meine Schuld war. Doch, bevor ich etwas sagen oder tun konnte, kam er mir zuvor, und dieses Mal klang er so, als hätte er keine Kraft mehr für einen Streit.

„Langsam frage ich mich, ob es wirklich nur an Cailean liegt oder ob du dich mit mir in der Öffentlichkeit schämst."

„Was? Wie kannst du das sagen? Das ist doch Blödsinn!", stieß ich hervor, und Schweißperlen bildeten sich auf meiner Stirn, obwohl es nicht warm war.

„Dann beweis es! Gib mir die Hand und lass uns zusammen hineingehen."

Demonstrativ hielt er mir die Hand hin, als ob seine Lebensgeister wieder geweckt wären, und seinen dunklen Augen forderten mich heraus. Bevor ich antwortete, konnte ich in seinen Augen lesen, dass er meine Antwort auch so schon kannte.

„Bitte. Ich kann nicht. Ich …"

Er zuckte von mir zurück wie vor einer Flamme, an der er sich verbrannt hatte. Rafael ließ den Arm sinken und sah mich so distanziert an, als würde er mich nicht mehr kennen, und mein Herz zerbrach in tausend kleine Stücke. Während ich nach Worten rang, hatte er eine Entscheidung getroffen.

„Vergiss es! Mir reicht es!"

Wütend drehte er sich um und stampfte davon, ohne noch einmal zurückzublicken.

16. Hoffnung

*Die Hoffnung ist der Regenbogen über dem
herabstürzenden Bach des Lebens.*
(Friedrich Nietzsche)

Der Nachmittag stellte sich als reinste Folter heraus, was aber, zur Verteidigung des Lehrplans, nicht am Unterricht lag, sondern an meiner Stimmung, die sich nicht bloß als schlecht beschreiben ließ, sondern als total im Keller. Ständig hallten mir Rafaels Worte im Kopf wider: *„Mir reicht es!"*

Drei kurze Worte, die meine Welt von jetzt auf gleich völlig verändern konnten. Die mir eine Gänsehaut bereiteten und mir in den Augen brannten. Wie hatte er sie gemeint? Dass er von Cailean genug hatte? Oder war damit unsere Beziehung gemeint: Hatte er genug von uns, von mir?

Bisher war ich noch nie verliebt gewesen, deshalb war mir dieses zerrüttende Gefühl von Liebeskummer und Sehnsucht fremd. Gerade deswegen schlugen diese heftigen Emotionen nun so stark wie dunkle Wellen und unbarmherzig über mir zusammen – und ich hatte keine Chance, mich dagegen zu wehren. Der dumpfe Schmerz, der sich von der Brust ausdehnte, in Richtung Zwerchfell drückte und sich in den Magen grub, wurde immer stärker und quälender.

In dem Moment, in dem man erkennt, dass man eine Liebe verloren hat, neigen die einen zu Lethargie und die anderen dazu, sich zu bewegen – irgendetwas tun zu müssen, um nicht vollkommen aus der eigenen Haut zu fahren. Sie spüren ein Gefühl, als ob sie nicht mehr atmen könnten, egal, was sie auch tun. Sie sind so ruhelos, dass sie sich bewegen müssen, um genug Luft zu bekommen und nicht im Kummer zu ersticken.

In Lethargie zu verfallen, war nicht mein Ding. Ich gehörte wohl zu der zweiten Gruppe. Aber ich wusste momentan nicht, was ich tun oder wohin ich laufen konnte, um es wieder besser, das alles erträglicher für mich zu machen.

Die letzten Stunden hatte ich irgendwie überstanden, bis auf den Schwimmunterricht. Bisher hatten Rafael und ich keinen gemeinsamen Unterricht gehabt, doch nun wusste ich, dass ich ihn gleich sehen würde. Ich war mir nicht sicher, wie ich reagieren sollte, oder wie er sich mir gegenüber verhalten würde, aber ich musste ihn sehen.

Wir standen alle am Rand des Schwimmbeckens und warteten, dass auch unsere Lehrerin erschien. Suchend blickte ich umher, aber Rafael war nicht zu sehen. Ich fragte mich gerade, ob er auch den Nachmittagsunterricht schwänzte, als er aus der Umkleidekabine kam. Ohne einen Blick in meine Richtung zu werfen, ging er zum anderen Ende der Reihe. Mein Herz sank mir bis zu den Knien, und ich musste heftig blinzeln, um Tränen zurückzuhalten.

Der lästige Pfiff aus der Trillerpfeife ertönte, und wir begaben uns in das Wasser. Wie jede Stunde mussten wir zuerst zehn Bahnen schwimmen. Ich war nicht mehr die Letzte wie am Anfang des Kurses, sondern rangierte im Mittelfeld; aber wie immer war Rafael als Erster fertig. Von meiner Position im Wasser konnte ich zwar nichts verstehen, aber ich sah ihn einige Worte mit unserer Lehrerin wechseln, bevor er zum Fünf-Meter-Turm ging. Daneben stand ein Dreier und, für Leute wie mich, auch das ein Meter hohe Sprungbrett.

Ohne nachzudenken, schwamm ich zur Leiter, um aus dem Becken zu klettern. Von hinten hörte ich Stew rufen: „Bist du ... schon ... fertig?"

Kleinlaut rief ich zurück: „Ähm ... heute ging's mir gut."

Was zwar eine glatte Lüge war, aber ich musste mit Rafael reden, auch wenn wir beobachtet werden würden. Anders hielt ich es nicht aus; ich musste wissen, was er gemeint hatte – was nun zwischen uns war. Diese Ungewissheit machte mich verrückt, und mir war es egal, was die anderen dachten oder was passieren könnte. Das Einzige, was zählte, war er – waren wir.

Er stand bereits oben auf dem Turm und wartete auf irgendein Zeichen der Lehrerin, daher nutzte ich die Gelegenheit und eilte auf den Turm zu. Mir blieb nicht mehr viel Zeit, bis auch die anderen mit dem Schwimmen fertig sein würden, deshalb beeilte ich mich die Leiter hinauf, ohne einen Blick nach unten zu riskieren.

Rafael stand mit dem Rücken zu mir am anderen Ende des Turmes, die Hände um das Eisengeländer gelegt, und von seinem Körper tropfte Wasser. Langsam ging ich einen Schritt auf ihn zu, aber wir waren zu weit voneinander entfernt, als dass ich ihn berühren konnte, auch wenn ich meine Hand ausgestreckt hätte. Ich wollte ihn umarmen, seine Wärme spüren, aber alles, was ich aus meiner zugeschnürten Kehle herausbrachte, war ein zittriges „Hey …"

Er erwiderte nichts, aber, als er meine Stimme hörte, spannten sich seine Muskeln an und die Fingerknöchel traten weiß hervor. Es wirkte beinahe, als müsse er sich am Geländer festhalten, um sich nicht umzudrehen. Schließlich gab er nach und warf einen Blick über die Schulter. Sein dunkles Haar hing nass in seine Stirn und wirkte schwarz wie Pech, von den Haarspitzen fielen Wassertropfen zu Boden. Mein Magen zog sich zu einem harten Klumpen zusammen, und ich bereute jedes Wort von vorhin, ich wollte es nur noch rückgängig machen. Lange schauten wir uns in die Augen, beide außerstande, das Wort zu ergreifen.

Meine Finger zitterten, weil sie eine Haarsträhne aus seiner Stirn streichen wollten. Stattdessen steckte ich sie unter die Achseln, um der Versuchung zu widerstehen. Ich konnte nicht – weil wir wahrscheinlich beobachtet wurden, aber auch, weil er es vielleicht nicht mehr wollte. Meine Kehle wurde eng bei dem Gedanken. Es fühlte sich wie ein kleiner Abschied an.

In seinen Augen bemerkte ich Ratlosigkeit und dass er ebenso angestrengt überlegte wie ich. Ich musste den Blickkontakt lösen, um einen klaren Gedanken fassen zu können.

„Können wir reden?"

„Hier?", fragte er verdutzt.

„Ja."

Ich nahm meinen Mut zusammen, ging einen Schritt näher und holte tief Luft.

„Wegen vorhin … es tut mir furchtbar leid. Ich …"

Doch weiter kam ich nicht, denn in diesem Moment hallte ein Pfiff durch die Halle.

„So, Leute, alle raus aus dem Wasser und rauf auf die Türme! Jeder springt zweimal von einem Turm nach Wahl. Los, los!"

Wieder ertönte ein Pfiff, der sich durch meine Eingeweide zog. Auch

Rafael zuckte bei ihrem Geschrei zusammen und hob entschuldigend die Arme, bevor er sich zum Sprungbrett umdrehte. Doch über die Schulter sprach er leise: „Tut mir leid. Aber ich denke, wir sollten hier besser nicht miteinander reden … sonst könnte uns noch jemand sehen."

Er klang dabei nicht gehässig oder vorwurfsvoll, sondern einfach nur traurig. Bevor ich etwas erwidern konnte, sprang er elegant in die Luft und machte einen Satz nach vorne, um ins fünf Meter entfernte Wasser zu gleiten. Mir verschlug es den Atem, als ich ihm nachsah und die unzähligen Meter nach unten blickte. Meine Höhenangst meldete sich wie auf Kommando, und meine Knie fingen an zu zittern. Vorsichtig machte ich kehrt und wandte mich zur Leiter. Dabei sah ich aus dem Augenwinkel, dass Cecilia am Beckenrand stand und nach oben starrte. Ich stieß einen leisen Fluch aus und kletterte die Leiter hinunter. Als ich unten angekommen war, stand sie bereit.

„Hast du's dir anders überlegt? Doch nicht so mutig, wie du immer tust." Damit ging sie lachend davon.

Nur einige sprangen vom Dreier, und ich glaubte, Rafael war, mit zwei anderen, einer der wenigen, die sich vom höchsten Turm getraut hatten. Dagegen stellten sich Aimee, Stew und ich bereits zum zweiten Mal beim niedrigsten Sprungbrett an, und ich hoffte inständig, dass wir damit durchkommen würden. Der Tag verlief bereits beschissen genug, da brauchte ich nicht noch einen halben Herzinfarkt, wenn ich probierte, Superman nachzuahmen.

Nach den erforderlichen zwei Sprüngen beendeten wir die Stunde mit leichten Dehnungsübungen im Wasser, während im Hintergrund eine Entspannungsmusik dahinplätscherte. Nach wenigen Minuten wurden wir entlassen, und alle bewegten sich gleichzeitig auf die eine Leiter im Becken zu. Dabei sah ich Cecilia auf Rafael einreden, sie lächelte ihn an und machte sich als eine der Ersten an die Leiter. Das war für mich ein innerer Startschuss, und ich drängelte mich zwischen den anderen Schülern in der Schlange vor, bis ich hinter Rafael ankam. Aber ich machte erst halt, als ich mich auch an ihm vorbeigeschoben hatte, wobei mein Oberarm absichtlich seinen streifte.

Wir standen nun hintereinander bis zur Brust im Wasser und

warteten darauf, die Leiter hinaufzusteigen. Aber meine Aufmerksamkeit war auf den Punkt hinter mir gerichtet. Auch wenn er mich nicht berührte und ich ihn nicht sehen konnte, spürte ich ihn mit jeder Faser meines Körpers, wie ein Summen, das durch meinen Körper vibrierte. Zwischen unserer nackten Haut waren nur wenige Zentimeter Wasser.

Das Gedränge wurde größer, und es waren noch drei Leute vor mir an der Reihe. Dann spürte ich es. Unter der Wasseroberfläche legte mir Rafael beide Handflächen auf meinen unteren Rücken, und Wärme schoss mir wie heiße Lava bis ins Mark. Obwohl seine Berührung nur ein kleiner Kontakt war, so unschuldig, genoss ich die wohlige Wärme in meiner Brust und seufzte zufrieden. Es war, als ob ein innerer Knoten schmolz und mir wieder die Luft gab, die ich die letzten Stunden schmerzhaft vermisst hatte. Schüler scharrten sich um uns, es war laut im schaukelnden Wasser, aber für mich gab es nur diesen intimen Moment zwischen Rafael und mir. Eine Liebkosung, die, innig und heimlich, nur für uns alleine bestimmt war. Viel zu früh kam ich zur Leiter und musste diese wärmende, zärtliche Brücke zwischen uns lösen.

Nach Schulende hastete ich aus dem Gebäude und erreichte gerade noch Rafael, als er um die Ecke Richtung Schnellbahn bog. Während ich mich abhetzte, ihm nachzukommen, rief ich ihm nach. Bei ihm angekommen, musste ich zuerst nach Atem ringen und stützte mich auf den Knien ab. Nachdem ich mich erholt hatte, richtete ich mich auf, und für einen Moment starrten wir uns nur an. Zur gleichen Zeit legten wir los: „Es tut mir leid …", „Mir tut's leid …"

Rafael schüttelte den Kopf und kam einen Schritt auf mich zu: „Nein. Es tut mir leid. Ich habe den Kopf verloren. Ich war gereizt, unausgeschlafen – und dann komme ich in die Schule und muss nicht nur mit ansehen, wie du mit Cailean sprichst, sondern werde auch noch wegen des Geldes und der Arbeit kritisiert."

Ich bemerkte, dass er ein Gähnen unterdrücken wollte, doch dann brach es trotzdem aus ihm heraus, und er rieb sich die Augen.

„Wahrscheinlich hat meine Müdigkeit auch einen entscheidenden Beitrag dazu geleistet. Verzeihst du mir?"

Zu gerne hätte ich mich sofort in seine Arme geworfen, aber ich musste vorher noch etwas loswerden.

„Mir tut es auch leid, dass ich so schroff war. Aber ich hab es nicht böse gemeint und ich mache mir Sorgen um dich. Das werde ich auch in Zukunft tun. Die einzige Möglichkeit, die ich habe, um dir zu helfen, ist nun einmal, dass ich dir Geld anbieten kann …"

Ich war noch lange nicht fertig, aber er unterbrach mich, indem er das letzte Stück zwischen uns überwand und mir einen Kuss auf die Lippen drückte. Als er sich löste, flüsterte er an meinem Ohr: „Das ist es, was du mir gibst. Das ist es, nach dem ich mich sehne. Ich brauche kein Geld von dir. Alles, was ich brauche, ist, mit dir zusammen zu sein, deine Worte zu hören und deine Wärme zu spüren. Ganz einfach … dich."

Mit seiner Hand hielt er meinen Kopf umfangen, und seine Lippen schwebten Zentimeter vor meinen. In meiner Brust hoben Tausend Schmetterlinge empor, doch ich hielt sie noch zurück. Bevor ich nicht auch mein Anliegen ausgesprochen hatte, wollte ich den Kopf nicht verlieren.

„Du hast keine Ahnung, wie ich mich in deiner Gegenwart fühle – und wie schön deine Worte sind. Aber ich werde es immer wieder versuchen, weil ich die Möglichkeit hab. Aber wenn du möchtest, werde ich dich in der nächsten Zeit in Ruhe lassen."

Er hob die Augenbrauen. „Das ist nicht das, was ich hören wollte, aber gut genug für den Moment."

Nun konnte ich mir ein kleines Lachen nicht verkneifen. „Du wirst auch in Zukunft nicht immer hören, was du hören willst, sondern das, was ich zu sagen habe. Ob es dir gefällt oder nicht."

„Verdammt, das ist genau das, was ich befürchtet habe!"

Doch dabei wirkte er nicht unglücklich, sondern mehr als zufrieden. Dann verließ der Funke des Spaßes seine Augen, und sein Gesicht verdüsterte sich.

„Wegen Cailean … ich will unsere Beziehung nicht mehr verstecken. Ich habe genug davon."

„Was, wenn er wirklich zu meinem Dad läuft und er dann die Polizei ruft? Willst du, dass deine Mum ins Gefängnis kommt oder ihr das Land verlassen müsst?"

„Es wird nichts passieren. Er würde dich nicht ständig daran erinnern und traktieren, wenn er es wirklich wollen würde. Er hätte schon längst was unternommen, anstatt nur zu drohen. Ich sage dir, er blufft."

Doch, bevor wir wieder zu diskutieren anfangen konnten, nahm Rafael meine Hände und sah mich an.

„Lass uns jetzt nicht mehr darüber reden. Es tut mir leid – und ich habe es zu hochgeschaukelt. Ich war ein Idiot."

Froh über sein Eingeständnis, dass er etwas übertrieben hatte, antwortete ich mit einem schiefen Grinsen: „Macht nichts. Manchmal mag ich Idioten."

Er feixte frech. „Wenn das so ist, wirst du mich lieben!"

Die gedachten Worte *‚Das tue ich bereits'* blieben in meinen Gedanken verborgen, denn, bevor ich mich dazu durchringen konnte, sie auszusprechen, bekamen wir Gesellschaft.

Stew und Aimee tauchten hinter mir auf. Wie immer war Stew kein Junge der Traurigkeit und legte mir mit einem Grinsen den Arm um die Schulter. Er ließ sich nicht davon abhalten, auch wenn ich gerade ein vertrauliches Gespräch mit Rafael führte oder mit ihm Händchen hielt.

„Na wie sieht's aus, ihr Hübschen? Habt ihr euch vertragen oder besteht noch Spannung?"

Ich schaute ihn von der Seite an: „Wie kommst du darauf, dass etwas nicht stimmt?"

Er fing an zu husten, um ein Lachen zu unterdrücken. „Sorry, aber das hat jeder mitbekommen. Falls nicht, dann zumindest wir zwei."

Er deutete auf Aimee und sich selbst. „Wenn wir so etwas nicht bemerken würden, wären wir lausige beste Freunde."

Ich seufzte. „War es so offensichtlich? Ich dachte, wir hätten besser aufgepasst."

„Das macht doch nichts. Ich mag so ein Geplänkel. Du weißt, dass ich auf Seifenopern abfahre, und bei euch bekomme ich das direkt aus erster Hand."

Grinsend schüttelte ich den Kopf. „Mensch Stew, du klingst wie ein Schwuler. Bist du dir sicher, dass du nicht doch auf Jungs stehst?"

Stew ließ die Finger knacken. „Tz, das ist aber nicht die politisch korrekte Benennung eines Homosexuellen. Aber nein, ich muss dich enttäuschen, bisher regt sich bei deren Anblick nichts in meinen südlichen Gefilden."

Mit einem Seitenblick auf Rafael fügte er hinzu: „Sorry, du bist zwar nicht von schlechten Eltern und du hast einen Wahnsinnsbody, für den ich töten könnte … aber ich mag dann doch eher Brüste als das andere … du weißt schon."

Nun war Rafael an der Reihe zu husten, obwohl mir nicht klar war, ob er sich wegen Stews Worte verschluckt hatte oder ebenfalls ein Lachen zurückhielt. Er klopfte Stew auf die Schulter.

„Du bist schon ein komischer Kauz … aber ich mag dich."

„Dito, Junge, dito."

„Oh Mann. Kommt mal wieder runter", sagte Aimee, hakte sich bei mir ein und zog mich weiter. „Seid ihr sicher, Jungs, dass wir euch nicht einen Moment alleine lassen sollen? Für eure Verbrüderung oder was auch immer?"

Zuerst war ich überrascht über ihre Worte, doch dann verfielen wir beide in ein Gelächter, das richtig guttat und meine restliche Anspannung des Tages löste.

Freitagmorgen gingen Rafael und ich demonstrativ Hand in Hand zur Schule und kümmerten uns nicht um die anderen. Gestern hatten wir den Abend bei Aimee und Stew verbracht. Wir hatten geblödelt, gelacht, alte Geschichten erzählt und Pläne geschmiedet – wie ganz normale Teenager.

Rafaels Feuer, zu unserer Beziehung zu stehen und gegen alles, was sich gegen uns stellte, anzukämpfen, hatte bald auf unsere Gruppe übergegriffen. Es hatte ihn zwar viel Überzeugungsarbeit gekostet, aber am Ende waren wir davon überzeugt, es durchzuziehen.

Am Donnerstagnachmittag hatte ich noch kurz mit dem Anwalt telefoniert. Er hatte mir gesagt, es sähe gut aus, und ich könnte am Montag bereits alle Unterlagen, die Mrs Rodriguez entlasten würden, abholen. Es lag mir auf der Zunge, es jetzt schon Rafael zu verraten, weil ich so gespannt auf sein Gesicht war, aber ich hielt mich zurück. Nur noch drei Tage, dann würde er die Papiere selbst in der Hand halten und dann würde endlich alles gut werden, ohne Wenn und Aber.

Trotzdem konnte ich nach dem gestrigen Abend nicht einfach den Kopf einziehen und einen Rückzieher machen. Daher standen wir nun im Eingangsbereich der Schule und hielten uns an den Händen fest – ich mehr an ihm, als umgekehrt. Egal, wie viel Angst ich auch empfand, es fühlte sich gut an und richtig. Ich wollte zeigen, was Rafael und mich verband. Mir war klar, dass wir subtiler hätten vorgehen können, aber ich konnte mein Grinsen dann doch genauso wenig verbergen, wie Rafael die Augen von mir lassen konnte. Heute ging er noch aufrechter als sonst und mit gestählter Brust neben mir.

Der Schultag, der nur bis zum Mittag dauerte, verging wie im Flug. Was zum Teil an der beschwingten Stimmung und zum anderen an dem Geplänkel mit Stew oder Aimee lag, die ebenfalls gelöster wirkten. Als die letzte Glocke geläutet hatte, verabschiedete ich mich von den beiden, da ich heute Nachmittag mit Rafael allein sein wollte. Wir hatten beschlossen, auch zu Hause die Katze aus dem Sack zu lassen und uns gegenüber seiner Mutter und meinem Vater zu behaupten. Immerhin liebten wir uns, wie die beiden uns liebten, also – was konnte schon schiefgehen, wenn wir versuchten, vernünftig mit ihnen zu reden?

Zu meiner Enttäuschung musste ich seit einer geschlagenen halben Stunde auf Rafael warten, direkt bei der Eingangstür, um der Kälte zu entgehen. Es war nicht seine Art, zu spät zu kommen. Ich trat immer wieder zappelig von einem Bein auf das andere. Von meinem Instinkt geleitet, schlüpfte ich in meine Jacke und lief hinaus in die Kälte. Auch hier wartete niemand auf mich, außer vereinzelte Flocken, die zu Boden schwebten.

Unruhe kroch in mir hoch, und ich rieb meine Arme, um gegen ein schleichendes ungutes Gefühl anzukämpfen. In diesem Moment hörte ich ein fieses Lachen um die Ecke hallen, und ich wusste sofort, von wem es stammte: Cailean. Ohne nachzudenken, lief ich um das Gebäude und wäre beinahe in Cailean und seine Meute hineingelaufen. Er streckte seine Arme aus, um mich zu stützen, aber ich machte einen Schritt zurück. Durch schmale Augen betrachtete ich ihn.

„Was treibt ihr hier? Solltet ihr nicht in der Stadt herumhängen und Frauen dafür bezahlen, sich mit euch abzugeben?"

An seinem Hals konnte ich einen Muskel zucken sehen, aber er bemühte sich um einen gelassenen Tonfall.

„Wenn ich mich richtig erinnere, musste ich dir nie etwas bezahlen. Du bist auch so immer wieder gekommen und gekommen und gekommen …"

Dabei hatte er ein wölfisches Lächeln aufgesetzt, und seine Freunde glucksten im Hintergrund. Er hatte mich dort erwischt, wo es wehtat, und er hatte recht – ich hatte mit ihm geschlafen, und das sogar aus freien Stücken. Doch wenn ich nun daran dachte, schauderte es mich und das Bedürfnis nach einer Dusche wurde größer, um Schmutz abzuwaschen, der sich nie mehr von mir lösen würde.

Aber ich riss mich zusammen. Was hätte ich sonst tun sollen? Ihn anschreien, beschimpfen oder anspucken? Nein, diese Genugtuung wollte ich ihm nicht geben.

„Mir egal, was in der Vergangenheit passiert ist. Sie ist vorbei und kommt nie wieder."

Er sagte nichts, doch, als ich zwischen ihm und seinem Gefolge vorbeihuschen wollte, packte er meinen Arm und verdrehte ihn geschickt auf den Rücken, sodass er hinter mir zu stehen kam und ich mich nicht rühren konnte. Dann legte er einen Arm um meinen Hals und hielt mich in einem eisernen Griff. Durch meine Haare spürte ich, dass er sich meinem Ohr näherte.

Ich wehrte mich und zuckte, doch ich hatte keine Chance freizukommen, weil die Panik jegliche Erinnerung an das Training verpuffen ließ.

Sein Atem strich über meinen Hals, als er flüsterte: „Wir zwei sind noch nicht fertig. Deine Augen werden schon noch geöffnet werden, und ich freue mich bereits darauf, wenn du zur Vernunft kommst."

Damit ließ er mich so ruckartig los, dass ich stolperte und zu Boden fiel. Cailean und seine Gruppe von lachenden Idioten waren bereits verschwunden, als der Schmerz etwas nachließ, der mir beim Sturz durch die Knie hinauf in das Rückgrat geschossen war. Zitternd rappelte ich mich hoch und unterdrückte Tränen der Wut und der Erleichterung.

Er und diese Typen hätten mir viel mehr antun können, als mich nur verbal fertigzumachen. Ich wollte gar nicht daran denken.

Während ich mir den Schmutz von den Klamotten klopfte, erregte hinter einem Nebengebäude etwas Blaues meine Aufmerksamkeit. Ich kannte diesen Schuh wie keinen anderen. Ich hatte ihn, verschmutzt durch mein Erbrochenes, gesehen und nach dem Waschen, als er wieder wie neu gewesen war.

Wie von der Tarantel gestochen lief ich los, den Blick auf den Schuh gerichtet, der im Gras lag. Als ich um die Ecke bog, schlug ich die Hand auf den Mund und fiel neben Rafael auf die Knie. Ich hatte nicht bemerkt, dass die Tränen nun einen Weg aus mir herausgefunden hatten. Sie liefen über meine Wangen und tropften auf Rafaels Gesicht, das geschwollen und blutverschmiert aussah. Seine Lippe war aufgesprungen, und auch seine linke Augenbraue hatte eine Abschürfung bekommen. Vorsichtig strich ich ihm eine dunkle Strähne aus der Stirn und flüsterte seinen Namen. Unter meiner Berührung bewegte er sich, eine Sekunde später öffnete er die Augen, und ich blickte in schier endlose Schwärze. Erleichtert rief ich seinen Namen: „Rafael!"

Sein Arm reckte sich mir entgegen, und er wischte mir die Tränen fort. Mit beiden Händen umfasste ich seine und legte sie in meinen Schoß.

„Er wird dafür bezahlen! Wir werden ihm das nicht durchgehen lassen. Rafael, es tut mir so leid! Ich … ich wusste nicht …"

Verbittert senkte ich den Kopf, und Verzweiflung füllte meinen Körper aus.

Ächzend setzte sich Rafael auf und legte den Arm um meinen Körper. „Scht … mir geht es gut. Mach dir keine Sorgen. Ich werde es überleben."

Er flüsterte eine Zeit lang beruhigende Worte, während ich an ihm lehnte, seine Wärme und Nähe aufsog und er die meine, als würden wir uns gegenseitig Kraft geben.

Minuten vergingen, bis ich die Kraft fand, mich aus seiner Umarmung zu lösen. Mit weichen Knien stand ich auf und half Rafael, sich ebenfalls zu erheben. Er wirkte etwas benommen, obwohl er rasch wieder auf den Beinen war und immer wieder beteuerte, dass es ihm gut ginge. Zur Sicherheit schlang ich meinen Arm um seine Taille und legte seinen um meine Schulter.

17. Ortswechsel

*Das Schicksal ereilt uns oft auf den Wegen,
die man eingeschlagen hat, um ihm zu entgehen.*
(Jean de La Fontaine)

Zu Hause angekommen, brachte ich Rafael schnurstracks in mein Zimmer und half ihm, sich ins Bett zu legen. Danach versorgte ich ihn so gut ich konnte. Ich reinigte die Wunden in seinem Gesicht und brachte ihm Schmerztabletten mit einem Glas Wasser. Nachdem ich wieder alles weggeräumt hatte, strich ich über seine Stirn, und meine Stimme klang belegt, als hätte ich seit Tagen nicht mehr gesprochen.

„Wie fühlst du dich? Hast du große Schmerzen?"

Eine weitere Entschuldigung schluckte ich hinunter, da er mir beim Nachhausegehen schon dreimal gesagt hatte, ich sollte damit aufhören und ich könnte nichts dafür. Aber – ich wusste es besser.

„Nein, nicht so schlimm, wie es aussieht. Nachdem du mir zwei Schmerztabletten eingeworfen hast, spüre ich fast gar nichts mehr", sagte Rafael und lächelte.

Seine tapfere Miene machte mich nur noch fertiger, da ich wusste, dass er das nur meinetwegen durchlitten hatte und nun nicht zugeben wollte, dass er Schmerzen hatte.

„Es tut mir so leid. Ich weiß nicht, was ich machen oder sagen soll. Wenn ich nicht wäre, wenn ich …"

„Nein, hör auf damit!", rief Rafael dazwischen. „Du kannst nichts dafür! Es ist alles ganz alleine Caileans Schuld und die seiner Freunde."

Obwohl ich nickte, musste ich erneut einen dicken Kloß hinunterschlucken, der aus schlechtem Gewissen und auch Sorge bestand.

„Brauchst du noch eine Schmerztablette oder sonst etwas?"

Als Antwort bekam ich zuerst ein leises Lachen, bevor er antwortete: „Willst du mich ins Delirium schicken? Wenn ich noch eine Tablette nehme, glaube ich noch, ich kann fliegen."

Nun musste ich schmunzeln.

„Solange du es nicht ausprobierst, wäre das kein Problem." Ich drückte Rafaels Schulter, und meine Stimme wurde leiser. „Das wäre mir lieber, als dass du Schmerzen hast."

Er legte die Hand auf meine. „Wirklich. Es ist alles okay, ich bin nur müde."

„Dann bleib und schlaf eine Runde. Vielleicht brauchst du nur Ruhe, um wieder fit zu werden?"

Als ich aufstehen wollte, um ihn in Ruhe schlafen zu lassen, räusperte er sich.

„Ähm, schlafen klingt gut, aber tja … mir ist ein wenig kühl. Willst du dich nicht zu mir legen?"

Mir wurde heiß bei dem Gedanken, zu ihm unter die Bettdecke zu krabbeln, aber das war jetzt nicht der richtige Zeitpunkt, dafür hatten wir später noch Zeit. Ich rollte gespielt mit den Augen, obwohl ich ein Lächeln zeigte.

„Erhol dich erst mal. Du weißt, dass wir nicht schlafen würden, wenn ich mich zu dir lege. Wenn es dir besser geht, kannst du ja wieder Casanova spielen."

„Ich spiele nicht", gab er rasch zurück und funkelte mich, trotz seiner Verletzungen, herausfordernd an. *Eingebildeter Idiot! – Aber mein Idiot.* Ich grinste, blieb am Bettrand sitzen und strich seinen Unterarm entlang.

„Ich weiß. Aber jetzt mach die Augen zu und versuch, dich auszuruhen. Sei artig."

Rafael murrte zwar etwas Unverständliches, kam aber doch zur Vernunft und schloss die Lider. Nach einigen Minuten wurde seine Atmung tiefer, und er zuckte kurz, als ihn der Schlaf holte. Eine Zeit lang beobachtete ich ihn, und Erleichterung breitete sich aus, weil es ihm doch besser ging, als zuerst befürchtet.

Meine Gedanken kreisten um Cailean, aber die erhoffte Eingebung blieb aus. Stirnrunzelnd beendete ich meine Überlegungen. Momentan war ich zu aufgewühlt, um einen brauchbaren Lösungsvorschlag zu finden. Zuerst musste ich mich beruhigen, und das funktionierte am besten mit einem Buch. Bevor ich zu lesen begann, rutschte ich über die Bettdecke und lehnte mich mit dem Rücken an das Kopfende.

Dämmriges Licht schimmerte durch die hohen Fenster, und im Hintergrund war die Sonne gerade dabei, sich für den heutigen Tag von unserer Welt zu verabschieden. Verschlafen schüttelte ich den Kopf, um wach zu werden. Ich war wohl ebenfalls eingenickt. Es mussten einige Stunden vergangen sein. Trotzdem herrschte Stille im Haus, und ich machte mir Sorgen, warum mein Vater immer noch nicht zu Hause war; es war an der Zeit, mit ihm zu reden.

Bei dem Gedanken an ihn schlug ich mir mit der flachen Hand auf die Stirn. *Ich Idiot!* Mein Dad kannte die gesamte Polizei von Glasgow. Auch wenn ich bei Caileans Onkel keine Anzeige wegen der Schlägerei machen konnte, so waren doch sicherlich andere Polizisten fähig, unvoreingenommen an die Sache ranzugehen. Sie durften nicht so ungeschoren damit davonkommen, Rafael verprügelt zu haben. Außerdem wussten sie vielleicht schon etwas über meinen Verfolger. Auch, wenn seit dem Übergriff nichts mehr vorgefallen war, interessierte es mich doch, ob sie etwas herausgefunden hatten.

Leise schob ich mich vom Bett und schlich zum Zimmer am Ende des Flures. Wenn mein Vater irgendwo Adressen mit wichtigen Nummern hatte, dann nur an einem Ort – seinem Arbeitsschreibtisch.

Der schwere Holztisch war ordentlich aufgeräumt, und es lag wie erwartet kein Notiz- oder Adressbuch herum. Daher durchsuchte ich die Schubladen, ohne Unordnung zu machen, in der Hoffnung, etwas zu finden. In der untersten Schublade stieß ich mit den Fingern gegen etwas Hartes, Kaltes. Es war ein alter Schlüssel. Als ich ihn genauer betrachtete, steigerte sich mein Puls. Ich wusste sofort, wohin er passen würde, da sonst in jedem Türschloss immer der passende Schlüssel steckte – nur bei einem Schloss nicht.

Das war meine Gelegenheit. Entschlossen versuchte ich den Schlüssel, und die Tür schwang auf. Nun befand ich mich in dem Raum, den mein Vater versteckt gehalten hatte und der, wie Rafael mir erzählt hatte, mit Bildschirmen bepflastert war, die ein statisches Summen von sich gaben.

Die Größe des Raumes ähnelte meinem Lesezimmer, doch statt Bücherregale standen hier Aktenkästen aufgereiht, und an der linken Wand hingen die Bildschirme, vor denen sich ein langgezogener Tisch und ein Stuhl befanden. Die Vorhänge vor den Fenstern waren zugezogen, sodass das einzige Licht von den flackernden Monitoren kam. Durch die abgestandene Luft wurde mir schwindelig, und ich musste mich am Tisch festhalten, um nicht den Boden unter den Füßen zu verlieren.

Fast jedes Zimmer war auf den Bildschirmen zu erkennen, meines sogar zweimal aus verschiedenen Blickwinkeln. Das Blut rauschte in meinen Ohren, und mir schwirrte der Kopf. Dabei stolperte ich einen Schritt zurück und stieß hinter mir an die Aktenregale. *Was hat mein Vater noch zu verheimlichen?*

In der ersten Schublade waren Akten über finanzielle Angelegenheiten, in der zweiten fand ich seine persönlichen Unterlagen. Aber nach Luft schnappte ich erst, als ich eine Aktenhülle aus der dritten Schublade öffnete. Darin waren unzählige Aufnahmen von mir, aus den unmöglichsten Blickwinkeln und von verschiedenen Orten.

Was ich in den Händen hielt und entdeckt hatte, schlug auf mich ein wie ein Fausthieb in die Magengegend. Mein Vater wusste die ganze Zeit von meiner Verfolgung – kein Wunder! Er selbst hatte sie beauftragt, hatte mich nie aus den Augen gelassen – er hatte sogar die Fotos davon gehortet. Auf einmal kam mir das Telefongespräch wieder in den Sinn, das ich vor einiger Zeit belauscht und in dem er einen Typen gefeuert hatte, der sich hatte schnappen lassen. Wie ein Schleier, der vor meinen Augen entfernt wurde, war mir plötzlich sonnenklar, dass es der Kerl gewesen sein musste, den ich gestellt und dem Rafael eine verpasst hatte. Und ich hatte mich danach auch noch bei meinem Vater ausgeheult! *Der muss sich ja schön ins Fäustchen gelacht haben.*

Galle stieg in meinem Mund hoch, und mir schien es, als würde der Raum immer kleiner werden, die Wände näher rücken, um mich bei lebendigem Leibe zu zerquetschen. Mit fahrigen Fingern stopfte ich alles wieder an seinen Ort und lief in mein Zimmer. Nachdem ich die Türe zugeknallt hatte, verließen mich meine letzten Kräfte, und ich ließ mich auf das Bett sinken.

Mein Kopf war in den Händen vergraben und meine Augen geschlossen, als mich Rafael am Arm berührte.

„Hey, was ist los?"

„Rafael, ich muss hier weg, bitte! Ich muss raus aus diesem Haus, bevor ich etwas tue, das ich später bereue", flehte ich und wusste selbst, dass ich überdramatisch klang.

Aber ich konnte mich nicht stoppen. Genauso wenig wie meine verletzten Gefühle, das Chaos und die Enge, die mich nun in dem Haus überfiel, in dem ich mich nicht mehr sicher fühlte.

„Erzähl mir, was passiert ist", bat er mich, und ich nickte.

Nachdem ich ihm alles erzählt hatte, sprach er sachte auf mich ein, aber ich konnte die Anspannung in seinen Muskeln spüren.

„Was? Und jetzt willst du einfach abhauen? Wir müssen eine Anzeige machen, und dann erst verschwinden wir."

Doch davon wollte ich nichts hören und schüttelte heftig den Kopf, sodass mir die Haare ins Gesicht fielen.

„Ich versteh nicht, warum er das getan hat? Warum lässt er mich beschatten? Und was bringt es uns, wenn wir zur Polizei gehen, was sollen sie schon machen? Außerdem ist mein Vater mit dem Chief befreundet. Glaubst du, sie glauben *mir* anstatt ihm?"

„Wir haben die Fotos als Beweis, und irgendwas muss es da geben, was deine Privatsphäre schützt."

„Und wie willst du belegen, dass die Fotos von meinem Dad sind? Oder, dass er jemanden beauftragt hat, um mich zu beschatten? Nein, ich kenne ihn, er wird einen Weg finden, es anders aussehen zu lassen."

Rafael ballte seine Fäuste und atmete heftig, bevor er sich so weit wieder im Griff hatte, um einen Vorschlag zu machen.

„Vale. Dann fahren wir zu einer anderen Polizeistation, zum Beispiel nach Edinburgh oder sonst wohin. Es ist mir egal, aber wir werden etwas unternehmen."

Feuer brannte in Rafaels dunklen Augen, und ich zweifelte keine Sekunde an seiner Entschlossenheit. Er steckte mich an, und langsam nahm ein Plan Form in meinen Kopf an. Wenn wir hier von der Polizei nicht ernst genommen wurden, konnten wir uns noch immer eine andere Dienststelle suchen. Dabei wusste ich schon genau, wohin wir gehen würden und wo wir in der Zwischenzeit unterkommen konnten.

„Also schön, dann machen wir es so. Ich hab auch schon eine Idee. Wir werden zwar einen weiten Weg zurücklegen, aber du wirst staunen, wo er uns hinführen wird."

Einzelne Regentropfen prasselten auf die Scheiben, als ich den Weg hinauf zum kleinen Schloss abbog. In der Dunkelheit, die uns umgab, war nicht viel zu erkennen, und wenn ich nicht bereits unzählige Male hier gewesen wäre, hätte ich die unscheinbare Abzweigung nie so leicht gefunden. Das Auto hatte ich mir von Stew und Aimee ausgeborgt, nachdem er uns die Schlüssel mit den Worten „Na gut, aber macht ja nichts Unanständiges in dem Wagen, den brauchen wir noch" gegeben hatte. Die Fahrt hatte aufgrund meiner langsamen Fahrweise länger als beabsichtigt gedauert.

Als wir schließlich den Hügel hinauffuhren, konnte Rafael den Blick nicht von dem hohen, aus rotem Sandstein bestehenden Gebäude wenden, auf welches das Licht der Autoscheinwerfer fiel. Vor Bewunderung stieß er einen Pfiff aus, als wir anhielten.

„Das nenn ich ein nettes Urlaubshäuschen. Wahnsinn!"

Ich schmunzelte über seine Begeisterung, konnte es mir aber nicht verkneifen, ihn kurz zu belehren: „Das ist kein *Häuschen*, sondern eine Burg, du Kulturbanause."

Der Wind wehte die mit Salz getränkte Luft des nie ruhenden Meeres zu uns, und für einen Moment kramte das bekannte Aroma alte Erinnerungen hoch. Wie immer, wenn ich hier war, hob ich den Kopf, um nach oben zur Spitze des Gebäudes zu blicken, das mehrere kleine Turmspitzen besaß.

Ich lächelte, und auch der Regen, der stetig auf uns niederprasselte, konnte meine Laune nicht trüben. Mit einer Tasche auf dem Rücken trat Rafael neben mich, und er wirkte wieder wie er selbst – ungestüm und voll Tatendrang, auch wenn er noch immer eine gesprungene Lippe hatte.

„Wusste gar nicht, dass du so auf alte Gebäude stehst."

Ich zwickte ihn in die Seite. „Eigentlich tue ich das auch nicht, aber das hier ist etwas Besonderes. Hier waren wir glücklich – meine Mum und ich. Hier haben wir schöne Momente erlebt."

Euphorie packte mich. Ich streckte die Arme aus und drehte mich im Kreis, während ich rief: „Schmeckst du das? Fühlst du das? Die frische Luft – diese Freiheit? Großartig!"

Rafael stellte sich mir feixend in den Weg und fing mich in der Drehung auf.

„Princesa oder doch besser Prima Ballerina? Lass uns reingehen, sonst holen wir uns in dieser Kälte noch den Tod oder zumindest eine deftige Lungenentzündung."

Nachdem wir alles hineingetragen hatten, zeigte ich ihm die Räumlichkeiten. Die Taschen trugen wir in eines der Schlafzimmer. Während Rafael damit beschäftigt war, das Feuer im Kamin zu entfachen, entzündete ich die Kerzen im Raum. Es gab zwar elektrisches Licht, aber so empfand ich es angenehmer.

Ich war schon lange nicht mehr hier gewesen, wusste aber, dass mein Vater oder die Gruppe, der er angehörte, hin und wieder hierherkamen. Der Schlüssel hatte in der Schreibtischschublade gelegen. Aber ich hatte nicht damit gerechnet, dass alles so sauber sein würde; kein Staub, die Bäder und die Küche geputzt. Selbst die Betten waren gemacht. Anscheinend hatte der Verein Personal angeheuert, um die Burg jederzeit wohnlich zu halten.

Diese Tatsache überraschte mich zwar, aber es machte unseren Aufenthalt um einiges angenehmer. Somit konnten wir den Abend unbesorgt verbringen, und morgen früh würden wir die Polizei in Aberdeen aufsuchen. Die Fotos und zwei Videokassetten bewahrten wir sicher in einer kleinen Aktentasche auf. Außerdem hatte ich Rafael auf der Fahrt auch dazu überreden können, eine Anzeige gegen Cailean und die anderen Typen zu erstatten.

Eine Weile stand ich beim Fenster des Schlafzimmers und schaute gedankenverloren hinaus. Ich konnte mir gut die tobenden Wellen vorstellen, die gegen den Felsen der Klippe schlugen. Auch wenn es ein aufwirbelndes Naturschauspiel war, beruhigte mich der Klang, da es mich an meine glückliche Kindheit erinnerte. Damals hatte ich oft am Fenster gestanden, weil es der einzige Aussichtspunkt war, von dem aus ich alleine auf das Meer blicken durfte. Meine Eltern hielten es für mich für zu gefährlich, alleine bis zu den Klippen hinzugehen, um den Wellen bei ihrem wilden Tanz zuzusehen. Jetzt, wo ich wieder hier stand, war mir, als könnte ich meine Mutter hinter mir spüren, sogar ihr Parfüm riechen, als ob sie mit mir in dem Raum wäre. Doch ich wusste, dass mir meine Erinnerung einen kleinen Streich spielte.

Als ich mich seufzend umdrehen wollte, schloss Rafael seine zwei starken Arme um meine Taille und zog mich eng an seinen harten und zugleich geschmeidigen Oberkörper. Sofort befand ich mich wieder in der Gegenwart. Mit geschlossenen Augen drückte ich mich fester an ihn und schwelgte in seiner Umarmung. Ich genoss das Gefühl, das er in mir auslöste, und war unendlich dankbar, in ihm das Glück von Liebe gefunden zu haben, nach dem ich bereits aufgegeben hatte zu suchen.

Es war Zeit, die Worte zu formulieren, die schon seit Längerem an die Luft wollten, die Worte, die mir jahrelang nicht über die Lippen gehen wollten. Ich holte tief Luft, drehte mich um, damit ich ihm in die Augen sehen konnte, und verschränkte die Arme in seinem Nacken: „Das klingt vielleicht blöd, obwohl das mit meinem Dad passiert ist oder mit Cailean, bin ich dennoch glücklich. Und das aus einem Grund – nur wegen dir, Rafael. Ich liebe dich."

Ein Schauer durchfuhr mich, ich zitterte und spürte eine Träne auf der Wange. Sein Gesicht spiegelte Freude und Liebe wider, aber auch Verwirrung. Behutsam wischte er mir die Träne mit dem Ärmel seines Shirts ab.

„Ich dachte, wenn du mir das erste Mal sagst, dass du mich auch liebst, dann würde ich dich umarmen und küssen, dass uns keine Luft mehr bleibt. Dass ich dir aber die Tränen vom Gesicht wische … hätte ich nicht gedacht. Trotzdem war es unbeschreiblich schön. Du bist schön. Auch wenn du verheult aussiehst und in meine Klamotten rotzt."

Dafür liebte ich ihn noch mehr, dass er mich zum Schmunzeln brachte, egal, in welcher Situation. Dass er mir Zeit ließ und mich nicht drängte, sofort alles zu erklären, obwohl er neugierig sein musste. Ich meine, *Hallo* – mir war selbst klar, dass ich mich eigenartig verhielt, auch wenn ich nichts daran ändern konnte.

Eine Weile sahen wir uns an, und unsere Blicke verschmolzen, bis ich mich löste und mich in seinen Armen zum Fenster drehte.

„Du musst wissen, dass wir auch an dem Tag hier waren, bevor meine Mum den Autounfall hatte …"

Mein Mund wurde staubtrocken, und ich unterdrückte die Tränen.

„Wir waren zwei Tage zuvor hergekommen und, als ich beim Fenster gestanden habe, weil sich die Wolken hinter dem Meer zu einem Unwetter zusammenzogen, kam meine Mum ins Zimmer. Ich erinnere mich noch genau: Sie wirkte komisch, abwesend und nicht ganz bei sich. Bevor ich wusste, was geschah, packte sie meine Sachen, drückte mich fest und erklärte mir, dass Tante Shona kommen würde, um mich zu holen. Meine Mum war alles für mich ... ich sagte ihr oft, dass ich sie liebte, so, wie sie mir jeden Tag beim zu Bett gehen."

Rafaels Griff um mich wurde fester, und er legte seine Wange auf meinen Kopf, was mir half, weiterzusprechen.

„Obwohl ich noch ein Kind war, spürte ich, dass etwas im Gange war. Also umarmte ich sie, als die Hupe von Shonas Auto ertönte, und sagte ihr noch einmal ‚Ich liebe dich'. Das war das letzte Mal, dass ich sie gesehen hab. In der Nacht hatte sie den Unfall und starb. Ich weiß, das klingt abergläubisch, aber diese Tatsache hat für mich diese drei Worte verändert."
Ich schüttelte über mich selbst den Kopf. „Man sollte meinen, ich sollte froh sein, dass ich das und nicht etwas Gemeines zu ihr gesagt habe, aber das macht es mir nicht *leichter* ..."

Rafael küsste mein Haar.

„Es tut mir leid. Auch wenn ich es nicht ganz verstehen kann, kenne ich den Schmerz. Ich weiß, wie es ist, einen geliebten Menschen zu verlieren."

Ich nickte, denn ich wusste, wie sehr auch er seinen Dad vermisste.

„Aber warum hat es dich nicht so sehr verändert wie mich? Warum macht es mich noch immer fertig, und du bist trotzdem stark geworden, während ich nicht klarkomme?"

An meinem Hinterkopf spürte ich, wie er den Kopf schüttelte.

„Du bist auch stark, nur anders. Ich wäre nicht da, wo ich bin, wenn ich nicht meine mamá gehabt hätte. Sie hat mir Kraft und Liebe gegeben, um den Tod meines Vaters zu verkraften. Aber du, du hattest ..."

„... niemanden", beendete ich seinen Satz.

Er rieb mir über die Arme.

„Komm, morgen wird ein langer Tag, und du solltest etwas essen."

Dann nahm Rafael meine Hand und führte mich zum Kamin, in dem ein wohliges Feuer knisterte. Ich weiß nicht, wie lange ich auf das Meer hinausgestarrt hatte, aber es musste lange gewesen sein, denn Rafael hatte in der Zwischenzeit ein Picknick vor dem Kamin arrangiert. Vor der Feuerstelle lag eine Decke, und darauf waren Teller drapiert, belegt mit Schinken, Käse und Brot, und sogar Tomaten lagen in einer Schüssel. Überrascht blieb ich stehen, und mein Magen meldete sich herzhaft.

„Wow, wo hast du die ganzen Sachen her?"

Er zog mich hinunter zu unserem Festmahl.

„Ich muss zugeben, es hat gewisse Vorteile, aus einer reichen Familie zu kommen. Weißt du, dass der Kühlschrank fast voll war? Aber nicht nur mit Dosenfutter. Es ist wie ein Hotel, nur dass man nichts bezahlen muss. Verrückt." Nach einem kurzen Lächeln fügte er hinzu: „Wenn dein Dad nicht so ein Arsch wäre, hätte ich ein schlechtes Gewissen, dass ich mich einfach bedient habe."

„Das musst du nicht. Aber lass uns lieber nicht über meinen Dad reden", bat ich, und dann stürzte ich mich auf die Köstlichkeiten.

„Gerne. Nichts lieber als das."

Nachdem wir gegessen hatten, war es bereits spät in der Nacht. Das Feuer im Kamin prasselte vor sich hin, und ich saß entspannt auf der Decke, als Rafael aufstand, um Holz nachzulegen. Ich blickte zu ihm hoch.

„Wie fühlst du dich? Möchtest du dich aufs Ohr legen?"

„Nein. Ich bin putzmunter. Was keine Überraschung ist, nachdem ich den Nachmittag verschlafen habe. Bist du müde?"

Dabei schenkte er mir einen frechen Blick von der Seite, der ganz und gar nichts mit Schlafen zu tun hatte und mein Blut zum Rasen brachte. Bei dem Gedanken an das, was passieren könnte, schoss mir ins Gedächtnis, dass ich seit Ewigkeiten in den gleichen Klamotten steckte.

„Ähm, nein. Überhaupt nicht. Aber ich müsste mal duschen. Oder willst du zuerst?"

Rafael schlenderte zu mir.

„Wenn es dir nichts ausmacht. Ich brauche nicht lange, danke."

Die freie Zeit nutzte ich, um die Essensreste wegzutragen und es uns auf dem Boden bequemer zu machen. Aus einem Schrank schnappte ich dicke Decken und Kissen und bildete damit ein kuscheliges Nest vor dem Feuer. Hinter mir hörte ich die Tür quietschen, und Rafael schob sich herein, bekleidet mit einer langen Jogginghose. Aus seinen Haarspitzen tropfte noch Wasser, bevor er das Handtuch nahm und sein Haar damit durchrubbelte. Bei jeder seiner Bewegungen spielten die Muskeln auf seinem nackten Oberkörper einen fließenden Tanz unter der Haut. Mir stockte der Atem, und erst als er mich ansah, konnte ich den Blick lösen und kam stammelnd auf die Beine.

„Hey … ähm … ich geh dann auch mal."

Nach der heißen Dusche, die eine Wohltat für meine angestrengten Muskeln und Nerven war, trocknete ich, in ein großes Badetuch gewickelt, meine Haare. Als ich mich anziehen wollte, musste ich fluchend feststellen, dass ich vorhin zu schnell aus dem Zimmer gestürmt war und frische Kleidung vergessen hatte. Einige Minuten stand ich unschlüssig im Badezimmer und fragte mich, ob ich halb nackt in das Zimmer zurückgehen oder wieder in die benutzten Klamotten steigen sollte. Was würde sich Rafael denken? Immerhin hatten wir die gleiche Situation schon einmal, aber jetzt standen die Dinge anders zwischen uns. Also raffte ich mich auf, rannte über den kühlen Gang und schlüpfte in das beheizte Zimmer.

Dort saß Rafael, immer noch oberkörperfrei auf den Decken und starrte ins Feuer. Die Flammen zeichneten ein Muster auf seine nackte Haut, und ich musste bei seinem Anblick schlucken. Als er mich hörte, drehte er den Kopf und streckte den Arm nach mir aus.

„Komm her! Du siehst ja ganz erfroren aus."

Zuerst überlegte ich, ihm zu sagen, dass ich mir was anziehen wollte, aber nach einem weiteren Blick auf ihn ließ ich es. Er zog mich vor sich auf den Boden und legte die Arme um mich. Ich wusste nicht, ob er bemerkte, dass ich nervös war, und ich fragte mich selbst, warum ich so aufgeregt war. Ich war schließlich nicht das erste Mal mit einem Jungen zusammen. Hatte ich nicht gedacht, dass ich schon genug Erfahrung gesammelt hatte? Außerdem wollte ich genau das hier, ich wollte mit ihm zusammen sein, richtig.

Aber mein Herz hüpfte mir bis zur Kehle und flatterte so aufgebracht wie ein Kolibri. Endlich waren wir alleine, ohne befürchten zu müssen, gestört zu werden – und ausgerechnet jetzt bekam ich Bammel – *ganz toll!* War es, weil wir so lange darauf gewartet hatten? Oder, weil es das erste Mal mit jemandem war, den ich liebte?

Doch Rafael überstürzte nichts, sondern hielt mich nur im Arm und legte das Kinn auf meine Schulter.

„Hier gefällt es mir. Die Burg hat Charakter, und man fühlt sich, als ob man Teil eines Hofstaates oder in ‚Der Herr der Ringe' wäre."

Lachend drehte ich meinen Kopf um: „Du bist Herr der Ringe-Fan? Hast du auch die Bücher gelesen?"

Er schüttelte den Kopf.

„Nein, aber ich liebe die Filme, und ich weiß, dass Tolkien etwas Einzigartiges erschaffen hat, was nicht viele können … eine eigene Welt, die so real wirkt, als könnte man hineintauchen."

Da dieses Thema von ihm aufgegriffen wurde, konnte ich mich nicht bremsen.

„Wer würdest du gerne sein? Legolas oder einer der Retter von allen – Sam oder Frodo, die wieder Frieden nach Mittelerde gebracht haben?"

„Tz, ich bin doch kein Halbling mit behaarten Beinen."

Doch er meinte es nicht ernst und grinste dabei.

„Ich wäre gerne Aragon, der nach dem Kampf seinen wahren Platz als König einnimmt und die schönste Frau heiratet."

Bei seinen Worten runzelte ich gespielt die Stirn.

„Ach, du stehst also auf Brünette mit spitzen Ohren?"

Mit seinen hypnotischen dunklen Augen sah er mich an.

„Es geht nicht um das Aussehen, sondern um die Liebe, die sie füreinander empfunden haben. Egal, was ihnen bevorstand, das war die eine Sache, auf die sie sich verlassen konnten."

Ich lehnte mich nach hinten an seine Brust und legte den Kopf an seine Schulter.

„Das ist schön. Und Arwen war toll. Sie hat mit Zuversicht auf Aragon gewartet und nie die Hoffnung aufgegeben. Das ist tröstlich."

Mit seinen Lippen berührte er mein Ohr, als er leise und mit ganz anderer Schwingung weitersprach: „Weißt du, was noch bezaubernder ist?"

Ein Prickeln überzog meine Haut, und ich sog erwartungsvoll die Luft ein.

„Sag's mir."

„Deine Ohren … dein Hals …"

Dabei fuhr er genau an diesen Stellen mit den Lippen entlang, während seine Finger sachte meinen Arm streichelten. Er war so süß, so zärtlich. Viel zärtlicher, als ich es vermutet hätte, mit dem Verlangen, das ich brodelnd unter seiner Oberfläche fühlen konnte. Nachdem seine behutsamen Küsse bis zu meiner Schulter gelangt waren, drehte ich mich in seinen Armen, und er drückte mich an sich, als er sich zurücklegte. Rafael lag nun unter mir, die Finger in meinen Haaren und sah mich forschend an. Doch bevor er nach einer Zustimmung fragen konnte, versiegelten meine Lippen seinen Mund.

Das Feuer, das in mir hochstieg, hatte nichts mit den Flammen zu tun, die hinter uns im Kamin züngelten, sondern es war die Leidenschaft, die in mir gewachsen war, seit wir uns zum ersten Mal geküsst hatten. Jede Stelle meines Körpers, an der wir uns nicht berührten, schmerzte, und die Sehnsucht schrie nach ihm.

Auch in Rafaels Augen standen Verheißung und dunkle Leidenschaft, die ihn genauso wie mich auffraß. Mit einer schnellen Bewegung packte er mich an den Hüften und drehte uns herum, sodass er auf mir zu liegen kam, und ich keuchte. Seine Lippen fanden erneut meinen Mund, seine Zunge bahnte sich fordernd einen Weg, und die Luft zum Atmen war nicht mehr wichtig. Im nächsten Moment war mein Handtuch verschwunden, wie seine Hose. Sein sehniger, muskulöser Körper lag auf mir – Haut an Haut. Während unser Kuss intensiver wurde, vergruben sich meine Finger in Rafaels Haaren, um ihn näher an mich zu pressen und keinen Zentimeter von ihm getrennt zu sein. Unser Atem kam stoßweise, Blut rauschte tobend in meinen Adern, und unsere Körper verschmolzen zu einem einzigen Wesen, zu einem perfekten Moment.

18. Liebe

Der Kuss ist ein liebenswerter Trick der Natur,
ein Gespräch zu unterbrechen, wenn Worte überflüssig werden.
(Ingrid Bergman)

Stunden später, nachdem wir uns vom Boden erhoben und in das riesige Himmelbett geschlüpft waren, lagen wir eng aneinandergekuschelt unter der Decke. Außer dem Pfeifen des Windes und dem Knistern des abbrennenden Feuers herrschte wohlige Ruhe. Mein Kopf lag auf Rafaels Brust, und ich sog seinen vertrauten Duft ein, der mir noch immer ein heftiges Flattern bescherte.

Die Arme um mich geschlungen, strich Rafael über meinen Rücken. Egal, was passiert war, wie sehr mich die Geheimnisse meines Vaters erschüttert hatten, ich würde es überstehen. Mit Rafael an meiner Seite würde ich alles durchstehen können, und das gab mir solche Zuversicht, von der ich seit Langem nur träumen konnte.

Bevor ich mich stoppen konnte, sprudelten daher die nächsten Worte ungeniert aus meinem Mund: „Weißt du eigentlich, wie sehr ich dich liebe? Ich kann es nicht beschreiben, aber es ist fast so, als würde mein Herz für dich brennen."

Gut, subtil war das nicht gerade, tadelte ich mich selbst. Mit geschlossenen Augen legte ich das Kinn auf seine Brust, hielt den Atem an und spürte, dass mich Rafael noch fester in den Arm nahm.

„Du weißt, dass ich dich auch liebe. Aber mein Herz brennt nicht, es glüht für dich."

Diese Antwort machte mich neugierig, und ich löste mich aus der Umarmung. Dabei stützte ich mich auf die Ellbogen und sah zu ihm hinunter, sodass mir die Haare ins Gesicht fielen. „Wie meinst du das?"

„Eine Flamme, die brennt, erzeugt für den Moment mehr Hitze." Dabei lächelte er, streckte den Arm aus, um mir die Haare aus dem Gesicht zu schieben, und sprach sanft weiter: „Aber eine Glut brennt nur etwas schwächer, dafür aber dauerhafter, beständiger. Glühen hält länger. Viel, viel länger."

Am nächsten Morgen verschliefen wir fast den ganzen Vormittag, bis ich mich eingewickelt in einer Decke aus dem Bett erhob. Rafael schlief noch. Ich schlich zum Fenster, und mich begrüßte ein grauer Himmel mit düsteren Wolken, der keine Spur von Sonnenschein zeigte. Doch das machte mir nichts aus, denn das Licht und die Wärme sammelten sich nun in meinem Inneren. Mit geröteten Wangen sah ich zum Bett hinüber, und erneut stieg Hitze in mir auf, als ich die gestrige Nacht noch einmal durchspielte: zuerst auf den Decken, später im Bett. Ich brauchte jegliche Selbstbeherrschung, um nicht wieder ins Bett zu kriechen und mich erneut auf ihn zu stürzen.

Aber auch, wenn er nach der Schlägerei nur vereinzelte blaue Flecken aufwies und wieder besser aussah, wusste ich, dass er die Ruhe dringend nötig hatte. Obwohl der Anblick, den er mir bot, es mir schwer machte, vernünftig zu bleiben, da er nackt auf den Bauch lag und die Decke nur um seine Beine hing, während sein kräftiger Rücken und Po wohlproportioniert vor mir lagen. *Ja, definitiv leckerer als Schokolade,* dachte ich verschmitzt.

Auf Zehenspitzen näherte ich mich ihm, legte ihm die Decke über und zog mich leise an, um mich aus dem Zimmer zu schleichen. Auf den Weg hinunter ließ ich mir Zeit. Dabei sah ich mich in den Räumlichkeiten um und schwelgte in Erinnerungen. Aber als ich im Erdgeschoß ankam, erregte etwas Glitzerndes am Boden vor einer kleinen, hölzernen Tür meine Aufmerksamkeit. Es war ein Ohrring mit einem funkelnden Stein in der Mitte, an der eine Perle in Tropfenform hing. Hatte ich so einen nicht schon mal gesehen? Und warum lag hier ein Ohrring herum, wenn alles andere im Schloss aufgeräumt war? Vermutlich waren auch die Frauen der Vereinsmitglieder manchmal hier, und eine dieser feinen Damen musste ihn verloren haben.

Daher steckte ich ihn in meine Hosentasche, mit der Absicht, ihn meinem Vater zu geben, damit er die Besitzerin ausfindig machen konnte. Unschlüssig blieb ich im Gang stehen. Ich war noch nie durch die Kellertür getreten, da mich mein Vater vor den wilden Ratten gewarnt hatte, die dort unten hausen sollten. Trotzdem übermannte mich die Neugierde, und ich öffnete die Tür.

Vor mir lag nur Schwärze. Das Licht vom Flur strömte an mir vorbei, und ich konnte erkennen, dass eine steinerne Wendeltreppe nach unten führte, in ein bodenloses Loch, in dem ich gedanklich Tausende Ratten herumhuschen sah. Zugegeben, meine Fantasie ging vielleicht mit mir durch, aber die Treppe war unheimlich, und der Geruch, der nach oben drang, entsprach dem Bild in meinem Kopf.

Ein Schaudern ging durch meinen Körper, doch trotz meines Ekels kitzelte es in den Beinen. Behutsam stieg ich die ersten drei Stufen hinunter und holte das Handy hervor, um es als Lichtquelle zu benutzen. In dem Moment, in dem ich auf die nächste Stufe trat, hörte ich Rafael nach mir rufen: „Vic! Wo bist du? Vic? Komm, schnell!"

Eigentlich hatte ich auf Forschungsexpedition gehen wollen, aber es lag ein gewisser Unterton in Rafaels Stimme, der mich aufhorchen und sofort umdrehen ließ.

Zehn Minuten später saßen wir im Auto und jagten den Hügel hinunter, weg von der Burg und zurück nach Glasgow, ohne dass wir die Zeit gefunden hatten, die Polizei von Aberdeen aufzusuchen.

„Bitte, noch einmal langsam. Was ist mit José passiert?"

Bisher hatte Rafael nur aufgebracht Sätze gestammelt, die keinen Zusammenhang ergaben, aber langsam kam er wieder zu sich.

„Ramiro hat gesagt, dass er verletzt sei und dass ich so schnell wie möglich kommen soll."

Verwirrt schüttelte ich den Kopf.

„Warum bringen sie ihn nicht ins Krankenhaus? Wenn er verletzt ist, sollte sich ein Arzt um ihn kümmern."

Bei meinen Worten sah ich Rafael von der Seite an und bemerkte, wie er sich verspannte. Seine Knöchel waren weiß hervorgetreten, da er das Lenkrad so fest umklammerte. Da ich nicht gleich eine Antwort bekam, stellte ich selbst Schlussfolgerungen auf.

„Es ist passiert, als er etwas Illegales getan hat, oder? Etwas, für das er eingebuchtet werden könnte?"

Er wandte mir den Kopf zu, und in seinen Augen lag Bedauern.

„Gut geraten. Ich wusste nicht, dass er schon so tief drinnen steckt, ehrlich. Ich …"

Wieder blickte er kurz zu mir rüber, und haderte sichtlich mit sich selbst, wie viel er mir erzählen konnte.

„Du kannst mir vertrauen. Versprochen."

Rafael lächelte knapp, ohne dass es seine Augen erreichte.

„Darüber mache ich mir keine Sorgen. Aber ich weiß nicht, ob es sicher für dich ist, wenn ich dich einweihe."

Ich setzte mich aufrechter in den Sitz.

„Ich schaff das schon. Mir passiert nichts."

Mit einer Hand strich er sich über die Augenbraue, bevor er zu erzählen begann.

„Soweit ich weiß, machte er bisher nur Laufdienste und niedrige Botengänge für irgendeine Gang. Er ist da hineingeschlittert, treibt sich mit den falschen Typen herum. Jungs, die Marihuana in Clubs und Bars verkaufen. Aber, wenn man da einmal drinnen ist, werden es schnell härtere Sachen wie Ecstasy oder Heroin. Und dann kommt man nicht mehr so einfach raus."

„Was sagt Ramiro dazu?", fragte ich behutsam.

„Was soll er schon tun? Glaub mir, er hat es versucht, aber José hört nicht zu."

Grübelnd zwirbelte ich eine blonde Haarsträhne.

„Warum spricht Ramiro nicht mit seinem Dad, um ihn von diesen Leuten wegzubekommen. Vielleicht bekommt er mehr Taschengeld, wenn sein Vater Bescheid weiß?"

Doch wieder bekam ich als Antwort nur ein Kopfschütteln und ein trauriges Lachen. „Wenn ihr Vater davon erfährt, bekäme er mit Sicherheit kein Geld, sondern eine extra Runde Prügel."

Damit hatte er sich verraten, und ein Fluch bestätigte meinen Verdacht. Betroffen sah ich hinüber.

„Was? Er wird geschlagen?"

Zuerst war er still, erst nach einer Ewigkeit gab er mir eine Antwort: „Ähm … es kommt … vor. Ich hätte dir das nicht erzählen dürfen."

„Keine Angst, es wird keiner erfahren. Ich kann Geheimnisse für mich behalten."

Flüchtig strich er über meine Hand, die in meinem Schoß lag.

„Ich weiß. Ich denke, ich will nicht, dass du zu sehr in die ganze Sache hineingezogen wirst. Du hast in letzter Zeit schon genug durchgemacht."

Kopfschüttelnd stieß ich die Luft aus: „Blödsinn! Im Vergleich dazu ist mein Leben ein Kindergeburtstag."

Mir war übel bei dem Gedanken, dass José oder früher auch Ramiro von ihrem Vater verprügelt wurden, und José sich mit gefährlichen Typen abgeben musste, um an Geld zu kommen. Aber, auch wenn José erst sechzehn war, ließ ich das nicht als Ausrede gelten, dass er keinen Job finden konnte, wenngleich eine Arbeit bei Starbucks oder Subways sicher nicht so lukrativ wäre wie die jetzige Bezahlung. Trotzdem nahm ich mir vor, mir eine Lösung zu überlegen. Fest von meinem Vorhaben überzeugt, rutschte ich tiefer in den Sitz, als mich Rafael aus den Gedanken riss.

„Mach dir keinen Kopf deswegen, wir finden einen Weg. Ich bin nämlich der Meinung, dass du schon genug hast. Mit deiner Mum, deinem Vater – mehr als andere."

Vielleicht hatte er zum Teil recht, aber der andere Teil bereitete mir ein schlechtes Gewissen. Ich hatte mich immer selbst bemitleidet, während mein Leben mehr als rosig gewesen war, wenn man vom Tod meiner Mutter mal absah. Der Rest mit meinem Vater oder Cailean waren im Grunde … Lappalien, da mein Leben ansonsten in geregelten Bahnen verlief und ich mir keine Gedanken über Geld oder die Zukunft machen musste.

Langsam strich mir Rafael über die Hände und zeichnete Kreise auf meine Handfläche. Bei seinen zärtlichen Streicheleinheiten wurde ich schlagartig in unsere gemeinsame Nacht zurückversetzt, was alle anderen Gedanken sofort beiseiteschob. Rafael schien es ähnlich zu ergehen, denn er musste sich räuspern, bevor er sprechen konnte.

„Wegen heute Nacht … Ich würde gerne sagen, dass es der Wahnsinn war", er blickte kurz in meine Richtung. „Aber das reicht bei Weitem nicht aus, um die ganzen Gefühle dafür zu beschreiben."

Hitze wallte in mir auf, aber wir waren mitten auf der Straße und hatten jetzt keine Zeit für sowas. Trotzdem musste ich ebenso meine Gefühle mit ihm teilen, auch wenn es das heftige Knistern in dem kleinen Auto noch verstärkte.

„Mir ging es genauso. Es war die schönste Nacht, die ich bisher verbracht habe – und ich weiß ja nicht, wo du das alles gelernt hast … oder ich will auch gar nicht wissen, mit wem. Aber es war einfach …"

Mir fielen nicht die richtigen Worte ein, um die Emotionen und die Leidenschaft wiederzugeben, die ich in der Nacht verspürt hatte und auch jetzt bei der Erinnerung daran fühlte. Stattdessen entschlüpfte mir ein verträumter Seufzer, und ich musste mich verstärkt konzentrieren, um nicht den Faden zu verlieren. Außerdem sah ich mich schon etwas komplett Unüberlegtes tun und klammerte mich zur Vorsicht mit den Fingernägeln in den Autositz.

„Es war … himmlisch, und damit du es weißt – ich will *mehr* davon."

Sein warmes, angenehmes Lachen hallte durch das Auto, sodass ich eine Gänsehaut bekam.

„Aber bitte, lass uns jetzt nicht darüber weiterreden, sonst kann ich für nichts garantieren."

Seine Stimme klang heiser vor Verlangen, als er fragte: „Mhm … was denkst du, wann wir das wiederholen könnten?"

Ich musste zwar kurz vor Glück lachen, aber dann auch das Gespräch beenden, bevor wir unsere Hormone überhaupt nicht mehr stoppen konnten. „Rafael."

„Ja?"

„Aufhören! Wir sollten uns jetzt wirklich auf was anderes konzentrieren. Versuchen wir, zurück nach Glasgow zu kommen, und danach schauen wir weiter. Okay?"

Meine Worte schienen über ihn hinwegzufegen wie ein eiskalter Wind, und er schüttelte den Kopf, um ihn noch weiter zu klären.

„Du hast ja recht. Wir haben später genügend Zeit dafür."

Nach einem kurzen Seitenblick zu mir sprach er weiter: „Wir fahren noch eine Weile, und du siehst müde aus. Warum schläfst du nicht?"

Ich war tatsächlich mehr als nur ein wenig müde. Wie auf Kommando gähnte und nickte ich – gleich darauf musste ich wohl eingeschlafen sein.

Bebend vor Kälte oder Angst stehe ich inmitten von blutroten Kutten – Männer, die singen und deren Augen ich wegen der hochgezogenen Kapuzen nicht sehen kann. Bedeckt bin ich nur mit einem seidenen, weißen Nachthemd. Mein Haar ist offen und fällt mir in goldenen Strähnen über den Rücken. Neben mir befindet sich ein steinerner Altar und wirkt, als ob er aus der Zeit von Christi Geburt stammen würde. Was mich erzittern lässt, ist das getrocknete Blut auf dem Altar und das Symbol, das auf der Seite prangt: Es stellt ein Pentagramm dar, in dessen Mitte ein Teufelskopf schwebt. Vier Männer treten vor und umfassen meine Oberarme im harten Griff. Blut rauscht in meinem Kopf, und für einen Moment verliere ich die Orientierung, als mein Gesichtsfeld schwarz wird ...

Als ich wieder zu mir komme, haben die Männer den Kreis um mich geschlossen, und in Panik stelle ich fest, dass ich auf dem kalten Altarstein liege – an Armen und Beinen angekettet. Der Kreis bricht abermals auf, und mein Blick erfasst eine neue Gestalt, die auf mich zu kommt. Langsam wandern meine Augen hinauf, und dort sehe ich eine Hand, die den Griff fest um ein funkelndes, scharfes Messer gelegt hat. Der Arm hebt sich, nur, um gleich darauf auf mich hinabzusausen ...

Jemand schüttelte mich an der Schulter. Orientierungslos schlug ich automatisch danach.

„Vic, wach auf!"

Verwirrt schreckte ich hoch und sah mich um. Ich befand mich im Auto, Rafael saß neben mir am Steuer und sah mich besorgt an, während ich versuchte, meinen Puls auf Normalgeschwindigkeit zu drosseln.

„Tut mir leid. Sind wir schon da?"

„Nein. Wir sind zwar in Glasgow, aber du hast im Traum so geschrien, dass ich angehalten habe. Wovon hast du geträumt?"

Konzentriert versuchte ich mich zu erinnern, um ihm davon zu erzählen, aber das meiste waren nur wirre Bilder ohne Zusammenhänge. Der Traum war verschwunden, aber die Angst war noch spürbar. Rafael sprach beruhigend auf mich ein, und nach einem Kuss und einer Umarmung fuhren wir weiter. Er wurde gebraucht, und uns blieb keine Zeit, über Träume zu grübeln, die nichts zu bedeuten hatten, während sein Freund verletzt war.

Als wir bei Ramiros Wohnung ankamen, stürmten wir sofort hinunter in den Keller. Rafael beugte sich über José, der mit schweißnassem Gesicht und zusammengekniffenen Augen auf dem Sofa lag. Ramiro stand neben Rafael und flüsterte in schnellem Spanisch, was passiert war, während Selena am gegenüberliegenden Sofarand saß und mit gesenktem Kopf und roten Augen Josés Hand hielt.

Vorsichtig näherte ich mich der Szenerie. Diese Situation überforderte meinen sensiblen Magen und meine Nerven, denn im ganzen Raum schwebte der Geruch von Blut. Außerdem fühlte ich mich wie ein Eindringling, besonders, da ich wusste, dass José mich nicht leiden konnte und Selena mich nur erduldete. Dass ich hier war, in einem Moment, in dem sie verletzlich waren, ließ mich zweifeln, ob es eine gute Idee war, zu bleiben. Aber ich konnte nicht gehen, ich wollte helfen. Als ich mich dem Sofa näherte, knarrte der Holzboden unter mir und erinnerte die anderen daran, dass ich auch anwesend war.

Bevor ich etwas sagen konnte, sprang ein breit gebauter, gedrungener Typ von der Couch in der hinteren Ecke des Raumes. Er baute sich vor mir auf, als wäre er ein Rausschmeißer bei einem Club.

„Wer bist du? Was machst du hier?"

Mit aufgerissenen Augen starte ich ihn an. Nicht, weil er nur in einem Unterhemd vor mir stand, sondern weil sein rechter Oberarm einen blutdurchdrängten Verband trug und seine Augen einen bedrohlichen Ausdruck hatten. Wie ein Dobermann, der jeden Moment zubeißen konnte. Er war muskulös, hatte kurze, schwarze Locken und eine schiefe Nase, die schon mehrmals gebrochen gewesen sein musste. Im nächsten Moment stand Rafael zwischen uns und schubste den Kerl mit zwei festen Händen von mir weg. Über die Schulter frage er mich: „Alles okay?"

Ich nickte. Aber Rafael starrte weiterhin auf den Unbekannten und ließ ihn keine Sekunde aus den Augen. Dieser glotzte ungläubig zwischen Rafael und mir hin und her.

„Wer ist diese weiße Braut? Gehört die zu dir? So eine weiße Chica? Hast du sie noch alle?"

Ah, wie nett. Wo lebt der Typ? Im Jahr 1960?

Rafaels Antwort glich einem Knurren, und es war ein Laut, den ich von ihm bisher nicht kannte.

„Sie gehört zu mir, und wenn du sie auch nur schief anschaust, dann …"

„Was dann, Junge?", unterbrach er Rafael mit drohender Stimme. „Ich hab keine Lust, von diesem Mäuschen bei den Bullen verpetzt zu werden. Warum, glaubst du, sind wir hier anstatt in einem verfluchten Krankenhaus? Los, schick sie weg!"

Zur Beruhigung der angespannten Testosteronproduzierer machte ich einen Schritt zurück Richtung Treppe – ich wollte nicht, dass sich Rafael wegen mir mit diesem Typen prügeln musste, denn der machte einen mörderischen Eindruck.

„Ist okay, ich geh einfach. Ich werde niemandem etwas verraten."

Rafaels Hand schoss zurück und legte sich um mein Handgelenk, um mich hinter sich zu ziehen.

„Nein, auf keinen Fall. Sie geht nirgendwo hin. Verstanden!"

Bei seinen nächsten Worten spuckte der andere beinahe.

„Pf! Ich werde dir gleich was zu verstehen geben, Bürschchen!"

Mit einer schnellen Handbewegung hatte er hinter sich gegriffen und ein Klappmesser aus seiner Hosentasche gefischt, mit dem er uns bedrohte. „Sie soll verschwinden, dann passiert keinem was!"

„Wenn sie geht, gehe ich auch – und dann kannst du dich selbst zusammenflicken", knurrte Rafael und blickte auf den notdürftigen Verband.

Ramiro hatte sich in der Zwischenzeit zu uns gestellt und fuhr den anderen Typen grimmig an: „Schluss jetzt, Miguel. Du bist in *meinem* Haus, und du bist schuld daran, dass mein Bruder verletzt ist. Ihr hättet sterben können! Du hast José da hineingezogen, obwohl du wusstest, wie gefährlich es ist. Er ist noch ein Kind!"

Miguel schob sich wütend die dunklen Locken aus dem Gesicht. Dabei spielten seine Oberarmmuskeln, und der rötliche Verband lachte mir ins Gesicht.

„Weißt du was, ich hab genug von euch und eurer verdammten Familie! Du hast recht, dein Bruder ist noch ein Kind, und er hat nichts mehr bei uns zu suchen. Kapiert!"

Er war so aufgebracht, dass bei jedem zweiten Wort Spucke durch den Raum flog, als er Ramiro drohte.

„Wenn er noch einmal bei einem von uns auftaucht, sind wir diejenigen, die ihm eine Kugel verpassen! Er soll sich bloß fernhalten."

Rafael schaffte es gerade noch, Ramiro zu umklammern und ihn zurückzuhalten, bevor er sich Hals über Kopf auf den Typen stürzte, wohl, um ihn zu Hackfleisch zu verarbeiten – oder umgekehrt. Beschwichtigend redete Rafael auf Ramiro ein, während er sich wehrte und tödliche Blicke auf den unangenehmen Typen feuerte. Miguel kümmerte das nicht und fluchte etwas Unverständliches, bevor er an uns vorbeistürmte. Kurz darauf hörten wir von oben die Wohnungstür zuknallen.

Erleichtert atmete ich aus und spürte, dass sich nicht nur meine Anspannung löste. Auch Rafael ließ Ramiro aus dem eisernen Griff, und beide wendeten sich, ohne ein Wort über das Geschehene zu verlieren, wieder José zu. Bei der Betrachtung der verwundeten Gestalt wurden die Mienen von beiden weicher.

Auch ich näherte mich dem Bett. Der Anblick, der sich mir unter der Decke bot, war nicht so schlimm, wie befürchtet, aber es war auch noch der Verband um die Wunde am Oberschenkel gebunden. Auch am Oberkörper, unter der linken Brust, hatte José eine Wunde, obwohl ich mir nicht sicher war. Deshalb zeigte ich mit dem Finger darauf.

„Was ist das?", fragte ich und trat einen Schritt näher. „Ist das ein Bluterguss? Hat er den von heute?"

Mit einer Kopfbewegung Richtung zweier dunkler Westen, die neben der Couch am Boden lagen, flüsterte Ramiro: „Dieser Idiot Miguel hat wenigstens so weit gedacht, sich und José eine schusssichere Weste zu besorgen. Er hat wohl schon damit gerechnet, dass es Ärger geben könnte, und war so blöd, trotzdem den Deal zu machen. Es hätte sie das Leben kosten können, trotz dieser Scheißwesten."

Missbilligend schüttelte er den Kopf, und ich zog scharf die Luft ein: „Oh verdammt. Das stammt von einer Kugel."

Mir wurde übel. Nur eine Weste hatte über Tod oder Leben entschieden. Ramiro legte den Zeigefinger auf seinen Mund.

„Wir sollten Selena nicht noch mehr aufregen."

Während wir sprachen, hatte Rafael begonnen, den Verband zu lösen, und José stöhnte in seinem Delirium auf. Ich blickte zu Selena und sah unzählige Tränen ihre Wange hinunterlaufen. Auch Ramiro wirkte erschüttert, schaffte es aber, seinen Kummer für den Moment hinunterzuschlucken.

Ich hielt das nicht aus, so untätig herumzustehen. Gejagt von einem inneren Dämon, machte ich mich auf in die Küche und füllte eine Schüssel mit warmem Wasser. Dann besorgte ich mir aus dem Badezimmer einen Stapel frischer Handtücher, wobei ich versuchte, ältere zu wählen, da sie danach wahrscheinlich nicht mehr zu verwenden waren. Außerdem suchte ich im Medizinkästchen nach allem, was nützlich erschien.

Mit angefüllten Taschen und vollen Händen eilte ich hinunter. In der

Zeit, in der ich oben gewesen war, hatte Ramiro Chirurgenbesteck und Betäubungsmittel neben dem Sofa aufgestellt, und ich reihte meine Utensilien daneben auf. Zuerst sah Ramiro verwirrt aus, aber dann schenkte er mir ein dankbares Lächeln. Rafael spritzte unterdessen José eine örtliche Betäubung und er und Ramiro banden sich einen Mundschutz über und zogen Handschuhe an.

Ich war zwar verwundert, ersparte es mir aber zu fragen, woher sie die ganzen Sachen hatten und ob sie ihn nicht doch lieber in ein Krankenhaus bringen wollten. Solange sie José helfen konnten, war es mir egal.

Rafael war bereits fast mit dem Reinigen der Wunde am Oberschenkel fertig, als er sich motivierend zuredete: „Dann mal los."

Ich beugte mich über ihn, um auf die Schusswunde sehen zu können, besann mich aber aufgrund meiner Übelkeitsattacke eines Besseren und machte einen Schritt zurück.

„Wie sieht es aus?", formulierte Ramiro meine Frage.

„Er hat zum Glück keinen Durchschuss, sondern wurde nur gestreift. Am schlimmsten ist sein Blutverlust, aber das sollten wir hinbekommen, ohne dass wir ihn doch ins Krankenhaus bringen müssen."

Rafaels Erklärung beruhigte uns zwar, aber mein Magen fühlte sich trotzdem flau an. Das schien auch Ramiro zu bemerken.

„Vic, lass mich Rafael hier helfen. Könntest du dich um Selena kümmern? Bitte."

Klasse, da hätte ich es doch lieber mit der Fleischwunde aufgenommen.

Aber ich konnte nicht ablehnen, und, wenn es das Einzige war, womit ich helfen konnte, würde ich eben in den sauren Apfel beißen. Ich ging um das Sofa herum und setzte mich neben Selena. Zögerlich legte ich ihr die Hand auf die Schulter, und ich weiß nicht, was ich erwartet hatte, aber auf keinen Fall das, was als Nächstes passierte.

Schluchzend schlang Selena die Arme um meinen Hals, vergrub ihr Gesicht in meinen Haaren, und ihre Tränen tropften auf meinen Hals. Zuerst verspannte ich mich überrascht, aber dann legte ich die Arme um sie und versuchte, sie zu beruhigen: „Es wird alles gut. Er wird wieder. Rafael kann das ... José ist stark ..."

Ich weiß nicht, wie lange wir dort saßen, aber als mich jemand am

Arm berührte, war meine Stimme heiser, und Selena hatte aufgehört zu weinen. Daher löste ich mich von ihr, und zum ersten Mal für heute begegneten sich unsere Blicke. In ihren Augen lag aufrichtige Dankbarkeit, was mich fast noch mehr schockte. Ramiro nahm meinen Platz ein, und ich ging zu Rafael, der gerade mit letzten Handgriffen den Verband fertigstellte.

„Wie geht es ihm?"

„Er wird wieder. Aber hoffentlich hat er gelernt, sich aus Ärger rauszuhalten."

Rafael sah dabei so müde und zweifelnd aus, dass es mir das Herz zusammenzog. Ich drückte ihm die Schulter.

„Das hoffe ich. Ramiro wird bestimmt nicht lockerlassen, bis er zur Vernunft kommt."

Mehr konnte ich im Moment nicht sagen, denn wir wussten nicht, ob José sein Verhalten ändern würde – das Einzige, das uns blieb, war zu hoffen.

19. Einsicht

Es ist nicht genug zu wissen – man muss auch anwenden.
Es ist nicht genug zu wollen – man muss auch tun.
(Johann Wolfgang von Goethe)

In der Zeit, in der Rafael sich mit Ramiro und Selena unterhielt, ging ich nach oben, gönnte mir frische Luft und nutzte die Gelegenheit, um bei Aimee und Stew anzurufen. Als ich wieder nach unten kam, ging ich zu Rafael und lehnte mich an ihn. Selena stand langsam auf. Sie wirkte zerbrechlich und müde, wie ein loses Blatt, das beim kleinsten Windstoß wegfliegen könnte. Doch ihre Stimme war fest, als sie sich an Ramiro wendete: „Was machen wir mit José? Was ist, wenn er wieder zu ihnen geht? Ich …"

In diesem Moment versuchte José, sich aufzusetzen, stöhnte schmerzhaft auf und ließ es dann sein. „Ramiro? Selena?"

Sofort stürmten beide zum Bett, und Selena ergriff Josés Hand. „Wie fühlst du dich?"

Zuerst hustete er, da sein Mund komplett trocken sein musste. Selena half ihm, ein Schluck Wasser zu trinken.

„Ich fühl mich … schwach. Aber für das, was hätte sein können, ganz gut, denke ich." Er drehte langsam den Kopf in Ramiros Richtung. „Es tut mir leid … ich war ein Idiot. Ich werde nicht mehr zu diesen Typen gehen, versprochen. Wegen denen wär ich fast gestorben …", bekannte er heiser.

Dabei löste sich eine Träne aus seinem Augenwinkel, aber er schien zu abgelenkt, um es zu bemerken oder sich darum zu kümmern. Selena strich sie ihm liebevoll von der Wange, als er sich ihr wieder zuwandte. „Kann ich … kann ich bitte eine Zeit bei euch wohnen?"

Sie drückte seine Hand. „Natürlich, du Dummchen. Ich würde nichts lieber wollen."

Während sie weiterhin leise miteinander sprachen, lehnte ich mich in Rafaels Umarmung. Der Anblick, der sich mir bot, rührte mich, da mir solche festen Familienbande fremd waren. Ich kannte das nur, wenn ich bei Shona war, und das war selten.

Rafael bemerkte meine Gefühlsaufruhr und gab mir einen Kuss auf die Schläfe.

„Du siehst müde aus. Wenn du willst, können wir uns eine Runde aufs Ohr legen. Ich möchte die nächsten Stunden in der Nähe bleiben."

Die Uhr auf meinem Handgelenk zeigte erst halb acht an.

„Aber es ist noch nicht spät", sagte ich mehr zu mir selbst, als zu ihm. Trotzdem konnte ich die Müdigkeit und die Verspannung im ganzen Körper spüren.

„Letzte Nacht hast du aber nicht viel geschlafen …", er räusperte sich, und seine Bronze schimmernde Haut bekam doch tatsächlich einen leicht rötlichen Anstrich. „Naja, weil ich dich abgelenkt habe …"

Bei seinen Worten rann es mir heiß die Wirbelsäule hinunter, und die Erinnerung an die Nacht auf der Burg zauberte mir ein Lächeln ins Gesicht. Rafael fing meinen Blick auf, und mit seinem typischen verschmitzten Grinsen im Gesicht sprach er weiter: „Wir können machen, was du willst. Aber ein bisschen Schlaf wäre nicht schlecht."

Vielleicht war es keine schlechte Idee, uns etwas Ruhe zu gönnen. Immerhin wartete die Begegnung mit meinem Vater auf mich, wofür ich genügend Energie brauchen würde, und die letzten Tage hatte ich wirklich nicht viel geschlafen.

„Eine Pause hört sich nicht schlecht an."

Mit den Fingern fischte ich das Handy aus meiner Jeanstasche.

„Ich werde Aimee anrufen und fragen, ob ich heute bei ihnen pennen kann. Ich hab keine Lust, meinem Dad heute schon gegenüberzustehen."

Enttäuschung war in seinen Augen zu lesen. „Du kannst sicher auch hier schlafen."

Aber ich winkte mit den Händen ab. „Danke. Das ist nicht nötig."

Doch da täuschte ich mich, da ich nicht mit Selena gerechnet hatte.

„Nein, nein, kommt gar nicht infrage, dass einer von euch beiden woanders schläft. Ihr seid heute unsere Gäste. Keine Widerrede, hört ihr!"

Wie ein Wirbelwind fegte sie an Rafael vorbei und umarmte mich, sodass ich fast keine Luft mehr bekam, sei es nun, weil sie mich so fest drückte oder weil ich so überrascht war, da sie anscheinend jegliches

Misstrauen mir gegenüber abgelegt hatte.

„Du hast uns heute geholfen – du hast *mir* beigestanden, und das werde ich nie vergessen, Vic. Du bist immer bei uns willkommen. Ich habe mich in dir getäuscht. Du bist in Ordnung."

Ich ließ den angehaltenen Atem los, der mir mit einem perplexen „Danke" wieder entwich. Sie ließ mich los, lächelte und wollte sich an Rafael wenden, als ich meiner Stimme wieder vertraute.

„Warte, Selena. Das war selbstverständlich. Ich bin wirklich dankbar, dass ihr mir Unterschlupf in eurem Haus gewährt ... und auch für den Rest."

Selena nahm meine Hand, aber richtete ihre Worte an Rafael: „Pass auf sie auf, sie ist etwas Besonderes. Und jetzt ab mit euch ins Gästezimmer. Wenn etwas mit José ist, rufen wir dich, Rafael. Danke."

Bevor ich mich versah, waren wir oben im Erdgeschoss und befanden uns in einem kleinen Raum, den Selena wie jedes andere Zimmer liebevoll eingerichtet hatte. Obwohl er klein war und nur ein Bett, eine Kommode und einen Stuhl beherbergte, fühlte ich mich sofort heimelig. In Rafaels Augen konnte ich die Erleichterung darüber sehen, dass ich hier bei ihnen blieb.

Es war noch nicht spät, aber der Tag forderte nichtsdestotrotz seinen Tribut. Daher legten wir uns beide ohne großes Aufsehen ins Bett und kuschelten uns eng aneinander. Seine warmen, starken Arme waren eine Wohltat, und ich schlief in der tiefen Geborgenheit schneller ein, als ich es gedacht hätte.

Das Summen des Handys auf dem Stuhl neben mir riss mich aus dem Schlaf. Gerade, als ich abheben wollte, hörte es auf. Verschlafen blickte ich mit zusammengekniffenen Augen auf das Display und sah, dass der verpasste Anruf von einer unterdrückten Nummer stammte. Als ich weiterschlafen wollte, piepste das Handy erneut: eine Voicemail-Nachricht. Meine Neugierde übernahm die Oberhand.

Da ich nur mit Unterwäsche bekleidet war, schlüpfte ich in meine Klamotten, um mich danach ins Wohnzimmer zu schleichen und auf die Couch zu setzen. Es war Mitternacht, was bedeutete, dass ich gerade mal vier Stunden geschlafen hatte. Mit den Fingern fuhr ich mir durch die Haare, gähnte herzhaft und wollte soeben die Nachricht abhören, als das Handy ein weiteres Mal in meinen Händen hüpfte. Im Halbschlaf erkannte ich Caileans Namen und hob wie überrumpelt ab, bevor die anderen noch wach wurden.

„Cailean, es ist mitten in der Nacht! Was willst du? Lass mich in Ruhe! Gute Na …", sagte ich, doch er schnitt mir mit einer rasiermesserscharfen Stimme die Worte ab.

„Nur zu, leg auf, Schätzchen. Aber ich schwör dir, du wirst es bereuen, wenn dir das Leben eines geliebten Menschen wichtig ist!"

Wie oft wollte er mir noch drohen, wie lange sollte ich mir seine Bemerkungen noch gefallen lassen? Frustriert seufzte ich.

„Falls du es noch nicht bemerkt hast … langsam nerven mich deine ständigen Drohungen. Ich glaube dir kein Wort."

„Vorsichtig … lass mich dir etwas erzählen! Es war einmal ein kleines Mädchen, das hatte keine Mutter mehr und machte sich um die anderen keine Gedanken, nur um einen schmutzigen Bodenschrubber zu verführen. Dabei vergaß es immer öfter auf sein kleines Tantchen. Traurig, nicht wahr?"

Er machte eine kurze theatralische Pause, die mir wie die Ewigkeit vorkam und mich mit einem Schlag hellwach machte.

„Und jetzt meine Frage, Schätzchen: Wen glaubst du, habe ich hier bei mir?"

Daraufhin folgte sein grelles Lachen, und mir wäre fast das Handy aus der Hand gerutscht, als ich verstand, was er mir gerade gesagt hatte.

„Das ist nicht dein Ernst!? Shona kann nicht bei dir sein. Sie ist zu Hause bei ihrer Familie."

„Ist sie das? Ähm, dann würde ich vorschlagen, du checkst das mal, und wenn wir uns danach hören, erwarte ich ein bisschen mehr Respekt. Sonst könnte das den Gliedmaßen deiner Tante nicht so gut bekommen."

Mit diesen eiskalten Worten legte er auf, und ich hörte nur noch das Piepen des Freizeichens. Sofort scrollte ich in meinem Adressbuch zu Shonas Telefonnummer und wählte jene von ihr zu Hause. Es dauerte lange, bis endlich jemand abhob und sich eine verschlafene Stimme meldete: „Hallo? Wer ist da?"

So, wie Keith klang, musste ich ihn gerade aus dem Tiefschlaf gerissen haben, aber das war mir jetzt egal.

„Hallo, Keith. Ich bin es, Vic. Entschuldige, dass ich dich geweckt habe, aber ich müsste dringend mit Shona sprechen. Ist sie da?"

Mir schlug das Herz bis zum Hals, während Keith gähnte und sich Zeit mit dem Antworten ließ.

„Was meinst du, ob sie da ist? Sie müsste doch bei dir sein? Sie ist gestern früh nach Glasgow gefahren, um das Wochenende bei dir zu bleiben. Ist sie nicht dort?"

In seiner Stimme lagen nun Verwirrung und Besorgnis. Hatte ich tatsächlich vergessen, dass Shona doch zu mir kommen wollte? Sie meinte doch, sie würde sich noch einmal melden, oder hatte ich etwas falsch verstanden? Aber es half nichts, wenn wir uns beide fertigmachen würden, also erfand ich schnell eine Notlüge, um ihn zu beruhigen.

„Ach, ich bin ein Schussel. Ich hab vergessen, dass sie spontan noch einen Umweg bei einer alten Freundin machen wollte und sie morgen früh zu mir kommt. Das hab ich total verschwitzt. Ähm, tut mir leid, dass ich dich geweckt habe, aber es ist alles okay, ich werde mich wohl bis morgen gedulden müssen. Danke, Keith, gute Nacht."

Er klang zwar immer noch verwirrt, aber wieder etwas beruhigter.

„Das ist wohl das Beste. Sag ihr bitte, sie soll mich anrufen, wenn sie bei dir ankommt. Gute Nacht."

Als Nächstes wählte ich Shonas Handynummer, und schon beim zweiten Klingeln wurde abgehoben. Wieder war es eine bekannte Stimme, aber nicht diejenige, die ich hören wollte.

„Das hat ja lange gedauert. Eigentlich hättest du gleich das Handy anrufen können", tadelte Cailean mich von oben herab. „Aber egal, was soll ich sagen, Frauen sind lieber umständlich."

Ich konnte das Lachen in seiner Stimme hören, und mein Blut kochte vor Wut und Zorn, aber auch vor Angst und Sorge um Shona. „Was zum Teufel willst du von ihr? Was muss ich tun, damit du sie gehen lässt?"

„Ah, du kommst gleich zum Punkt, sehr gut. Ganz einfach, du kommst zu unserer kleinen Privatparty, und dann bin ich mir sicher, dass wir eine Lösung finden werden."

Die Ellbogen auf die Knie gestützt, schloss ich die Augen und atmete tief durch.

„Warum sollte ich dir glauben? Woher weiß ich, dass du sie gehen lässt und es ihr gut geht?"

„Du hast mein Ehrenwort darauf."

Verächtlich schnaubte ich.

„Ich steh zu meinem Wort, Vic. Du wirst mir vertrauen müssen. Also, wie sieht es aus?"

Ich öffnete wieder die Augen und fuhr mir durch das Haar.

„Okay, ich komme."

Was sollte ich sonst sagen? Er hatte Shona in seiner Gewalt, sonst wäre er nicht zu ihrem Handy gekommen – davon musste ich ausgehen. Außerdem hatte ich keine Ahnung, was er sonst noch alles anstellen würde, wenn ich nicht auf sein krankes Spiel einging. Mir blieb nichts anderes übrig.

„Wo seid ihr?"

„Dort, wo du und dein Bodenwischer eure Vereinigung gefeiert habt. Die Kameras waren sehr aufschlussreich."

Nein, das kann nicht sein. Mir stockte der Atem, und meine Kehle wurde staubtrocken, sodass ich nur ein Krächzen zustande brachte. „In der Burg bei Stonehaven …"

„Bingo!"

Ich atmete noch einmal tief durch und unterdrückte die aufsteigende Übelkeit.

„Was soll ich machen, damit du sie gehen lässt?"

Es raschelte im Hintergrund, und ich sah Cailean förmlich vor mir, wie er wichtigtuerisch auf und ab ging.

„Du wirst sofort hierherkommen – und dann reden wir. Das ist alles. Aber ich möchte, dass du *alleine* kommst, sonst kann ich dir nicht versprechen, dass es deiner Tante weiterhin gut geht. Ich will keinen Freund sehen, keine Polizisten, *niemanden!*"

Meine rechte Hand bildete eine Faust, so fest, dass sich die Nägel ins Fleisch fraßen. Ich stimmte zu.

Seine Stimme wurde eisig. „Ich meine es ernst, Schätzchen. Wenn ich jemanden sehe, kann ich für nichts garantieren!"

Ich schob meine freie Hand unter den Oberschenkel, um das unkontrollierte Zittern in den Griff zu bekommen.

„Ich habe verstanden. Ich werde keinem ein Wort sagen und alleine sein, versprochen. Aber Cailean, bitte, lass Shona zufrieden! Ich werde alles tun, was du willst, aber …"

Meine Stimme brach am Ende des Satzes, und ich holte tief Luft. Doch, bevor ich weitersprechen konnte, hatte Cailean bereits aufgelegt.

Alleine und wie erstarrt saß ich im stillen, halbdunklen Wohnzimmer – nur das Licht vom Flur schien leicht zu mir herüber. Ich war verängstigt und verwirrt.

Plötzlich erinnerte ich mich an etwas, dass mich bereits im Schloss irritiert hatte. Unsicher holte ich den Ohrring aus meiner Hosentasche und drehte ihn auf meiner Handfläche. Das Licht vom Hausflur fiel darauf, und er funkelte wie zu Eis erstarrte Tränen.

Ich legte mir ungläubig die Hand auf die Augen – *wie hatte ich ihn nicht erkennen können?* Das war der Ohrring meiner Tante, den sie immer im Urlaub und zu besonderen Anlässen trug. Ich ärgerte mich, dass ich nicht schon früher darauf gekommen war, und das nur, weil ich so egoistisch war, mich nur auf meine eigenen Dinge zu konzentrieren, ohne mir ausreichend Gedanken zu machen.

Angst und Selbstvorwürfe machten sich breit und nagten an mir, aber ich musste Ruhe bewahren und versuchen zu atmen – atmen war der Schlüssel. Ob ich wollte oder nicht, ich musste da alleine durch und durfte nicht noch andere hineinziehen, auch wenn ich mich danach sehnte, zu Rafael zu laufen. Doch ich konnte nicht. Denn Caileans Drohungen waren zu eindeutig und gefährlich, als dass ich sie ignorieren konnte. Ich war auf mich selbst gestellt. Wie hatte ich mich nur derart in ihm täuschen können? Niemals hätte ich damit gerechnet, dass er so kriminell oder brutal sein könnte.

Zusammengesunken saß ich auf der Couch, das Gesicht in den Händen vergraben, als mich das Knacksen des Parkettbodens erschrocken aufspringen ließ. Verwirrt sah ich mich um. In der Wohnzimmertür stand Ramiro und rieb sich schläfrig die Augen.

„Hey. Was machst du hier?"

Langsam setzte ich mich wieder hin und erforschte sein Gesicht, ob er etwas mitbekommen hatte. Doch er schien keinen Verdacht zu hegen, dass etwas nicht stimmte, und ich versuchte, eine glaubwürdige Ausrede aus dem Ärmel zu schütteln.

„Ich konnte nicht schlafen. Das ganze Blut heute. Aber ich wollte

Rafael nicht wecken, deshalb bin ich hierhergekommen."

Er kam näher und murmelte „Mhm, mhm", während er mich genau musterte.

Deshalb stellte ich schnell eine Frage, um ihn abzulenken: „Du konntest wohl auch nicht schlafen? Oder neigst du zum Schlafwandeln?" Es funktionierte.

„Ich war in der Küche, um etwas zu trinken, als ich Stimmen hörte …"

Seine dunklen Augen bohrten sich fragend in meine.

„Warum trägst du deine Klamotten?"

Ramiros Stimme klang neutral, aber der nachdenkliche Ausdruck in seiner Miene machte mich zusehends nervös.

„Ich … ähm … hab sonst nichts bei mir gehabt und wollte nicht nur in meiner Unterwäsche im Haus herumlaufen. Was du vorhin gehört hast, muss wohl der Fernseher gewesen sein."

Schnell griff ich nach der Fernbedienung auf dem Couchtisch, dankbar, dass sie in Reichweite lag, und hielt sie sichtbar in die Höhe.

„Ich habe gerade ausgemacht. Ich hoffe, das ist kein Problem?"

Er schüttelte nur den Kopf. „Nein, nein, mach nur."

Dann streckte er sich und gähnte herzhaft.

„Dann werde ich mich wieder hinlegen. Ich hoffe, du findest heute Nacht auch noch ein bisschen Ruhe."

„Danke. Ich bleib nur noch kurz hier sitzen. Gute Nacht."

Er machte auf dem Absatz kehrt, aber davor sah ich noch ein eigenartiges Funkeln in seinen Augen, das ich nicht recht deuten konnte. Doch dann gähnte er noch einmal, kratzte sich am Hinterkopf und ging zurück in sein Schlafzimmer.

Erleichtert ließ ich mich zurücksinken. Nach allem, was vorgefallen war, wurde ich langsam wirklich paranoid. Ich wartete noch einige Minuten, in denen ich gespannt nach Gemurmel oder andere Geräuschen horchte, aber es lag vollkommene Stille über dem Haus. Schnell packte ich alles zusammen, schlüpfte in meinen schwarzen Wollmantel und schlich mich hinaus in die kalte Nacht.

20. Enthüllungen

*Die beste Informationsquelle sind Leute,
die versprochen haben, nichts weiterzuerzählen.*
(Marcel Mart)

Es war noch stockdunkel, als ich endlich ankam und vor mir der Anstieg lag, der hinauf zur Burg führte, die auf einer Seite über der hohen Klippe ragte und auf den anderen Seiten von einem dichten Wald umgeben war. Mein Herz hämmerte wild in der Brust, aber ich konnte nicht mehr zurück, und es brachte auch nichts, an Rafael oder an die Zeit mit ihm zu denken, die wir hier verbracht hatten. Das würde unnötigen Schmerz und eine Sehnsucht in mir auslösen, die ich jetzt nicht gebrauchen konnte.

Nach ein paar tiefen Atemzügen, um mich wieder auf die Gegenwart zu konzentrieren, band ich die langen Haare zu einem Pferdeschwanz zusammen und steckte ein kleines, scharfes Messer vorsichtig in meine Manteltasche. Das Pfefferspray hatte ich in der gestrigen Hektik dummerweise in meinem Zimmer vergessen.

Es war zwar keine geniale Idee, komplett alleine einen verdammten Psycho mitten in der Nacht zu treffen, aber zumindest hatte ich ein Messer aus Selenas Küche mitgehen lassen, um mich im Fall des Falles verteidigen zu können. Obwohl ich keine Ahnung hatte, ob ich überhaupt fähig wäre, es auch einzusetzen.

Mit weichen Knien stieg ich aus dem Auto, und der kalte, beißende Wind, der über die Highlands fegte, kroch durch meine Kleider und bis in meine Knochen. Zitternd ging ich auf das Schloss zu, während das Mondlicht silbrig herabschien und die Landschaft düster erleuchtete. Das Gras unter meinen Füßen war nass und glitschig vom feuchten Nebel, und ich musste langsam gehen, um nicht auszurutschen. Ich war unschlüssig, wo ich hingehen sollte. Doch genau in dem Moment schwang die Tür auf, und Cailean stand darin, mit einem Ausdruck, wie Kinder ihn zu Weihnachten haben.

„Da bist du ja! Später als geplant, aber du hast es geschafft. Und wie ich feststelle, auch alleine. Sehr schön."

Eigentlich rechnete ich damit, dass wir hineingehen würden, aber er griff hinter sich, schnappte sich eine dunkelblaue Jacke und trat zu mir hinaus. Cailean stand vor mir und bot mir seinen angewinkelten Arm an.

„Lass uns ein Stück gehen."

Begriffsstutzig blickte ich ihn an und verschränkte die Arme vor meinem Oberkörper. Das konnte doch jetzt nicht sein Ernst sein?

„Auf keinen Fall. Ich will meine Tante sehen. Jetzt!"

„Das war kein freundliches Angebot! Wenn du willst, dass es deiner Tante noch länger gut geht, dann komm und stell dich nicht so an!"

Ein weiteres Mal bot er mir seinen Arm an, ganz wie die alten Gentlemen aus vergangenen Epochen. Nur mit Widerwillen und spürbarem Ekel hakte ich mich ein, und verzog angewidert das Gesicht, als er die andere Hand auf meinen Arm legte.

Gemeinsam schlenderten wir zum Kliff hinüber, und die ganze Situation war zu surreal, um sie wirklich zu begreifen. Cailean schwatzte mit mir in einem ruhigen Ton, was meine Härchen noch mehr zu Berge stehen ließ.

„Schön, dass wir uns verstehen. Ich bin froh, dass du nachgiebig bist, denn das erleichtert die ganze Sache. Weil du so folgsam bist, werde ich dir einige Geheimnisse anvertrauen."

Nun konnte ich doch nicht anders, als ihn gespannt von der Seite anzusehen, zu wissbegierig darauf, was hier verdammt nochmal los war.

Er lachte. „Wusste ich es doch, dass dir das gefallen würde."

Mit seinen Fingern näherte er sich meinem Gesicht, doch, bevor er mich berührte, schlug ich sie heftig mit der Hand weg.

„Fass mich nicht an!"

Sein Gesicht verwandelte sich in eine zornige Fratze, und ich wusste, dass es ein Fehler gewesen war. Aber meine Reflexe waren schneller gewesen als mein Verstand.

„Na, na. Wir wollen doch nicht, dass ich sauer werde. Du weißt, was sonst …"

„Ich weiß! Sonst passiert Shona was", unterbrach ich ihn ungehalten und biss mir auf die Zunge, weil ich meinen Mund nicht halten konnte.

Seine Miene hellte sich wieder auf, äußerst zufrieden mit meiner Antwort. „Kluges Mädchen."

Seine Hand näherte sich erneut meinem Gesicht. Ich schloss die Augen – ich konnte ihn nicht dabei ansehen, wenn er mich berührte, auch wenn es nur mein Gesicht war. Mit zusammengekniffenen Lippen ergab ich mich meinem Schicksal und beschwor Bilder von Rafael vor mein geistiges Auge. Aber es half auch nichts, als er mit seinen kalten Fingern über meine Wange strich, weiter über meine Lippen glitt und meinen Hals hinunterwanderte.

„Weißt du, ich denke, unsere gemeinsame Zukunft sieht eigentlich gar nicht so schlecht aus …"

In meinem Kopf drehte sich alles, und Abscheu machte sich in meinem Körper breit, sodass ich mich fast krümmen wollte. Was meinte er mit dem verfluchten Blödsinn?

Aber ich wusste, wenn ich nur eine Frage stellte, nur ein Wort sagte, würde er sofort aufhören, mir irgendetwas zu erzählen, und ich musste endlich wissen, was hier los war. Ich brauchte Antworten, und zwar schnell, und er war der Einzige, der sie mir geben konnte. Dabei hatte ich eine Ahnung, wie ich sie aus ihm herauslocken konnte. Schon der Gedanke daran ließ die Galle in mir aufsteigen, aber ich schluckte meinen Widerwillen und Stolz hinunter und ergab mich meiner Rolle.

Ich stöhnte kurz, als gefiele mir seine Berührung, und ich konnte mit geschlossenen Augen spüren, dass er verblüfft die Luft einsog – *Idiot*.

Mein Plan ging auf, und er redete weiter, während er mit seinen schleimigen Fingern mein Gesicht streichelte und dann mit einer Haarsträhne spielte.

„Ich mag deine blonden Haare und die braunen Augen dazu. Das hat etwas, und ich bin mir sicher, wenn unser Sohn einmal geboren wird, dann hat er nur das Beste von uns beiden."

Entsetzt riss ich die Augen auf und starrte Cailean an, der mich noch immer berührte, als sei es das Normalste auf der Welt.

„Schau nicht so verblüfft. Es ist alles bereits festgelegt, und bald wird sich unser Weg offenbaren. Hast du schon einmal etwas vom alten Orden der Hibernier gehört?"

Wie ein Roboter schüttelte ich den Kopf, weil mir meine Stimme versagte. Der Teil mit dem Kind hatte mich zu sehr aus der Fassung gebracht.

„Egal. Es ist ein Geheimbund, eine Art Untergrundorganisation von sehr einflussreichen Männern. Sie wurde schon im Mittelalter gegründet, hier in Schottland, aber sie erstreckt sich bereits über ganz Europa. Dieser Orden hilft den Mitgliedern, an Macht, hohe Positionen und viel Geld zu kommen."

Ich schloss wieder meine Augen. So war es leichter für mich, seine Verrücktheiten mit anzuhören und seine Berührungen zu überstehen. Trotzdem wollte ich, dass er weitersprach.

„Das klingt … großartig. Funktioniert es?"

Cailean klang irritiert, dass ich nachfragte. „Na klar! Ich hab doch gesagt, es gibt den Orden bereits seit Jahrhunderten, und jedes Mitglied ist mit Wohlstand gesegnet."

Diese Antwort war aber nicht genug, daher kitzelte ich weiter und ignorierte dabei das Zittern, das meinen Körper befallen hatte, nachdem seine Hände tiefer gerutscht waren.

„Aha! Einfach so? Oder müsst ihr einen Eid ablegen oder etwas tun, damit ihr das alles bekommt?"

Seine Aufmerksamkeit war nur zur Hälfte auf unser Gespräch gerichtet, denn die andere konzentrierte sich darauf, die Knöpfe an meinem Mantel zu öffnen.

„Eigentlich dürfte ich dir das gar nicht erzählen – eine Anordnung von oben …", er pfiff genervt. „Aber ich denke, du wirst es sowieso bald erfahren. Außerdem scheinst du heute in guter Laune zu sein, und ich kann dir vertrauen, nicht wahr? Du wirst doch keinen Blödsinn machen und abhauen?"

Schnell hauchte ich meine Antwort: „Sicher. Wo sollte ich auch hin?"

Ein Lächeln blitzte über sein Gesicht.

„Gut. Es ist so, dass wir natürlich nicht alles – den Einfluss, das Geld – umsonst bekommen. Wir müssen uns an gewisse Regeln halten, die in einem Buch festgehalten sind. ‚Das Buch der ungebändigten Macht' … Es wurde laut unserer Anführer irgendwann in der Zeit vor Christus geschrieben und später von uns Schotten im Mittelalter wiederentdeckt, womit wir uns, wie unsere Vorväter, der Riege der Macht anschlossen."

Das alles hörte sich für mich nach einer verrückten Sekte an, und ich hoffte, dass durch diese Hirngespinste nicht andere ernsthaft zu Schaden kamen – abgesehen von den wohl breiartigen Gehirnen der

Mitglieder dieses ‚Ordens'. Caileans schien sich ja bereits verdünnisiert zu haben.

Mit gespielter Begeisterung fragte ich: „Wow, interessant! Kommt daher auch dieser Plan mit dem Baby?"

Seine Miene schien sich weiter zu erhellen.

„Genau, es steht alles in der alten Schrift geschrieben. Wir zwei, wir sind die Kinder des Blutmondes, beide an einem 31. um Mitternacht im Licht des blutenden Mondes geboren. Wir sind dazu bestimmt ...", und jetzt nahm seine Stimme einen gruseligen Tonfall an, „... den mächtigsten Anführer des Ordens zu zeugen – und zwar am Tag unseres neunzehnten Geburtstages."

Seine Augen strahlten bei den Worten, als würde er sich ernsthaft darauf freuen, während ich gegen einen Brechreiz und einen kaum zu stoppenden Schreikrampf ankämpfte. Ich biss mir auf die Lippen, um nichts Unüberlegtes zu sagen oder zu tun.

„Tja, ich würde dir das Buch gerne zeigen, aber Nichtordensmitglieder dürfen es leider nicht sehen ..."

Und da tat ich das Widerlichste, was ich mir vorstellen konnte, aber auch das Einzige, von dem ich mir versprach, dass ich ihn damit überreden könnte – ich lehnte mich an Cailean und küsste ihn. Ich bemühte mich, es so kurz wie möglich zu halten, und hauchte an seinen Lippen: „Bitte, nur einen kurzen Blick. Es würde mir viel bedeuten. Es ist doch hier?"

Wohl von meinem Kuss überrumpelt, stammelte er, ganz untypisch für ihn: „Also ... ah ... es ist nicht weit. Es ... es ist unten im Heiligen Zimmer. Ich kann dich hinbringen. Aber nur kurz. Und das bleibt unser Geheimnis."

„Selbstverständlich."

Wir drehten uns um, doch, bevor wir gehen konnten, piepste es plötzlich in Caileans Hosentasche, und er nahm genervt ein kleines Gerät heraus. Ich sah nicht viel außer einem schwarzen Bildschirm und vereinzelte helle Stellen. Dann bemerkte ich, dass er an den Knöpfen herumspielte, und plötzlich tauchten helle Flecken in den Farben Rot, Gelb, Grün bis Blau auf – eine Wärmebildkamera. Zuerst waren nur zwei kleine Flecken am unteren Rand des Bildschirms zu erkennen, aber dann sah man deutlich, dass sich diese Punkte weiter vorwärts bewegten, einen Hügel hoch. *Verdammt, das kann nicht wahr sein!* Angst holte mich ein, getrieben von einer schrecklichen Vorahnung.

Cailean schnauzte mich an: „Was soll der Scheiß! Ich dachte, du bist alleine gekommen?"

Ich stotterte, da ich selbst nicht wusste, warum und wie sie hierhergekommen waren.

„Das ... das bin ich auch."

Er packte mich grob am Arm, sodass es schmerzte.

„Wer sind dann die beiden Typen da, verdammt!? Dabei habe ich wirklich fast gedacht, ich könnte dir glauben. Aber dann muss ich das wohl selbst übernehmen."

Ohne Rücksicht auf mein Stolpern zerrte er mich zurück zum Eingang der Burg, stieß die Tür auf und schleuderte mich hinein, sodass ich hart auf den kalten Boden knallte. Bevor ich wieder aufspringen konnte, war er die Treppe hinaufgestürzt.

Wo wollte er so schnell hin, und warum ließ er mich nun alleine und unbeaufsichtigt zurück? Grauen machte mir die Kehle eng und ich hastete ihm stolpernd hinterher. Es war kaum hell genug, um die Stufen zu sehen. Dabei tastete ich mich halb blind über die steinerne Treppe in den ersten Stock und weiter bis zum letzten Zimmer am Ende des Flures – es war das einzige, bei dem die Tür offen stand. Auch hier brannte kein Licht, aber durch das Mondlicht, das vom Fenster hereinschien, konnte ich Caileans dunkle Figur breitbeinig vor dem Fenster stehen sehen. Ohne sich umzudrehen, flüsterte er bedrohlich: „Mach einen Pieps und deine Tante und du seid Fischfutter. Keine Spielchen mehr!"

Seine Stimme klang todernst, und ich glaubte ihm, ohne zu zögern. Trotz meiner Angst näherte ich mich dem Fenster, um ebenfalls hinaussehen zu können. Aber da war nichts; nichts als die Nacht, der dichte Wald und das schimmernde Silberlicht des Mondes. Dann plötzlich ging alles Schlag auf Schlag. Zuerst nur eine Bewegung von der abgelegenen Seite des Waldes, dann zwei Gestalten, die gebückt aus der schützenden Dunkelheit traten, Cailean, der blitzartig seinen Arm hob, zwei schnelle Schüsse, die mir ohrenbetäubend bis ins Mark gingen und mir die Luft aus den Lungen schlugen, als hätte ich einen Fausthieb abbekommen. Cailean schien indessen mehr als zufrieden mit sich selbst zu sein.

„Wow, die Schüsse gingen genau auf die Brust. Bei einem der beiden muss ich sogar das Herz getroffen haben. Endlich zahlt sich das ganze Schusstraining aus."

Sein Grinsen war einer bösartigen Maske gewichen, und das selbstzufriedene Funkeln in Caileans Augen nahm mir den letzten Funken Hoffnung. Meine Knie knickten unter meinem Körpergewicht ein, und ich fiel, auf die Hände gestützt, zu Boden. Der Raum drehte sich, aber der Schwindel in meinem Kopf war mir egal, oder dass mein Atem stoßweise ging, als hätte ich soeben einen Marathon bewältigt. Ich wusste, wer das war – Rafael war da draußen gewesen. Und nun? Nun war er erschossen worden. Wegen mir und meiner Dummheit war er tot und lag jetzt draußen auf dem kalten Rasen. Vor meinem inneren Auge sah ich ihn auf dem Rücken liegen, die toten Augen zum schwarzen Himmel gerichtet, unter ihm eine sich bildende Blutlache, die das reifbedeckte Gras wie schwarzer Teer überzog.

Ich hatte bereits einmal einen geliebten Menschen verloren, und nun war es wieder passiert, aber es war noch schlimmer als damals. Ich liebte ihn – und er war für mich meine Zukunft gewesen, die mir jetzt wie Sand durch die Finger rinn. Und was war mit seinen Plänen? Seine Vorhaben für die Zukunft, seine Träume und Wünsche waren auf einen Schlag Geschichte. Er würde nie mehr die Dinge erleben können, auf die er sich bereits gefreut hatte.

Ich weiß nicht, wie lange ich dort auf dem Boden schluchzte, sich meine Gedanken drehten und ein grässlicher, kaum zu ertragender Schmerz durch meine Brust und meinen Magen schnitt. Aber es war egal – die Zeit hatte an Bedeutung verloren. *Alles* hatte an Bedeutung verloren.

Die Frage, die aber wie ein Bumerang zurückkam, war, warum ich noch immer da war und hier kniete. Warum war ich noch am Leben? Warum war ich nicht auch tot? Gestorben durch diesen irrsinnigen Schmerz in meiner Brust, der sich immer tiefer grub, weiter ausbreitete und alles in mir verzerrte – es tat so weh, dass ich keinen Ausdruck dafür fand.

Doch wie aus dem Nichts sprang das Bild von Shona in meinem Kopf auf – der Grund, warum ich überhaupt hierhergekommen war, der

Grund, warum ich Cailean bisher eine Show geboten hatte. Sie war außerdem der Grund, warum ich jetzt nicht einfach aufgeben durfte, nicht aufgeben konnte. Zuerst musste ich das in Ordnung bringen, dann konnte ich immer noch im Schmerz vergehen.

Vorsichtig hob ich den Blick, um zu sehen, was Cailean tat. Er hatte sich umgedreht, lehnte sich lässig an das Fenster, als ob er gerade eben nur aus dem Fenster geblickt und nicht zwei Menschen kaltblütig erschossen hätte. Dabei durchstöberte er seine Taschen und hielt die Pistole entspannt in einer Hand.

„Ach verdammt, wo sind denn jetzt die Patronen hin? Ich hatte doch noch …", hörte ich ihn murmeln.

Bevor er zu Ende sprechen konnte, machte ich einen schnellen Satz nach vorne und sprang auf ihn. Mit meinem ganzen Gewicht rammte ich ihn in die Seite, wodurch er stolperte und ich hören konnte, wie sein Kopf heftig gegen die Fensterscheibe prallte. Zuerst war sein Gesichtsausdruck schmerzverzerrt, dann überrascht, doch zu schnell hatte er sich wieder im Griff. Seine Augen loderten wütend, und ohne große Mühe fing er meine Faust ab, die es auf sein Kinn abgesehen hatte. Mit einer schnellen Handbewegung drehte er mir den Arm in den Rücken und verdrehte ihn so weit, dass mir vor Schmerz die Augen tränten. Erneut musste ich feststellen, dass das Training mit Rafael viel zu kurz gewesen war, um mich jetzt im Ernstfall tatsächlich gegen einen stärkeren Gegner wehren zu können. Besonders gegen einen, der sichtlich jegliche Hemmungen verloren hatte. Aber auch meine Ohnmacht und Hoffnungslosigkeit, der Schmerz in meiner Brust und die erstickten Laute, die ich in meinem zusammengepressten Mund zurückhielt, ließen mich viel zu schnell aufgeben, anstatt mich wirklich gegen ihn zu wehren. *Ich will doch nur, dass dieser Schmerz aufhört.*

„Du kleine Mistratte. Zuerst schickst du mir deine Freunde auf den Hals, obwohl du behauptet hast, alleine zu kommen, und jetzt greifst du mich an?! Das wirst du noch bereuen. Wenn der Ordensleiter hier ist, wirst du betteln, und dann wird dir niemand mehr helfen können."

Unsanft stieß er mich zur Tür, den Arm weiterhin schmerzhaft in meinem Rücken verdreht. Den anderen Arm, in der er die Waffe hielt, drückte er mir um den Hals.

„Los, weiter", zischte er mir ins Ohr.

Stolpernd gingen wir den Flur entlang und die Stufen hinunter. Er führte mich weiter zur Tür, durch die man in den Keller gelangte. Als er sie aufstieß, lag nur ein schwarzes, dunkles Loch vor uns, das nach modrigem Verderb stank. In den Keller hinunter führte eine enge Wendeltreppe. Die ganze Zeit über, die wir die Treppen hinunterstolperten, hielt er meinen Arm im schmerzhaften Winkel.

Nicht mal einen Augenblick – eine Sekunde lang – war er unaufmerksam oder gab mir einen Bewegungsfreiraum, sodass ich mich hätte wehren können. Die Treppe schien sich unendlich zu ziehen, und ich fragte mich, wie tief wir schon unter der Erde waren. Als wir endlich unten angekommen waren, erstreckte sich vor uns ein enger, aus Stein gehauener Tunnel, der nur durch Fackeln an den Wänden erleuchtet wurde. Wir gingen aneinandergepresst weiter, während wir Flamme um Flamme passierten. Neben meinem Schmerz um Rafael, der mir viel mehr den Atem nahm, als Caileans eiserner, enger Griff um meinen Hals, und der Angst um Shona, zermarterte ich mir den Kopf, wie ich freikommen oder wie solch ein Tunnel unter die Burg passen konnte. Nach einer Weile wurden die Gänge schmaler, und auch das Licht wich weiter zurück, sodass mich Panik erfasste und ich in meinem Schritt stockte.

„Weiter! Wir haben nicht die ganze Nacht Zeit", fauchte Cailean.

Vor mir konnte ich das Ende des Ganges erkennen, und mein Herz fing an, schneller zu schlagen. Nicht nur, weil ich vor der Dunkelheit, die sich vor uns ausbreitete, Angst hatte, sondern auch, weil mir das alles zu bekannt vorkam.

Wir gelangten ans Ende und standen vor einer eisernen Gittertür, die Cailean mit seiner Schulter aufschob. Gemeinsam gingen wir hinein, und ich erstarrte.

Dieses Kellerverlies versetzte mich direkt in meine grauenhaften Albträume. Es lagen schwere Eisenfesseln in der Ecke, die mit einer langen Metallkette an einem Eisenring befestigt waren, der in der Wand verankert war. Caileans Stimme hatte an Wut verloren und wieder seinen üblichen herablassenden Tonfall angenommen.

„Wie gefällt dir unsere kleine Suite hier? Ist zwar ein etwas minimalistischer Stil, aber du wirst nur kurz bleiben. Bloß so lange, bis ich draußen sauber gemacht habe und der Ordensleiter hier ist."

Bei seinen Worten schrillte es in meinen Ohren, und in meinem Kopf drehte es sich für einen Moment. Er ging auf die Ecke zu, und ich konzentrierte mich, um wieder klar denken zu können. Vor meinem inneren Auge ratterten nun endlich die stundenlangen Selbstverteidigungsübungen mit Rafael ab. Ich musste doch irgendetwas bei ihm gelernt haben, das mir nun helfen konnte.

Ich nutzte den einen Moment, den Cailean mir bot und den Griff um mich lockerte, als er sich nach den Fesseln bückte. Mit einem schnellen Fußtritt hämmerte ich mit der Ferse auf seinen rechten Fuß, was mich befreite und ihn gleichzeitig zum Schwanken brachte. Er stöhnte. „Verflucht!"

Bevor er reagieren konnte, setzte ich meinen nächsten Angriff und trat mit meiner ganzen Kraft gegen sein Schienbein, was ihn zwang, mir mehr Bewegungsspielraum zu geben. Das ermöglichte es mir, meinen Ellbogen zu befreien und ihm mit voller Wucht gegen seine Eingeweide unter der Gürtellinie zu donnern.

Zuerst taumelte er, dann befreite ich mich ganz, und er glitt vornübergebeugt zu Boden, während ihm die Waffe aus den Fingern rutschte. Mit einem Satz sprang ich zur Pistole, schnappte sie mir, und gerade, als sich Cailean wieder aufrichten wollte, hob ich ruckartig den Arm und schlug mit dem Kolben der Pistole auf seinen Kopf ein, so, wie ich es schon oft in Filmen gesehen hatte. Wie ein nasser Sack fiel er in sich zusammen und blieb reglos liegen.

Vorsichtig stupste ich ihn mit dem Fuß an, aber, als er sich nicht rührte, bückte ich mich erleichtert und durchsuchte seine Taschen. Dabei fand ich einen schweren Bund voll mit Schlüsseln und auch sein Handy. Obwohl er es nicht verdient hatte, überhaupt noch zu atmen, konnte ich doch nicht anders und betastete seinen Hals, um den Puls zu überprüfen, der zwar langsam, aber stetig pochte.

Daraufhin nahm ich meine ganze Kraft zusammen und zog ihn in die Ecke, um ihn mit großer Genugtuung an die Fesseln zu ketten, die für mich vorgesehen gewesen waren. Beim Hinausgehen versperrte ich die Gittertür und nahm sein Handy, um die Polizei und noch Hundert andere Stellen zur Hilfe zu rufen.

Aber es war tot. Ein Riss zog sich quer über das gesamte Display – es reagierte überhaupt nicht mehr und gab nicht einmal mehr Licht ab. Fluchend widerstand ich dem Drang, das Smartphone gegen eine Wand zu knallen, und wünschte mir die guten alten und vor allem robusten Handys zurück, die man, weiß Gott wie oft, hatte zu Boden fallen lassen können.

21. Ausdauer

*Nicht das Beginnen wird belohnt,
sondern einzig und allein das Durchhalten*
(Katharina von Siena)

Nun war ich alleine auf mich gestellt in diesem Tunnel unter der Erde. Ich machte mich auf den Weg durch die dunklen, schattenhaften Gänge, die nur mäßig mit Fackeln beleuchtet wurden. Jeden Gedanken an Rafael versuchte ich, zu vermeiden, was aber kaum machbar war. Es bildeten sich trotzdem immer wieder neue Tränen, die ich vehement, aber ohne Erfolg fortwischte. Erneut bekam ich keine Luft mehr, meine Beine gaben nach, und ich sank an Ort und Stelle auf die Knie, mein Gesicht in den Händen vergraben. Ich verstand nicht, wie ich noch hier sein konnte, wie ich die Kraft besaß weiterzugehen, weiterzuatmen, wenn mir das Wesentlichste fehlte. Wie konnte ich noch immer hier sein, am Leben, wenn mein Herz zerrissen war … wenn es so furchtbar wehtat?

Doch dann schob sich erneut das Bild von Shona vor meine Augen, wie sie mich anlächelte und mir Güte und Liebe zuteilwerden ließ. Entschlossen ballte ich meine Fäuste – achtete nicht darauf, dass ich dabei einzelne Haare ausriss – und stand auf. Ich würde Shona hier rausholen, egal, was es mich kosten sollte.

Lange irrte ich durch die Gänge und bog links, dann wieder rechts ab oder ging einzelne Stufen hinauf oder hinab. Bei jeder Tür, an der ich vorbeikam, lauschte ich und ging hinein, um nachzusehen, ob es einen Hinweis auf Shona gab. Manche Türen waren offen, andere verschlossen, und ich musste zuerst den Schlüsselbund nach dem richtigen Schlüssel durchforsten, was wiederum Zeit in Anspruch nahm.

Als ich nach geraumer Zeit an eine weitere Tür gelangte, bemerkte ich schon, bevor ich den Schlüssel suchte, dass dahinter etwas Besonderes sein musste. Die Tür bestand aus kräftigem Holz, das schwarz bemalt war und goldene Verzierungen trug. Als ich sie geöffnet hatte, erstreckte sich vor mir ein gebogener Gang. Der Boden war mit einem dunkelroten Teppich belegt, der von der Tür bis zum Ende des Korridors führte. Außerdem schmückten goldene Zeichen die Wände, die ich zwar nicht verstand, mir aber einen Schauer über den Körper jagten. Ohne mich ein weiteres Mal umzusehen, ging ich auf die nächste Tür zu, die der anderen zum Verwechseln ähnlich sah, außer, dass in ihrer Mitte ein goldener Satanskopf in einem Pentagramm schwebte. Das war wohl nicht das einladendste Zeichen, aber ich musste trotzdem einen Blick riskieren.

Ich stieß die Tür auf und betrat einen kleinen Raum, der vollkommen mit schwarzem Samt ausgelegt war: Die Wände, die Decke und sogar der Boden waren damit ausgekleidet. In den Ecken gleich neben der Tür brannten zwei große, schwarze Kerzen, welche dem Raum einen magischen Schimmer verschafften. Anscheinend war Cailean vorhin schon hier gewesen, oder womöglich brannten sie auch durchgehend. Ansonsten befand sich darin nichts, außer einem Tisch oder Altar. Ich konnte nicht feststellen, was es genau war – und wollte es eigentlich auch gar nicht so genau wissen – da er ebenfalls mit dunklem Samt belegt war, der bis zum Boden reichte. Auf dem Tisch standen ebenfalls zwei Kerzen, in der Mitte lag ein großes, alt aussehendes Buch und daneben ein steinerner Kelch sowie ein goldenes, dünnes Messer, das im Licht der Kerzen scharf funkelte.

Das Buch, das aus einem Fantasyroman hätte stammen können, lag einladend aufgeschlagen vor mir. Ich streckte die Hand danach aus, um darin zu blättern. Aber, als ich die Seite berührte, zuckte ein Schmerz durch meine Finger wie ein Blitz, der mir brennend den Arm hinaufschoss. Erschrocken riss ich die Hand zurück und hielt sie mir schützend vor die Brust. Gut, entweder war dieses Ding an Strom angeschlossen – was ich mir nicht vorstellen konnte – oder es war ein anderer Sicherheitsmechanismus eingebaut. Berühren war daher keine Option, und ich musste mit der aufgeschlagenen Seite vorliebnehmen.

Der Text war in altenglischer, schnörkeliger Handschrift geschrieben. Ich begann zu lesen, und bei jedem Wort kroch strengere Kälte über meinen Körper, direkt hinein in meine Eingeweide. Kurz zusammengefasst stand dort das, was mir auch schon Cailean gesagt hatte. Auf den Seiten wurde ein Ritual beschrieben, um einen

‚Hochgeborenen' für den Orden zu gebären, und dazu brauchten sie ein Paar, bei dem beide an einem 31. des Monats geboren sein mussten. Besonders mächtig sei ein solch ‚Höherer', wenn eine spezielle Mondfinsternis bei der Geburt stattgefunden hatte, „*… der sogenannte Blutmond …*", beendete ich laut den Satz.

Genau, wie es bei Cailean und mir der Fall war. Abscheu stieg in mir hoch, und ich musste mich für einen Moment am Tisch festhalten, um meine aufrechte Position beizubehalten, weil ich mich vor Übelkeit krümmen wollte. Nach einem Moment riss ich mich wieder zusammen und versuchte, mich auf den Text vor mir zu konzentrieren. Mit neuer Hartnäckigkeit las ich weiter und fand genauere Details, die das Ritual beschrieben. Man musste sich an eine strenge Abfolge halten, damit die ‚heilige Befruchtung' – wie es hier stand – überhaupt funktionierte.

Was Cailean vergessen hatte zu erwähnen, war, dass dieses Ritual mehrere Opfer vorsah, sodass bei der Empfängnis auch wirklich ein ‚Höherer' entstehen konnte. So, wie es das Buch beschrieb, hieß es, dass dadurch das Kind auch einen Teil der Kraft des ‚Hohen Lords' in sich fließen hatte.

Ich schätzte, der ‚Hohe Lord' war hier eine andere Beschreibung für Satan höchstpersönlich oder eben Teufelsbraten.

Aber das war nicht das Einzige, das mir das Blut gefrieren ließ, sondern die Blutzeremonie selbst, welche vor der ‚heiligen Befruchtung' – auch ‚Vereinigung' genannt – durchzuführen war. Bereits dreizehn Monate vorher mussten Frauen im Alter von 31 Jahren nach einem bestimmten Zeremoniell getötet werden. Außerdem musste der männliche Part der ‚heiligen Befruchtung' einen Teil der Herzen der getöteten Frauen essen und das restliche Herz gerecht aufgeteilt an die anderen Ordensbrüder weiterreichen, um das Kollektiv zu stärken. Nur, wenn all diese Dinge korrekt ausgeführt würden, könnte der Geist Satans oder eben des ‚Hohen Lords' in den Körper des Säuglings einfließen … Säugling … Baby … ich und Cailean … Blut, Herzen, Mord …

Das war definitiv zu viel für mich. Ekel und Übelkeit legten sich über mich wie ein glitschiger, abstoßender Kadaver. Angestrengt atmete ich tief ein und aus, um den Brechreiz und die Panikattacke zu verhindern. Trotzdem musste ich mich mit zittrigen Beinen an die Wand hinter mir lehnen, um nicht umzukippen. Das hier erklärte zwar Caileans kranke, verdrehte Aussagen und vielleicht auch die Frauenmorde der letzten Wochen – denn, wenn ich von meinem neunzehnten Geburtstag nächsten August zurückrechnete, kam ich genau auf den 31.07, der Tag, an dem die erste Frau getötet wurde. Aber trotzdem konnte ich das alles nicht fassen und wollte es nicht glauben.

Gab es wirklich solch verrückte Leute, die Frauen ermordeten, weil sie daran glaubten, sich damit selbst zu bereichern oder Satans Geist zu verhelfen, in diese Welt einzutreten? Wie konnte man so etwas ernst nehmen?

Es war schwer zu akzeptieren, doch die Beweise lagen vor mir, und es gab Verrückte wie Sand am Meer. Aber, auch wenn sie daran glaubten – wie konnten sie so kaltblütig sein? Was waren Menschen gewillt für ihr eigenes Wohlergehen anderen anzutun? Als ich mir die ganzen Fragen stellte und mich noch einmal in diesem unheimlichen Raum umsah, verstärkte sich mein Zittern – wie es aussah, gab es einen ganzen Haufen solcher Menschen.

Fluchtartig verließ ich diesen schrecklichen Raum, und fluchte vor mich hin, weil ich kein funktionierendes Handy zum Fotografieren hatte. Danach irrte ich wieder durch den feuchten Tunnel. Die Flammen entlang der Wände flackerten und zeichneten groteske Schattenspiele an die Mauern.

In einem weiteren Gang bemerkte ich, dass die Flammen in diesem Abschnitt heftiger zuckten. Instinktiv wurden meine Beine schneller und mein Herzklopfen lauter. Am Ende des Tunnels erreichte ich eine massive Holztür mit schweren Eisenscharnieren, und ich kramte den richtigen Schlüssel hervor. Als die Tür aufschwang, hielt ich die Luft an; eine Ewigkeit oder auch nur Sekunden.

Meine Welt stand Kopf – es war wie in meinem Traum. Vor mir lag eine riesige, steinerne Höhle, die ich mir rein architektonisch nicht unter der Burg nahe der Klippe vorstellen konnte. In der dunklen Höhle waren an den Wänden vereinzelt Fackeln angebracht, aber auch Kerzen brannten. Doch trotz des Lichts war der Raum immer noch zu dunkel und düster, um alles genau zu erkennen.

Mein Blick fiel automatisch auf die rechte Seite, und mir fielen fast die Augen aus dem Kopf. Dort stand er – der hölzerne Badezuber, in dem ich in meinem Traum gewaschen worden war. Ich wirbelte herum. Auf der linken Seite thronte der Altar, an dessen Seite das grauenvolle Zeichen eines Satanskopfes in einem Pentagramm prangte. Und was am Schlimmsten war – auf dem Altar lag eine kleine, zierliche Person, nur in ein dünnes Nachthemd gehüllt, auf dem Rücken, an Händen und Beinen angekettet.

Mir blieb das Herz stehen, doch schon in der nächsten Sekunde lief ich zu ihr hin. Ihre Augen waren geschlossen, ihr Gesicht gespenstisch bleich. Ihr spitzenbesetztes Nachthemd war dreckig und schmierig, als würde Shona bereits seit Tagen in dem scheußlichen Gewand stecken. Vor Angst stockte mir der Atem, und jegliche Wärme verließ meinen Körper. Meine Nerven lagen blank, als ich sie schüttelte, so vorsichtig ich es mit meinen zittrigen Händen vermochte.

„Tante Shona! Hörst du mich? Wach auf, ich bin es, Vic."

Mit einer Hand drückte ich ihren Arm, und mit der anderen strich ich ihr eine lose, braune Haarsträhne aus dem Gesicht.

„Bitte, mach die Augen auf! Bitte, lieber Gott, lass sie die Augen aufmachen."

Plötzlich bewegte sie sich unter meiner Berührung, ihre Lider flatterten, und mein Gebet wurde erhört – sie schlug ihre Augen auf. Sie sah mich liebevoll an, als ob wir bei ihr zu Hause wären und ich sie nach einem Nickerchen geweckt hätte.

„Vic? Hallo, Schatz."

Sie lächelte mich an und sprach meinen Namen so liebevoll aus, dass es beinahe wehtat. Doch im nächsten Moment wanderten ihre Augen von meinem Gesicht weiter und erblickten die Höhle im Hintergrund. Ihr Gesicht wurde blasser, soweit das überhaupt noch möglich war, und ihre Stimme schwankte vor Entsetzen: „Vic …"

Shona schreckte hoch, doch wurde sie in der Mitte ihrer Bewegung durch die Fesseln gebremst. Kopfschüttelnd konzentrierte sie sich wieder auf mich.

„Vic! Was um Gottes willen tust du hier?"

Ich nahm ihre Hand. „Ich hol dich raus."

Ihre Miene verdunkelte sich.

„Schatz, du weißt, ich liebe dich, aber das ist das Blödeste, das ich je von dir gehört habe. Ich weiß nicht, wer oder warum man mich festhält, aber sie sind gefährlich. Du musst verschwinden. Sofort!"

Vehement schüttelte ich den Kopf.

„Nein! Ich bin wegen dir gekommen, und ich werde nicht ohne dich abhauen. Außerdem habe ich schon einiges herausgefunden."

Schnell erzählte ich ihr die Ultra-Kurzversion von allem, was passiert war und was ich herausgefunden hatte. Dabei wanderte mein Blick regelmäßig zur Tür. Unruhig gab ich ihr die wichtigsten Einzelheiten wieder, ließ den Teil mit Rafael aus, da ich es noch nicht wahrhaben, geschweige denn darüber reden konnte. Das würde es zu endgültig machen, und ich musste uns noch sicher hier rausholen, bevor ich zusammenbrechen konnte. Dank der Evolution waren uns Überlebensinstinkte und die Verdrängungsmethode in die Wiege gelegt worden, an die ich mich nun festklammerte.

Während ich erzählte, begann ich ihre Fesseln zu öffnen, was dank des Schlüsselbundes kein Problem darstellte. Als ich geendet hatte, sagten wir beide einen Moment nichts, und in der Stille konnte ich ihr Entsetzen spüren. Bis sie endlich das Wort ergriff: „Wir müssen so schnell wie möglich verschwinden und dann die Polizei verständigen."

„Das war der Plan."

Ich schenkte ihr ein schwaches Lächeln und half ihr vom Altar, während ich laut nachdachte: „Was ich nicht verstehe, ist, warum dieser komische Orden hier das Versteck hat? Ich weiß, dass Dad seit Jahren hier rauffährt, und wir waren damals mit Mum auch hier … Aber ich kann mir nicht vorstellen, dass ein Freund von Dad so etwas macht?"

Ich schüttelte den Kopf. Shona blieb still, und ich sah, dass sie einen eigenartigen Ausdruck im Gesicht hatte.

„Süße, lass uns zuerst abhauen. Sobald wir in Sicherheit sind, wird die Polizei das alles aufdecken."

Ein komisches Gefühl breitete sich in mir aus, als ob mir etwas auf der Zunge lag, das ich lieber verdrängte – ich konnte es nicht benennen, aber eine Erkenntnis war da, versteckt in dem Nebel meiner grauen Zellen.

„Abgemacht. Zuerst raus, und dann schauen wir weiter."

In der Pause, die folgte und in der wir aufbrachen, fragte Shona: „Warum bist du alleine hier? Wo ist Rafael? Ist er nicht mitgekommen?"

Das Blut gefror mir in den Adern, und ich erstarrte wie gelähmt in der Bewegung. Schwer schluckte ich den Kloß hinunter und schüttelte ohne ein Wort den Kopf. Shona begriff, dass etwas nicht stimmte.

„Oh, tut mir leid, ich …"

Doch ich schüttelte noch heftiger den Kopf und hoffte, sie würde den Hinweis verstehen und nichts mehr sagen. Sie verstand ihn wohl und ließ ihre Frage unbeendet in der Luft hängen.

„Gut, auch später."

Ich nickte. Beruhigt, dass ich es weiterhin von mir wegschieben konnte. Ich war noch lange nicht bereit dazu, mich endgültig den Gefühlen und dem Schmerz zu stellen.

Beim ersten Schritt zuckte Shona zusammen. Stirnrunzelnd bückte ich mich und entdeckte mit Bestürzung eine klaffende Wunde an ihrer linken Fußsohle, welche eitrig, blutverkrustet und geschwollen war.

„Oh Mist, wie ist das passiert?"

Sie sah mich mit zusammengekniffenen Augen an und zuckte die Schultern.

„Als ich hierhergeführt wurde, habe ich mich an einem spitzen Stein aufgeschnitten. Im Verlies haben sie mich zuvor gezwungen, diesen scheußlichen Fetzen anzuziehen", sie zupfte an dem weißen Nachthemd. „Und ich musste ihnen auch meine Schuhe aushändigen."

Ich wusste nicht, wie ich darauf reagieren sollte, und konnte wiederum nur ungläubig den Kopf schütteln. Sie tat mir furchtbar leid, da es äußerst schmerzhaft aussah, aber nach den ganzen grausamen Details, die ich über diese satanische Sekte herausgefunden hatte, war ich gleichzeitig auch erleichtert, dass es ein Unfall gewesen war und nicht irgendein sadistisches Ritual.

Ich versuchte, sie ein wenig aufzubauen. „Das wird wieder, ganz bestimmt. Sobald wir weg sind, lassen wir dich zusammenflicken, und dann lässt du dich von mir bemuttern."

„Klingt gut."

Dann zog ich meine Schuhe aus, streifte sie nach Shonas Protest trotzdem vorsichtig über ihre Füße und behielt selbst die Socken an. Daraufhin half ich ihr in meinen Wollmantel und war dankbar für den dicken Pullover, den ich darunter trug. Als wir fertig waren, schlang ich den Arm um ihre Hüfte und legte ihren auf meine Schulter.

Gemeinsam näherten wir uns dem Ausgang. Die Bedrohung war hier unter der Erde allgegenwärtig, und meine Unruhe steigerte sich mit jedem unserer schleichenden Schritte. Auf unserem Rückweg flackerte das Licht auf die gleiche mystische Art wie vorhin. Wir beiden verhielten uns so still wie möglich, trotzdem waren unsere schlurfenden Schritte und unser Atem zu hören. Die Kälte in den Katakomben ähnlichen Tunneln kroch wie geisterhafte Nebelschwaden von den Wänden näher, und Gänsehaut zog sich über meine Haut.

Zum Glück hatte ich einen guten Orientierungssinn oder war durch das ganze Adrenalin in meinem Körper konzentrierter als sonst. Denn nur durch einige Anhaltspunkte im Tunnel, die ich mir gemerkt hatte, fanden wir die richtigen Wege. Laut meiner Einschätzung hatten wir bereits mehr als die Hälfte zurückgelegt und waren gerade an der Abzweigung vorbeigekommen, die zum heiligen Raum führte, als wir auf einmal dumpfe Schritte hörten. Synchron zogen wir die Luft ein und erstarrten mitten in unserer Bewegung. Ich sah Shona kurz in die Augen und las dort die gleiche Angst, die ich selbst verspürte. Wir wussten auch ohne Vorwarnung, wer sich nun mit uns unter der Erde aufhielt. Cailean war in dem Verlies gefesselt, und sonst wusste niemand, dass wir hier waren – außer dem Ordensleiter.

Mit der freien Hand hob ich einen Finger zum Mund und deutete Shona, leise zu sein. Mein anderer Arm verstärkte den Griff um ihre schmale Taille, um sie schneller, aber trotzdem lautlos vorwärtszuschleifen. Nach meiner Erinnerung musste nach einigen Schritten auf der linken Seite eine weitere Abzweigung kommen, die eine enge Kurve nach rechts beschrieb und deren Tunnel schlechter beleuchtet war. Während wir uns auf unsere nächstes Ziel zubewegten, wurden die stampfenden und vor allem schnellen Schritte zusehends lauter und hallten von den Wänden wider.

Vor Schweiß klebte mir das Haar an der Stirn, als wir endlich hinter der verdunkelten Ecke der Gabelung verschwanden. Wir waren gerade hinter unser Versteck geschlichen und versuchten, unseren Atem zu regulieren, da konnten wir bereits hören, wie jemand den Gang betrat, den wir zuvor verlassen hatten. Nach außen hin waren wir starr wie versteinerte Statuen, doch mein Herz pochte rasend, und das Blut rauschte mir so stark in den Ohren, dass ich davon beinahe benommen wurde. Doch Shonas starker Griff um meinen Unterarm festigte mich, hielt mich in der Gegenwart und gab mir Kraft, die Panik zu unterdrücken.

Die Schritte kamen näher und hatten die Gabelung fast erreicht, als sie plötzlich langsamer wurden. Doch mein stilles Gebet wurde erhört und, anstatt dass sich uns jemand näherte, erklang eine angenehme Frauenstimme: „Ihr gewünschter Gesprächspartner ist zurzeit nicht erreichbar."

Nachdem die Telefonansage beendet war, entfernten sich dumpfe Schritte von uns weg in die Richtung, aus der wir gekommen waren. Wir mussten uns beeilen, denn wir hatten noch einen langen Weg vor uns. Und wir waren beide bereits müde, und unsere Kräfte schwanden. Trotzdem mussten wir schnell und leise sein, um so lange wie möglich unentdeckt zu bleiben. Auch wenn der Ordensleiter bis zum Ende gehen und erst in der großen Höhle bemerken sollte, dass Shona weg war, hatte er noch immer den Vorteil auf seiner Seite – er hatte zwei gesunde Füße und konnte rennen.

22. Offenbarung

*Am meisten fühlt man sich von der Wahrheit getroffen,
die man sich selbst verheimlichen wollte.*
(Friedl Beutelrock)

Nach einer Ewigkeit, wie es mir vorkam, hatten wir die letzte Abbiegung genommen, und ich konnte im schwachen Halbdunkel die Treppe erkennen. Erleichterung erfasste mich, und ich seufzte, um der Anspannung der letzten Stunden ein Ventil zu geben. Noch während die Luft aus meinem Mund strömte, ließ uns ein lautes Rumpeln aufhorchen. Überrascht sahen wir uns an, hasteten aber weiter. Als wir die ersten Stufen auf der Treppe hinter uns hatten, hörten wir das Hämmern von näherkommenden Schritten, das durch den Tunnel hallte und mein Innerstes erbeben ließ.

Mit verstärktem Griff um Shonas geschundenen Körper trieb ich uns voran. Es glich eher einem Mitziehen, da Shona nur auf einem Fuß humpeln konnte, und so mühten wir uns nach oben, unserem Ziel entgegen. Vor Anstrengung hatte Shona rote Wangen bekommen, und stellenweise klebte ihr wie mir das Haar feucht an der Stirn. Mit der Angst im Nacken, erreichten wir die obere Kellertür und zwängten uns hindurch. Nachdem ich Shona zu einer Wand geholfen hatte, an der sie sich anlehnte, rückte ich einen Holztisch, der im Gang stand, vor die Kellertür, da ich nicht die Zeit oder die nötige Ruhe hatte, jetzt den passenden Schlüssel zu suchen. Der Tisch würde unseren Verfolger zumindest für eine Weile aufhalten, wenn auch sicher nicht für lange.

Bevor wir durch die Eingangstür hinausstürmten, schnappte ich mir willkürlich eine Jacke vom Kleiderständer neben der Tür und streifte sie hastig über. Sie war viel zu groß, aber ich war dankbar für die Wärme, als wir hinaus in den kalten Wind traten. Eingehakt humpelten wir eilig weiter, um Distanz zwischen uns und die Burg zu bringen.

Shona blickte sich neben mir aufgeregt um und fragte: „Was nun? Wo sollen wir hin?"

Ohne den Schritt zu verlangsamen, schob ich sie weiter.

„Ich bin mit dem Auto gekommen. Es steht ein Stück den Weg hinunter. Wenn wir bis dahin kommen, haben wir es geschafft!"

In dem Moment sah sie das entfernt stehende Auto in der Richtung, die ich ihr gedeutet hatte, und sie sprach das aus, was ich auch selbst befürchtete: „Das schaffen wir nie! Nicht zu zweit … nicht mit meinem Fuß. Aber du, du bist schnell und kannst laufen. Lass mich hier."

„Was? Auf gar keinen Fall! Ich werde nicht ohne dich gehen. Was für einen Sinn hätte dann sonst alles gehabt …"

Ein Schluchzer entschlüpfte mir, bevor ich mir auf die Lippen beißen konnte, um den Schmerz sofort im Keim zu ersticken. „Komm, Shona! Wir schaffen das."

Shonas Stimme wurde sanfter, aber trotzdem noch eindringlich: „Okay. Aber der Tisch wird ihn nicht lange aufhalten."

Zerknirscht gab ich zurück: „Ich weiß."

Meine Augen schweiften umher, und ich suchte fieberhaft nach einer Lösung, als mein Blick an der Baumkette am Rand der Klippen hängenblieb. Damals als Kind war ich öfter in diesem Wald gewesen und konnte mich erinnern, dass er gute Verstecke bot und sich bis zum Tal hinunter ausbreitete. Wenn der Ordensleiter nach uns suchen sollte, konnte er uns dort nicht so schnell finden, und vielleicht bekamen wir auch die Möglichkeit, zur Straße zu gelangen und Hilfe zu rufen. Zuversichtlich änderte ich die Richtung hinauf zur Klippe und zur Baumkette. Dabei erklärte ich Shona meine Absichten.

Ich hatte bereits Hoffnung, dass wir es tatsächlich schaffen könnten, da die Bäume nur noch einige Meter entfernt waren. Zunächst hatte ich befürchtet, dass er uns früher entdecken würde und wir daraufhin rasch ein Versteck finden mussten, bevor er ebenfalls den Hang hinaufgelaufen gekommen wäre. Aber nun, da er bald keine Ahnung haben würde, wohin wir verschwunden waren, würden wir reichlich Zeit haben, um uns sicher im Wald zu bewegen. Vielleicht bestand sogar die Möglichkeit, in einem großen Bogen auch zum Auto zu gelangen. Innerlich machte sich langsam Zuversicht breit, als – wir beide keine zehn Meter vom Wald entfernt – mich ein dumpfer Knall meiner Hoffnung beraubte.

Ohne mich umzudrehen, wusste ich, dass der Ordensleiter aus der Burg gestürmt war und die Tür zugeschlagen hatte. In der nächsten

Sekunde waren Laufschritte zu hören, die sich immer schneller näherten. Gerade, als ich Shona weiterschleifen wollte, um die letzten Meter zu überwinden, bemerkte ich, wie sie sich dagegen wehrte und schwer atmete.

„Lass mich hier. Gemeinsam schaffen wir das nicht. Bitte!"

Ihre Worte wie auch ihre Stimme flehten mich an, ihr zu gehorchen. Auch wenn sie recht hatte – ich konnte nicht. Zu sehr war ich dazu entschlossen, an ihrer Seite zu bleiben und zumindest zu versuchen, uns beide heil aus der Sache rauszuholen.

„Nein! Ganz bestimmt nicht. Komm jetzt!"

Sie wehrte sich zwar noch, gab aber schließlich nach. Wenn ich nicht so schmächtig gebaut und mehr Kraft besessen hätte, wäre sie über meiner Schulter gelandet. Aber leider war Tragen keine Option, und wir kamen viel zu langsam vorwärts.

Plötzlich schrie Shona neben mir vor Schmerzen auf, und sie wurde aus meinen Armen gerissen. Bevor ich mich umdrehen konnte, hatte ein Kerl in Mönchskutte sie gepackt und ihr eine Ohrfeige verpasst, sodass ihre Augen den Fokus verloren und Shona zu Boden fiel.

Die Wut packte mich, und ich stürzte auf den Mann. Er war groß, mit breiten Schultern, doch dies hielt mich nicht davon ab, auf ihn einzuprügeln. Überrascht trat der Ordensleiter zurück und wäre wegen des feuchten Grases um ein Haar ausgerutscht und über einen Stein gestolpert. Im letzten Moment konnte er sich jedoch fangen. Dennoch nutzte ich seine Lage aus, um einen Treffer in seinen Magen zu erzielen. Aber durch die ruckartige Bewegung, um sein Gleichgewicht zu behalten, rutschte die Kapuze von seinem Kopf. Meine Faust, welche gerade auf dem Weg zu seinem Kinn war, bremste abrupt ab, und ich starrte verdattert und ungläubig in das Gesicht meines Vaters.

Fassungslosigkeit brach über mir ein und drohte, mich wie eine heftige Welle fortzuspülen. Obwohl ich eine Ahnung gehabt hatte, tat es weh, nun die Bestätigung zu erhalten. Wie betäubt flüsterte ich: „Dad, wie konntest du?"

Ungerührt schaute er mir starr in die Augen.

„Ich habe getan, was getan werden musste. Ich habe mich nach oben gearbeitet und bin nun dort, wo ich hingehöre. Oder hast du gedacht, alles fällt einem einfach so in den Schoß?"

Sein Lächeln brachte die Härchen an meinem ganzen Körper dazu, sich schreiend in die Höhe zu stellen. Seine Augen leuchteten im Wahnsinn, wie auch jedes seiner Worte nur vom Irrsinn getränkt sein konnte. Aus den Augenwinkeln sah ich, dass Shona wieder zur Besinnung gekommen war und in ihrer Jackentasche herumwühlte. Hoffnung keimte auf, aber ich ließ mir nichts anmerken, sondern überlegte, wie ich seine Aufmerksamkeit auf mich fokussieren konnte. Am besten konnte ich ihn schon immer mit meinen Worten anstacheln, also versuchte ich es auch jetzt.

„Wenn du … der Vereinsleiter bist, heißt das, ich bin deine Nachfolgerin? Oder ist es eine exklusive Sache für Männer? Dürfen euch die Frauen nur eure tollen Kinder gebären?"

Meine Stimme triefte vor Sarkasmus, und ich war selbst überrascht über meinen harten Tonfall. Mein Vater lächelte nur.

„Anscheinend hat dir Cailean einiges von unseren Sitten erzählt. Dummer Junge. Er hat ein größeres Maul, als es gut für ihn ist."

Er schnalzte missbilligend mit der Zunge.

„Egal … jetzt, wo du es weißt, kann ich es nicht mehr ändern. Und da ich nicht darauf vertraue, dass du darüber schweigen wirst – dazu ähnelst du viel zu sehr deiner Mutter – bin ich gezwungen, dich bis zur Vereinigung wegzusperren. Aber mach dir keine Sorgen, ich werde mich gut um dich kümmern … oder Cailean, wer auch immer. Wo ist er überhaupt? Das Letzte, was ich von ihm gehört habe, war, dass er dich geschnappt hat."

Nach außen hin lag meine Aufmerksamkeit bei meinem Vater, doch ich riskierte immer wieder einen verstohlenen Blick über seine Schulter. Shona hatte sich aufgesetzt, und ich sah im Mondlicht etwas Längliches in ihrer Hand aufblitzen, bevor sie es hinter ihrem Rücken versteckte. Bewusst drehte ich mich ein Stück zur Seite, sodass mein Vater gezwungen war, sich ebenfalls mit mir zu drehen, womit er Shona seinen schutzlosen Rücken präsentierte. Meine Stimme klang selbst in meinen Ohren laut.

„Cailean hat mir vorhin eine kleine Führung gegeben, und ich hab ihn irgendwo am Ende eines Tunnels … verloren. Dort hinten bei den Verliesen. Es schien ihm dort so gut zu gefallen, dass er geblieben ist." Ich lächelte unschuldig, bevor ich fortfuhr: „Deshalb habe ich mich alleine umgesehen. Du kennst mich ja, ich muss alles mit eigenen Augen sehen."

„Dieser Idiot von Murdoch! Dabei habe ich ihm nur aufgetragen, dich von diesem dahergelaufenen Typen fernzuhalten."

Er knirschte kurz mit den Zähnen, dann sah er sich wieder zufrieden um.

„Wenigstens sind wir alleine hier, und er hat wenigstens eine Sache richtig hinbekommen. Aber die andere …"

Nachdenklich rieb er sich die Nasenwurzel.

„Ich habe dich unterschätzt, Kleines. Ich hätte vielleicht mehr Zeit mir dir verbringen sollen, aber … naja, du weißt – die Arbeit und das hier."

Sein Blick wanderte über die Klippe zum Meer hinaus.

„Du erweist dich als zäher, als ich erwartet habe, und du fängst langsam an, mir Probleme zu machen. Wie deine verdammte Mutter!"

Seine letzten Worte klangen verzerrt, und er spuckte sie verächtlich aus. Bevor ich blinzeln konnte, war Shona mit einem Sprung nach vorne gehastet und donnerte ihm einen Schlag gegen den Kopf. Als er herumwirbelte, wollte sie mit dem Messer auf ihn einstechen, aber er konnte ihre Hand abwehren und sie im eisernen Griff halten. Doch trotzdem schlug sie mit der freien Hand mit voller Kraft auf ihn ein und brüllte: „Du verdammtes Arschloch, sprich nicht von meiner Schwester. Und lass Vic in Ruhe! Ich werde nicht mit ansehen, dass du sie genauso zerstörst wie Isobel."

Sichtlich ungerührt von ihren Worten, schlug er mit einem harten Fausthieb gegen ihre Schläfe, infolgedessen ihre Augen zurückrollten, sie regungslos zu Boden fiel und ihr dabei das Messer aus ihrer Hand rutschte. Mein Vater schnappte es sich, steckte es ein, holte aber im Gegenzug eine Pistole aus der Tasche, die er locker im Griff behielt.

Das Grauen lähmte mich, und er kam mit furchtbar schnellen Schritten auf mich zu. Mit der freien Hand packte er mich schmerzhaft am Oberarm, und seine Augen blitzten gereizt.

„Los jetzt. Ich werde nicht zulassen, dass mich noch eine von euch Weibern sabotiert."

Gequält hielt ich ein Schluchzen zurück und versuchte, das Karussell in meinem Kopf zu verlangsamen. Als ich endlich meine Stimme fand, war sie dünn und an den Mann gerichtet, der einst mein Vater gewesen war – jetzt erkannte ich ihn nicht wieder, er war mir vollkommen fremd.

„Ihr Tod war kein Unfall", stellte ich mit hängenden Schultern fest. Es war keine Frage, sondern eine resignierende Feststellung, deren Bedeutung mich erschütterte, aber mit der ich mich abfinden musste. Mit wem hatte ich bisher mein Leben geteilt? Ich hatte mich von einem Monster berühren lassen, mich auf seinen Schultern tragen lassen, sogar zu ihm aufgesehen und hatte von ihm geliebt werden wollen.

„*Warum*? War sie dir auf die Schliche gekommen? Oder hat sie dich einfach nur gelangweilt?"

Der eisige Wind blies unaufhörlich über die raue See und die steinerne Klippe, doch ich spürte im Moment keine Kälte. Ich fühlte gar nichts mehr – ich war eine leere Hülle, mehr tot als lebendig. Gebrochen von einem Verrat, der viel weiter ging, als ich es mir in meinen schlimmsten Albträumen vorstellen konnte.

Seine Stimme veränderte sich, wurde etwas weicher, als er nach den richtigen Worten suchte.

„Ich wollte nie, dass es so weit kommt. Aber deine Mutter hat herumgeschnüffelt, und, als sie die Prophezeiung von deinem Kind herausgefunden hatte, wollte sie mit dir abhauen. Ich habe Tickets gefunden."

Er fuhr sich mit einer Hand durch die Haare, während er an die Geschehnisse zurückdachte.

„Sie wusste nicht, dass ich es herausgefunden hatte. Ich musste es unterbinden, dass sie dich mitnimmt. Du warst viel zu wichtig für unsere Sache, und ich konnte nicht riskieren, dass sie etwas ausplaudert. Daher kam es mir nur zugute, dass die Bremsen an ihrem Auto nicht funktionierten, nachdem du bereits sicher bei Shona untergebracht warst."

Sein wölfisches Lächeln zeigte kleine gerade Zähne, die gespenstisch weiß im silbrigen Mondlicht strahlten. Ich zweifelte keine Sekunde lang, dass er seine Finger im Spiel gehabt hatte und die Bremsen manipuliert worden waren.

„Es ging dir also immer nur um diese idiotische, verrückte Prophezeiung von Cailean und mir?"

Nun flackerte Wut in seinen Zügen auf.

„Das ist keine verrückte Prophezeiung, sondern unser Glaube! Wir halten uns seit Jahren, seit *Jahrzehnten* an die Regeln des Hohen Lords, opfern und tun, was er uns gebietet. Glaubst du, wir hätten sonst all diese Macht, das Geld und den Einfluss erreicht, den wir haben? Ich, die Murdochs und andere Familien der Glasgower Oberschicht? In ganz England? Ich hatte keine Wahl."

Sollte das etwa alles rechtfertigen und seine Entschuldigung dafür sein, dass er ein Monster war, dem meine Mutter in die Quere gekommen war?

„All das Geld und die Macht waren es dir wert, deine eigene Familie zu verraten?", schrie ich ihm entgegen, weil ich mich nicht mehr beherrschen konnte.

Doch er wirkte nur gelangweilt. „Wie ich schon sagte: Manche Opfer müssen gebracht werden."

Dass ich meinem Vater nicht allzu viel bedeutete, war mir klar gewesen, auch wenn ich es oft verdrängt hatte. Aber es so deutlich aus seinem Mund zu hören, war trotz allem schmerzhafter als gedacht. Ich fühlte mich wie mit einem Eimer eiskalten Wassers übergossen, mit einer Kälte überzogen, die sich wohl nie mehr lösen würde.

Wie viel konnte ein Mensch ertragen, bevor er am Leben zerbrach? Alles, was ich heute erlebt und erfahren hatte, war zu stark, zu viel für mich, und ich wusste, dass ich innerlich gebrochen war – zersplittert wie ein Spiegel, der zu Boden gefallen war. Aber ich konnte noch nicht aufgeben. Nicht, weil ich mutig war – ich war ganz und gar nicht heldenhaft. Nein, sondern ganz simpel, weil Shona noch das Einzige war, was mich zusammenhielt, und der Wunsch, sie hier rauszuholen und zu ihrer Familie zu bringen. Was danach passieren würde, war mir egal – was sollte das ‚Danach' auch für mich noch bereithalten außer Kummer? Alles, was ich liebte, war zerstört.

Langsam wollte ich ein Stück von ihm abrücken und Distanz zwischen uns bringen, aber sein Griff um meinen Oberarm gab keinen Zentimeter nach. Ich musste von ihm loskommen, ich ertrug den Gedanken nicht, dass er mich weiterhin berührte. Heftig rüttelte ich und wehrte mich gegen seinen Griff.

„Lass mich verflucht noch mal los!"

„Du gehörst mir. Tu uns beiden einen Gefallen, und hör auf, dich zu wehren, dann passiert nichts."

„Den Teufel werde ich tun!"

Wild zappelte ich herum und wollte gerade einen Tritt gegen sein Bein ansetzen, als mich eine Bewegung im Dunkel der Bäume für einen Moment aus dem Konzept brachte. Bevor ich reagieren konnte, hatte er mir eine Ohrfeige verpasst, die mich nach hinten schleuderte, sodass ich ungebremst mit meinem Hintern auf dem nassen Gras landete. Mir schmerzten alle Knochen im Körper, und ich versuchte, mich wieder hochzurappeln, doch ich kam nicht weit. Denn in diesem Augenblick sauste neben mir ein schwarzer, schneller Schatten vorbei, der sich auf meinen Vater stürzte. Durch die Wucht des Aufpralles taumelte mein Vater rückwärts, näher auf die Klippe zu, und ein ersticktes Stöhnen presste sich aus seiner Lunge.

23. Abschied

Am Ende gilt doch nur,
was wir getan und gelebt – nicht, was wir ersehnt haben.
(Arthur Schnitzler)

Erst jetzt erkannte ich, wer mir zur Hilfe geeilt war, und mein Körper wusste nicht, wie er reagieren sollte – *schreien, weinen, lachen oder doch in Ohnmacht fallen?* Mir wurde gleichzeitig übel, schwindelig, und mein Herz flatterte wild, wobei ich nicht imstande war zu sagen, ob vor Freude oder Schock. Spielte mir mein Kopf einen Streich und ließ einen Fremden wie Rafael aussehen, oder war er es wirklich? Aber wie konnte das sein?

Ich hatte gesehen, wie er niedergeschossen worden war, und nun rang er mit meinem Vater, als ob dieser Albtraum nie passiert wäre. Auch wenn ich es mir nicht erklären konnte, verwirrt und traumatisiert, wie ich war, konnte ich dennoch Rafaels dunklen Haarschopf erkennen sowie die Silhouette seines Körpers und die Kontur seines Gesichts. Das war er – ohne Zweifel – quicklebendig und mit meinem Vater ringend.

Die dumpfen Stöße auf Fleisch und das schmerzhafte Keuchen als Antwort rissen mich wieder zurück in die Realität. Rafael hatte es geschafft, die Pistole wegzuschlagen, weshalb mein Vater nun das Messer zückte. Alles ging unbeschreiblich schnell und lief wie in einem Film ab. Die beiden Männer schlugen unbarmherzig aufeinander ein, und Rafael rettete sich immer wieder mit einem geschickten Sprung aus der Reichweite der messerführenden Hand meines Vaters.

Schnell rannte ich zu Shona, um mich zu überzeugen, dass sie atmete und nur in Ohnmacht war. Danach hastete ich panisch zur Pistole, die einige Meter entfernt im Gras lag. Durch unzählige Filme geschult, war ich so geistesgegenwärtig, die Schusswaffe zu entsichern. Dann blickte ich mich um, die Angst im Nacken, dass mein Vater mit dem Messer Rafael etwas antun könnte. Bewaffnet eilte ich zurück, und nun standen sie einen Schritt voneinander entfernt und beäugten sich. Ohne das Messer zu senken und die Augen von Rafael zu nehmen, richtete mein

Vater das Wort an mich: „Meine Kleine, was willst du mit der Waffe?"

„Ich bin nicht deine Kleine!", stieß ich zwischen den zusammengepressten Kiefern hervor. Ich nahm die Waffe fester in meine schweißnassen Finger und zielte auf ihn. Natürlich wollte ich nicht schießen, aber ich würde Rafael verteidigen oder meinen Vater damit vielleicht sogar einschüchtern.

Er wurde tatsächlich davon abgelenkt, und Rafael nutzte diesen flüchtigen Moment, um sich wieder auf ihn zu stürzen. Doch anstatt ihm das Messer endgültig aus der Hand zu treten, wirbelte mein Vater herum, hob das Messer und ließ es herabsausen, wobei er quer über Rafaels Oberarm schnitt. Beide schrien wir – ich vor Entsetzen und Rafael vor Schmerzen.

Mein Vater nutzte unseren Schock und wollte erneut zustechen. Dieses Mal spielte sich für mich alles so langsam wie in Zeitlupe ab. Er richtete die Messerspitze auf Rafaels Herz und setzte zu einem Todesstoß an. Bevor ich wusste, was ich tat, zielte ich auf seinen Oberarm und schoss.

Der Knall hallte so laut, dass ich glaubte, taub zu werden, und gleichzeitig erstarrte ich zur Salzsäule, nachdem ich wegen des Rückstoßes ein paar Schritte nach hinten getaumelt war. Ich hatte ihn getroffen.

Durch den Kugelaufprall auf seinen Oberarm wurde er wie eine lose Marionette im Wind zurückgewirbelt. Mit weit aufgerissenen Augen blickte er verwirrt in meine Richtung und machte zwei wackelige Schritte rückwärts. Meine Hand fuhr nach vorne und griff ins Leere. Bevor ich noch eine Warnung rufen konnte, musste ich mit ansehen, wie er noch einmal nach hinten stolperte, die Hand auf seine Wunde gepresst, und einen letzten Schritt machte – ins Leere.

Ich werde nie seine aufgerissenen Augen vergessen, die voll Überraschung, aber auch Angst und Unglaube nach mir suchten, bevor er die Klippe hinabstürzte. Schreiend lief ich mit zum Klippenrand, doch dort war nichts mehr von ihm zu sehen, nur das tobende Meer, das unter uns gegen die Felsen schlug. Er war tot – einfach so –, verschluckt und begraben in der tiefen See. Vor einer Minute war er noch dagestanden, und nun war er für immer im Meer verschwunden.

Ich verstand mich selbst nicht, als mir ein Schluchzer entfuhr.

Obwohl er böse oder verrückt gewesen war, er unglaubliche und entsetzlich schlimme Dinge getan hatte und kein Vater war, den man sich wünschen würde – war er dennoch mein Dad gewesen. Ich wischte die Tränen fort, die trotz allem, was passiert war, flossen. Doch ich rief mir ins Gedächtnis, dass ich bereits zur Vollwaise geworden war, als ich seine Geständnisse gehört hatte. Zu diesem Zeitpunkt war er für mich gestorben, und nun war auch sein Körper dem Tod gefolgt.

Kraftlos entfernte ich mich von der Klippe, und Rafael half mir, mich zu setzen, während er mir über den Rücken strich, immer wieder im gleichen beruhigenden Rhythmus, der sich tröstlich anfühlte. Benommen drehte ich mich zu ihm und blickte in dunkle, besorgte Augen.

Rafaels Stimme war heiser: „Es tut mir leid wegen deines Vaters."

„Danke", war das Einzige, was ich imstande war, zu antworten. Nicht nur wegen Trauer oder Schmerz, sondern es schnürte mir auch vor Freude um Rafael die Kehle zu. Erst jetzt begriff ich, dass er wirklich hier neben mir saß und lebte. Atemlos rutschte ich näher und schlang die Arme um seinen Nacken. Dabei drückte ich ihn an mich, um seinen Körper zu spüren, seinen Atem und das schlagende Herz in seiner Brust. Freudentränen rannen aus meinen Augenwinkeln, und, als ich mich von ihm löste, war meine Sicht verschwommen, obwohl sein Gesicht nur wenige Zentimeter vor mir schwebte. So lange, bis er mein Gesicht in seine Hände nahm und mir die Tränen fortwischte.

„Du lebst? Du bist hier und am Leben", stellte ich das Offensichtliche auch laut fest.

Er nickte, und sein Griff um mich wurde stärker. Die Lippen fanden wie von selbst seinen Mund, der Geschmack getränkt von Blut, Schweiß, Tränen. Und doch schmeckte der Kuss süßer als jeder andere zuvor – keiner war besser als dieser.

Einen kurzen Moment verloren wir uns beide darin. Erst, als Rafael sich bewegen wollte und vor Schmerz aufstöhnte, ließen wir voneinander ab. Ich legte meine Stirn an seine, noch immer verwundert.

„Du lebst, du lebst wirklich!"

Er nickte sachte, als würde es ihm selbst wie ein Wunder vorkommen. Lächelnd rückte ich ein Stück zurück, um ihn anzublicken. Seine Augen waren geweitet und funkelten im Mondlicht. Sein Körper war wohl wie meiner vollgepumpt mit Adrenalin und Endorphinen. Seine Stimme klang rau, als er endlich Worte fand.

„Ich lebe, dank dir. Du hast mich gerettet, als dein Vater auf mich einstechen wollte."

Langsam schüttelte ich den Kopf.

„Das meine ich nicht. Ich hab gesehen, wie du angeschossen wurdest. Und jetzt sitzt du vor mir. Wie ist das möglich?"

Er zwinkerte einen Moment und lächelte schelmisch, so, wie ich es in Erinnerung hatte.

„Es hat doch sein Gutes, dass José sich mit zwielichtigen Kerlen eingelassen hat. Das hier hat der Typ vergessen, als er nach dem Streit davongestürmt ist."

Rafael hob sein Shirt, zeigte mir eine schwarze, dicke Weste und klopfte darauf.

„Ganz praktisch so eine kugelsichere Weste, damit fühlt man sich unverwundbar, wie Superman."

Doch ich war nicht überzeugt. Meine Augen wanderten über seinen geschundenen Körper, und ich strich ihm dunkle Haarsträhnen aus dem Gesicht.

„Wie schwer bist du wirklich verletzt? Dein Pullover ist voll Blut."

„Keine Angst, Princesa. Ich habe nur Prellungen und den Schnitt am Oberarm. Das meiste Blut ist von Ramiro. Cailean hat ihn am Unterschenkel erwischt, und ich musste ihn erst verbinden, bevor ich nach dir suchen konnte."

„Wie … wie geht es ihm?" Nicht noch jemand, der wegen mir oder diesem verdammten Orden sterben musste, dachte ich und ballte Fäuste.

„Er wird wieder. Ich habe ihn verbunden, in den Wagen gelegt und einen Krankenwagen gerufen. Sie müssten jeden Moment hier sein."

Mit schlechtem Gewissen senkte ich den Blick.

„Hoffentlich hast du recht. Ich schulde dir und Ramiro so viel – und es tut mir furchtbar leid, dass ich abgehauen bin. Aber ich konnte nicht anders, ich musste alleine gehen. Cailean hat mir gedroht."

Ich suchte seinen Blick und fand nicht die Anklage darin, die ich erwartet hatte.

„Du bist nicht sauer, dass ich allein los bin?"

„Zuerst schon, aber dann hab ich es verstanden. Und Ramiro ist nicht so unschuldig, wie er immer tut. Er hat dein gesamtes Telefonat mit Cailean belauscht."

Zärtlich strich er mir über die Wange.

„Du hattest keine andere Wahl, und ich hätte es wohl nicht anders gemacht. Natürlich bin ich nicht begeistert, dass du dein Leben riskiert hast. Du hättest mich einweihen können."

„Aber es ging um Shona, und er hat auch dein Leben bedroht … und er hätte …"

Sachte legte er mir einen Finger auf die Lippen und beendete so meinen Redeschwall.

„Ich weiß. Trotzdem hätten wir gemeinsam einen Ausweg suchen können. Es gibt nicht mehr nur noch dich und mich, sondern ein Wir. Vale?"

„Okay, ich möchte nie wieder etwas anderes", antwortete ich und lehnte mich nach vorne, um dieses Versprechen mit einem zarten Kuss zu besiegeln. Dann zog ich mich zurück, stand mit schmerzhaften Gliedern auf und streckte ihm den Arm entgegen.

„Komm. Lass uns nach Shona sehen."

Er nahm meine Hand, und gemeinsam gingen wir zu ihr. Bevor wir bei ihr angelangt waren, blieb ich verdutzt stehen. Sie war wach, lag mit den Rücken auf die Unterarme gestützt, und ihre Augen funkelten uns trotz allem, was passiert war, amüsiert an. Ich konnte ihr zwar die Erschöpfung ansehen, aber dennoch schenkte sie uns ein wissendes Lächeln.

„Hallo, ihr zwei Turteltäubchen."

Während ich vor Glück ihren Namen schrie, eilte ich zu ihr, um sie zu umarmen.

„Wie fühlst du dich? Geht es dir gut? Wie lange bist du schon wach? Bist du verletzt? Hast du gesehen, was passiert ist? Seit wann bist du wieder zu dir gekommen? Ist alles …"

Shona stoppte meinen Anfall. „Schatz, ganz ruhig, atme! Mir wird schwindelig von deinen ganzen Fragen. Hilf mir bitte lieber hoch."

Ungeduldig fragte ich mit ausgestrecktem Arm weiter: „Also?"

Sie nahm meine Hand, und ich half ihr, sich aufzusetzen. Dabei stöhnte sie. „Ich bin schon eine Zeit lang wach. Der kalte Wind hier oben vollbringt diesbezüglich wahre Wunder."

Sie musterte einen Moment Rafael, der neben uns zum Stehen gekommen war. Danach blickte sie mir wieder ins Gesicht.

„Ich wollte euch zwei beim Wiedersehen nicht stören, als ihr euch so innig geküsst habt. Es war sehr …", sie räusperte sich, „… Wie soll ich sagen? … Du weißt schon, dramatisch."

Rafael hustete verlegen, und ich suchte nach passenden Worten, fand aber nichts, da deswegen ein schlechtes Gewissen an mir nagte.

„Schaut nicht so betreten. Ihr seid jung und glücklich, gesund zu sein. Ich weiß zwar nicht, was passiert ist, nachdem ich ohnmächtig geworden bin, aber ich danke dir, Rafael. Ich denke, ohne dich wären wir hier nicht so heil rausgekommen."

„Bitte, Sie müssen mir nicht danken. Ich bin froh, dass es Ihnen gut geht."

Sie winkte rasch ab. „Bitte, nenn mich Shona. Sonst komme ich mir nur noch älter vor, als ich mich momentan fühle."

Rafael freute sich darüber, das konnte ich in seinen Augen lesen, auch wenn seine Antwort nur ein knappes Dankeschön war. Er blickte zu mir und zwinkerte. Indes streckte Shona ächzend beide Arme in unsere Richtung aus.

„Könnt ihr mir auf die Beine helfen? Ich spüre jeden Muskel in meinem Körper, und zwar schmerzhaft."

Vorsichtig ergriffen wir ihre Arme und zogen sie behutsam in eine stehende Position. Erst, als wir ihre Arme um unsere Schultern gelegt hatten, sie zusätzlich im Rücken mit unseren Händen stützten und Richtung Zufahrt humpelten, wendete sich Shona wieder an uns.

„Also, erzählt mir, was passiert ist. Und lasst kein Detail aus!"

„Warte, zuerst bist du dran, bitte", bat ich sie und wollte auch nicht nachgeben, bevor ich Antworten hatte, weil ich es einfach wissen musste, um verstehen zu können, wie das alles hier hatte passieren können. „Wie bist du hierhergekommen? Wie hat dich Cailean erwischt?"

Auf meine Frage hin verzog sie angewidert das Gesicht, aber ich konnte auch Mitleid in ihren Augen erkennen.

„Dabei dachte ich, er wäre so ein netter Junge, und dann so etwas", seufzte Shona, bevor sie zu erzählen begann. „Ich bin am Donnerstag nach Glasgow gekommen, wo ich schon vor einer Woche ein Zimmer reserviert habe. Du weißt schon, im Radisson Blue, wo ich immer schlafe, wenn ich dich besuche. Ich habe eingecheckt und wollte nur noch in mein Zimmer, eine Runde schlafen und mich am Freitagmorgen bei dir melden. Aber …"

Ihre Stimme brach kurz, und ich bemerkte, dass sie zitterte. Ich drückte ihre Hand und flüsterte ihr beruhigend zu, dass jetzt alles in Ordnung sei und sie sich keine Sorgen mehr machen müsse.

Als sie sich wieder gefangen hatte, versuchte sie es erneut. „Als ich in den Aufzug stieg, kam ein großer Mann mit rein und stellte sich hinter mich. Und dann sah ich Cailean, der auch in den Lift stieg und mich begrüßte. Dann bemerkte ich, dass der Knopf für die Parkgarage aufleuchtete und ich wollte darauf hinweisen. Aber dann packte mich schon der Kerl von hinten und legte mir ein Tuch vor Nase und Mund. Danach weiß ich nichts mehr bis … bis ich später in der Zelle aufgewacht bin."

Sie schaute verhasst auf den schmutzigen, weißen Stoff des Nachthemdes hinunter, der unter der Jacke hervorblitzte.

Ich stolperte beinahe, aber riss mich zusammen, um auf den Beinen zu bleiben. Gequält sah ich zu Rafael hinüber und erkannte in seinem schuldbewussten Blick die gleiche Erkenntnis. Wir waren auf der Burg gewesen, während Shona dort schon gefangen gehalten worden war.

Mein schlechtes Gewissen fraß ein Loch in meinen Magen und machte meine Kehle trocken, aber ich zwang mich dazu, ihr alles zu erzählen. Auch das mit Rafael und der Burg. Natürlich nicht, was wir getan hatten, sondern, dass wir hier gewesen waren.

Doch, anstatt mich zu verurteilen, drückte sie mich liebevoll an sich und redete beschwichtigend auf mich ein, dass nun alles okay sei. Ich wusste, das würde zwar noch länger an mir nagen und ich würde mir Vorwürfe machen, aber sie hatte recht: Jetzt waren wir wieder okay, wir waren alle in Sicherheit, und das war es, was im Endeffekt zählte.

Eine Viertelstunde später hatten wir das Ende des langen Weges fast erreicht und entfernten uns mit jedem hinkenden Schritt weiter von diesem Höllenort. Ich konnte bereits die Umrisse von Ramiros Wagen erkennen. Sachte ließ Rafael Shonas Arm von seiner Schulter gleiten und lief zum Auto, um nach Ramiro zu sehen, während ich und Shona langsam weiterhumpelten. Nachdem wir ebenfalls dort angekommen waren, ließ ich Shona auf dem Vordersitz Platz nehmen.

Ramiro lag mit offenen Augen auf dem Rücksitz. Obwohl er blass wie ein Gespenst aussah und sein Haar fiebrignass an der Stirn klebte, beruhigte es mich, dass er leise mit Rafael sprechen konnte, während dieser an dem Verband herumfummelte. Durch den Wald konnte ich blinkende Lichter erkennen sowie das Heulen der Sirene hören.

„Sie kommen, endlich!", sagte Rafael und sah über den Wagen zu mir herüber. Sorgenfalten waren deutlich in seine Stirn gegraben, die sich wieder glätteten, je näher die Fahrzeuge kamen. Das Rettungsfahrzeug, das auch das Polizeiauto im Schlepptau hatte, parkte dicht hinter uns. Die Sanitäter sprangen mit einer Bahre aus dem Fahrzeug. Der Erste der Männer wollte sich gerade erkundigen, was passiert war, als er bereits den blutenden Ramiro auf dem Rücksitz erspähte. Er schloss den Mund wieder, dafür wanderte aber eine Augenbraue hoch, als er die Verletzung unter dem notdürftigen Verband untersuchte. Seine Stimme war laut, als er sich an seine Kollegen wendete: „Her mit der Bahre. Wir müssen ihn sofort ins Krankenhaus bringen. Er hat viel Blut verloren, und seine Wunde gefällt mir auch nicht."

Einige schnelle Handgriffe später war Ramiro auf die Trage geschnallt und biss die Zähne zusammen, als sie ihn über den holprigen Untergrund schoben. In der Zwischenzeit hatte ein anderer Sanitäter Shona vor Ort verarztet, damit wir sie nach Hause bringen konnten. Da sie keine schweren Verletzungen hatte, außer der Schnittwunde an der Sohle, musste sie nicht in das Krankenhaus, sondern nur die nächsten Tage zur Kontrolle kommen. Auch Rafael hatte einen Verband am Arm erhalten sowie eine Tetanusspritze.

Hand in Hand folgten wir ihnen bis zum Wagen. Das Rettungsfahrzeug wendete und raste davon. In diesem Moment räusperte sich einer der Polizisten hinter uns. Bislang waren sie im Hintergrund geblieben und hatten dem Rettungsteam Platz gemacht, doch nun beäugten sie Rafael und mich skeptisch.

„Mein Name ist Chief Clyde Owens. Wir wurden wegen eines Notfalls angerufen. Was ist hier vorgefallen?"

Epilog

Drei Tage später saßen Rafael und ich unter dicken Decken im beheizten Wohnzimmer von Shona und Keith, die beiden uns gegenüber, während wir ihnen noch einmal alle Details der letzten Tage und vergangenen Wochen schilderten. Ich hatte meine Finger um eine Tasse heißen Kakaos gelegt und pustete hinein, bevor ich einen wohltuenden Schluck nahm und Rafaels Stimme lauschte, der bereits fast am Ende angelangt war.

Die letzten Tage hatte ich mich bereits fusselig geredet und war nun froh, dass er das Erzählen übernahm. Zuerst hatte ich Shona alles erzählt, dann den Polizisten, Teile davon auch Rafael und zu guter Letzt Stew und Aimee. Sie waren gestern und heute gemeinsam mit Rafaels Mutter hier gewesen. Genauso wenig, wie seine Mutter Rafael loslassen konnte, hatten auch Stew und Aimee ständig meine Hand gehalten und waren nicht von meiner Seite gewichen. Sogar Selena war die letzten drei Tage für eine Stunde vorbeigekommen, bevor sie vom Krankenhaus wieder nach Hause gefahren war, nachdem sie Ramiro besucht hatte.

Seit den Ereignissen auf der Burg hatten wir uns oft alle aneinander festgehalten, viel geredet und Pläne für die Zukunft geschmiedet.

Nachdem mein Vater nach den tragischen Geschehnissen für tot erklärt worden war, würde ich als einziges Kind in den nächsten Wochen sein gesamtes Vermögen erben. Da ich nicht zurück in unser Haus wollte, in dieses alte Leben, und es aber auch nicht verkaufen konnte, hatte ich beschlossen, es zu vermieten. Aber nur mit der Bedingung, dass Rafaels Mutter für die neuen Mieter weiterhin arbeiten konnte und sie und Rafael im Häuschen nebenan wohnen bleiben durften.

Für mich selbst hatte ich geplant, mir eine kleine Wohnung zu mieten. Aber, bevor Stew und Aimee wieder nach Glasgow zurückgefahren waren, hatten sie mich überredet, zu ihnen in das Haus ihrer Eltern miteinzuziehen, mit denen schon alles besprochen war. Dieses Angebot bedeutete mir viel, nicht nur, weil ich nicht alleine sein wollte, sondern auch, weil wir dann tatsächlich wie Geschwister zusammenleben konnten – die sie schon lange in meinem Herzen waren. Außerdem hatten wir Pläne geschmiedet, uns nächstes Jahr gemeinsam eine Wohnung in London zu suchen, in der wir zu viert, mit Rafael, wohnen wollten. Um dort zu studieren und die Welt zu entdecken, jetzt – wo das Schlimmste hinter uns lag.

Aber heute, heute wollte ich noch einen letzten Abend bei Shona verbringen, bevor wir nach Glasgow zurückkehren würden. Für Rafael war es keine Frage gewesen, dass er die ganze Zeit über bei mir blieb.

Nach den ganzen Tagen war meine Kehle nun wie ausgetrocknet, und ich war froh, dass Rafael auch den Schluss für Keith zusammenfasste. Dieser war dicht an Shona herangerückt, strich ihr während der ganzen Zeit über den Rücken und ließ sie keinen Moment aus den Augen, seit wir angekommen waren.

Die Polizisten hatten uns nur ungern in der besagten Nacht nach Hause fahren lassen. Aber wir waren dafür gleich am nächsten Morgen zur Polizeistation nach Inverness gefahren und hatten unsere Aussagen gemacht. Ramiro wurde bereits im Krankenhaus vernommen, und Cailean saß nun in Haft, nachdem sie ihn noch in derselben Nacht aus dem Verlies befreit hatten. Als ich ihnen die Stelle gezeigt hatte, war er wieder bei sich gewesen und schmollte wie ein kleines Kind. Dabei hatte er Lügengeschichten erfunden und jegliche Schandtat geleugnet, die er je begangen hatte. Aber ich machte mir keine Sorgen, denn die Polizei war auf unzählige Beweise gestoßen, und sie hatten uns als Zeugen. Ich wollte gar nicht daran denken, was sie bei den Nachforschungen noch alles finden würden oder wer alles darin verstrickt war.

Immerhin machten schon jetzt Schlagzeilen die Runde. Die Journalisten fanden einige heikle Dinge schneller heraus als die Polizisten. Einige bekannte Personen aus Glasgow, wie auch aus anderen Städten in England, sollten laut ihrer Recherchen die Finger in diesem kranken Spiel gehabt hatten. Darunter Politiker, hochrangige Firmenchefs, Stars aus Film und Fernsehen und auch ein berühmter Londoner Schönheitschirurg, der für die aufgeschnittenen Frauenleichen verantwortlich sein sollte, und dessen Patienten nun nach den ganzen Enthüllungen wohl nicht mehr so glücklich auf ihre korrigierten Nasen oder vergrößerten Brüste schauen würden. Die Journalisten hatten auch längst die Zusammenhänge zu den Frauenmorden vor dreizehn Jahren geknüpft und sogar Beweise gefunden, die sie den Polizisten gnädigerweise überlassen hatten. Für mich waren diese Reporter, neben Rafael und Ramiro, die Helden der Stunde. Sie ließen sich nicht bestechen oder mundtot machen wie korrupte Polizisten und brachten auch die unschönen Wahrheiten ans Tageslicht.

Nachdem Rafael mit seinen Erzählungen geendet hatte, herrschte für einen Moment Stille, in der Keith Shonas Haare zurückstrich und ihre Stirn küsste – für Worte schien ihm die Kehle zu eng zu sein. In Erwiderung lächelte sie und lehnte den Kopf an seine Schulter. Auch ich drückte Rafaels Hand und ließ ihn nicht mehr los.

Seit diesem fürchterlichen Erlebnis konnte ich nicht damit aufhören, seine Hand zu halten, in seiner Nähe zu sein, und ihm schien es genauso zu gehen. Ständig hielten wir Körperkontakt, in welcher Form auch immer, und ich war mir sicher, dass dies für eine Weile so bleiben würde. Wir hatten zu viel erlebt, das Entsetzen und die Angst um den anderen saßen noch tief in unseren Knochen. Je weiter der Abend voranschritt, desto müder wurden die Augen. Sobald einer zu gähnen begann, setzten die anderen ein. Das ging so lange, bis Keith sich aufraffte.

„Für heute sollten wir es gut sein lassen und uns alle noch etwas Ruhe gönnen. Komm her, mein Schatz."

Er half Shona hoch, und, bevor sie etwas einwenden konnte, hatte er sie auf die Arme gehoben. Ihren Protest beendete er mit einem Kuss und wendete sich nach der Kapitulation meiner Tante an uns.

„Wir gehen ins Bett. Seid bitte leise, wenn ihr schlafen geht, damit ihr Russel nicht aufweckt. Danke."

Wir waren auch aufgestanden und bedankten uns noch einmal für alles bei ihnen. Doch Keith winkte ab, denn für ihn war es normal, sein Heim mit Familie oder Freunden zu teilen. Bevor sie an uns vorbei waren, legte Shona die Hand auf Rafaels Schulter und drückte mir einen Kuss auf die Wange, dann verschwanden sie nach oben ins Schlafzimmer.

Nach einem kurzen Aufenthalt im Gästebadezimmer lehnte ich an Russels Schlafzimmertür. Einen Spaltbreit hatte ich sie geöffnet und beobachtete seinen tiefen, seligen Schlaf, wie ihn nur ein dreijähriges

Kind haben konnte, das noch nichts von den Schrecken der Welt erahnte. Im verdunkelten Zimmer war Russel nur eine kleine Form unter flauschigen Decken, sein Atem gleichmäßig und beruhigend.

Rafael trat hinter mich und schloss mich in seine Arme, schob mir die Haare aus dem Nacken und küsste ihn, bevor er mir ins Ohr flüsterte: „Ihm geht es gut, deiner Tante geht es gut und uns auch. Du kannst dir einen Moment Pause gönnen und aufhören, dir Sorgen zu machen."

Leise schloss ich die Tür und drehte mich um.

„Ach, ich weiß. Trotzdem beruhigt es mich, ihm beim Schlafen zuzusehen, so unschuldig. Es ist gut, dass er nichts von alledem mitbekommen hat."

„Und noch immer eine Mutter und eine wundervolle Cousine hat."

Ich blickte in seine dunklen Augen, das Licht schimmerte darin wie Sterne am Nachthimmel. „Danke."

Damit schloss er die Tür, zog mich weiter und beugte sich hinunter, um mich ausgiebig und sinnlich zu küssen – aber lange nicht genug. Bevor ich wieder zu Atem kam, hob er mich auf seine Arme hoch. Ich wollte es zwar nicht, trotzdem musste ich kichern.

„Was machst du? Du weißt schon, dass ich nicht wie Shona am Fuß verletzt bin? Ich kann selber gehen. Und denk an deinen Arm."

Rafael spielte den Verwirrten. „Ach. Und ich dachte, das ist eine Sitte bei euch, und ich muss mir ein Beispiel an Keith nehmen, weil er das jeden Abend macht."

Sein Lächeln war schief und funkelte spitzbübisch in seinen Augen. Meine Antwort kam prompt.

„Nein, müssen nicht, aber du kannst, wenn du willst."

„Mit dem allergrößten Vergnügen."

Als ich einige Zeit später in Rafaels Armen lag, die Beine mit seinen verschlungen und den Kopf auf seiner nackten Brust, die sich im rhythmischen Atem seines Schlafes hob und senkte, fühlte ich Zuversicht. Zwar wusste ich nicht, was es mit den Albträumen auf sich gehabt hatte – Vorahnung, Eingebung oder einfach nur normale Träume –, aber sie hatten mir geholfen, im entscheidenden Moment die Ruhe zu bewahren, es durchzustehen und den richtigen Weg zu finden.

Egal, wie schlimm die letzten Tage gewesen waren, wie viel Leid wir und andere erlitten hatten, wusste ich, dass es immer weiterging. Nur, weil diese Sache mit meinem Vater und Cailean ein düsteres Kapitel in meinem Leben darstellte, bedeutete es noch lange nicht, dass es das letzte sein würde.

Hier, gemeinsam mit Rafael, Shonas Familie und meinen Freunden konnte ich nicht anders, als mich darauf zu freuen. Zwar hatte ich keine Ahnung, was mit Cailean oder mit den Sachen meines Vaters werden würde, aber ich war nicht alleine, sondern hatte starke Freundschaften und Rafaels Liebe. Zusammen würden wir unseren Weg finden – und, egal, wohin er uns führen mochte, wir würden es gemeinsam herausfinden.

Danksagung

Wie oft habe ich in andern Büchern schon die Danksagung gelesen und nie gedacht, dass ich selber einmal eine verfassen werde. Wie in anderen Danksagungen, in denen es heißt, dass es ohne die Unterstützung von anderen nie so geworden wäre, wie das Endprodukt schließlich aussieht – so muss ich jedem Autor damit recht geben.

Ohne meine Freunde, meine Testleser und befreundete Autoren wäre diese Geschichte rund um Vic und Rafael nie das geworden, was sie jetzt ist. Auch nicht ohne die Unterstützung und das Verständnis vonseiten meines Verlobten und meiner Freunde – da ich mich doch manchmal einigele und oft keine Zeit habe – wäre es mir nicht gelungen, das Buch zu schreiben und zu veröffentlichen. Ein besonderes Dankeschön aus dem Herzen für meine Freundin Nicole Tomaschek, die mir seit Jahren beiseitesteht, und für mich da ist, auch in den schlechten Zeiten.

Ein großer Dank geht auch an meine Freundin Andrea Scheichl – meine erste Testleserin, die sogar schon von der ersten, unfertigen Rohfassung begeistert war und mich angetrieben hat, weiter an der Geschichte zu schreiben, daran zu glauben, auch, als ich selbst den Mut schon verloren hatte. Ohne sie würde es ‚Glasgow RAIN' jetzt nicht geben.

Auch meinen überaus eifrigen, ehrlichen, mich motivierenden und vollkommen liebenswerten Testlesern muss ich meinen herzlichsten Dank aussprechen. Ihr wart alle klasse und habt das Buch und mein Schreiben verbessert und mich dabei gelehrt.

Mein allergrößter Dank geht an:

Nadine Schmadtke – Du bist beim Ausbessern manchmal hart, aber immer herzlich gewesen, und hast viele österreichische Begriffe ausgemerzt, wobei ich oft lachen musste, und ich bin mir sicher, dass dich einige wiederholte Wörter ziemlich zur Weißglut gebracht haben.

Jana Burgardt – auch, wenn Du lieber andere Genres liest, warst Du ein Schatz, und so nett, meine Fehler auszubessern und meine Fragen zur Handlung und den Charakteren immer ehrlich zu beantworten.

Maria Funk – Du warst unglaublich schnell, manchmal brutal ehrlich und immer bereit, das nächste Kapitel in Angriff zu nehmen, auch wenn es bei Dir stressig war.

Sabrina Cremer – obwohl Du Sätze oder Charaktere kritisch hinterfragt hast, warst Du immer mit dem Herzen dabei, hast mich motiviert und mit deiner Freude, an dem Projekt zu arbeiten, angesteckt.

Ira Christina Boysen – ohne, dass wir uns kannten, hast du Dich einfach so freiwillig gemeldet und Dir die ganze Arbeit als Betaleserin angetan. Ich ziehe meinen Hut.

Sibel Sarac – Du warst von Anfang an Feuer und Flamme für Rafael, und Deine Begeisterung für die beiden hat selbst mich vorangetrieben. Deine Anmerkungen im Text haben mich jedes Mal zum Schmunzeln gebracht und mein Herz berührt.

Danke auch an die Goodreads Gruppe „Bücherwelt & Leserausch", die sich immer wieder mein Gejammer angehört und eifrig Ratschläge gegeben haben. Und auch an die verschiedenen Blogger, die mir in der langen Zeit mit Kommentaren auf meinem Blog beigestanden sind. Danke!

Bevor ich diese ewig lange Danksagung beende, möchte ich mich auch bei diversen Autoren bedanken, ohne die ich einige gewaltige Fehler gemacht hätte, die mich bei jeder Frage unterstützt und mir immer Ratschläge erteilt oder einfach die Panik eingedämmt haben, wenn sie mich schlagartig befallen hat. Danke an Sarah Saxx, Nadine Dela, Hannah Kaiser, Stefanie Hasse, Miriam H. Hüberli, Laura Sommer, Amanda Frost, Cathy McAllister, Inka Loreen Minden, Laura Kneidl, Andrea Gunschera, Sabrina Qunaj, Annika Bühnemann u. v. m.

Sowie ein großes Dankeschön an meine Lektorin Kornelia Schwaben-Beicht, die dieses Werk noch einmal geschliffen und von ihrer Seite aus alles getan hat, es fehlerfrei hinzubekommen. Und auch ein riesiges Danke an meine Coverdesigner Jacky jdesign, die nach meinen Vorstellungen das wunderschöne Cover gezaubert hat, das mich und jeden anderen bisher begeistert hat.

Über die Autorin

Martina Riemer ist in einem kleinen Ort in Niederösterreich aufgewachsen, wohnt aber nun schon seit einigen Jahren in Wien. Zurzeit ist sie als Sachbearbeiterin in einer technischen Abteilung eines Busunternehmens überwiegend mit eher zahlenlastigen Arbeiten beschäftigt. Privat geht sie ihrer Leidenschaft, Bücher zu lesen, sie auf ihrem Blog zu rezensieren und auch eigene Geschichten zu schreiben, die ihr im Kopf herumschwirren und ihr wichtig sind, mit Freude nach – dies empfindet sie als ihre wahre Berufung.

Tagträumerin war sie schon immer, und daher ist es naheliegend, ihre Fantasien und Gedanken auch in Form von Geschichten aufzuschreiben, um sie mit anderen zu teilen.
Begonnen hat alles mit Bücherrezensionen auf ihrem Literaturblog – erst später wurden eigene Gedankensplitter zu verstrickten Ideen, die sich zu Geschichten formten.

Besucht auch ihren Autorenblog, wenn ihr mehr Information über sie und ihre Projekte erfahren möchtet: www.martinariemer.wordpress.com

Ihr könnt ihr aber auch auf Facebook folgen, denn sie freut sich über jedes Like: www.facebook.com/pages/Martina-Riemer-Autorin

Printed in Great Britain
by Amazon